舞清影 著

上海文艺出版社

20　明月，我喜欢你

元旦节一过，新的一年来临。高冈小学在明月的带领下，各科课程进展顺利，明月发现这些山里的孩子非常聪明，求知欲也特别强，所以，她常常利用课下时间给学生们补课。

花妞儿也常来补课，最近一段时间，她的语数英测验成绩，有了小幅度的提高，这让明月生出很强的成就感。

周五这天，郭校长去县里开会，说好了晚上不回来。下午放学后，明月正领着几个留校的学生在班里补习英语，忽然，院子里传来几声急促的喊声，“郭校长——明老师——”

明月放下课本，走到门口，拉开教室门。“董晓东？”看到外面像只无头苍蝇似的乱转寻人的董晓东，她的心腾一下提溜到嗓子眼儿。

董晓东看到她，恐惧慌张的神色倏然凝固。“关……关山他出事了！”

虽然做足了心理准备，可当明月看到躺在宿舍床上，脸色灰败如土的关山时，眼泪忍不住就淌下来。这个傻人，帮人的时候就没想过自己的安全吗？从那么高的屋顶摔下来，又恰好摔到伤腿，他该有多疼呢！

明月第一次走进关山的宿舍，却万万没想到，她会看到这样令人揪心的情景。关山躺在狭窄的军用单人床上，身上盖着一层单薄的军用棉被，屋内温度极低，不知是疼还是冷，关山双目紧合，脸色灰败如土，平常总是露着一线洁白的嘴唇现下紧紧抿着，成了一道黑线。

尽管她蹑手蹑脚进来，可关山还是第一时间睁开眼。看到宿舍门口立着的人影，他显得过于空洞的眼睛里赫然亮起两簇火光。“明……明……”

明月低下头，用手背抹了下湿润的眼角，脸上挤出一抹笑容，走过去，佯装不了解情况的样子，关切问道：“我听董晓东说你摔了，摔哪里了？要紧吗?”

关山的嘴唇干涸起皮，动一动就有血丝从里面渗出来。“不打紧，死不了。”他的眼睛一直盯着明月，可以说是一眨不眨。

明月却被他的回答给气笑了。“在你看来，只要死不了，就没事，是么?”

关山无力地笑了。

明月嗔怪地瞪他一眼，转过头，想找纸巾给他擦擦嘴上的血迹。

“找……找什么？我帮你……”他挣扎着想坐起，却被明月一把按住，“你别动，老实躺着，我去拿条毛巾。”

关山倒在床上，看着明月窈窕纤细的身子轻轻一旋，消失在门口。他的额头迅速浮起一层细密的汗珠，他隐忍地狠咬下牙根，抵御腿部钻心般的剧痛。

他今天失误了。修屋顶，他从六年前就开始做，早就驾轻就熟，可这次却……他承认，是他当时思想抛锚，望着远处的学校，思虑太重，才导致自己分神跌落，发生这起不应该发生的事故。

偏偏管片的通讯线路出现故障，董晓东临危受命，不知道能不能拿得下来。关山忧心忡忡，痛恨自己无能的同时，又担忧着深夜外出工作的小董。只是没想到她会来。刚才睁眼看到明月，那一瞬间，他以为自己还深陷在梦境里，没能醒来。

自从元旦见到她的男友，他就再没去过学校，一周了，除了待在转信台，他就是去大山里转悠。看他维护过的线路，看他亲手栽下的小树，看夜色中闪闪发亮的鹳河冰面，看断崖之下浩浩山风吹拂过的秦巴深山。就连她给小董补习的两晚，他也找借口避开了，不见面，也许就能不再想念。

从未谈过恋爱的他以为会是这样，可今天，当他站在高高的木梯之上，看到学校那黑色的瓦顶，土黄色的墙面，他的心口忽然掠过一阵尖锐的疼痛。就这轻微的一恍神，他竟失足踏空，从几米高的木梯上跌落下去。饶是他身手敏捷，应变机能比普通人发达，可落地时还是没能避开受过伤的右腿。

痛入骨髓，是他应得的惩罚，他谁也不怪，怪只怪自己无能，怪只怪自己懦弱。他以为，性格坚毅如他，定能强大到控制自己的情感，做到不去僭越，不去打扰，可谁知，只是隔空相望的一瞥，就让他尝到了痛苦的滋味。

脚步声近了，空气里氤氲着一股淡淡的清香，是她的气息，像山花一样令人舒服的味道，恬静而又温柔。他微微睁开眼。

“你在发烧。”明月摸了摸关山的额头，火烫的温度令她蹙起眉头。

脸色潮红的关山轻声嘟哝：“晓东……”

明月知道他担心深夜外出工作的董晓东，她安慰说：“小董能应付得来，你别担心。”

关山阖上双眼，轻轻点头。

明月一手托起关山的脖子，一手拿起桌上的水杯，“喝点水，关山。”

关山的意识不十分清醒，他全凭本能，咽下一口热水，却不小心被呛到，表情痛苦地咳起来。

明月赶紧把他放下，用毛巾擦去他唇角的水渍。

这样下去不行啊，要赶紧给他退烧。外面的厨房放着花奶奶给的草药，她已经在砂锅里煎煮上了，不过，光熬草药就要半宿，他现下高烧不退，等不及这碗草药。

“没有退烧药吗？”明月起身在宿舍里翻找起来。

这间宿舍简朴得可以，只有两张军用单人床、一张书桌和一个铁皮柜。

找了半天，药没找到，却碰翻了书桌上排列整齐的书籍。明月一边归整，一边喃喃念道：“《盛世狼烟》、《联合作战理论》、《世界各国特种兵》、《苦难辉煌》、《部队通讯兵技能》、《巴黎圣母院》、《孙子兵法》……”嗬，这两个人看的书还挺杂。

无意中翻开扉页，却看到书籍右下角，写着一排字迹工整遒劲的钢笔字。“关山。2011 年 5 月 13 日购于川木县新华书店。”是他买的？明月翻开其他几本书，无一例外，每本书的扉页上都写着签名和购书日期。明月回头看了看昏睡中的关山，眼底浮上一层赞赏敬佩的雾气。

找了一圈没找到药，只找到一瓶酒。60 度的“烧刀子”，拧开瓶盖她就被辣得眯起眼睛。物理退热。实在没办法的办法。

她在碗里倒了一杯白酒，兑了四分之一的清水。她看着烧得混混沌沌的关山，用力吸了口气，给自己打气，“没关系，明月，你是为了救人，不是故意要流氓。”

她闭着一只眼睛，另一只眼睛睁开一道缝，把关山扶起来，然后脱他的衣服。上衣好说，外套脱掉，里面还有一件军用绒衣，她把衣服撩起来就成，可脱裤子……真把明月难为到了。

再为难也要做，比起关山为她做的那些事，这简直就是小儿科。

关山里面穿着条深绿色的绒裤，一看就知道是部队发的军品。明月犹豫了一瞬，脸色绯红地伸手插进他两侧腰际，向下褪着绒裤。

短短的几十秒，硬生生累出一身汗。尤其当她看到关山渐渐露出端倪的蓝色平角内裤时，她猛一下闭上眼，将头扭到一边。

拼命深呼吸，几乎要把肺给折磨疯了，她才稳住心神，转过头，看着依旧沉沉昏睡的关山。

她用被子盖住他近乎赤裸的下身，然后用毛巾蘸着碗中的酒精，在他的手心、腋窝和上臂内侧、前胸、脚心等处用力擦拭起来，每个部位持续两三分钟后，她放下关山的绒衣，用被子盖上，然后抿着嘴唇，撑着绯红羞涩的脸庞，继续擦拭他的大腿根部，可能这一处格外敏感的缘故，她的毛巾刚一碰到，他就战栗起来。

她吓了一跳，差点把毛巾扔了。可他只是抽搐了一下，又昏睡过去。

明月拍抚着心口，喃喃道：“吓死我了。”

她用毛巾蘸满白酒继续擦，谁知刚触碰到他的肌肤，动作却突然一顿。她看到他右腿上部，靠近腹股沟的地方，竟然有一道颜色发红的疤痕。她试探着向下扒了扒他的绒裤，那道疤痕居然还在。她一直把裤子褪到膝盖下面，才看清那道疤痕的全貌。

从大腿根一直延伸到膝盖上方，足有十几公分长。狰狞恐怖的伤痕此刻通红肿胀，想必这次是伤上加伤。明月的眼底浮起一层雾，她沿着腿部向上，居然在他的腰后侧，又发现了一个圆形的疤痕。

这个人是铁打的吗？早知道他受过这么重的伤，说什么，她也不会让他背着她上山下山。当时每走一步，应该就是踩在刀尖上，那种常人无法想象的疼痛，他是靠着什么信念熬过去的？

“明……明月……”

明月一怔，朝他望过去。

他双目紧阖，呼吸急促，显然还未清醒。“明……明月……我……我喜欢……你……”

上海南郊，虹宫别墅。

夜色深沉，阿元蹑手蹑脚地走进别墅二层装修典雅豪华的主卧套房。

面色苍白的慕延川偏着头，躺在欧式木床上面，身子一动不动。

以为他睡着了，阿元将脚步放到最轻，走到床头处，观察着静脉滴注的速度。

“阿元。”

阿元吓了一跳，他赶紧弯腰，低声询问道：“您没睡？”

慕延川转过头，看着他，语气幽幽地说：“你没弄错吧，那天在高冈，你拿走的筷子，确定是明月的?”

阿元表情严肃地点头，“我用人格向您保证，绝对不会错。”

那天吃过饭，他趁人不注意，赶在农妇收拾餐桌之前，拿走了明月用过的木筷，之后，他陪着慕延川驱车赶回上海，在权威鉴定机构做了 DNA 亲子鉴定。

结果……出乎所有人的意料。那个心灵手巧、笑容甜美的漂亮姑娘明月，竟不是慕延川的女儿。

结果出来后，不止慕延川不相信，连他也无法认同那份报告上的结论。

明明穆婉秋的日记上是这么写的，难道穆婉秋在骗人!

“那就错不了。我是个失败者，阿元，生活的失败者。”慕延川声音低哑，神色凄惨无比。

阿元看不下去，上前握住慕延川的手，气愤不已地说：“还不是那个穆婉秋，用日记误导您上当，害得您亲自跑了一趟高冈，回来就病倒了……”

“阿元。”慕延川蹙着眉头，目光严肃地看着阿元。

阿元瞬时收声，他知道，自己不小心触碰到了慕延川的底线。

慕延川的底线，就是穆婉秋，曾经化名为慕容菁同慕延川有了情感纠葛的女人。

“以后不许你再说婉秋半点不好，记住了吗?”慕延川道。

阿元的嘴唇翕合了一下，起身，垂首肃立，“我记住了。”

“嗯。你出去吧，有事我再叫你。”

阿元说好，他退后走了两步，又停下，神色谨慎地询问慕延川，“慕总，您当初允诺捐给高冈小学的一百万，还捐吗?”

慕延川毫不犹豫地点头，“捐，当然要捐。你明天就把这件事办了。”

阿元的眼神有着不赞同，可他不敢再说什么，只能应下退了出去。

待卧室恢复平静，慕延川才低声喃喃道：“说到底，那也是小菁你的女儿，你看重的人，我自然要护着……”

病来如山倒，病去如抽丝。关山退烧之后，才清楚自己的身体状况和以前巅峰时期差得不是一点半点。

老骥伏枥，烈士暮年。他才三十岁，就生出了历尽千帆的沧桑心境。

腿伤稳定下来之后，他就下床开始活动，不能动右腿，他就单腿蹦着走，好在董晓东给他做了个简易拐杖，解决了他的大问题。

说起董晓东，这次的表现真是令他刮目相看。不仅独自完成维修线路的任务，还学老实了，除了日常工作外，他基本上待在转信台，做饭，洗衣，学习，照顾他。就像是新兵蛋子从新兵连历练后下连队，忽然长大了，懂事了，变得让家里人不认识了。

“晓东，晚饭吃什么？”关山拄着拐杖走出宿舍。

董晓东正在案板上切菜，看见他出来，赶紧丢下刀，过来扶住他。

“花奶奶不是让你多躺两天吗？你咋总不听话呢！”

关山笑了笑，揉了揉董晓东的脑袋，“再躺下去，我就发霉了。”

董晓东扶他到餐桌边坐下，然后又回去切菜。“关站长，晚饭咱们吃煎饼吧，我刚跟明老师学的，挺简单的。”

关山一听到明老师这三个字，眼睛赫然一亮，他眼神渴盼地看着董晓东，问道：“你下午去学校了？见到明老师了？”

董晓东翻了个白眼，这不废话吗！考虑到关山的感受，董晓东换上笑脸，扭头说：“见到了，我去的时候，明老师正在院子里洗衣服，大冷天的，她的手冻得跟红萝卜似的，一边呵气，一边拧衣服。”

“你怎么不帮忙？”关山急了。他一想到那个揪心的画面，觉得自己的手也跟着疼。

董晓东在心里鄙视了关山无数次，但脸上还是带着笑，“你咋知道我没帮忙，我是那么狠心的人吗？我不但帮她拧了衣服，还帮她上房摘辣椒串，我……”

“她还要上房？”关山差点没站起来。

董晓东的眼角抽搐几下，声音弱弱地说："不是没上嘛，我帮她上了。"

关山的表情愈来愈严肃，突然，他重重地拍下桌子，大声吼道："不行，我得赶紧好起来，晓东，扶我起来，我要回床上躺着去!"

董晓东这一次不仅眼角抽，嘴角也开始抽。他皮笑肉不笑地上前扶起关山，"我看你是想明老师想疯了，她不来，你的魂儿都要跑学校去了。"

关山表情一凝，抓着拐杖的手指紧了紧。小董说得没错。他是想明月。想得发疯发狂，想得满脑子都是她嫣然的笑脸，她的气息，她的歌声……

可她却像是在他的世界里消失了一样，忽然就不见了。自打摔到腿那天见过她，此后的几天里，再没看见过她。小董说她曾陪护了他一夜，他也完全没有印象，只是第二天退烧苏醒时身上有一股酒味儿，问小董，小董说不知道。

那一夜，他们经历了什么?

明月最近在积极尝试一种针对山区小学英语教学的新模式。

爱因斯坦曾说过：兴趣是最好的老师。为了培养孩子们的学习兴趣，她开展了课前三分钟英语热身活动，轮流让学生在课堂上讲一些有趣的英文小故事、笑话或唱一首英文歌曲，积极开展课后"英语角""英语对对碰"，培养学生动手动脑的能力。最后，也是最关键的，是她善于运用"表扬"这个武器，有针对性地激励学生的学习兴趣。

虽然这种教学模式试行不久，可明月已经看到成效。从最近几次的测验成绩以及课堂表现来看，优生和差生的差距已经明显减小。这也是最让明月感到欣慰的事情。

不过，明月最近的表现有些反常。她变得敏感、沉默。不再同孩子们说说笑笑，下了课，不是闭门整理教学笔记，就是像现在这样，捧着碗坐在角落里默默地吃饭。

院子里响起一阵欢腾雀跃的叫声。郭校长面色一喜，低声说了句"关山来了”，就朝门口走。走到门口，发现后面没人跟上，不由得讶然回头，看向坐在木板凳上如同木桩似的明月。

“关山来了，小明老师！”屋里光线昏暗，她面色煞白郭校长也没发现。

她愣怔一瞬，低低地应了一声，扶着桌子站起来。

郭校长早迈开大步走到院子中央，握住关山结实的手臂，上上下下打量一番，喜悦道：“都好着了？”

关山咧开嘴，笑得灿烂，“好了。”他昨天就能过来了，可周日学校放假，他没什么借口来，可今天不一样，他是体育老师，今天有他的课。

郭校长不放心，摸着他的腿询问情况，关山一边耐心回答郭校长的问题，一边把目光投向教室东面的宿舍。终于，等郭校长把该问的都问完了，他才卸下军帽，挠了挠头发，轻声问道：“明老师呢？她不在吗？”

郭校长愕然一怔，转身看着黑乎乎的伙房，纳闷说：“这孩子，咋还待在屋里呢！小明老师——小明老师——关山来了！”

大约十秒过后，从伙房里磨磨蹭蹭地走出一抹纤细窈窕的身影。

关山的眼睛赫然一亮，主动招呼道：“明老师——”

明月抿着嘴唇，抬起头，注视着与她相隔三四米远的关山。

这是自那夜陪护他之后，他们第一次见面。前后也有一周多时间，这期间，她有无数次的机会去转信台探望他，可她并没有去，反而是要麻烦董晓东到学校来补习功课。

真正的原因，只有她自己知道。她在躲关山。

无意中知晓的秘密，瞬间撕裂了他们之间深厚的友谊，而这个秘密，像是一道险峻的沟壑横在他们之间，向前迈出一步，就是万丈深渊。她怕伤到自己，更害怕伤害到他，所以，她在仓皇逃窜之后，选择了逃避。

人恐惧时会产生一种自我保护的本能。她假装自己什么都不知道，也是出于一种保护的本能。不仅保护她自己不受伤害，也要保护关山不再受伤，不再执迷不悟地错下去。

她有恋人了。他曾当着她的面，向沈柏舟保证他和她之间只是纯洁的友谊，她深信不疑，因为她从未把他当成朋友之外的人。

她胸怀坦荡，以为他也同她一样，是个光明磊落的君子，可是没想到……他……他竟说……喜欢她。难道，他一直暗恋着她？从什么时候开始的呢？

明月的心情格外复杂难言，换做其他人，她早就严词以对，让对方无地自容了。可她偏偏无法对关山发火，甚至连生气的念头都不曾有过，因为他对她的关心和爱护，是一种用言语无法形容的好。

与沈柏舟恋人间的宠爱不同，关山待她，更像是朋友、老师，甚至是亲人。他的眼神永远那么磊落光明，他的笑容永远那么灿烂亲和力十足，他的言语永远那么入心入理。他默默为她付出，为她做一切可能的事，这样的男人，让她如何去指责、去苛待呢。

她做不到。所以，只能选择逃避。与其说是逃避，还不如说是为了保护他更加贴切。

她不愿意让他因为她的原因而受到一丁点的伤害。他那么聪明、豁达，应该很快就能明白她的想法，应该能够理解并赞同她现在的立场。

"你……好了？"明月憋了半天，总算憋出来一句不像样的问候。

关山看着她，目光里隐隐透着喜悦，"好了。我过来给孩子们上课。"

明月点点头，视线在他的右腿停顿了一瞬，说："哦。那你小心点，不要跑动。"

关山微笑说好。

明月垂下眼睫，不再看他，"那我先回宿舍了，你忙……"说罢，不等关山回答，她就像只受惊的白兔一样，脚步匆忙地走了。

看着明月匆匆离去的背影，关山的黑眸渐渐变得幽深黯沉。

郭校长蹙起眉头，亦是若有所思地看着明月离去的方向，愣怔了片刻，叹口气说："这孩子，最近不知道怎么了，看起来怪怪的。"

关山心中一动，低头摸了摸孩子们的头，“你们先去球场热身，我马上就来。”孩子们一哄而散。

关山看着郭校长，黯沉的黑脸骤然间变得通红，他目光闪烁地说道：“我可能……可能在意识不清的时候对明老师说了不该说的话。”

郭校长的心咯噔一沉，看着神色窘迫的关山，他抖了抖嘴唇，哑声问道：“说了什么？”

关山捂着额头，一副懊悔愧惭的模样，默然片刻，说：“我……我可能向明老师告白了。”

郭校长的眼皮上下打架一样，急速眨动了几个来回，颤声说道：“你真说了！”

关山回头看了看明月的房门，苦恼地说：“您觉得呢。除了这个原因，她怎么可能一周多的时间不去转信台。”

是啊，她就那样反常地把自己关在学校里，没日没夜地捣弄教学笔记，之前，他还想不明白原因，现在关山这么一说，他顿时茅塞顿开。

这孩子，居然自己扛起这么重的心事，谁也没给说。

那天，关山上完体育课被郭校长留下来吃饭，可是明月却说去宋华家取东西，没吃午饭就走了。后来，连着两周，关山到学校上课都没能见到明月，答案已经非常明显，明月的确在逃避他。

想来，他受伤那一夜必定说了不合适的言语，引来明月反感和警惕，所以，她才连做普通朋友的机会都不肯留给他。

说起来关山有些冤枉。他不曾谈过恋爱，却先尝到了失恋的滋味。那种被否定、被轻视、被疏远的无力感和愧惭感，时常折磨着这位孤独寂寞却不懂如何纾解情绪的军人。

最近一段时间，转信台持续笼罩在一片低气压里。虽然关山从未说过什么，但董晓东已然从日常生活中显露出的种种不寻常的细节觑到端倪。

譬如说，明月忽然不到转信台来了，就连辅导课的上课地点也从转信台改为学校，她也不来转信台打电话了。

又譬如，关山伤愈之后忽然变得消沉、沉默。除了每周去给孩子们上体育课，其余时间，他再没主动去过学校。随之而来的，是他上山的次数多了，半夜失眠的次数多了，他像个发了疯的工作狂，短短十几天时间，他就损耗耳机 1 个、手键 2 个、电子键 2 个，消耗抄报本近五十本。

当过通信兵的人都清楚，这些看似枯燥的数字背后意味着什么。董晓东怕他这样下去身体会出大问题，他思虑再三，决定找明月谈一谈。

这天辅导课结束，明月给董晓东布置了作业，又去伙房端来一盘素饺子，给董晓东当消夜。董晓东一边大快朵颐，一边偷瞄低头看书的明月。

“你看我做什么?”明月忽然抬头，抓住偷看她的董晓东。

“啊，我有吗?”董晓东想赖账。

“你有。董晓东，今天上课你心不在焉，总是在偷看我，为什么?难道你有话想问我?”明月黑黝黝的眼睛盯着董晓东，看得他一阵心虚。

董晓东摸了摸鼻子，垂下眼皮自嘲地笑了笑，说：“啥都瞒不过你。”

他把空盘子推到一边，小大人似的神情严肃地说：“我的确有事想和你说，只是怕你不愿意听，因为……因为和关山有关。”

明月搁下笔，双手交握放在资料书上，若有所思地看着董晓东，说：“你说吧，我听着。”

董晓东愕然愣住。和预想中的结果完全不同，他一时间竟有些接受不了。他用力眨眨眼，端起桌上的饺子汤一口气喝了半碗，润了润喉咙，顺带着缓了缓激荡震愕的情绪。心想这说不定是关山最后的机会，于是，他鼓起勇气，说道：“明老师，我知道，这话不该我说。可关站长，他最近过得太惨了。我看不下去，想为他说句公道话。明老师，你觉得暗恋一个人，是有罪的吗?”

明月想了想，摇头，“没有罪。”一个人把暗恋藏在心底，不公开，不打扰，这已经很难得了，怎么会有罪?

“那关站长暗恋你，却被你发现了，这就是罪大恶极吗？如果让他选择的话，他宁可那晚上一个人被高烧烧死，也不想在意识不清的时候，把内心深藏的秘密向你袒露出来。明老师，你知道关站长有多自责和愧恨吗，你也清楚，他以前就是一个不多话的人，现在变得更加沉默了，为了排解心中的痛苦和烦恼，他现在每天像个疯子一样除了爬山就是在机房训练，要么，就是立在门口，看着学校的方向发愣。明老师，今天我若是再不替他说话，这辈子，他恐怕也不会主动找你解释那天的事。其实，我觉得你们没到老死不相往来的分上，对不？关站长的人品、性格如何，不用我在这里帮腔，你比我更清楚。他也从未想过去打扰你，去破坏你和你男朋友的感情，若不是这次受伤，他暗恋你的秘密，估计要烂在他的肚子里，一辈子也不会让你知道。明老师，你就不能原谅关站长吗？你知不知道，他为了惩罚自己，居然想留在大山，留在高冈，不回去了！”

“啪！”明月赫然起身，扔下书本，朝门口疾步走去。

董晓东赶紧起身去追，“明老师，你去哪儿？”

“转信台——”

转信台里，郭校长正陪着关山喝闷酒。两个不能喝酒的男人，各自倒了一口杯，一边说话，一边小口抿着酒。

这还是明月上次为他擦身时剩下的半瓶酒。其实部队明令规定士兵不许饮酒，转信台却违反规定常年备着一瓶“烧刀子”，不是关山有多桀骜不驯，而是怕野外巡线时抵御不住山区的奇寒天气，偶尔喝上一口暖心提神用的。董晓东刚来的时候，不习惯这种烈酒，可经过一年的磨砺和锻炼，他现在差不多能喝上二两。

郭校长自肺病复发后，被迫戒酒，可今天不同往日，他坚持倒了小半杯酒，陪着关山。“关山呐，莫说明老师有对象，就是她没找人家，是独身女子，她也不属于这片大山，不属于高冈，她总归是要回城去的。我以前就提醒过你，你还记得吗?”郭校长语重心长地说道。

关山拿起酒杯，一仰脖，喝下杯中酒。辛辣刺激的高度酒像是一团火从喉咙一直烧到肺腑，他紧蹙浓眉，感受着体内烧灼般的痛楚与羞惭、懊悔等等情绪的碰撞。

郭校长看着双目赤红如血的关山，不由得一阵心疼。他抢了关山的酒杯，呵斥道:“不要命了么，咋还跟酒斗上了!”

关山嘴角一撇，露出惨笑模样，“那我能怎么办，能怎么办……”

无数次想鼓起勇气向明月道歉，想恳请她忘了他的浑话，他们还做回以前的朋友。或是干脆就此疏远，他再也不要想她，不再去学校，只等两年过去，她离开高冈，从此后，两不相干。

可事实偏偏打脸，他既没有向明月澄清解释的勇气，也忘不了她。不仅忘不了，而且那些过往的回忆，犹如刻在脑子里的雕塑一样，再也无法抹平忘却。每当夜深人静的时候，就是他最想念她的时刻。她灿若星辰的黑眸，明媚鲜亮的笑容，白皙纯净的肌肤，她的一颦一笑，一喜一怒，都那么生动地浮现在他的眼前。

相思不露，只因已入骨。谁也无法体会他将相思融入骨髓，深入血脉，并随着他心脏跳动呼吸时所带来的疼痛和悸动是多么的令人震撼。

他想，他不仅仅是喜欢上明月。他应该是爱上她了。

郭校长经历过和宋华恋而无果的爱情，所以，他特别理解关山此刻的感受和内心剧烈的疼痛。曾经，他也像关山一样消沉绝望，曾经以为自己熬不过感情这道坎儿。

可是，没有什么伤痛是时间和光阴治愈不了的，即使治愈是假象，它也会暂时结痂，不再鲜血淋漓，令人感到绝望和恐惧。

但他不希望关山步他的后尘。一个人为了一个不可能实现的梦想，坚守一生，那种孤独寂寞的滋味，他不想让关山再去尝试。

“我也没什么能帮到你的。关山，我劝你一句，别独自承受痛苦，去找明老师吧。找她把话说开，她不是个蛮不讲理的人，一定能理解原谅你。就算是不原谅，最差的结果，也无非是你们以后见不了面，各自安好罢了。你不要像我一样固执，要学会放下，毕竟你还年轻，以后会遇到比明老师更合适的女人……”郭校长说。

关山摇头，垂下眼皮，语声沙哑地说：“不可能，不可能再遇到比她好的了……她就是最好的，最好的那个人……”

郭校长闭眼叹息。这个关山，显然是钻牛角尖了。

两人正沉默着，院外忽然传来一阵急沓的脚步声。关山猛地抬头，眼底掠过一道不可置信的惊喜，他赫然立起，朝门口冲了过去。

郭校长被他的动静吓了一跳，赶忙起身。

“明……明老师。”关山激动得话都说不利索了。

郭校长走到门口，不禁讶然问道：“你咋跑来了？”

明月跑了一路，现在脑子还是懵的。她小口急促地喘着气，看着月亮地里站着的关山和郭校长，说：“我来找关山。”

她纤手一指，“关山，你跟我来断崖。”说完转身就走。

关山表情错愕地愣住，郭校长最先反应过来，猛推他一把，“还不快去！”

断崖之上，月亮之下，浩浩长风，鼓荡着两人的衣角。

明月一双明眸亮得像是开过光的水晶，她眼神无惧地看着关山线条硬朗的五官，开门见山，“你喜欢我？”

关山垂在身子两侧的手掌，骤然蜷缩成一团。他沉默了两秒，转过头，迎向明月的目光，坦然歉疚地说：“嗯。不只是喜欢。”

明月盯着他的眼睛，两人的视线在空中接触了片刻，她转过头，望着悬崖之下的村落，忽然笑了笑。“关山，谢谢你的坦诚。我很荣幸，你能喜欢我。但是抱歉，我不能接受。”

关山苦笑道：“我从没想过去打扰你的生活，我知道你有男朋友，你们感情很好，我只想悄悄地喜欢你，照顾你，直到你离开高冈，我没想让你为难，我……”

“我知道。”明月转头，打断他的话，“我若是不信任你，不看重我们之间的情谊，今天，我就不会来了。”她目光真诚地说道。

关山愣愣地看着她，几乎不敢相信自己的耳朵听到了什么。

“对，你没听错，关山，我信任你，我看重你这个朋友，我不想失去你。”明月清晰地重复道。

关山像是被魔法定住的木头人，傻愣愣地看着她，却不知道讲话。反而那双黑黝黝的眼睛代替嘴巴，泄露了太多复杂的情绪，明月看得心里酸酸的。她伸出手，轻轻碰了碰关山的胳膊，诚恳说：“对不起，我早该和你把话说开的。这段时间，委屈你了。”

关山觉得被她触到的地方像是忽然间通了一根电线，他僵直麻木的身体忽然有了一丝活络的反应。他，好像重新活过来了。

“我听董晓东说，你想留在高冈转信台，不回通讯连了？如果你是因为我才萌生的这个想法，你大可不必如此。我不值得你为了我牺牲大好的前途。关山，你是一位很优秀的军人，即使不在部队工作，转业回地方，我相信，也会有很多单位争着抢着要你。所以，你根本无需担心转业安置问题……”明月斟酌再三，用极其委婉的语气，劝说关山打消留在转信台默默奉献的念头。

关山听后，若有所思地沉默着。

几十丈高的断崖拔地而起，猛烈的山风吹得崖边半截悬空的巨石摇晃不止，四周的山林发出呜呜的回声，深沉的夜色令人望而生畏。

关山侧身，替明月挡住迎面的强风，他背对着悬崖，目光炯炯地望着明月，说：“你误会了，我不是因为你，才留在高冈转信台。”

明月拂了下脸上被风吹得四散飘荡的发丝，诧然问道：“不是因为我？那小董他……”

“他惯会断章取义，我只是没解释，他就误会了去找你瞎说，他说的那些话你别放在心上，等他回来，我再好好教训他。”

明月拧着眉头，不赞同地说：“你教训小董做什么！他也是一番好意，生怕你在高冈终老，所以才找我帮忙劝你。关山，我就想不通了，高冈哪里好？除了贫穷就是荒凉，你待在这里，只会虚度光阴，埋没才华。你知道岁月不待人吗，你现在是什么级别，四级军士长？那就是中级士官，士官不是军官，没有特权，更少有升迁的机会。对，没错，你很优秀，比寻常的士兵优秀得多。你很可能在未来靠着扎根深山的奉献精神，升为高级士官，可你能在转信台待多久？从你升为高级士官那天起，你的军旅生涯也就到头了。关山，你想过没有，到时候你年纪一把，要什么没什么，却要承受复员转业安置的风险，到时，你后悔了，你又该怎么办？”

明月一口气说完心里话，气息不稳，转过头，咳了起来。关山沉默地看着她，手指下意识抬起来，却又硬生生蜷住，放下。

等明月不咳了，情绪也稳定下来，他才用炯炯有神的眼睛注视明月，语气坚定地说道：“我留下，是因为我深爱着这一身松枝绿。它神圣庄严，内涵丰富，是我毕生追求的信仰。我自愿留在转信台，为了军队的发展，贡献我的力量。”

“可是……你喜欢当兵，也不用非得待在高冈啊，你可以去通讯连，去其他条件相对好些的转信台站，一样有你施展拳脚的空间。”明月想不通。

“明老师，我知道你可能理解不了我的想法，毕竟，一个正常人，的的确确应该像董晓东那样，期盼着早日离开高冈。可我不一样，我留下，是因为我爱这座大山，我喜欢这里的山山水水，喜欢这里淳朴善良的人们。在这里生活，能让我找到一种强烈的归属感。这种归属感，其实，就是家的感觉……”

明月神色怔忡地望着关山因为讲出肺腑之言而显得格外精神奕奕的黑脸，许久不曾开口。

她的心中感慨万千。关山那句家的归属感一下子戳中了她的软肋。

是啊，她又何尝不是呢。

第一次尝到被家人呵护的滋味，不是来自男友沈柏舟，而是在海拔一千多米的贫困山村小学。那一灯如豆、散发着烟火气的破败土坯房，那个佝偻着身子、为她端上一碗热腾腾面条的老者。

还有眼前曾为了她报复地痞流氓，曾舍生忘死救她性命，曾一次次用真诚的言语开导她、安慰她、陪伴她度过人生最艰难灰暗阶段的通讯士官。

是他们，让她感受到了前所未有的、家人的温暖和呵护。

关山说高冈像他的家，她又何尝没这样想过呢？只是，喜欢归喜欢，依恋归依恋，她却不能待在高冈虚耗时光。她的事业应该在更广阔、更先进的同州，而她最心爱的恋人，也在迫不及待地等着她支教期满后结婚。

既然了解到关山并非因为她的缘故，才惩罚自己留在高冈，她就没刚才那么内疚了。轻叹口气，看着关山，“我很敬佩你，但并不代表我赞成你的决定。你再慎重考虑考虑，莫要因为一时冲动影响到未来的前途。”

关山展露笑容，点头说：“好。”虽然结果只会是一个，而且不会更改，可他听到明月如此关心他的言语，还是觉得心里很暖。

明月总是这么的善良，她知晓他的秘密后，非但不怪他冒失和无礼，居然还处处为他着想，这样的女子，怎能不让他心生喜爱呢。

只是，他再也不会像上次一样胡言乱语去伤害她了。默默地喜欢，默默地守护，在未来的日子里，他要像断崖之上的这棵松树一样，笔直的，磊落的，做她坚强的后盾和依靠。

话说开了，两人的关系非但没有变僵，反而因为互相理解，变得愈发自然和谐起来。两人相携下山，关山送明月回学校，一路上，两人有说有笑，进门时，把从转信台回来的郭校长看得呆住。

“你们……你们和好了？”

明月看看关山，关山也看看她。两人同时笑了。“本来也没吵架，算不上和好。”“就是!”

关山和笑得合不拢嘴的郭校长聊了几句，就告辞走了。

卸下包袱的明月心情舒畅，哼着歌回宿舍。

“小明老师——”明月顿步，回头，看着郭校长，“怎么？还有事吗?”

郭校长敛起笑容，看着她说：“估计捐款那事，黄了。”

21　顽强的生命力

捐款黄了？听到这个消息，明月并没表现得有多惊讶，意料之中的事，反而那人痛痛快快捐了钱，才会令她感到吃惊。没有期望，也就没有失望。不过，那位看似光明磊落的慕总，如此食言而肥的骗子行径却让她瞧不起。

她嘲讽地笑了笑，安慰郭校长："您别难过，没有他的捐款，咱的日子照样过，而且还要过得比以前更好。"

郭校长原以为明月知道这个坏消息后会同他一样感到伤心失落，没想到她的心态竟豁达乐观至此，她非但没有怨天尤人，反而倒过来安慰他。

他不由得重新审度明月。物的容纳在于容量，人的容纳在于气量。这个来自省会同州的城里姑娘，师范学院的高才生，她的胸怀和气量比他不知宽广了多少。

郭校长满眼赞赏，微笑着向她摆手，"你不难过就行，快睡吧。"

"嗳，您也早点休息。"明月莞尔，回宿舍去了。

时间如流水滑过。最近有两个喜讯接踵而至，令明月感到精神振奋。

一喜，省教育厅公布拟录用人员名单，其中就有她的恋人沈柏舟。也就是说，沈柏舟如愿以偿，成为国家公务员序列中的一员。

二喜，再有不到两周，她就要放——寒——假——了！

山村小学比城市小学放假要晚，假期也短，仅有 21 天，可对于整个秋季入学季都被困在高冈村的明月来说，能离开大山，回同州和恋人团聚，她夜里做梦都被笑醒。

可临近期末考，班里的宋伟伟却出现状况。他已经三天没来上学了。

这天下课，她拉住郭校长询问情况，郭校长说宋伟伟的奶奶病了，他这几天事太忙，还没顾上去宋家看看。

明月略一思忖，决定亲自跑一趟宋家，权当家访。她准备了一些礼品，临走前又在背包里塞上一摞教案，准备给宋伟伟补习这几天落下的功课。

在村民的指引下，她顺利找到北岸南侧一座破败不堪的院落。

这里就是宋伟伟家？她站在没有围墙的院子里，看着塌倒半边的土坯房，心情沉重得像是坠满了石头，压得她喘不过气来。

宋伟伟见到她很是惊喜，病中的宋奶奶也从床上坐起来，招呼明月。

“伟伟，去给你明老师倒水喝。”

“嗳！”宋伟伟转身，跑向灶台。

明月看着他的背影，目光突然一凝。她神色大变，匆忙起身，走到宋伟伟身边，拉起他的裤腿，惊声问道：“你的鞋呢？我上次不是送了你一双新鞋吗？”寒冬腊月，即使屋里有火，这间屋子的温度也绝对超不过十度。地面是未经凿平的黄土地，他这样子不冷吗、不脏吗？

宋伟伟下意识地蜷起脚尖，他神情窘迫地低下头，声音很低地解释：“我怕把鞋穿坏了，没法去上学。”

怕把鞋穿坏了？所以在数九寒冬的天气里光着脚走路，就因为害怕鞋穿坏了，没法去上学。他只有一双鞋。没了这双鞋，他就要失去上学的资格。明月觉得宋伟伟的话像一把锤子擂在她的心上。一个字一个字，砸得她满心疼痛，满眼酸胀。

她猛地吸了下鼻子，把宋伟伟揽进怀里。“好孩子，你这样，会让老师觉得无地自容。穿上鞋好吗？穿坏了，老师再给你买，一直买到你能赚钱养活自己为止。你别怕，你守护你奶奶，我来守护你。”明月哽咽承诺。

宋伟伟小小的身子明显颤了颤，他犹豫了一下，伸出纤细的胳膊，慢慢环住明月，“老师，我穿鞋，你别哭。”

明月从宋伟伟家出来，心情变得格外沉重。她不想回学校，于是沿着山道，吹吹山风，纾解一下郁闷的心情。

没想到，七转八转，心思不专的她竟走到了转信台的门外。

这会儿已经晚了，再去转信台打扰关山他们显然不合时宜，她刚转身准备回去，却听到里面传来开门声，紧接着，响起关山浑厚磁性的叮咛声：“小董，你早点睡，别等我。”

屋里的董晓东不知说了句什么，关山竟大笑起来。

脚步声近了，明月索性转过身，看着那抹高大挺拔的身影越走越近，突然停步，诧异低叫：“明老师——”

不知道他是怎么做到的，没打手电居然也能一眼认出树影下的她。

明月原还想吓他一跳，没想到最后受惊吓的人，却是自己。她沮丧地撅起嘴，嘟哝道：“你长了夜视眼吗？怎么发现我了？真奇怪。”

关山哑然失笑，他自然比普通人的反应灵敏得多。再说了，视力好是一方面，主要还是对她熟悉，那种一眼定乾坤的能力，大致如此。

见到他的身上挎着工具箱，明月不禁诧异问道：“这么晚了，你还要去工作？不能等到明天吗？”

“维修线路，这事等不得。”关山笑了笑，问她，“你来打电话吗？我让小董……”

“啊，不是。我散步，恰好走到这里……”明月挠挠头，说不下去了。

“发生什么事了？”关山的直觉不大好，但一向很准。

明月把刚才去宋伟伟家里遇到的情况说了一遍。“我心情不好，想出来透透气，没想到，竟一路走到这里来了。”明月不好意思地笑笑。

关山若有所思地拧眉沉默片刻，忽然说：“你等等，我这儿有双新鞋，你拿去给宋伟伟穿。”

明月一愣，关山的鞋？

“宋伟伟的脚大，我的脚小，差一个码数，塞点棉花，能穿。”关山解释完，转身跑了回去。没多一会儿，他拎着一个白色的塑料袋出来，走过来递给她，“这是我以前参加篮球比赛时发的球鞋，当时号码有点小，就没穿过，没想到如今能派上用场。”

明月打开袋子看了看，国产名牌，质量肯定比她在镇上买的假冒伪劣产品好得多。“那我就不客气了。”明月扬起手里的袋子，笑吟吟地说。

关山看着明月灿烂的笑容，心中一动。他转过头，握拳压在唇上轻咳了两声，说：“走吧，我送你到前面的岔路口，你自己回去，行吗?”

岔路口离学校很近，步行也就五六分钟光景。明月点点头，跟着关山向山道走去。

白天刮了一天的大风，天也阴沉沉的，郭校长说这是下雪的前兆，可等了一天，到了晚上，还是没见雪花的影子。

“郭校长说今天会下雪，你看能下吗?”明月问。

关山看看乌黑没有月亮的天空，点头说：“我看差不多，天气预报说川木县今天是中雪。”转信台能收到县城的天气预报信息，不过，仅限于此。

明月白皙的脸上露出期盼的神色，她笑了笑说：“小时候，我最喜欢下雪天。不打伞，也不戴帽子，和一群小朋友在没有车辆经过的马路上打雪仗。我表妹，我舅舅家的独生女，经常欺负我的那位小公主，也会出来玩雪。我就装出什么都不知道的样子，故意用雪球砸她，有一次，雪球太硬，居然把她的额头给砸了一个包，她哇哇大哭，跑回家告状去了。我不敢回家，跑到别家商店的屋檐下冻了半宿。后来，我妈妈出来找我，她一边哭，一边叫着月月、月月，跌跌撞撞地找过来。我哭着跑出去，扑进她的怀里。她冻得瑟瑟发抖，可还是紧紧地抱着如同冰棍似的我，想给我带来温暖。我大声哭泣，说我错了，再也不敢打表妹了。你猜我妈妈当时说了句什么?”明月歪着头，眼睛里闪烁着晶亮的光芒，睨着关山。

关山的心咚地一跳，脱口而出：“一定说，原谅你。”

明月摇摇头，嘴角上扬，眼神依恋地说：“她说了三个字，打得好。”

关山愣住。她却大笑起来。“我妈妈，是不是很可爱。她其实挺好的，清醒的时候，她很爱我，护着我，绝不允许舅舅一家欺负我。可是……”

她嘴角的弧度自然向下，笑容转为苦笑，“可是，她糊涂的时候更多……”糊涂到放弃自己的生命，抛下她最爱的月月走了。心中掠过一阵剧烈的疼痛，她面色惨白地低下头去，关山看看她，向左跨了一步，替她挡住山崖边的危险。

一路无言，走到岔路口，关山正想和她告别，却听到她开口说：“我能陪你去修理线路吗？”

关山眨眨眼，讶然说：“你想去？”天黑路陡，他怕她吃不消。

明月重重点头，肯定说：“我想去。时间还早，我不想回去睡觉，只想出去走走，透透气。”不知是不是因为宋伟伟的状况，还是刚才无意中提起过世的母亲，她此刻的心情沉重压抑到了极点，不及时纾解出去，只怕等着她的又将会是一个无眠之夜。

关山想了想，说好。于是，他们沿着崎岖不平的山道向后山走去。

以前，明月对通讯兵的认知完全来自于关山和董晓东。小董是新兵，又忙于军考复习，所以日常工作全靠关山在撑着。像这次，就是山里的某段军用通讯线路出现故障，需要立即抢修维持畅通。

“好找吗？”明月看着茫茫大山，心想，这么大的地方，他能找到那处发生故障的线路吗？

“定位准的情况下很快，定位不准，就会很慢。不过，这条线我走了六年多，闭着眼睛也能把它走完，所以哪一部分线路容易出问题，我大概能猜得到。”关山说。

“哦。”明月朝身边的关山投去敬佩的目光。这才是一位真正的军人应该有的样子。做什么，像什么。干一行，爱一行。责任重于泰山，永远把军人的使命感扛在肩上。

巡线，排障。原以为无关紧要的工作，却在跟着他翻越整个后山之后，了解到当通讯兵的辛苦。

的的确确是苦差事，冬天天寒地冻，别人缩在家里烤火取暖的时候，他们却要顶风冒雪巡线排障。高冈的山风，比刀子还要凛冽，冻得人脸皮麻木，浑身僵硬，若没有那一口“烧刀子”御寒，还真挺不过去。夏天呢，酷暑难当，山里蚊虫毒蛇肆虐，出门不拿根棍子寸步难行。听关山说，通信兵不仅要求体能、思想素质过硬，而且对技术、专业性要求更高。

“我们每天准时操作电台、信号监听、检查天线，单是点击发报机就要一万多次。明老师，我说这些并不是为了表功，而是想让你知道，转信台的工作看似微不足道，不起眼，可它却是部队通讯工作的一个重要分支，就像是人身上的毛细血管，少了它，心脏的血液就到不了身体的各部位去。”谈及心爱的工作，关山整个人都似焕发出夺目的神采，尤其是他那双黑黝黝的眼睛，更是闪烁着耀眼的光亮。

明月知道，这是一个人自信到了极致的表现。

曾经，她也是这样一个满怀憧憬、踌躇满志的人，曾经，她把教书育人、桃李满天下作为人生的终极梦想。可天不遂人愿，这一切希望，都被禁锢在这十八人的山村小学。

她轻轻地叹了口气，说：“你不觉得苦吗？关山。”通讯部队的转信台多如牛毛，总有条件好的，他在这里待了六年，吃了六年的苦，足够了。

关山目光深邃地望着她，说：“苦。怎么能不苦。当报务兵就比一般的兵辛苦得多，更何况是在高冈转信台当通信兵，不夸张地说，是苦上加苦。可若是把这里当成家，当成自己生命的一部分，就不会觉得太过辛苦了。就像是村子里那些离家打工的村民，他们走得再远，还是会惦记家乡的亲人和破旧的家。”

明月没有反驳，因为关山说得很有道理。

他们在后山走了一个多小时，关山在一棵十几米高的大树上找到出现故障的一截线路。“今天风太大，树木摆动剧烈，影响到信号的稳定性。”关山一边戴手套，一边指了指旁边地势平坦的空地，“你站这儿等我，我上去看看。”

“我给你打手电吧。”明月晃了晃手里的电筒。

“不用。这点活儿，我闭着眼睛就能完成。”说罢，他就像猴儿一样，双手双脚攀住树干，朝上面爬了上去。

明月看得触目惊心，可他却像没事人一样，在树影摇晃的高空，熟练操作起来。不多一会，他就从上面滑了下来。

他卸下手套，拍打着身上的树叶和干土，咧嘴笑道：“吓到你了？”

明月摇摇头，笑道：“以前总是在电视上看到你们这些特种兵登高下海英武帅气的模样，没想到，今天能看到真人版的。我可真荣幸！”

关山笑了笑。心想，这算什么。如果有机会，他甚至想带着她从一千米的高空跳下去，感受一下高空跳伞的刺激。

当然，他知道，这永远也不可能实现了。“回吧。”他说。

明月点点头，忽然探出手，接着从天而降的片片雪花，惊喜叫道：“下雪了！下雪了，关山！”

今冬第一场雪，成气候的大雪，在一月末的这天晚上，惊喜而至。

看来她是真的喜欢雪。像个孩子似的在漫天雪花里蹦来蹦去，银铃般的笑声，回荡在这片山谷中。可两人玩着走着，没出十分钟，关山就拦住她，担忧地抬眼望天，“雪太大了，我们得找个地方避避。”

明月被硕大的雪片淋得睁不开眼睛，头发上黏满雪花，俨然成了圣诞老人。她抹了把脸上的雪水，说：“好吧，我也快受不了了。”刚发现下雪还挺开心，可雪越下越大，超过了她的认知度和接受能力，就变得不那么美妙了。

“那边有个山洞，来，跟我走。”关山指了个方向，把手掌递给明月。

明月愣了愣，还是把自己的手递过去。关山握紧她的手，带着她，踩着片刻间就埋过脚面的积雪，向山洞走去。

“啧！瞧这雪下的，是暴雪吗？”明月站在山洞边，一边捋着头发上的雪水，一边指着洞外如同下棉花似的大雪，问关山。

关山正把洞里村民留下来的柴火聚拢在一起，听到明月的问话，他朝外面看了看，说：“没错，是暴雪级别的。”

明月叹道：“从小到大，我从没见过这么大的雪。同州下雪，没有雪片，就是雪粒。想要打雪仗，滑冰，非得赶上下夜雪，积攒一晚，第二天才能玩个痛快。”

关山唇角勾起，心想，以前没发现，明月居然也是个贪玩的。

火堆很快便熊熊燃烧起来。明月和关山围坐在火堆旁边，年轻的脸庞被火光映衬得格外红润。

“明老师，唱首歌吧。”关山忽然说道。

明月的脸不知是被火烤的，还是被关山的请求吓到了，竟觉得一阵热烫。她环顾四周，不好意思地说：“你怎么忽然想听我唱歌了？在这里，好像有点奇怪。”

关山笑了笑，目光粲然地说：“一时半会儿也走不了，不如听你唱首歌。”明月思忖了一下，点点头，“那好吧，你想听什么歌？民歌还是流行歌曲？”

“月光。”关山毫不犹豫地说出这两个字。

在下大雪的深山里，听月光么？明月眨了眨眼睛，说：“好。”

皖州，湖滨工商银行。

“请问您办理什么业务？”防弹玻璃里面仪容整洁的柜员热情向他招呼道。

明冠宏从衣兜里掏出一本存折，连同两千元现金，一并放在柜台中间的钱槽内。“我存钱，两千元。”

柜员翻开薄薄的存折，一看，不由得讶然问道："这不是您的名字？"

"哦，不是，我是为我女儿存的。"明冠宏说道。

柜员一边刷存折磁条，一边朝外面端坐着一动不动的明冠宏投去好奇的一瞥，"您每个月都固定存入两千元吗？怎么不存个零存整取呢，这样比活期的利息高一点。"

明冠宏笑了笑，说："不用。"

柜员录完数据，系统自动生成最新余额。看到上面的数字，柜员不禁咋舌道："这么多钱放在活期折子上太亏了，一年就损失几千块呢。您看要不要转成定期，或是购买我们行的理财产品？"

"不用，谢谢。"明冠宏说。

柜员既无奈又惋惜，同时又羡慕这位存折的主人，他为她存了这么多钱，而且是月月都存，这得付出多少财力和精力啊。

业务办理完，柜员终于忍不住问："您是给您女儿存嫁妆钱吧？"

明冠宏笑了笑，没有回答。柜员没看出来，此刻明冠宏的笑容显得有些苦涩。收好存折，他起身离开银行。

皖州今天下雪了，可雪花不像雪花，只能叫米粒，和边疆一下起来就有巴掌大的雪片怎么能比。他站在台阶上，望着车水马龙的街道，长长地叹了口气。气温很低，他呼出的气体瞬间就化成了一团白雾，片刻之后才散尽。他低喃道："明月，你还好吗？"

口袋里的手机响了，他掏出来，看了看来电显示，接通说道："小陈，我马上回局里，你通知下各科室，四点开会。"

他的秘书陈勇庆语气恭谨地答道："好的，明局长，我马上就办。"

距离正式放寒假还有三天，明月把行李箱搬出来收拾行李，其实也没太多东西要带走，几件换衣衣服，一件棉衣，一件呢子大衣，两条裤子。

晚饭后，她步行去了转信台。

明月把手写的几页纸交给董晓东，叮嘱他务必照着上面写的复习进度来，不能偷懒，并把监督的责任交托给关山。“小董的学习就交给你了，等寒假过完，我一回来就考试，考不好，你和小董都要受罚!”

关山双臂交握，一脸无辜地说：“连我也要受罚?”

明月眯着眼睛，肯定道：“对，连你一起罚，谁让你没尽职尽责管好小董。”

看着那几页纸，小董愁眉苦脸地叹气说：“明老师，你这安排也太满了，过年也不打算放过我么?”

明月笑道：“你想想翻过年还有几天就要军考，掰着指头数数，你就不会这么说了。”

董晓东顿时蔫了。明月被董晓东逗得哈哈大笑。

关山看着明媚照人的明月，心里却涌上一阵酸楚。她就要走了，不是吗？虽然只有二十几天见不到面，可却像是一下子把生活中的乐趣都抽走了似的，觉得做什么都没了滋味。

“不是打电话吗？跟我来。”关山带头走出厨房。明月紧跟着出来，脸上带着轻松的笑意，跟着关山走进值勤机房。

第一个电话肯定是打给沈柏舟。这次，彩铃音乐没响太久，沈柏舟就接了。“柏舟，我是明月。你在哪儿呢?”怕他和朋友在一起讲话不方便，她先问了一句。

沈柏舟这会儿的确不大方便。因为他正和宋瑾瑜在同州国际大酒店的西餐厅共进晚餐。“你等等，我出去接电话。”沈柏舟把铺放在腿上的白色餐巾扔在桌上，右腿一顶，推开靠背椅，便想出去。

宋瑾瑜面露不悦之色，隔着餐桌去拉他的衣角。沈柏舟蹙眉，躲开她的手，并且竖起食指压在嘴唇上，警告宋瑾瑜不要出声。

宋瑾瑜眼睁睁地看着仪表出众的沈柏舟为了另外一个女人抛下她走了。她不甘心地啃咬着指头，直到咬掉一层皮，疼得她低叫起来。

“女士，请问您需要什么?”一旁戴着金色领结的男侍应生极有眼色地俯身询问道。

宋瑾瑜敛起怒容，指了指旁边那桌客人点的高档红酒，说：“来一瓶那个牌子的红酒。”

沈柏舟回来，看到醉意醺醺的宋瑾瑜和桌上还剩一半的欧颂名酒，不禁蹙起眉头，对侍应生说：“打包，酒带走，结账。”

“好的，请您稍等，先生。”侍应生脚步飞快地去拿结账单据，脑子里转动的，是他这个月的工资是不是能够再添一个零。

宋瑾瑜抢过桌上的红酒，朝杯子里面倒。

“你疯了！宋瑾瑜!”沈柏舟隔着桌子抢过她的酒瓶，虽然尽量压低了声音警告她，可离得近的几桌客人纷纷向他们投来探究好奇的目光。

沈柏舟气得不行，又不好当场发作，黑着脸等侍应生送来结账单。

“先生，您一共消费了一万零八百一十元整。”侍应生还想说话，却被沈柏舟打断，不耐烦地说：“没关系，直接刷卡，谢谢。”

沈柏舟刚起身，却被面红耳赤的宋瑾瑜扯住袖子，“对不起，柏舟，我不知道，一瓶酒会这么贵。”虽然她此刻头昏脑胀，心情恶劣到了极点，可她还没到醉的程度，她知道，刚才自己任性吃醋这一波折腾，闯下大祸。

沈柏舟吁了口气，隐忍地蹙紧眉头，拂开她的手，冷静说：“我能带你来，自然消费得起，你只管要，再多十瓶，看我眼睛会不会眨一下。”

宋瑾瑜目光呆滞地看着杯盘狼藉的桌面，心里涌上浓浓的不甘和愤怒。她知道，她和沈柏舟的关系要走到头了。原因，只有一个。那就是明月要回来了。她要回同州了。

在餐厅外的过道等电梯。宋瑾瑜紧绷着脸，通身酒气，沈柏舟同样阴沉着脸，看着廊道尽头的景色，目光茫然，没有焦距。

“沈柏舟?”忽然，从隔壁咖啡厅出来一对儿情侣，其中一位个子娇小的年轻女人指着沈柏舟，惊讶叫道。

沈柏舟表情僵硬地回过头，看着面前穿粉色衣服的女人，动了动唇角，艰涩开口："嗨，雅静。"

"真的是你啊。光看背影觉得像，冒冒失失叫了一声，还真是你！咦，宋瑾瑜？你怎么……"曾雅静指指一旁强自镇定的宋瑾瑜，又指指神色尴尬的沈柏舟，忽然顿住声音，眼神却变得越来越震惊。

"雅静，你别误会，我只是和她……和宋瑾瑜碰巧遇到，她和明月是同学，我就请她吃顿饭，打听一下明月的情况，你千万别误会。"沈柏舟语无伦次地解释，愈发印证了同为师范同学的曾雅静的怀疑。

一般同学关系请客需要到五星级饭店的西餐厅？还喝酒？还有，宋瑾瑜那强自镇定的模样，潮红的面颊，处处透着不寻常的气息。

在校时，曾雅静就讨厌宋瑾瑜，她觉得宋瑾瑜心机深重，虚荣心强，而且，宋瑾瑜特别爱记仇，对欺负过她的人，她想方设法也得把这笔账讨回来。当年在学院，她们还打过一架。

没想到，除了心机婊，她竟然还是个狐狸精。趁着明月下乡支教，她竟然勾引人家的男朋友！还有这个沈柏舟，放着明月那么好的姑娘不要，居然和这个骚狐狸勾勾搭搭。看他们的神色和表现，想必早就滚床单了吧。可怜的明月，竟什么都不知道……

看着心虚到头上冒冷汗的沈柏舟，曾雅静表情很淡地笑了笑，"哦，原来是这样啊。"她偏过头，主动问宋瑾瑜，"你不是和明月一起去支教了吗？怎么你跑回同州，明月却没回来？"

宋瑾瑜目光闪躲地解释说："我被县教体局抽到同州一中调研学习，最近半年，我一直要待在同州。"

曾雅静暗骂了声不要脸，可脸上却还带着笑，打了声哈哈，说："那我不耽误你们叙旧了，你们好好聊，好好聊啊。"

曾雅静拉了拉男友的胳膊，"走吧，咱们别妨碍人家。"

看到曾雅静拉着男友宁可选择走楼梯也不愿和他们同乘电梯，沈柏舟捂着额头，累积到极致的坏情绪终于在这一刻爆发！

“你有病啊，宋瑾瑜！我说了随便找个隐蔽的会所吃顿饭得了，你非要来什么同州大酒店！来了你倒是吃啊，吃不会吃，喝不会喝，还给我捅出这么大的娄子！你说，曾雅静回去和明月翻闲话怎么办？我怎么向明月解释，啊？你说，她后天就要回来了，我怎么解释……”他的吼声压抑而又狠厉，震得宋瑾瑜耳膜嗡嗡作响。

后天，就回来了？沈柏舟前面吼的什么，她统统不在意，她耳朵里听到的，只有最后一段话。明月要回来了。

一想到后天她将见不到沈柏舟，而明月将代替她，和沈柏舟在沈家公寓那张硕大的床上颠鸾倒凤，她的眼前蓦地腾起一团血雾，红通通的，什么也看不真切。她的心又冰又冷，恨不能破罐子破摔，索性和沈柏舟翻脸，当众揪出他们那些丑事。

可她不是明月，更不是刚才的曾雅静。她没有那个勇气，而且也没傻到那种程度。她的目的如果只是单纯地和沈柏舟厮混一场，到时两不相欠，一拍两散，那她就是个不折不扣的傻子。她的最终目的，是要得到沈柏舟，即便失败了，她也要捞到自己应得的好处。

宋瑾瑜一声不吭地发了会儿愣，看在沈柏舟的眼里，却是另外一种滋味。他并不是个得理不饶人的男人，不然的话，当初在高冈村，他直接就揍那个叫关山的通讯兵了，而不是听他解释，听明月解释，然后再蔫不出出地回来。

他和宋瑾瑜之间的龌龊事，说白了，责任一半一半。

今天的事，他也有责任。如果他的态度能坚决一点，不顺着她到酒店这种公众场合来吃饭，也不会发生这种事情。

不过，他已经向曾雅静解释过了，再说，他们没有开房而是吃饭，就算雅静看到了，有所猜测，又能如何。她不说便罢，即便向明月翻了闲话，他到时也有借口。明月心思单纯，人又善良，一定会相信他的清白的。

电梯门叮一声开启。宋瑾瑜低着头，径自走了进去。沈柏舟紧随其后，也跟着进去。谁知电梯门才关上，宋瑾瑜就扑上来把沈柏舟的腰抱住了。“对不起，柏舟，以后我再也不要求到这种地方来了。”

沈柏舟蹙着眉头，想推开她，却又觉得力不从心……

散学典礼一过，高冈小学正式放假。

明月亲自把孩子们送出校门，然后和郭校长告别。关山送她下山。

班车仍旧是之前那辆破车，蓝色的车身布满尘土，几乎看不清上面涂画的广告。关山抬起明月的行李箱，放进大巴车中部敞开的行李舱。

他的眼睛很亮，看着明月，含着浓浓的不舍。“路上注意安全，不要和陌生人说话，火车上也要注意点，小偷很多。”。

明月莞尔道：“喂！我今年 23 岁，不是 3 岁！”

关山目光深深地凝视着明月，笑了笑，指着车门，“去吧，占个前面的位置，不会晕车。”

明月笑着点头。“再见，关山，你也多保重。”关山说好。

明月脚步轻快地上车，坐在第一排的位置，透过车窗向关山挥手，示意他离开。

关山摇摇头，像断崖上的青松一样岿然不动，一直等到司机发动汽车，他才向明月再次挥手。

看着路边高大挺拔的身影渐渐远去，最终消失，变成地平线上的一个点，明月的心里涌上一种说不清道不明的滋味。有心酸，有不舍，还有一丝细微却不容忽视的疼痛。

她合上眼睛，靠在座位上，竭力压制着这股子难受的滋味。好像自己离开同州的时候，也没像现在一样感触这么深。这大半年时间，她从一个初入社会的大学生，到贫困山区的支教老师，一路跌跌撞撞走来，经历了太多的磨难和辛酸。

第一眼看到高冈小学破败的校舍和住宿环境时，以为自己一天也坚持不下去，可她竟神奇般地撑到了现在，撑到了学期结束。在高冈支教期间，发生的一切，放在她的任何一位同学身上，恐怕都是一场彻头彻尾的灾难，而她，竟然神奇般地挺过来了。

明月睁开眼睛，将视线转向车窗外的景色。冬季的山区，路边的树木树叶掉光，只剩下褐色的光秃秃的躯干还挺立在寒风中，看起来毫无生机和美感。可就是这样一棵棵枯树残枝，春风送暖的季节，又会从鲜活的枝丫间发出嫩绿的树叶，树叶慢慢长大，长得葳蕤茂盛，连成片，最终汇成绿色的海洋。

22　命运和她开了个好大的玩笑

一路上陷入思绪竟没怎么晕车，明月到县城后，先去车站买了去皖州的最后一班汽车票，然后找地方吃了晚饭。在候车室等待发车的间隙，她给沈柏舟打去电话。“对不起，您所拨打的电话已关机……”

明月看看手机上显示的时间，纳闷不已，“难道是手机没电了？总不会这么早就睡了吧。”她有些失望，但没多想。

过了一会儿，广播通知发车，她最后看了一眼川木县城，登上了去往皖州的大巴。到达皖州已是夜里十点多，她拉着行李箱一路狂奔，总算在火车站售票窗口抢到一张半小时后开往同州的火车站票。

搁往常，她或许会考虑在皖州住上一晚，等休息好了，再坐第二天一早的火车回同州。可现在她满脑子想的都是同州的家，都是沈柏舟，归心似箭的她，恨不能立刻插上翅膀飞回同州去。

可她还是低估了火车的运力。明月费了九牛二虎之力挤上火车，却被堵在车厢的厕所和垃圾池之间不得动弹。

四周到处是人，高矮胖瘦，东南西北，各种人声、杂声此起彼伏，吵得坐了一天车的明月太阳穴犹如琴弦一样，跳蹦着疼。

由于距离厕所和垃圾太近，明月被熏得频频作呕，旁边的一位中年妇女看她脸色太差，主动把行李挪了挪，给她让出了一点位置。虽然还是很挤，可避开了厕所大门，她觉得舒服多了。

“你手机响了，刚才一直在响。”那位好心的中年妇女提醒她。

明月连忙道谢，从衣兜里掏出手机，看也没看放在耳边，“柏舟，你怎么才打电话啊，我已经上火车了，明早五点二十到同州。”

“明月，我是爸爸。”

明月的耳边传来嗡嗡回声，四周的嘈杂声顿时变得剧烈起来。过了片刻，明月恢复理智，冷淡回道：“哦。”

电话那端的明冠宏沉吟一下，说道：“我下午打去川木县教体局，那边告诉我你们小学已经放寒假了，我猜你的手机是不是可以用了，所以试着联系你一下。”

“哦。”

“你现在在火车上？”

火车咣当咣当撞轨的声音传得老远，代替明月做了回答。

“我……”明冠宏说了句什么，却被车厢里的人声遮住，明月没听清，太阳穴却像是针扎了似的，疼得她忍不住屏息隐忍地说道：“我在火车上，现在很难受，您有什么事，等我到了同州之后再说。我先挂了。”

她拿开手机，挂断，用力塞进衣兜。

旁边的中年妇女问她：“你是同州人？”

明月点点头，又摇摇头，不知道该怎么回答。她的户籍在皖州川木县，可她却像是浮萍一样，从小到大，寄住在姥姥家里。因为她表现反常，那女人便好奇地看她，她苦笑了一下，坐在行李箱上，重新掏出手机。

这次，是打给沈柏舟。“对不起，您所拨打的电话已关机……”听到机械录音答复的一瞬，心情烦乱的明月忽然生出一种把手机摔了的冲动。

沈柏舟，你在做什么啊！

沈柏舟此刻正在自己的公寓里睡得天昏地暗。

中午他被宋瑾瑜约到公寓，说是回老家前想再见他一面。他这个人耳软心软，禁不住她的央求就开车过去了。

没想到宋瑾瑜竟拎着一袋子菜蔬水果还有一瓶红酒等在他的公寓门外。

沈柏舟很惊讶，问她弄这些东西干什么。

宋瑾瑜笑语嫣然地撒娇说，她想给心爱的男人做顿饭，权当饯别宴，不行吗。

沈柏舟找不出理由拒绝，眼睁睁地看着宋瑾瑜变戏法似的做了一桌子菜。席间她打开红酒，给她倒了一杯，想了想，又给沈柏舟倒了半杯。

她说，无酒不成宴，既然她带了酒来，就让沈柏舟给她一个面子，多少喝半杯。沈柏舟原本一滴也不想沾，可看到宋瑾瑜失落沮丧的模样，他心一软，就同意了。

没想到，半杯酒下肚，他却浑身发烫，心跳加速，小腹热胀。不等宋瑾瑜把她那杯酒喝完，他先沉不住气，拉着宋瑾瑜去卧室里颠鸾倒凤起来。

一番酣畅淋漓的欢爱过后，他的体力完全透支，眼皮沉得如同压了块石头，任凭宋瑾瑜如何唤他、提醒他，他也不管不顾地睡过去了。

宋瑾瑜看着熟睡的沈柏舟，残妆犹存的脸上却露出一丝冷酷的笑意。原来网上推荐的这款带催情作用的迷药竟这么厉害，看样子，沈柏舟今晚是别想起来了。

宋瑾瑜光着身子跳下床，走到沙发前，捞起沈柏舟的裤子，掏出他那部价格不菲的苹果手机。按亮屏幕。她看着上面冲着她笑得纯洁高贵的明月，眼睛微眯，用尖尖的食指指甲在那张漂亮的脸蛋上画了个×，之后，她阴阴地笑了几声，把手机关了。

睡到凌晨三四点，宋瑾瑜被噩梦惊醒。她摸到枕头下的手机，看了看侧身睡着的沈柏舟，轻手轻脚地去了卫生间。在卫生间，她打开沈柏舟的手机。刚一开机，短消息的提示音就滴滴响个不停。

宋瑾瑜细细看过每一条短信，她啃着手指甲在偌大的卫生间里转悠了几十圈，终于停下来，手指在屏幕上敲打出一行字，之后，犹豫了几秒，按下发送。她没敢等对方回应，立刻又把手机关掉了。

回到床上，她用近乎贪婪的目光描绘着睡得像个孩子似的男人的五官，喃喃说道：“我是真的爱你啊，柏舟。为了你，我可以变成最丑陋的女人……”

明月是在距离同州还有两站的光阳县收到沈柏舟的短消息。

知道了，明早一定到。

八个字的回复，让彻夜未眠的她感受到一丝久违的暖意。那种熬到极限的崩溃和绝望，顷刻间得到了纾解和释放。

原来，这就是爱情的魔力。可以让陷入绝境的人获得新生的希望。明月抿着嘴，眠着熬夜熬得通红的眼睛，按下手机通讯录里沈柏舟的名字。“对不起，您所拨打的电话已关机……”

明月的笑容刹那间凝结在嘴角，一双闪烁着亮光的眼睛也瞬间黯淡下来。她拧着眉头，神情迷惘地看着黑掉的手机屏幕，口中喃喃道：“柏舟，你是嫌我烦了吗?”刚发完短信就关机，不是烦她又会是什么？她的心情才刚刚攀上顶峰，一下子就从悬崖上掉下来，跌入谷底。

所幸的是，同州就要到了。

五点二十五分，同州火车站。神情憔悴的明月拉着行李箱，背着背包，步履僵硬地随着下车的人潮向出站口走去。

这座闻名遐迩的大型铁路枢纽，依旧如她去年离开时一样，庞大而又繁忙。不论是深夜，还是黎明，哪个时间段，都会有南来北往的旅客从这里被发送到各自的目的地。

熬了一夜，明月的眼睛涩得睁不开，一晚上滴水未进，唇皮干涸，裂开一道口子，隐约可见里面的红色血痕。

终于看到出站口了。明月打起精神，掀起唇角，挤出一抹笑容。

“嘶——”唇皮裂开的地方传来一阵尖锐的痛楚，她不禁倒吸口气，用手按了按疼的地方，手背肌肤上沾着一道血迹，她蹙了蹙眉，探出舌尖，润了润干燥的嘴唇。

她从通道口验票出站。刚一出去，她就踮着脚尖，在接站的人群里寻找沈柏舟的身影。他有一米八高，再加上仪表出众，应该一眼就能看到。可找了一圈，又一圈，没看到沈柏舟那标志性的身板。

他还没来吗？她低下头，掏出手机，正准备给沈柏舟打电话，忽然，肩膀一沉，有人在身后叫她，“月月——”

她愕然一怔。蓦地转身，却看到一张沧桑的男性面孔。

乍一看到这个人，明月下意识地向后退了一步，她的眼睛里掠过震愕和不安，还有一丝不易被人察觉的抗拒，她垂下睫毛，迅速眨动几下，低声道：“爸。”

没错，此刻站在明月面前，鬓角花白的魁梧老者，正是明月的父亲，明冠宏。“您怎么来了？”看着忽然出现在车站的明冠宏，明月不禁愕然。

“我最近在同州开会，想把你接到皖州过年。月月，跟我回家吧。”多年的军旅生涯，潜移默化地影响明冠宏的神态、气质和讲话的态度。

即便是对着自己的女儿，他还是端着一贯冷峻严肃的面孔，目光炯炯专注，腰杆笔直，一身笔挺的黑色衣服，显得人毫无温度。

明月隐忍地吸了口气，她攥着拉杆箱的手指呈现出一种青白色，过了几秒，她抬头，目光幽幽地看着明冠宏，反问说：“皖州？我跟你去皖州做什么？那里和我有什么关系？”

明冠宏拧起粗重的眉毛，不满地呵斥道：“你这是什么态度！我是你的父亲，我接自己的女儿回家过年，难道不可以？”

明月咧开嘴唇，嘲讽地笑笑，“您指的是哪个家？同州祥安路的老布坊？还是新疆边境的军队家属房？或者，是你认为的，那个与我毫无关系的皖州的家？”

一连串咄咄逼人的问句夹带着明月熬了一整晚的怨气和委屈，和着火车站嘈杂的人声，令明冠宏竭力压抑的火气腾一下冲到头顶。“月月，你胡说什么!”他不用刻意拔高音量，也成功吸引来不少关注好奇的目光。

明月摆摆手，拉起行李箱，“我不想和您吵架，您走吧，我累了，要回去了。”

明冠宏一把抓住明月的胳膊，怒道：“你跟我回皖州去。必须马上回去。还有那个叫什么沈柏舟的，你回去好好跟我解释一下。”

一听到沈柏舟三个字，明月就像是炸了窝的刺猬，瞬间浑身上下竖起尖刺。她用尽全力想摆脱明冠宏铁钳似的大手，可是把自己弄得生疼，也牢牢不动，明冠宏生气的时候很可怕，像小时候一样，黑沉着脸，像是姥姥家大门年画里面目狰狞的门神，令人望而生畏。

不过，此刻已被怒火烧灼得发懵晕眩的明月，根本不怕明冠宏。她犟起来，用姥姥的话说，三头牛也拉不回正道上。“放开我——放开我——你弄疼我了——”明月的耳朵里嗡嗡作响，眼泪溢满眼眶，却硬忍着不流下来，不愿在他面前服软。

明冠宏不是没见识过明月倔强生硬的一面，从他再婚后明月不去皖州，而且再不管他开口要钱开始，他就意识到，他明冠宏的这个女儿，骨头硬得很。放在部队里，没准是个好兵，可是作为女儿……由着她的性子胡闹，是他对两人关系的冷处理，原以为经过大学几年和在贫困山区支教的磨砺，她多少能成熟懂事一些，可没想到，她竟变得比之前还要尖锐冷酷。

“你凭什么管我?这些年你没管过，现在却来管，怎么，是你的官威没人买账，到我这里找平衡。告诉你，晚了，晚了……”

明冠宏的怒火终于在这个寒冷的清晨，被疯狂想摆脱他钳制管束的女儿给刺激到顶点。

“啪!”明冠宏想也没想，抬起手，抽了明月一个耳光。

四下皆静。周围的人窃窃私语，有胆大的人指着明冠宏斥责道：“干嘛打人啊，有话不能好好说吗?”

明冠宏这才醒悟过来，自己做了件多么愚蠢的事情。他慌慌张张地伸出手，想安抚明月，却被低着头、黑发遮住半边脸的明月猛地躲开。

“您走吧。我不怪您，但是求您，以后别再找我了，连电话也不要打，求您了……”最后三个字，是从明月的齿缝中硬挤出来的，透着压抑的伤心、委屈、愤怒，还有深深的绝望。她说完转身就走，走得又快又急，以至于行李箱绊到小腿，差点摔在地上。

明冠宏黑沉着脸，看着明月的背影急匆匆地消失在前方的人潮，瞬间就找不到了。他攥着铁拳，心口处疼得厉害，过了半晌，他在旁人指指点点的关注下，转过身，挺起胸膛，向车站停车场走去……

明月一路跑到车站广场外面，才猛地顿步，向后望了望。

没人跟来。

她的脸火辣辣地疼，不用照镜子，也知道自己的脸已经肿了。她用手背用力擦去嘴唇上的粘腻，目光冰冷地凝视着远处的同州城。

同州刮着三四级的大风，天色将明未明，整个城市处于一种刚刚苏醒的状态，显得慵懒而又冷漠。她掏出手机，手指却像是痉挛了一样，无法滑动按键。她试了几次，终于按到沈柏舟的名字。

从昨天就一直不通的电话，这次，却一打就通了。她的眼睛里升起一道微光，语气急切地问道：“柏舟，柏舟，你在哪儿？你到车站了吗?”

耳畔沉默了足有七八秒，才传来沈柏舟鼻音浓重的声音，“哦，明月，我……我的车堵在高架上，过不去了。”

明月愣在那里。心里涌上一阵复杂难言的滋味。

既庆幸又失望。庆幸他还没来，没有看到刚才骨肉相残的一幕。其实，她才是那个极好面子的人，尤其是在心爱的人的面前，更是一点尊严和骄傲都不能丢。失望，却是人之常情。她盼了这么久，思念了他这么久，好不容易回来了，他却说他过不来了。

如果她把实情告诉他，他会不顾一切地冲过来安慰她吗？最终，明月没有给自己这个机会。她的自尊心不允许她这么做。她用手压着鼻端，轻轻吸了口气，说："那你别过来了，我坐公交回去，你到时直接到我家来。"

沈柏舟不知是不是着急，竟直接挂了电话。

明月没心思琢磨沈柏舟的异常反应，她现在又困又累又疼，只想赶紧回家睡觉。她拉着行李箱，四顾一望，步履缓慢地向公交车站走去。

公交站台背后，就是车站的停车场。明冠宏走到一辆黑色的轿车前，司机已经把车门打开，并朝明冠宏的身后望了望，好奇问道："明局长，您接的人呢?"

明冠宏神色一僵，语气低哑地回答说："没接到。"

明月的租住房位于市区中北部的城中村，一幢三层高的破楼房里。明月并不住在楼房，而是住在房东为了堆放杂物盖在院子里的一间小平房内。平房大约七八平方米，里面仅能放下一张单人床和一个衣柜，写字学习需要坐在床上使用电脑小桌，做饭却要在门口的雨棚下面将就。因为没地方装那种大炮筒样式的抽油烟机，明月每次做饭都要选在大家都做饭的时候，那样，会少些油烟，少些埋怨。

好在明月一个人生活，有这些也就够了。房东还算不错，没给她涨过房租，一个月四百元钱，在同州这样寸土寸金的地方，的确不算贵。她是个适应能力很强的人，像是大山里冬季树桠上的嫩绿，给点养分，给点水分，就能存活下去。

刚走进院子，就看到房东王叔的身影。"王叔，您在啊。"

房东点头，打量着神情憔悴的明月，问道："你才下火车？坐夜车了?"

"哦，我着急回来，所以就赶了趟夜车。"明月心想，若她不赶这么急，就不用这么累，就不用遇见她的父亲，更不会发生刚才的一幕。可惜，这世上没有卖后悔药的。已经发生过的事情，她只能选择去遗忘。

"你这脸……"细心的房东发现她脸上的红印。

“哦，没事。我在行李箱上趴了一晚上，可能是硌的印子。”她目光闪躲地解释道。

“哦。可真辛苦。”房东同情地看着她。

“我去休息了，您忙吧。”明月实在没精神和房东再聊下去，她现在身体的各项机能到达极限，恐怕是沾枕即睡。

“好，快去吧。”房东摆摆手，忽然又叫住她，“小明，你那屋子还不能住人吧。多久没人打扫了，只怕屋子里积了一层灰，你先清扫清扫再说。”

明月愕然一愣，她的家，很脏？不可能啊，她叮嘱过沈柏舟定期来给她的花浇水，顺便打扫一下房间。

她疑惑问道：“王叔，我男朋友最近没来过吗？”

房东摇头，说：“没有，他不是最近没来，是一直没来过。”

明月拧着眉头，径自走到平房门前，用钥匙开了门锁。锁头上积了厚厚一层灰尘，明眼人一看，就知道这锁没人动过。

她丢开行李箱，打开锁，脚步惶急地走进去。果然，屋子里充斥着一股子刺鼻的霉味和菜叶腐烂的味道。她被呛得连连咳嗽，可她只略微停了一下，便疾步朝窗户那边跑了过去。

十几公分宽的窗台上，放着两排已经完全枯萎坏死的虎皮吊兰。

明月目光呆滞地看着毫无生机的灰色瓦盆里枯黄发硬的怪物，突然掏出口袋里的手机，颤抖着寻找沈柏舟的名字。

沈柏舟接到明月的电话时，他正独自开车去出租房。听到明月带着哭腔指责他为什么不照看好她家里的吊兰，他不禁蹙眉辩解道：“几盆花而已，死就死了，我再给你买好的，啊，乖，别闹。”

明月听到他满不在乎的回答，心里感到一阵彻骨的寒冷和孤独。她可以任劳任怨地待在高冈那个穷乡僻壤受罪，她可以不眠不休地赶回同州，她甚至可以在车站广场忍受众人的白眼和议论被她的父亲痛打，这一切，她统统能够忍受，可唯独忍受不了这些无辜的吊兰被人遗弃，被活活渴死。

她为什么如此珍视这些吊兰？这些吊兰来自于一盆快要干涸的虎皮吊兰，那是她的母亲留下来的遗物，唯一还带着生命力的遗物。她那样珍视这盆吊兰，小心呵护，一直把它照顾得很好，而它作为回报，竟前前后后为她孕育了好几盆茂盛葳蕤的吊兰。

她以为，她能够照顾它们一辈子。就像以前，她照顾她的母亲一样，一直照顾着它们。可谁知道……

"沈柏舟，你知道这些花对我意味着什么吗？"明月说这话的时候，疼得几乎感觉不到心跳。

沈柏舟可能也意识到他办了错事，赶紧哄劝明月，"宝贝，别生气啊，我这就过去，带着你再买几盆一模一样的，啊！"

明月沉默。她揪着心口，一字一顿地说："你能把一模一样的花还给我，可你能把我母亲还给我吗？你能吗？"

沈柏舟愣住。不是说花吗？怎么扯到明月去世的母亲身上去了。他搞不懂，于是不耐烦地说："我马上过去，咱们见面再说。"

明月屏着气息，压抑着情绪，不冷不热地说道："你不用来了，来了还要干活，别脏了你的手。"

"干什么活？累的话，咱请家政啊，咱不缺钱。"沈柏舟说。

"沈柏舟——"明月的坏脾气终于被他这句无所谓的回答给引爆，她噎着一口气，斥责道，"沈柏舟，你到我出租房里来过吗？来过一次吗？你知道窗台上的虎皮吊兰全都死了吗？你知道地上、床上的灰尘有几公分厚吗？你知道我不要命地一路跋涉赶回同州，就是为了和你吵架吗？算了，你别来了，沈少爷，你这样的家政，我不敢用，也用不起。"明月挂了电话。

沈柏舟一脸黑沉地叫了几声明月，听不到回应，他恼怒地拔掉耳朵里的蓝牙耳机，发狠似的扔到汽车的仪表盘上。

"真他妈的不顺！"沈柏舟猛砸了一下方向盘，气喘吁吁地注视着前方的车流。他在富裕家庭长大，典型的公子哥做派，平常听惯了奉承话，享受惯了旁人欣羡嫉妒的关注目光，忽然被女友这样劈头盖脸一通喝骂，他的脾气也上来了。

沈柏舟将油门松下，车速放慢。他甚至赌气地想，干脆不过去，晾一晾明月，她就知道厉害了。

可这个点儿，家回不得，难道再去找宋瑾瑜？可他因为没接到明月的事冲她一顿吼，把她赶回去了。再去找她，合适吗？他思忖了几秒，忽然打了下方向盘，调转车头，向招待所的方向疾驰而去……

明月拖着快要散架的身子，用了一天的时间，把房子里里外外清扫了一遍。床单被罩借用房东家的洗衣机洗好晾上了，窗子也擦过了，就连晚饭，也是房东王叔看她辛苦，给她端过来的。

一碗米饭，两样素菜，明月接在手里的时候，忍不住就要落下泪来。

“唉，不是王叔说你，你那个男朋友，除了长得好之外，真不咋样，自己女朋友回来了，不来帮着干活，连人影儿也不见，唉，小明，这次你可得好好说说他。”房东看不过眼，替她鸣不平。

明月神情黯然地低下头，“谢谢你了，王叔。”

“快吃饭吧，吃完了早点歇着，别再干了！”

“嗳，谢谢您啊。”关上房门，明月抱着热乎乎的饭碗，倚在窗前，看着她舍不得丢掉的花盆，心里涌上阵阵酸楚无助的滋味。

沈柏舟，你竟真的不来么？

翌日，明月是被噩梦和冰冷的室温惊醒的。她睁开眼睛，看着空荡荡的旧屋子，感觉一阵心酸。这个出租房，曾被她视为家，充满了温暖和归属感的小家，如今，除了寒冷和孤独，她再也感受不到令人留恋的地方。

反而是不久前才刚刚熟悉融入的高冈小学，那间简陋破败到露着墙皮、用塑料布糊着天花板的宿舍，却令她无比地想念。

她想郭校长，想孩子们，想宋华婶儿，想董晓东，想……关山。和他们在一起，她永远也不用担心会遇到昨天一样糟心的事情。如果她的父亲再敢甩她一个耳光，恐怕关山会找他拼命。

他那么正直善良的一个人，对她百般呵护，只因为宋老蔫欺负她，他就把人家绑了挂在树上。

想到这儿，明月的嘴角禁不住露出一丝久违的笑容。她躺在床上胡思乱想了一会儿，挣扎着起身。刚坐起来，就连打了几个喷嚏，她哆哆嗦嗦的穿上衣服，心想要不要去找房东借个炉子生在屋里取暖，想了想，怕麻烦，就没去打扰。

外面的天阴沉沉的，依旧刮着冷风，明月打小就怕冷，她洗漱完，看了看雨棚下面简陋的炊具，打消了做早饭的念头。还是出去买着吃吧。她回屋拿了钱包，又换了一件厚实的棉服，才缩着脖子、手插兜朝门口走去。

刚走到门口，却迎面撞上拎着早饭进门的沈柏舟。他穿着一件褐色和黑色拼接的羽绒服，下身穿着一条瘦型牛仔裤，脚上是一双耐克运动鞋。

看到明月，他显然吃了一惊。而后，他表情不大自然地冲着明月笑了笑，低声问："你要去哪儿?"

明月沉默地看他一眼，绕过他，向大门外面走去。

沈柏舟赶紧上前拉住她的胳膊，"明月——"

明月甩开他的手，继续朝前走。

看到这样冰冷严肃的明月，沈柏舟心生惊恐，再次上前，拉住她的手，"我错了，我错了还不行吗。我承认，昨天我故意没来，是想晾晾你，可是晚上，我根本睡不着，我太想你了，明月，我真的好想你……"

明月垂着眼睫，盯着白花花的水泥地面，一声不响地站着。此处是个风口，她的手摸起来，竟像是冰块一样，冷得让人心疼。过往那些甜蜜温暖的恋爱画面一个个跳蹦出来，噎得沈柏舟喉咙一紧，声音跟着软下来，"明月，我真的错了。你怎么罚我都行，千万别不理我!"

"那你去把我屋子打扫了!"明月突然抬起头，盯着他的眼睛，命令道。

"啊?"沈柏舟下意识地反问了一声，然后，讪讪然地撸起袖子，"行，我去打扫，一直到你满意为止，还不行吗?”

明月就那样直盯盯地瞅着他，瞅了半晌，忽然转身，向租住房走去。

沈柏舟愣了愣，随即反应过来，欣喜地追上去：“等等我，明月。”

不大一会儿，小屋里就传出两人嘻嘻哈哈的吵闹声。房东打门口经过，无奈地摇摇头，叹气说：“看来，我又说错话喽!”

这天是腊月二十六，沈柏舟陪明月吃了早饭后，留明月在家，自己独自去了花卉市场。他凭着过往的记忆选了两盆差不多样子的虎皮吊兰，之后送到出租房。明月看到花后，黯然了许久，才原谅沈柏舟。然后两人去万达影院看了场电影，又去学院路吃了消夜，沈柏舟才欢欢喜喜地离开。

临近年关，在远方打工的村民陆续回家过年，高冈村空前热闹起来。以前走在路上，大半天也见不到一个人影儿，可现在，家家户户欢声笑语，孩子们在村里疯玩，不时炫耀着自己父母带回来的稀罕玩意儿。

关山背着工具包，从后山下来，他没回转信台，而是去了高冈小学。走进熟悉的校园，他下意识地向顶头那间紧闭的门扉望了一眼。她走了五天了，高冈小学失去了她的倩影和笑声，仿佛也跟着少了点什么。

“关山?”郭校长从伙房里披着衣服出来，看到院子里发呆的高大军人，不禁惊讶地问道。

关山猛地回神，看着郭校长，不好意思地笑了笑，解释说：“我来是想邀请您，大年三十到我们转信台去过年。”

郭校长笑呵呵地眯着眼睛，说：“我就不过去了，怪给你们添麻烦的。”

“瞧您说的，什么麻烦不麻烦的。您在，我们心才踏实。”关山说道。

“那成，后天中午我就过去。”郭校长说。

后天就是大年三十了。他这一年，就这样平平淡淡地熬过去了。

郭校长目送关山离开，又朝关山刚才望的方向瞅了瞅，了然叹息道：“傻孩子啊，还惦记着明老师呢。”

关山从学校出来，又去宋华家。没想到碰到宋华在外上大学的儿子孙家柱。“柱子！”关山惊喜问道。

孙家柱看见关山，眼里同样溢出惊喜的光芒。他疾走两步，上前拉住关山的胳膊，激动地说：“关大哥，我还准备找你去呢！”

关山态度亲昵地摸了摸孙家柱的寸头，笑着说：“嘿！个子又长高了！啥时候回来的？”

“晌午刚回。哦，对了，关大哥，我听我妈说，咱村小学来了个贼漂亮的英语老师是吗？听说她做了许多轰轰烈烈的大事，还给咱村的孩子开设了音乐和美术课？是真的吗？”孙家柱眼神炯炯地问。

关山笑道，“嗯，是真的。不过，你见不到她了，她回家过年去了。”

“哦，那怪可惜的。”孙家柱眨了眨眼睛，遗憾说道。

关山张望一下，问：“宋华婶在家吗？”

“在呢，妈——妈——关大哥来了！”孙家柱叫道。

宋华从屋里出来，笑着招呼关山去家里坐。

关山摆摆手，说：“我不进去了，我来是想邀请您和柱子到转信台过年三十，郭校长也来。”

宋华面露喜色，说：“成咧，我和柱子一定去。”

大年二十九，师范学院的同州籍毕业生在帝湖大酒店举办同学会。

中午十二点，沈柏舟带着明月准时出现在包间，一进门，穿着黑色裙式大衣、戴着酒红色围巾的明月就成了众人关注的目标。

“明月，你不是去贫困山区支教了吗？怎么还这么水灵啊，难道那穷乡僻壤还能养人不成？”一位叫林佳莹的学姐，羡慕地问道。

“就是啊，你去那边待了半年，身上一点变化没有，气质反而更独特了。”另外一位叫范聪丽的学姐夸赞道。

明月不好意思地笑了笑，正想说话，却被一旁的沈柏舟抢先，他英俊的脸上洋溢着喜悦和得色，大声说："那是，你们这些离了美容院、离了微整就活不下去的美女们，看看我家的纯天然美女，这眼睛，这眉毛，这鼻子，这嘴唇，啧啧啧，别说是去贫困山区支教了，就是把她放在荒无人烟的沙漠待上半月，你们看看她会变不？"

"会变。变成干尸！"明月推开不会说话的沈柏舟，笑着赔罪说，"别听他胡说八道。我下乡支教的地方挺苦的，洗澡要到山下镇上的公众澡堂去，来回要折腾几个小时，我在那边蓬头垢面的，有时候，一天也不洗一回脸，脏得很。不过没办法，那里就是这样的条件，不是我能改变的。"

众人听了纷纷表示敬佩，范聪丽说："想不到你被沈柏舟宠惯了，竟能吃得了这种苦。"

明月笑着说："刚去的时候，我因为不适应那里艰苦的环境还大哭了一场，现在想想，当时可真幼稚。其实那里的人很好，很善良，热心，尤其是孩子们，你们知道吗，我们学校一共十八位学生，全都是留守儿童。"

"留守儿童？就是那种父母出外打工，靠家里老人养的农村儿童？"林佳莹感兴趣地问道。

一位学长插言道："对，他们就是留守儿童，我目前工作的小学，学校里的生源，三分之一来自城市务工人员子弟。他们和留守儿童不大一样，叫做流动未成年人。这些孩子的教育问题，也是目前社会面临的一大难题。"

"是啊，我老家亲戚在南方打工，前几年把孩子从乡下接到城里，想着待在自己身边，能和孩子亲近亲近，也能减轻一下家里老人的负担，可到了城里，却发现无学可上，当地小学都很排斥接受这些流动未成年人入学，因为他们的文化课基础很差，如果收进来，会影响整个学校的考评成绩。我家亲戚无奈之下，只好把孩子又送回老家上学去了。唉，折腾来折腾去，到头来，受伤害的还是这些可怜的孩子。"沈柏舟的同学张磊感慨说道。

"你说得对，那些不在父母身边成长的山区孩子，还有那些流动未成年人，他们的教育问题亟待解决，刻不容缓。沈柏舟，你不是已经进入省教育厅工作了吗？你能给这些孩子们想想办法吗？”

沈柏舟被这些人冷落半天，总算是有了表现的机会。他清了清嗓子，刚想就他入职后准备向领导建议的几项教育措施，向在座的同学们简单陈述，谁知，却有一道娇柔的声音插进来，打断他，“哎呦，沈帅哥去省教育厅了呀，恭喜恭喜哦，以后你可是国家公务人员了，还请沈帅哥多多关照哦。寇学长，你怎么不说话，还不赶紧向沈帅哥贺喜？”

沈柏舟神色僵硬地转过头，看着门口的曾雅静和前段时间在火锅店被他揪过领子的寇兆晖，不自然地打着哈哈说：“我算什么啊，考上了也是个办事员，又不是当领导的，有话语权。再说了，我考公务员的目的，你们还不清楚吗？我啊，可都是为了我家明……”

明月觉得肩膀一沉，却没了下文。她诧异抬眸，看到大门口立着一抹熟悉的身影。“宋瑾瑜？”明月讶然叫道。

满屋子的同学都望向门口浅笑吟吟的女人。不过大半年的时间没见面，这个在美女如云的学校里不显山不露水的宋瑾瑜，居然脱胎换骨般，变成了如今散着波浪长发、穿着时尚高雅、气质绝佳的美女。

女同学的目光都集中在她肩上挎着的皮包上面，那个闪花人眼球的logo，是多少人梦想拥有的目标。她怎么忽然变得有钱了？能买得起这种包，还掏不起违约金吗？奇怪！

所有人的视线都集中在宋瑾瑜的身上，唯独曾雅静，看着神色慌乱的沈柏舟，在肚子里骂道，一对儿男盗女娼的混蛋。

宋瑾瑜抚了一下鬓边的碎头发，妩媚的眼神环视一圈，最后若有似无地停在沈柏舟的脸上，梭视了几秒，笑着说：“不好意思啊，我没来晚吧。明月，你也回来了？”她走上前，亲热地挽住明月的胳膊，笑着问她身上的裙式大衣哪里买的，可真好看。

明月笑着答道：“我的衣服都是在淘宝上买的，你肯定看不上。”

宋瑾瑜笑笑，朝明月身边立着的沈柏舟投去别有深意的一瞥，娇声说道："沈帅哥也真是，怎么不给明月也买件名品呢，现在女人凑在一起，说的不是美容就是衣服珠宝，哪个还在淘宝上淘便宜衣服，多寒碜啊。"

沈柏舟面色黑沉地转开脸，没有接腔。

明月微不可察地蹙了下眉头，轻轻挣开宋瑾瑜的手，起身说："我去下洗手间，你们先聊。"

曾雅静举起手，"我也去。"

沈柏舟身子一震，向曾雅静望去。曾雅静谁也没看，拉着明月就出门走了。这时，张学长招呼同学们入席，大家纷纷落座，心神不宁的沈柏舟坐在靠近大门的位置，他的左手边留着一个空位，那是留给明月的。

没想到，右手边却有人拉开椅子坐了下去。"沈帅哥，我坐这里不碍你的事吧?"

沈柏舟微微蹙了下眉头，向身边落座的宋瑾瑜投去警告的一瞥，他沉声说："不碍事。"

宋瑾瑜眼神妩媚地笑了笑，拿起桌上的茶水喝了一口，然后侧过身，和她旁边的学姐林佳莹聊了起来。

等了大约七八分钟，仍不见明月和曾雅静回来，沈柏舟愈发坐立难安，他握着杯子，眼睛无意识地望向对面的同学。

没想到，有人竟主动迎向他的目光。寇兆晖？居然在瞪他。那样鄙夷不屑的眼神，冷冰冰地睨着他，像是在向他宣战。

沈柏舟心想，这个男人的肚量未免太狭小了，不过是醉酒和他起了几句争执，没想到他竟如此记仇。沈柏舟转着手里的杯子，撩起眼皮和对方针尖对麦芒地对视半晌，而后撇唇冷笑，转回视线，起身去找明月。

刚站起来，门就开了。明月打头进来，曾雅静紧随其后，两人似在谈论着什么，目光和神情都很严肃。沈柏舟心里一惊，手不由得攥握成拳，他仔细观察着明月的表情，亲热地唤她，"明月，坐这边。"

整张桌都坐满了，只有沈柏舟旁边还剩下一个空位。明月看到沈柏舟没有给和自己同行的曾雅静留位，不禁轻蹙下眉头，拉着曾雅静说："雅静，你坐吧，我再加把椅子。"

曾雅静朝神情紧张的沈柏舟瞥了一眼，笑道："你可拉倒吧，你想让我还不敢坐呢！你快坐吧，我去寇学长那边加把椅子。"

明月无奈，只好挨着沈柏舟坐下。

她的脸色看起来没刚来时那么红润，此刻隐隐透着一丝青白，沈柏舟心下忐忑，刚想拉着明月探探口风，组织这次同学聚会的张学长却站起来，开始声情并茂地讲他的祝酒词了。

紧接着开宴。因为彼此间都很熟悉，也并非第一次聚首。所以，宴会进行得非常热闹欢畅。大家推杯换盏，高谈阔论，起坐之人不断，不大一会儿，男同学个个面红耳赤，女同学亦是粉面桃腮，都喝了不少酒。

明月也被灌了几杯白酒。她酒量中等，原本不该这么早就晕眩想吐，可能是空腹的缘故，所以，在宋瑾瑜再次给她端杯的时候，她白着一张脸，连连摇头，"不能再喝了，再喝我就吐了。"

宋瑾瑜端着酒杯，没有放下的意思，她向身边面部发红神情不明的沈柏舟瞄了过去，娇声说："那就请沈王子代劳吧，敬出去的酒如同泼出去的水，不喝就是不给我面子。"

明月一听她都这么说了，也不好意思让沈柏舟再替，她忍了忍胃部烧灼般的痛楚，去接宋瑾瑜手里的酒杯。

谁知，中途却被沈柏舟抢了去，他看也不看，一仰脖，咕咚一口咽了下去。喝完，他把酒杯朝桌子上一搁，赤红着脸瞪着宋瑾瑜说："差不多就行了，别太过分。"

宋瑾瑜顿时下不来台。她的脸红一阵儿白一阵儿，盯着沈柏舟那张无情无义的俊脸，一口气卡在喉咙眼儿里，噎得她半天说不出话来。

明月无暇顾及宋瑾瑜的感受，她太难受了。扶着桌子颤巍巍地站起来，

“我去趟洗手间。”

沈柏舟拉住她的手，关切地问：“我陪你去吧。”

明月看看他，蹙眉说：“不用。”说完，她就出去了。

沈柏舟端起水杯，想喝水，却发现里面一点水也没有。“服务——”刚叫出声，杯子就被宋瑾瑜抢了过去，她嗔怪地看着他，压低音量说：“想要什么就和我说。她不关心你，我关心你。”

说着，她在桌布的掩饰下，竟用膝盖顶了顶沈柏舟的大腿。

沈柏舟俊面一红，转头咳了几声，接过宋瑾瑜递到手边的水杯，像刚才喝酒一样，一饮而尽。宋瑾瑜目光幽幽地看着他，其中难舍的眷恋和爱慕，悉数落在对面人的眼里。

沈柏舟和宋瑾瑜、林佳莹有一搭没一搭地聊起来。

林佳莹问宋瑾瑜：“你怎么不回老家过年？一中也放寒假了。”

宋瑾瑜摸了摸自己光滑的手背，眼皮轻撩，像是故意说给旁边那人听一样，提高音量说：“我姐在南方刚生了小孩，我爸我妈过去伺候月子，家里没人，我就不回了。”

她姐在南方打工，姐夫是当地人，婆家嫌弃她姐是乡下人，再加上做B超说是女孩，所以不愿意伺候，没办法，她姐只好向娘家人张口，寻求帮助。不过，她爸妈老早就去南方陪伴大女儿了，她也早就和父母说好在同州过年，她之前骗沈柏舟，是她早就想好的手段。

沈柏舟看到宋瑾瑜出现在餐厅时，还对她心生警觉，觉得她是不是故意来找他和明月的茬，刚才听到宋瑾瑜的解释，他才恍然，原来是他错怪她了。前阵子，他听到宋瑾瑜和她姐的通话内容，无非就是快要生产、注意身体之类的琐碎事。没想到这么快就生了。想到她大过年的自己一个人住在冷冰冰的招待所里忍受孤独和寂寞，他再看她的时候，眼神里就增添了些许的温度。

宋瑾瑜暗自窃喜，想着要不要约他晚上见一面，以解相思之苦。

沈柏舟倒还没生出这种龌龊心思，他惦记着久去不归的明月，还担心曾雅静向明月嚼舌根。忽然，他觉得不大对劲，朝对面看了过去。对面空出两个位置。曾雅静不见了？还有寇兆晖，不知什么时候也出去了。

沈柏舟心下不安，敷衍了几句，起身向门口走去。

“柏……沈帅哥，你去哪儿？你的酒还没喝？”宋瑾瑜差点叫错。

沈柏舟摆摆手：“我不喝了，我去找下明月。”

明月在卫生间吐了两次，依旧觉得胃酸难受。她趴在洗手台上，用凉水撩着洗了洗脸，抬起头，盯着镜子里双目赤红的自己，长长地叹了口气。

她病了。从昨晚开始，她一直在发烧，今天的同学会她原本不想参加，可是沈柏舟非要她来，说是给他撑撑面子。可她真的坚持不下去了，就连雅静，都心疼地劝她回去休息，可是沈柏舟，却丝毫没有离开的意思。

出门时擦拭的BB霜已经折腾掉了，胭脂也没有了，现在的她回到宴席上，只会给他丢脸。明月扶着墙，慢慢走出卫生间。

外面的走廊上立着一抹人影。瘦高个，侧脸俊秀而又熟悉。听到声音，那人转过头，看到面色惨白的明月，不禁讶然，“明月，你病了吗？”

明月点点头，苦笑道：“昨天就发烧了。寇学长，你怎么不进去？在等人吗？”

寇兆晖推了推鼻梁上的眼镜，目光骤然变得深邃而又灼热。“我在等你，明月。”

沈柏舟到卫生间门口等明月，可等了十几分钟，也没看到明月的影子，他感到奇怪，心里更加不安。他拉住一位女服务员，请她进女厕看看里面有没有一位长得很漂亮的年轻姑娘，服务员进去转了一圈，出来摇头说，没有。

沈柏舟正急得团团转，想给明月打电话的时候，他的手机却响了。看到屏幕上闪烁的宝贝二字，他心口一紧，匆忙接通。“明月，你去哪儿了，怎么不在卫生间，你喝多了吗？找不到包间了？你在哪儿，我去接你。”沈柏舟一迭声地问道。

对方半天没有出声，他等得发急，喂了一声，嘟哝说：“听不见吗？明月，你听不见我说话？”

“我能听见，我不在酒店了。”明月的声音听起来像是另外一个人，沙哑而又低沉，不等沈柏舟再次发问，明月解释说，“我喝多了，不大舒服，就先回去了。”

沈柏舟着急地说，“我得照顾你呀，你坐上车了？那我打车过去。”

“你不用过来找我，我很累，想早点休息。”明月语气坚决。

沈柏舟又问了一遍，确认明月无碍，只好听她的，不过去了。挂了电话，沈柏舟神情恹恹地回到包间。

宴席接近尾声，大家各自收拾东西，准备离开。

曾雅静居然回来了。看到沈柏舟，走过来，拍拍他的肩膀，提醒说：“明月不大舒服，你可要照顾好她。”

沈柏舟蹙起眉头，心想，你这会儿装什么大尾巴狼，敷衍支吾几声，目送曾雅静离开包房，他才拿起椅背上的外套，离开餐厅。

来时怕喝酒没有开车，他就去酒店门口叫车。谁知，刚走到酒店大堂，兜里的手机却响了。一看人名，他勾起唇角，笑了笑，“你在哪儿？”

“向后转。”

沈柏舟讶然回眸，却看到几米开外的酒店会客区，站着娉婷娇媚的宋瑾瑜。她收起电话，笑吟吟地朝他走过来。沈柏舟也收了电话，嘴角漾着绷不住的笑意，迎向她。各自眼底都烧着腾腾的欲火。

“今天不能去公寓，我妈在那边清扫，贴对联。”沈柏舟说。

宋瑾瑜点头，“那去我那儿吧。”刚要转身，却被沈柏舟叫住，“去你那儿太远，就在这儿吧，现成的酒店。”

宋瑾瑜低吸口气，心中却欢腾雀跃。五星级酒店。她还从未在这么高档的酒店过过夜。按捺住内心的喜悦，她声音勾人地说："好。你去登记房间，我在电梯口等你。"

沈柏舟向她比了个 OK 的手势，转身，步履轻快地向大堂服务吧台走去。很快办好手续，他领到一张 1617 号的房卡。酒店的电梯间在中部，一共六部电梯，需要刷卡才能乘坐。

宋瑾瑜看到他过来，笑得愈发妩媚，沈柏舟左右张望一下，上前搂住宋瑾瑜的肩膀，在她的脸蛋上嘬了一口。宋瑾瑜推他，嗔怪骂他不要脸。

沈柏舟就喜欢她这股子辣辣的风情，和寻常女人不同，总是能够激发他潜藏在身体里的热情。

左手电梯叮的一声响，沈柏舟赶紧放开宋瑾瑜，宋瑾瑜也拢了拢头发，佯装看向别处。电梯里走出一个低头看手机的年轻人，很快越过他们走了。沈柏舟和宋瑾瑜相视一笑，手拉手走进电梯。

电梯到了 16 层。沈柏舟出去后，就又紧搂着宋瑾瑜，两人低声窃笑交谈，边走边互相亲吻。他们在 1617 房间外驻足。

可能是喝了酒的缘故，沈柏舟比平常兴奋得多，他大胆地撩起宋瑾瑜的衣襟，将手贴在她轮廓美好的胸线上用力搓揉，宋瑾瑜一边发出难耐的呻吟，一边推着他，喘息道："开门，快开门啊。"

沈柏舟抽出房卡，顺着墙，摸索着向上找寻感应区域，头却埋在宋瑾瑜的脖子里，用力吸吮着。

突然，面朝外的宋瑾瑜口中发出一声惊呼，人也瞬间变得僵硬。

沈柏舟不明所以，不满地在宋瑾瑜的胸脯上掐了一把，嘟哝道："看什么，你专心点。"

宋瑾瑜不说话，停顿了有两秒，她突然发狠似的推开沈柏舟，人贴在紧闭的门扉上，身体瑟瑟发抖。"明……明月……"

沈柏舟被撞在墙上，一时找不到焦距，刚要发怒骂宋瑾瑜几句，却被忽然撞入耳膜的两个字给震得魂飞魄散。明月？他倏然抬眸，眼里却多了一抹凝重压抑的黑色身影。真的是，明月！

沈柏舟的脑子霎时变得一片空白，他张着嘴，震惊愕然地盯着越走越近的明月，看着她那双溢满了痛楚和愤怒的眼睛，他愧惭地移开视线，嗫嚅道：“明……明月。”

明月转身就走，步子迈得又快又急。

沈柏舟连忙去追，在中途拦住她。“明月，你听我解释。”他上前，想拉住明月的手，却被明月躲开，她转过头，捂着嘴，表情极其痛苦地干呕了几下。

沈柏舟面色剧变，觉得自己被明月完全轻视了，不，是轻蔑，她看不起他，她觉得他脏，是真的觉得他脏。

他的手在半空中尴尬地举着，过了半晌，收回。

明月退后一步，在他身前两步远的距离站定，她单薄瘦弱的身体像是被暴风摧残过的花朵一样，透着被凌虐过的痕迹。但是她的眼神却又是那样的清亮有神，此刻，即使里面盛满了愤怒和痛楚，她依旧像骄傲的天鹅一样，扬着美丽高贵的脖颈，居高临下地控诉他。

“解释？你还想说，我不该来？沈柏舟，你让我觉得肮脏，恶心，怎么能做出这种丑事！”

沈柏舟羞愧难当，恨不能找条地缝钻进去。“明月，你原谅我，就这一次，求你原谅我，我保证不再犯了。”

明月眼神冰冷地看着他，忽然，转身就走。沈柏舟惶然追上前，抱住明月，明月拼命挣扎，他紧箍不放，争执间，就听到“啪”一声脆响，明月甩了沈柏舟一巴掌，脚步踉跄地跑远。

阴暗的走廊里，沈柏舟捂着脸，神情呆滞地站在那里，一动也不动……

23　一路相随

明月刚跑过拐角，就被一只大手握住手臂。茫然抬眸，却对上寇兆晖那双关切担忧的眼睛。

“跟我来。”他带着明月拐入备用电梯间，按下下行键。

明月的脸惨白惨白的，没有一丝血色，看上去疲惫憔悴到了极点，仿佛轻轻晃一下，她就能倒了，看着令人揪心难过。

电梯很快到达楼层，寇兆晖说：“进去吧。”明月像是机器人听到指令一样，跟着寇兆晖走进电梯。寇兆晖看看她，掏出电梯卡在操作盘那里刷了一下，按下一层按钮。电梯徐徐下降。到达一楼大厅，又是寇兆晖提醒她：“出去吧。”她才听话地跟着他出去。

“你在这儿等着我，我把电梯卡还给前台。”他的身份证和钱包还押在前台，他得把东西换回来。

明月双目茫然地看着他，机械地点点头。寇兆晖又叮嘱了一遍，才快步向前台走去。等他办完手续，拿回自己的钱包和证件，回去找明月时，那处隐蔽的角落里已经空无一人。

四面环顾，没找到他要找的人，他不禁感到一阵失落和难过。

她，终究还是走了。选择了不相信任何人。

明月出了酒店，沿着人行道向西走。她神情茫然，走路步速不稳，常常会撞到身边的路人。也不知道走了多久，她终于感觉到累，在路边的道牙上坐了下来。

看着宽阔的马路上疾驰而过的车流，她木然凝思，从下午一直坐到天色渐暗，依旧像个雕塑一样，坐在那里，一动不动。

有个环卫工人观察她很久了，这时忍不住过来劝她，“姑娘，可别想不开呀，你还这么年轻，好日子还在后头呢。”

明月动了动睫毛，转动僵硬疼痛的脖颈，头上仰，看着面目慈祥的老大爷，声音沙哑地说：“我就是坐会儿，没想寻死。”

环卫工愣了愣，说：“那就好，那就好。我看你坐老半天了，天这么冷，想下雪呢，你还是回家去吧，大过年的，别让家里人担心。”

明月神色木然地摇摇头，“我没有家。”

环卫工了然苦笑，又是一个苦命人。他叹了口气，像是劝她，又像是在自言自语，喃喃说道：“那也得对自己好一点。既然老天爷给了咱们这条命，就总有用处。东边不亮西边亮，天大地大，总有能容身的地方。你说是不是……唉，真是可怜呐。”

环卫工拖着扫帚走了，明月神色怔忡地看着老人的背影，耳边反复回响着他刚才说的那番话。

她扶着道牙慢慢站起来，因为久坐不动，她的腿已然失去知觉，而紧接而来的钻心噬骨的麻痒滋味，让她摇晃着几乎要跌倒。

她硬是咬牙坚持下来。她的手机早没电关掉了，无法查询具体方位，只能问了路人，走了四五里的路找到地铁站，才辗转回到城中村。

回到租住房，还没进屋，房东王叔却急匆匆地走了过来，“小明，你男朋友一直在找你，刚刚才走，说是让你回来不要乱跑，就在家里等他。”

明月眼神涣散地靠墙站着，神色颓然地说：“我没男朋友了，他不是我男朋友。”

房东一听愣住。借着灯光仔细打量了一下明月，不禁大惊失色，问道：“小明，你莫不是病了吧？看你浑身发抖，像是在发高烧呢。”

明月惨笑一下，“没事，死不了。”

房东看她去了半条命的模样，又回忆起刚才那个惶急失措的年轻男人，猜想着两人是不是吵架了。不过，看情形可比吵架严重多了，因为自打他接触明月以来，就没见过她如此失魂落魄的样子。

房东也是个心软的人，他刚准备叫妻子过来看看，却被明月拒绝了。“已经够给您添麻烦了，我没事，就是想睡一觉。”说完，她便摸索着打开门锁进屋去了。

房东担忧地摇摇头，转身回屋去了。

明月躺倒就睡。闭着灯，蒙着被子，什么也不想，一直睡到外面有人敲门。“明月——明月——开开门，开开门，我是柏舟啊。”

明月头疼如绞，浑身发烫，牙齿却在打战。她就像置身于火山和冰川的交汇处，寒热交替，令她痛不欲生，受尽折磨。

“明月——明月——咚咚咚——明月——开门!”外面力量渐大。

“喂！深更半夜敲什么敲，不知道别人要休息呀!”楼上的住户忍不住大声呵斥道。

沈柏舟连连道歉，他压低嗓音，在门外小声叫着明月的名字，反反复复，像是春季发情的母猫，叫得人心慌厌烦。

终于，明月忍不住坐起。她晕眩了一阵儿，连着吸了几口气，扶着床边找到拖鞋穿上，然后跌跌撞撞走向窗口。

“明月……明月……开门呐，你听我解释，听我解释好不好。”沈柏舟弯着腰，脸趴在门缝里，朝里探望。

突然，门开了。他的身子打了个趔趄，差点就栽进去。心中却涌上狂喜，明月肯见他了！谁知刚乐了不到两秒，就觉得一前一后两个黑乎乎的东西朝他的身上砸了过来。他下意识躲到一边，只听啪啪两声巨响，两盆长势正旺的虎皮吊兰在他的脚下摔得粉碎。

紧接着，面前洞开的房门，咣的一声合上。里面传出明月沙哑的声音，

"110 吗？我这里是临川村北一街坊 4 号，有人扰民……"

沈柏舟的脸青一阵白一阵，好耐性终于在这一刻耗光。他咚咚砸门，怒吼道："我走，我走还不行吗？明月，我算看清你了，你这个人，就像宋瑾瑜说得一样，是个冷血动物，不开化的老古董！"

"滚——"屋门传出一声巨响，沈柏舟吓得跳开，脸色铁青地砸了一下门，大步走了。

明月颓然倒在床上，她闭着眼睛，扯过一旁的被子，蒙住头。不多一会儿，屋里就传出她压抑痛苦的哭声……

大年三十，像是应景一样，从早上开始天空飘起雪花，到了中午，变成了中雪。后来又变小，在傍晚辞旧迎新的爆竹声里，彻底停了。

房东端着一盘刚出锅的白菜猪肉馅饺子，敲响小平房的屋门。"小明，你开开门。"叫了足有五遍，终于屋里面传出响动，过了一会，门开了。

看到明月的那一刹那，房东手里的盘子差点没掉地上。鬼也比她好看！

房东蹙着眉头，进屋，想把饺子放个地方，可屋子太小，他看了一圈，只好把盘子放在窗台上。

看着窗台上干涸枯萎的花草，他不禁想起早晨清扫院子时从平房门口扫走的那两盆花。碎得稀巴烂，连根须都掉出来了。看样子，就知道扔它的人该有多愤怒。看来，这两个年轻人是不能和好了。

"小明，你这样下去不是办法，去医院看看吧，打一针，不行就输液，大过年的，别给新年带去背运。"房东劝说道。

明月坐在床边，裹着被子，用舌尖润了润干涸起皮的嘴唇，"再睡一天……"说话时嘶哑的声调把她吓了一跳，她震惊地看着房东，房东也同情地看着她，最后摇摇头，劝道："你不想去医院也行，待会儿我老伴给你送药过来，你可得吃了。"

明月想了想，说："好。"

房东摆手说，“行了，别说话了，快把饺子吃了吧。”

等房东走了，明月挣扎着起身，到窗台边捧起雪白的盘子。她用手指拈起一个饺子塞进嘴里，嚼了几口，停下，脸上露出一丝思恋的神色。

祥安路的姥姥家，每年大年三十就会包这种白菜猪肉馅的饺子。那一天，是一年里最和谐平顺的一天，她不会被舅舅一家人欺负，而妈妈也会高高兴兴地坐在餐桌前陪她一起吃饺子……

没胃口也强吃了四五个，后来，房东的妻子过来，看着她把退烧药和感冒药都吃了，才把剩了大半的饺子端走。

明月再次倒在床上。她摸出枕头下面的手机，想了想，还是按键开机。明知道不会有人记得她，可在这样万家团圆的日子里，独自一人忍受着病痛折磨的她还是希望能有一样东西陪着她。

母亲的吊兰不在了，如今能陪她的，只剩下这部买了好几年的手机。

“叮咚！”新短信的提示音。她愕然一愣，以为是沈柏舟，下意识想扔掉电话，可一想，他是个自尊心极强的人，经过昨夜那一场恩断义绝的折腾，他不可能会这么快服软。

她打开短信。“春节祝福的吉祥话我就不说了，明月，但愿来年你能活出精彩，活出属于你自己的人生。永远关心你的寇学长。”

寇兆晖？没想到，他竟然在惦记着她。

明月不傻，她还记得过去的事，寇兆晖和她在一个社团，曾经因为合作关系，对她产生好感，并向她告白，但当时她和沈柏舟刚刚确定恋爱关系，所以委婉拒绝了他的好意。

想不到的是，时间兜兜转转，世事难测，到头来是她眼拙心盲，选了一个浪荡公子哥错付终身。

她的手指在屏幕按键上停顿了许久，直到手机暗了，她也没能打出一个字来。她这样的人，这样的处境，还去扰乱别人作甚。寇学长是个好人，也是她不愿也不想去惊扰的男人，做朋友就好了，简简单单、毫无心理负担的朋友。

放下手机，她蒙着被子，浑浑噩噩地睡了过去。

明月不知道的是，在她开机之前，皖州一小区的住户家里，刘素云把煮好的饺子端到茶几上，看了看端坐在沙发里看电视的丈夫明冠宏，轻声问道："你不给明月打个电话吗？今天可是年三十。"

明冠宏似老僧入定一样瞪着电视画面，半晌，才说："不打。"

刘素云看看他，眼波轻柔转了转，说："冠宏，你这样对女儿不行。"

"那你说怎么对她？啊，那孩子，油盐不进，软硬不吃，她在车站，当着那么多的人面让我难堪，我不打她打谁？打我自己？"明冠宏越说越来气，他双手交握，抱在胸前，沉着脸靠向沙发。

刘素云看看他，起身走到厨房，拿了两双筷子和调好味道的醋碟。她回到客厅，坐下，把筷子递给丈夫，"先吃饭吧，最近你胃口不好，我给你包了素馅三鲜饺子。"

明冠宏接过筷子，夹了一个饺子放在醋碟里蘸了蘸，塞进嘴里。嚼了两口，他的眉头蹙了蹙，放下筷子。

"不爱吃也得吃，你的体检报告我看过了，甘油三酯高，血压高，心绞痛也有发作迹象。你要注意控制情绪和饮食，以后荤腥的食物少吃。"刘素云是皖州市人民医院的呼吸内科主任，她的判断和建议向来被患者所信任。

"你就算不为了我着想，难道你也不为明月考虑吗？她是你的亲生女儿，不论你们怎么闹，关系如何糟糕，打断骨头连着筋，你们这辈子都是一家人，谁也改变不了。冠宏，你别再说那些气话了，我了解你，你的心里越是放不下谁，就越是表现得不在意。就像你现在，虽然和我在一个屋吃着饺子过三十，可是你的心，早就飞到同州去了。想她了，对吗？你想跟她说句道歉的话，可是抹不开面子，那我来打这个电话，看明月肯不肯原谅你。"刘素云把筷子塞进丈夫手里，就去茶几上拿他的手机。

明冠宏拦住她，“你别多事。”

刘素云笑了笑，把电话给他，“那你打，为了咱们家庭和睦，我劝你，服个软，把明月接回来吧。”

明冠宏看着眼角显出皱纹，变得不再年轻的妻子，他的心蓦地酸软起来。他接过手机，思忖片刻，还是听从妻子的建议，拨了一串刻在脑子里的数字。“对不起，您所拨打的电话已关机……”他神色怔愣地听着机械重复的提示音，而后，把手机搁在桌上。

“没接?”刘素云诧然问道。她只见过明月一次，记忆中，那个长相秀美的女孩，却有着一双与她年纪不符的倔强深邃的眼睛。她和她的父亲，其实骨子里是一模一样的人。一样的倔强，一样的骄傲，一样的敏感和善良。

明冠宏苦笑说：“关机了。”

大年三十热闹得紧，农村过年讲究多，规矩多，但是比城里的年过得有意思多了。

单说一个放鞭炮，就能放出不一样的喜庆滋味来。

全都是最便宜的炮仗，长长的响鞭，什么二月红，大地红，震天雷，被孩子们拆成一个个的小炮仗，用那种褐色的香点燃引信，朝天上一扔，啪，随着一声脆响，就是一连串响彻山谷的欢快笑声。

还有那种带着细竹棍的蹿天猴，有一个一个拿在手里放的，也有胆小的插在土里放的，更有调皮胆大的孩子把五六根蹿天猴的引信扭在一起一次放的。你就听吧，嗖嗖带着怪响的炮声，加上孩子们的笑声，就能热闹了整个乡村的节气。

孩子们最开心的除了放炮仗，还有穿新衣和压岁钱，更期盼的，是大年三十晚上的团圆饭。再穷的家庭，也会在这一天准备油炸物、枣糕庆贺新年。到了晚上，一盘一碟往日里根本见不到的丰盛菜肴端上桌，孩子们扒着桌沿儿口水流到前襟，兀自不觉得。出外打工的游子回乡探亲，和一年未见的父母、孩子团聚，一家人围着火炕，唠唠家常，说说城里、村子里的新鲜事，一个晚上很快就过去了。最后，孩子们倒在大人们的怀里酣然睡去，老人的目光却停在儿孙的身上，舍不得移开。

这就是年的味道，年的寓意。团圆。

转信台，热热闹闹的团圆宴刚刚结束，宋华婶在帮忙洗刷，孙家柱带着早来的孩子们在院子外的山道上放炮。一会儿一声响，一阵欢呼，惹得屋里的几个人齐齐笑了起来。

“还有谁没来呢?”郭校长问道。

关山算了算，“还有两个没来，缺铁刚和花妞儿。小董去接了。”

话音刚落，院子里响起花妞儿欢快的叫声，“关叔叔，郭老师，你们快看我的新衣裳!”

关山掀开棉门帘，让穿着一新的花妞儿进来。

宋华挑着脖子瞅着花妞儿，啧啧赞道：“哎呦，这是谁家的漂亮丫头，穿得这么好看呀。”

花妞儿脸红红地揪着衣摆，兴奋骄傲地说：“这是我妈给我买的，可漂亮了，我妈今天就让我穿了。”她从兜里摸出五块钱，冲着屋里的人挥了挥，“我还有压岁钱，和宋小宝一样，是五块钱!”

宋华看着这样高兴的花妞儿，眼里却闪过辛酸之色。五块钱、一件廉价的新衣裳就让花妞儿高兴成这样，他们高冈村该是有多穷啊。

关山摸摸花妞儿头，笑道，“真好，关叔叔待会儿也给你们发红包。”

“真的?”花妞儿激动得眼睛晶亮。

关山笑道：“当然是真的，关叔叔什么时候骗过你们。”

“骗过我!”小董掀开帘子走了进来。

关山瞪他一眼，小董吐吐舌头，做了个鬼脸。

关山看看他的背后，问道：“铁刚呢?”

董晓东端起案板上的茶缸，一口气喝了半杯，说："铁刚不在家，不知道去哪儿疯玩了。哦，对了，他家咋那么冷清呢，没人做饭，我去的时候，看见宋爷爷在啃干馍。"

"军民没回家?"郭校长诧异问道。

宋华扭过头，回答说："回了，带着他那个南方老婆回来的，进门就嫌这嫌那，铁刚估计气不过，钻谁家玩去了。"

关山抬眼看看表，"时间差不多了，花妞儿，你把柱子哥和同学们都叫回来，好吗?"

"好!"花妞儿一蹦一跳地跑到门口，忽然停住，转身问关山，"关叔叔，你是给我们发红包吗?"

关山莞尔，"差不多，任务完成好了，红包加倍!"

花妞儿乐坏了，"噢，噢，红包加倍!"她大声喊着，跑了出去。

同州，夜里十一点多，城市的居民就开始欢庆新年的到来，噼啪作响的鞭炮声，响彻大街小巷。

明月被院子里的炮声震醒，她怔忡了片刻，拉着被子坐了起来。房东给的药起作用了，虽然还在发烧，浑身无力，酸痛，可是脑子里清醒了些，胃里也感觉到饥饿。只是转念想到负心于她的男人，那些刚刚才好转的迹象又统统被打回深渊。她环着双膝，面颊侧放在膝头，望着窗外忽明忽暗的火光，发起愣来。

"铃——铃——"她茫然四顾，等了几秒，才意识过来，这声音不是鞭炮声，而是她的手机铃声。

她摸到枕头下的手机，看了看来电显示，拧眉疑惑。谁打来的?居然不显示号码。以为是谁恶作剧，或担心是沈柏舟打来骚扰她，于是直接挂断了。可断了不到三秒，手机又开始铃铃作响。这次，她想也没想就接起，"喂，不管你是谁，都不要在这个时候烦我，好吗?"

对方沉默，但是那莫名熟悉的呼吸声却让明月的心骤然慢跳一拍。

“明老师，过年好。”居然是关山！

明月完全懵了，她没想到是关山，没想到在这个孤独到极致的时刻，居然会有人惦念着她，向她祝福新年。

顷刻间，明月的眼泪滚滚而下。“关……关山……”

“明老师，你怎么哭了？声音也不对，你是病了吗?”关山的声音透过电波传过来，和平常不大一样，可是语气里关心和急切却是那样的真实，和在高冈村一样，她一点点的小状况，都会引来他全身心的关注。

眼泪愈发汹涌。她一个人孤独地坐在漆黑的出租房里，听着关山焦急关切的问候，她觉得自己像是一下子变回那个五六岁的明月，有妈妈，有姥姥，有亲人的关心。

“关山……我好难过……”

关山那边似乎还有人，他说了句等等，然后，电话那端就换成了另外一声令她瞬间崩溃的呼唤，“小明老师——”

“你咋了，咋病了？大过年的，你看看你这孩子，对自己一点也不上心……”郭校长心疼地说她。

“明老师，我是花妞儿，我可想你了，我妈给我买了新衣裳，我爹还给了我五块钱压岁钱，哦，对了，关叔叔还说给我们发红包……”

“你给我，明老师，明老师，我是小宝，嘿嘿，我也可想你了，你啥时候回来呀，我攒了可多糖，留着给你吃……”

“明老师，我是宋伟伟……”

……

明月捂着嘴，强压着内心汹涌的潮水。在这一波一波的潮水下面，似乎有一股温暖的洋流顺着潮水流经的方向，朝她的四肢百骸，弥漫开来……明月最终忍不住崩溃痛哭，耳畔谁说了什么，谁又在焦急地安慰着她，她又哭泣着嘟哝了什么，全都不在记忆里了。

她只知道，等她止住流泪，再看手机时，屏幕彻底黑掉了。按了按键，也不管用，竟被她耗得没电了。摸了摸干涩发烫的面颊，她的唇角撇出一丝苦涩的笑意，心想，自己情绪失控的时候一定吓到电波那边的人了。

也不知道他们现在是怎么想的，不过，她实在没有力气再去解释了，就连下床给手机充上电的力气，也从身体里消失了。她颓然倒在枕头上，合上双目，在大年初一的凌晨，沉沉睡去……

翌日，明月被房东的敲门声唤醒。

她嘶哑着嗓子问道："王叔，有事吗？"

"还在睡呢？都下午五点了，你起来吃点东西。"房东怕她病倒在屋里人事不省，在院里转悠了大半天，终于忍不住上前敲她的门。

"我待会儿出去吃，王叔，谢谢你啊。"明月吞了口唾沫，润了润快要黏在一起的喉咙。居然已经五点了。她竟昏睡了一天？

房东听到她出声，心下稍安，叮嘱她快起来，就走了。

明月挣扎着起身，坐在床边，瑟瑟发抖地拿起房东大婶留下的体温计塞进腋下，重又裹上被子。

她双目呆滞地盯着窗口，忽然，茫然黑沉的眼睛里涌起一丝亮光。下雪了？窗外渐暗的天空正飘着鹅毛大雪，雪片不时落在窗玻璃上，留下一行一行如同泪痕似的水迹。

不知为什么，就这样静静地瞅着窗外，她却想起了自己和关山被大雪困在深山里的情景。那时，也是这样的天气，山洞外暴雪纷飞，洞内却温暖如春。她坐在通红的火堆旁向他讲述小时候的趣事，轻吟浅唱那首缠绵忧伤的《月光》。月光洒在每个人心上，让回家的路有方向……

不知道坐了多久，她才想起腋下的体温计。拿出来，对着亮光一看，不禁苦笑。39.5，依旧高烧。

她不能再这么颓废下去了，强撑着虚弱酸痛的身子起来，用凉水洗漱之后，裹着厚厚的羽绒服出门买药。

外面的地上积了薄薄一层雪，混着城中村街道上的污水，看起来有些凄惨。到底是不如高冈，那边只要落雪花，不大一刻工夫，山上山下就变成了洁白圣洁的世界。关山说，高冈山里的雪可以随便抓来吃，因为没有一丝污染。明月抬起头，望着远处钢筋水泥的丛林怪兽，竟莫名地感到陌生和厌倦。

因为是大年初一，所以城中村的药店都不开门。明月只好绕远，到两站地外的药店去。以前每天都要走上几趟的人行道，此刻湿漉漉的，沿街的店面大多闭门歇业，卷闸门上贴着大红的对联，偶尔有一两家开门营业的饮品店，也是门可罗雀。

几个七八岁的孩子，在渐渐积住雪花的地方玩耍，他们嘻嘻哈哈，稚嫩的脸上洋溢着过年的喜悦。高冈的孩子们在做什么呢？是依偎在久别重逢的爸爸妈妈身边一叙别情，还是和村里的小伙伴在外面放炮仗？

高冈村的新年一定很热闹，就算是孤独的异乡人，也能在那样火热的环境里找到家的温暖和归属感。

看到药店的招牌，同时也看到旁边的一家快餐连锁店。以前，她和沈柏舟经常光顾这里，她喜欢吃这家餐厅的咖喱鸡肉饭，十八块钱一份，料头很足，还有免费的蔬菜汤喝，很是实惠可口。沈柏舟喜欢吃……她突然顿步，意识到自己犯了个致命性的错误。她居然还在有意无意地想着那个男人。那个龌龊下流毫无人伦观念的浪荡公子哥！

商店橱窗里映出一抹完全陌生的影子。凌乱的头发，臃肿的棉衣，赤红的眼睛，黑色的眼袋，以及毫无血色的嘴唇……

这是谁？为什么让她感觉如此的陌生。在她看来，镜子里憔悴颓废的女人连天桥上摆摊要钱的乞丐都不如。她一定是看错了……

这时，一个路人专注看手机，没看到她，撞了上来。她被撞了个趔趄。

“对不起，对不起啊。”那路人赶忙道歉，谁知被他撞到的人却像是没有听见一样，眼神直愣地盯着商店的橱窗，不搭理他。

他摇摇头，心想，这是个疯女人？这么想着，走远了。

可这一撞，却让明月猛地清醒过来。看着橱窗里狼狈窘迫的女人，她猛地意识到，她就是这个女人，这个人不人鬼不鬼的影子。

“啊—”她低声尖叫，捂着脸，向前踉跄跑去。一路跑进药店，她喘着气，坐在休息区的沙发里怔然半晌，才起身到柜台上买药。

“你这是病毒性感冒，最好去医院系统治疗。”售货员冲着面色绯红、精神很差的明月建议说。

明月摇头，沙哑着嗓子说：“不用了，你给我拿几样药，我回去吃吃看。”

“那好吧。”售货员弯下腰，在药品柜里拿了三盒药，递给她，“这里面有消炎的，抗病毒的，还有治疗发热头疼症状的，你加在一起吃，要是还不退烧，你就得去医院了。”

“谢谢。”明月去交款，拿了药，走出药店。

她站在渐渐积住雪花的街道上，看着马路对面那闪着彩灯的餐厅招牌，眼里掠过一道冷淡决然的光芒。

从此，她和那个叫沈柏舟的男人恩断义绝。

过往的记忆就如同这场纷纷扬扬的大雪，消融之后，再也不会在她的生命里留下任何痕迹。

而刚才惶恐逃跑的一幕，她也绝不允许再次发生。她是个恋爱的失败者，但她不是生活的弱者，就像昨天环卫工老伯说的一样，天生我材必有用，即使全世界背叛她，遗弃她，她也不是老天爷嫌弃的那个人。

因为，她没有错。没有错，所以才更应该战胜自己的懦弱和迁延顾步，活得坦然。

高烧感冒的威力巨大，她不过跑了一趟药店，回到城中村，却感觉到呼吸和心跳变得急促，浑身酸痛无力，耳朵里也嗡鸣作响。

院子里亮着灯。房东家正在做饭，能听到滋啦滋啦的爆锅声。她神色黯然地抖了抖身上的雪花，拎着装药的塑料袋，脚步蹒跚地走了进去。

她的平房前面立着一抹高大挺拔的身影。听到响声，那人蓦地回眸，声音激动压抑地喊道："明老师——"

居然是关山！

明月呆呆地望着那个穿着松枝绿的军装、染了一身白雪花的年轻军人，耳朵里的嗡鸣声一下子升级成刺耳的尖啸。

"关……关……"嗓子眼儿里像是堵了块东西，眼睛瞬间蒙上一层薄雾，她单薄的身子晃了晃，眼看着就要摔倒。

"小心——"关山上前一步，稳稳地托着她的手臂。

她凝视着面前的影子，眼里的薄雾渐渐凝成水珠，滚滚而下……

关山同样也在注视着明月。

刚才乍一看到她，他几乎不敢相信这是他熟悉的秀美的姑娘。

眼前的明月，双目凹陷，眼袋黢黑，嘴唇干涸开裂，鼻子上还出了一个红色的火疙瘩。她比走的时候整整瘦了一圈，这样托着她的手臂，竟觉得能摸到她的骨头。若不是她身上的气息没变，他还真要犹豫一下才敢上前相认。

关山的目光从怜惜震愕变得深邃而又冰冷。看来，明月昨晚上断断续续哭诉的事是真的。她那个油头粉面的男朋友，果然背叛伤害了明月。

明月看似柔弱，其实骨子里嫉恶如仇，是非分明，是个刚烈有血性的女子。她的眼里揉不得一点沙子，不然的话，她也不会对侵犯过她的宋老蔫那样恨之入骨，非要报复才后快。

但同时，她也是个重情重义的人，别人对她一分好，她会努力还上十分。她和男友相恋多年，甚至到了谈婚论嫁的程度，想必明月对他的感情极其深厚，如今猝不及防遭遇背叛，她一定是受伤最重的那个人。

如今一见，才知他这一趟来得有多及时了。看见她潸然落泪的模样，他的眼眶一红，哑声道："没事了，没事了……"他握着明月细瘦的胳膊，不顾一身的雪花，把明月揽进怀里。

明月攥着他厚实的军装，脸埋在他的胸前，呜呜痛哭起来。

关山垂首，用宽厚的手掌拍抚着她的脊背、她的后脑，无声地接纳她全部的伤心和委屈。

两人浑然忘了这是哪里，眼里只有彼此间的叹息和安慰。

不知过了多久，突然，院门口传来一阵急沓的脚步声。关山警觉抬头，却在看清楚来人之后，猛地蹙起眉头。他下意识地把明月朝胸口处紧了紧，然后怒视着与他们四五步距离远的一对男女，沉默相对。

沈柏舟看到关山拥着明月，压了几天的火气腾一下穿破头顶。他口不择言地骂道："你个臭当兵的，给我放开她！听见没有，我让你放开她！"

宋瑾瑜拉住他，阴恻恻地火上浇油："我说的没错吧，明月早就和这个当兵的好上了。就你这个傻瓜还蒙在鼓里，居然打算绝食惩罚自己，你睁开眼睛好好看看，你不吃不喝饿得想死的时候，人家却在甜甜蜜蜜地过小日子呢！"

"我操——"沈柏舟一把甩开宋瑾瑜，四顾一圈，拎起角落里的一根木棍就冲了上去。

眼看着木棍就要砸在关山身上，明月却忽然转过身，迎向那根棍子。沈柏舟的瞳孔骤然收缩，手一抖，棍子在距离明月鼻子几寸的地方停住。四目相对。火光四溅。

沈柏舟沉着脸，用木棍指着明月背后的关山，叫嚣道："有种跟我出去单练！妈的，敢泡我女朋友，我看你是活够了，臭当兵的！"

"你给我住嘴！"明月用尽全力吼完，身子跟着晃了晃。

关山一把扶住她，眼睛里掠过一道凌厉的寒光。他把明月让到身后，然后目光冷峻地注视因为没扶到明月而讪然愤怒的沈柏舟，上前握住了那根危险的木棍。

沈柏舟拧着眉头，抖了抖棍子，发现动弹不了，不由得涨红脸，吼叫道："你想干啥？这里可是我的地盘，我随随便便找几个人就能弄死你！"

关山握着木棍与他对峙，他的目光在沈柏舟脸上停顿了几秒，然后转向一边的宋瑾瑜。

"你为什么骗我？"关山问道。

宋瑾瑜愕然一怔，强自镇定回答说："我骗你什么了？你问我明月的地址，我不是告诉你了吗？"

关山拧起浓眉。沈柏舟却刷一下转过头，怒气冲冲地质问宋瑾瑜，"谁让你把地址告诉他的？宋瑾瑜，你脑子有病吧！"

宋瑾瑜心虚地转开目光，小声说："我不是想帮你吗？早点让你看清他们的真面目，省得你还执迷不悟。"

沈柏舟一听气笑了，"我怎么做不用你来教，宋瑾瑜你害我还不够惨吗？你非要看着我和明月掰了，你才称心如意是不是！"

宋瑾瑜脸色剧变，她指着翻脸不认人的沈柏舟，冷笑几声，说道："你别想得了便宜还卖乖，你睡我的时候怎么不说我害你了？你求我的时候，怎么不说我害你了？沈柏舟，你有点良心好不好，我不是水性杨花的明月，我是真心对你……啊——"

随着宋瑾瑜的尖叫，那根足有擀面杖粗细的木棍竟被关山双手折断，扔在这对狗男女的脚下。

沈柏舟被吓懵了，他看着面前气势凌厉、目光凶悍的年轻军人，情不自禁地打了个寒战。宋瑾瑜更是夸张，她双手抱头，抖抖索索地缩在沈柏舟身后，生怕那根木棍落在她的头上。

他们觉得害怕，是因为面前这个军人的身上骤然生出一股杀气。感觉只要他们再多说一句话，就要被这个人大卸八块扔出去一样。

"你向我道歉，收回之前骂我的那句话。"关山指着沈柏舟，目光沉凝如铁。

"什……什么话？"沈柏舟神色畏惧地退了一步。

关山沉默。

宋瑾瑜扯了扯沈柏舟的衣摆，低声提醒说："就是臭当兵的，那一句。"

沈柏舟脸红一阵白一阵，不想道歉。关山什么也没说，而是走前一步，低头，弯腰，捡起地上的木棍。有些事，有些言语，对于他来讲，就是零容忍。而沈柏舟，却一次次挑战他的极限。

"我收回、收回，我错了，我不该骂你。"沈柏舟知道面前这位是个练家子，他若是不服软，今天这顿揍是跑不了了。

可他不想在明月面前挨揍。打死也不想。

关山又指着宋瑾瑜，沉声说道："你向明老师道歉，收回你刚才污蔑她的脏话。"

宋瑾瑜愕然，她污蔑明月了？脑子迅速转了一个圈，想起她的确说错话了，于是低下头，磕磕巴巴地说："对……对不起啊，明月，我、我不该说你是……是个水性杨花的女人。"

关山的目光像刀刃一样扫过沈柏舟和宋瑾瑜。两人同时缩了缩脖子，低下头去。

关山扔掉木棍，转身，走到明月面前，神情变得歉疚而又真诚，"明老师，我也要向你道歉。我若早知道宋瑾瑜是……是个坏女人，我说什么也不会找她。对不起，又让你难过了。"

他不知道宋瑾瑜就是和明月男友厮混的坏女人，如果知道，他说什么也不会去找她打探明月的消息。明月现在一定很生气，是他不好，招惹来这两尊瘟神。不过，他保证不会再让明月受一丁点的委屈。

"关山，你赶他们走。我不想再看见他们。"明月表情痛苦地闭着眼睛，指着门口，嘶哑着嗓子对关山说。

关山看着她，眼底掠过一阵心疼，说："好。"

他转身，看着不远处神情僵硬的两人，语气冰冷严肃地说："你们走吧，不要再来了。"

沈柏舟娇养长大，从未受过如此折辱，他一想到待他走后，这个臭当兵的就要和明月像之前一样搂在一起，他的心就跟捅了把软刀子似的，又疼又酸。他探着身，瞅着关山背后的明月，心存怨怼地说：“明月，你别总苛责我，你和这个臭……这个当兵的肯定也不清白，我上次去高冈就看出来了，你们偏不承认，如今被我逮个正着，你又该如何向我解释?”

他看到明月的脸上涌起悲愤之色，之后脚步踉跄地朝他走了过来。

明月在他身前几步站定，黑黝黝的眼睛盯着他，莫名地令人惊慌。

“沈柏舟，你想听什么？没错，我的确和关山好了，你很失望，也很嫉妒，是吗?”

明月话音一落，满场寂静。大家都看着明月，就连一直沉默的关山，也被震了一下，向明月投去疑惑不解的眼神。

过了几秒，忽然意识过来自己戴了绿帽子的沈柏舟，像是发了疯似的，冲向一旁兀自发愣震惊的关山，挥手就是一掌。

关山被结结实实打了一巴掌，他的头偏向一边，嘴角溢出一丝血线。

明月被这刺目的红色瞬间刺激到崩溃，她大声怒斥：“沈柏舟——”

沈柏舟气喘吁吁地转过头，却看到明月从脖子里拽出一根明晃晃的银链子，用力一扯，朝他的脸上摔了过去。

“沈柏舟，今天我们两清!”说完，她背过身，朝屋里走去。

沈柏舟愣了愣，下意识地抓住空中的东西。

低头一看，他脸色剧变，再也顾不得其他，猛地冲上前去，拉住明月的胳膊，“明月，你……这什么意思?”

他的手心里蜷曲着一条银色的链子，链子顶端，是他当初向明月求婚时买的那枚钻戒。链子是条旧的银项链，早就失去了耀眼的光泽，可是钻戒却依旧光芒四射，看得出来，昔日的主人是多么的珍爱它。

如今，她竟毅然决然地斩断了同他最后一丝联系。

沈柏舟从未像现在一样恐惧而后悔，一想到今后，他和明月将成为路人，过往甜蜜的回忆将真的成为回忆，他的心就像是刀割了似的，碎成了一片一片。巨大的恐惧令他生出了力气和勇气，他不等明月用冰冷厌恶的眼神看他，他就从背后抱住明月，一迭声求道：“我当你跟我开玩笑呢，你快戴上，重新戴上啊，明月，求你了……”

明月被他晃得几乎脱力摔倒，她痛苦地闭上眼睛，抬起手，向身侧的关山发出求援信号，“赶他走……”

不用明月开口，关山也准备这么做。他上前毫不客气地拎着沈柏舟的胳膊来了个旋转扭动，就听沈柏舟嗷的惨嚎一声，退了几步，和宋瑾瑜撞在一起。

沈柏舟面如死灰，又惊又怕地看着铁塔一样挡住去路的关山，无力地说道：“我还会来的，明月，我不会放弃你！”说完，他也不理会与他同来的宋瑾瑜，径自走了。

宋瑾瑜神色尴尬地瞅了瞅关山和明月，跺跺脚，也跟着走了。

院子里顿时安静下来。关山转身，刚想说话，却看到前方单薄瘦弱的明月晃了晃身子，软倒下去。“明老师——”他疾步上前，稳稳托住明月。

明月紧阖双目，嘴唇发乌，显然因为体力透支，昏了过去。

他略一思忖，半蹲下去，手臂从她颈部和腿窝处穿过，一把将她抱了起来。她的身子轻得像是孩子们写字的白纸。

门锁挂在门上，可见她出去的时候有多心不在焉。推开门，进屋，看着比高冈小学的宿舍好不了多少的家具物什，他感到一阵心酸。

她在城里就住在这样寒冷漆黑的房子。一个人，孤独地，坚守。

他弯下腰，把她平放在床上，摸了摸冰冷的被窝，他不禁蹙起眉头。

“当当当——”有人敲门。关山起身，望向门口。是刚刚打过招呼的房东大叔。人长得慈眉善目的，看眼神，不像那种刻薄吝啬的房东。

“小明不要紧吧，她这几天都在发烧，我老伴儿说再烧下去得送医院。”房东朝床上的明月打量了几眼。

“我知道了，我会好好照顾她的，您放心。”关山说。

房东点点头，投向关山的目光里有着一丝探究，“你和小明……”

关山看看他，目光坦荡地解释说：“您别误会，我和明老师只是朋友，从未逾越。”

房东对关山的印象极好，他笑了笑，朝关山投去赞赏的目光，“刚才发生的事我都看到了，你做得对，要是我，我也护着小明。不瞒你说，我一直不待见小明那个男朋友，他对小明倒是不错，但是油头粉面的，没你身上的沉稳劲儿。如今他做下那种龌龊事，还有脸来，真是可恨又可气！”

关山笑笑，没有接腔。

“今天幸亏有你在啊，不然的话，闹得像昨晚一样把警察都叫来了，就不好了。”房东感慨说。

“昨晚他也来闹了？”关山讶然问道。

看房东神情厌恶地点头，关山不禁在心里痛骂沈柏舟下作。

他难道看不出明月病了吗？他居然不关心明月的身体，还在为那些丑事辩解、哀求，这种渣滓，根本配不上爱情这个神圣的字眼儿。

房东看明月没大碍，放心朝外走。

“大叔，您知道哪儿有卖采暖炉的吗？”关山问道。

房东扭过头，“你要买采暖炉？”

关山指了指平房简陋的陈设，“明月病了，经不起折腾，我想生个炉子，方便她取暖。”

房东想了想，说：“我家有个闲置的炉子，你要会用，就拿来用，不过煤得你自己买。”

关山感激地说：“行，那就麻烦您了，您带我去吧，我这就给她装上。”

房东提供的炉子连烟囱都是配套的，还有一组暖气片。因为平房空间小，炉子摆不进去，只能安装在门外。幸好房东以前干过水暖，说可以帮忙，关山和房东就拿了工具，在夜色阑珊的院子里热火朝天地干起活来。

雪落无声，见证善良和道义的奇迹。两小时后，屋里的关山摸着渐渐烫手的暖气片兴奋地叫道：“王叔，热了！”

房东大叔的脸上也漾起了喜悦的笑容。他笑呵呵地打量着从屋里出来的年轻军人，赞许道：“小关，你学东西真快，等你复员了，估计做什么行业都是把好手。”

关山卸下军帽，挠挠头，笑道：“是您教得好。”

他回头看了看七八成新的炉子和里面的铁制暖气片，向往地说：“要是我们高冈也能装上这样的暖炉就好了。”

“那有什么难的，买几个寄回去不就行了。”房东大叔说。

关山摇摇头，苦笑说：“您不知道，那边很穷，烧不起煤。”

“哦。”房东大叔了然道，“这些煤算我送你们的，你们烧吧，不够了就打这个电话让人送来。”房东大叔把一张名片递给关山，然后拎起工具包，拿着电钻回家去了。

关山关上门，拧亮台灯，看着因为发烧面部通红、喃喃低语的明月，心疼地摸了摸她的头发。

“咕咕——”怪声是从他的肚子里发出来的。这一路上光顾着赶路，别说吃饭了，他连水也没喝一口。之前没找到明月时丝毫不觉得累，现在总算是稳定下来，他这才感觉到饥饿。

他不好意思地按住瘪瘪的腹部，揉了揉，朝四周看了看。没有吃的。

他起身，走到墙角摸了摸刚装上的暖气片，这会儿已经烧得很烫了，屋子里也渐渐有了温度。

他拉开门，走到院子里，先是看了看火，发现火苗烧得很旺，于是就着灯光，在明月之前留下的灶具里，找到落满灰尘的铁锅和锅铲，又翻了翻，居然发现了一个老式的烧水壶。

他那这些炊具拿到公用水管下洗刷干净，然后接了一壶水坐在炉火上。

看看四周，他决定出去买点吃的。等出去了，才知道想在大年初一的晚上买点热乎乎的吃的有多难。整个城市陷入沉睡，所有的商店都关着门，街上除了昏黄的路灯，就只有他，孤独地立在路边。

他顺着人行道朝前走，走了大约四五里路，才在路边看到一家尚在营业的小超市。他抖抖身上的雪花，大步走了进去。

关山拎着一袋子方便面和十个鸡蛋回到出租房，明月已经醒了。

她斜靠在床头，神情怔愣地看着屋子里忽然多出来的银色暖气片和他带来的一个黑包，陷入沉思。听到门响，明月收回目光，望向一身雪花的关山。

关山进屋才发现自己忘记掸去身上的积雪了，他说了声抱歉，退出房间，在外面噼噼啪啪拍打了半晌，才又走了进来。

他放下袋子，走到床边，迅速用力地搓热手掌，然后一手放在自己额头，一手轻轻放在明月的额头，比对温度。过了片刻，他吁了口气，“药起作用了。”

明月一直看着他，这时，她拍拍床边，说：“你坐下，关山。”

关山看看她，小心翼翼地坐在床边。他人高大，这样坐着，显得委屈得很。不过，他倒是甘之如饴，露出鼻子下面的一线洁白。

“今天的事对不起你，我不该那么说，让你为难了，还挨了打。”明月向关山道歉。

关山愣了愣，心想，我不但不介意，而且欢喜得紧呢。但是怕明月知道了会看轻他，于是摇摇头，咧开嘴笑道：“这有什么，你想说什么都行，只要能让你心里痛快。”

明月却不这么想。关山为了她跋山涉水而来，还挨了沈柏舟一巴掌，她怎么想，都觉得过意不去。

以前不知道关山的心意，她还能心安理得地享受他的照顾和爱护，可如今毕竟是不同了，而她现在的处境，却根本无力也没勇气涉足另一段感情，所以，关山为她做得越多，她就愈发感到愧疚。

她目光清亮地望着关山，语气委婉地说：“我知道，你对我很好，一直很好。我很感激你……但是，我现在没有其他的打算，也不可能有其他的想法，所以，关山，你能明白我的意思，对吗？”

关山愣了愣，漆黑的双眸渐渐变得深邃，他怎能不明白呢？他没什么别的想法，他来，只是因为觉得她会需要他，并没有乘人之危，捡现成便宜的念头。

他垂下眼帘，思索片刻，重又抬起眼眸，目光坚定地看着明月说：“我对你好，是因为我想对你好，与他人无关，也不会要求你做出任何回报。你该了解我的为人，所以请你放心，我是作为朋友来到你的身边，照顾你，关心你，所以，也请你不要有任何的思想负担。”

看着眼神真挚、语气真诚的关山，明月的眼睛里迅速氤氲起潮气。怕自己在关山面前失态，她低下头，用额头顶着膝盖，声音发哽地说：“让我怎么感谢你呢？”

关山望着她颈子后面柔白的肌肤，苦笑说：“你什么也不用做，我来做就好。”

说做就做。关山起身，拿了五包面和四个鸡蛋，去了外面。他在铁锅里倒上开水，然后把方便面丢进去，买来的筷子还没开封，他手忙脚乱地撕开包装，取出筷子，搅拌着锅里散开的面条。他撒上调料，又把鸡蛋磕了囫囵个打在里面，然后扣上盖子，把火门封了，等鸡蛋凝结。

他站在凌晨的同州城，望着平房里的灯光和炉火上热气腾腾的白烟，竟忽然生出一种恍如隔世的感觉。第一次，他离她如此近。不止是身体间的距离，还有心，他们之间再也没有了束缚和顾念。

她现在不能接受他是理所应当，他可以等，等多少年都没关系，只要她还愿意把他当成朋友，当成唯一可以依靠的人，那他这一辈子，就值了……

24 “同居”生活

面煮好了，他端着铁锅进屋。

“你这儿有碗吗？”他问坐在床边梳头的明月。

“有，我给你拿。”她起身走到墙角，打开一个褐色的纸箱，从里面取出两个白色的瓷碗，两双筷子。

“筷子我买了，就是没有碗。”关山笑着接过去。

他要出去刷碗，却听到明月犹豫地问他：“关山，你今晚……”

他刹住步子，转过头，看着面色微红、眼神尴尬的明月，脑子里一闪念，顿时神色急迫地解释说：“我看你吃过饭就走，我不会给你添麻烦……”

明月抬起黑黝黝的眼睛，看着他，打断说：“你别花冤枉钱了，就在这里凑合一晚，明天再说。”

关山抿着嘴，打量了一下她那张单人床。

明月情知他误会了，脸皮一烫，解释说：“我这里有张折叠床，你要是不嫌难受……”

“我不难受，地上我也能睡！”关山急急地抢着说。

明月动了动嘴角，像是在笑，又像是无奈，“床就放在外面灶具那里，待会儿吃完饭，你把它扫扫搬进来。”

“嗳！”关山的眼角眉梢抑制不住的笑意朝外冒，他一个闪身，出去了。

明月扶着墙走到窗台下方的暖气片处，触手一摸，她立刻缩回。真烫。

七八平方米的小屋内温暖如春，再也找不到之前冰冷孤独的痕迹。

她在窗台站了站，回到床前，就俯下身去掀被褥。床箱里有两床备用的被子，拿出来用正好。可是这床板看似挺薄，实际上却沉得很。她费了老大劲儿，也没把它拽起来。

关山进屋，看到明月正在吃力地掀床板，不禁大惊，上前拉起她，“你想拿什么，等我回来再做。”

明月拢了拢滑到脸前的碎头发，喘着粗气说：“我想给你拿被子。”

关山看着灯光下憔悴却又秀美的明月，不禁心神一荡。她还是关心他的。心里美滋滋的，力气也比平常大了不少。他仅用一只手就掀起床板，然后在收拾得井井有条的床箱里找到两条不算太厚的棉被。

他把床板重新盖上，把被子搁在床上，说：“先吃饭，待会儿再收拾。”

明月点点头，就去拿碗。

关山拦住她，“你坐着，我来。”

他先找了个方凳放在床边，然后挑了两碗面条，面条上还盖着一个形状不大好看的荷包蛋。“火太大了，鸡蛋没成形。你别嫌弃啊，将就着吃吧。”关山笑着说。

“挺好的。”明月接过关山递来的筷子，端起热气腾腾的面碗，低头喝了口汤。眉头几不可见地跳了跳。他这是放了多少调料啊，快赶上盐丁了。

“咋样？不好吃吗？”关山蹲在地上，端起面碗，呼噜了一口。接着，他的脸色急剧变化，看明月还在小口吃面，不禁尴尬地阻止说：“太咸了，你别吃了，我再去煮一包。”

明月抬起头，冲他笑了笑，“兑点水就行。”

关山想了想，怕再煮面耽误时间，于是在锅里、两人的面碗里各添了一些开水。

明月搅了搅碗里的面，低头，吃了一口。关山紧张地看着她。她咀嚼了几下，抬起头，看着傻愣愣的关山，唇角一弯，笑了出来，“挺好吃的，不信你自己尝尝。”

关山看见她的笑容，心里顿时一松，他嘿嘿笑了两声，这才端起碗，大口吃了起来。

明月被关山强迫着吃了一个鸡蛋，又吃了半碗面条。剩下的面条她实在是塞不进去，关山就抢过来，倒在他的碗里，呼噜呼噜进了肚。

明月想起很久前，她刚到高冈小学的时候，他也是这样抢她的剩饭吃，一点也不避嫌，一点也不嫌弃，完全像是家人一样自然。

她不能否认，这样的关山让她感觉无比的亲近。

“剩下的我能不能就着锅吃了，倒碗里太麻烦。”他指着铁锅里剩的方便面，不好意思地问明月。

明月笑道：“你随便，我这里和转信台没两样，你怎么舒服怎么来。”

关山嘿嘿笑笑，蹲在地上，把铁锅里的方便面一并解决了。饭后，他给明月倒了热水，让她洗漱，他则跑出去刷锅刷碗，连带着清扫那张许久未用的折叠床。

门响，明月端着脸盆从热烘烘的屋子里走出来。

“你怎么出来了！站那儿，别动！”关山一声清叱，几步冲上去抢过她手里的脸盆，把她推进屋子，“去屋里待着，有事就叫我。”

明月无奈地笑笑，“我没事了。”

“什么没事，刚退烧，还是小心些好。”他关上屋门，把水倒掉，然后拎着折叠床进屋。环顾四周，他正犹豫着把床摆在哪里，却见明月指着与她单人床并排的空位，说：“放这儿吧，地方大点。”

关山挠挠头，“会不会对你不够尊重。”好像离得太近了点。

明月拧眉看着他，嗔怪道：“人我都允许进来了，还怕你办坏事？”

两人同时一愣。明月口中的坏事，撞断了两人之间和谐自然的那根弦。

明月红着脸，指着空位，“你快放下啊，我好铺床。”

关山的黑脸浮着一层可疑的红云，按照明月的要求，把折叠床打开，平放在单人床边。

明月把他推到一边，把宽大的被子折了两折铺在简易床上，她按了按厚度，蹙眉说："好像太薄了。"

"没关系，没关系，已经很好了。"关山心想，今晚只要能守在她的身边，让他睡在地上，他也甘之如饴。

明月环顾四周，从书架上取下一摞书放在褥子下面，权当枕头，她抱歉地说："这儿只有我一个人住，没有多余的枕头，我那个出汗没有洗，所以……"

关山生怕她嘴里再蹦出什么道歉愧疚的词，一边摆手，一边朝铺好的床上一躺，笑吟吟地看着明月，说："别再忙活了，真的，很好。"

明月笑了笑，坐回她的床上。

关山重又起来，给她倒了一杯热水，看着她把药吃了，然后把床头灯调到最暗，柔声对她说："我去洗漱，你先睡。"

明月蒙着被子到下颌，看着光影中那双漆黑发亮的眼睛，听话地点点头，"好。"

过了一会儿，明月听到外面的炉火传来几声轻响，屋门轻轻开启，又迅速关上。空气里隐约飘来雪后清冽干净的味道，同时，又混合着一种如松木一样沉稳端凝的气息，慢慢地浸润着她敏感的嗅觉器官。不知不觉间，他的气息竟深入人心，熟悉到无需见人，只需嗅到气味就能辨别体会他的存在。

身旁的折叠床发出几声轻响，想必是他正小心翼翼地躺下去。耳畔传来窸窸窣窣的衣料和被子接触的声响，以及他刻意压抑的呼吸声。窗户下面的暖气片偶尔发出叮叮的细响，远处不知谁家的狗在吠叫，静夜里显得格外遥远。

明月阖上双目，感受着这些声音带给她前所未有的安定的感觉。室内温暖如春，她的眼皮越来越沉，越来越重，最后，竟一句话也没说，就睡着了。

出乎意料的，竟是一夜好眠。对于她来说，就是一夜无梦。

没有那些忧伤曲折的梦境缠绕，她睡得格外香甜。曾经求之不得的幸运，没想到，却在失去了一切之后，轻易地降临到她的身上。

她醒后，怔忡了一秒，忽然翻身向隔壁的床上望去。整整齐齐的床铺，连一丝褶皱也无，盖的被子被叠成四四方方的豆腐块，有棱有角地放在床头。豆腐块上，端端正正摆放着一顶军帽。松枝绿的颜色，金黄的八一军徽，映衬得整间屋子都变得肃穆整洁起来。

明月低头看了看身上皱得不像话的衣服，还有肩上团成一团散发着汗味的头发，不由得愧惭起身。

下床找鞋的时候，门响，关山拎着水壶走了进来。他穿着昨天的军装，没戴帽子，短发竖着，额头上沾着几滴水珠。看到床边的明月，他的目光闪了闪，露出鼻下一线耀眼的洁白，说：“你起来了？”

明月不好意思地拢了拢蓬乱的头发，“嗯。”

“正好，水也热了，你洗漱吧。”关山把水壶放在脸盆架旁边，转身走了出去。

明月起床，把被子翻个面，平展开，铺在床上。她倒了水刷牙，吐在小桶里，然后在脸盆里倒上热水，又兑了一些凉水，然后弯下腰，把头发从后翻到前面，浸入水中。

头皮挨到热水的刹那，她幸福地低吟了一声。

可就是这浅浅的一声叹息却把外面的关山给唤了进来。看到明月竟然在洗头，关山尴尬又担忧地说道：“你病还没好呢，怎么能着急洗头？”

明月一边撩水，一边去够架子上的洗发露。“再不洗我就馊了，你闻着不难受啊。”明月有洁癖，但凡有了气力，她才不会容忍自己又脏又臭地示人。

关山捏了捏挺拔的鼻尖，笑着说：“我闻不到。”

她什么时候都香喷喷的，哪怕是病了。他上前拿起洗发露瓶子放在她胡乱摸索的手里。

她说了声谢谢，挤出一些洁白的洗发露，又把瓶子递给他，“麻烦你先帮我拿着，我等下还要用。”

“好。”关山的心里甜滋滋的，因为这是他第一次看见明月洗漱的样子，很琐碎，但是很好看，很温柔。

明月洗头，他就帮着递洗发露，换水，等明月终于洗好，长舒口气，睨着一双雾蒙蒙的被水蜇得有些发红的眼睛瞅着他的时候，他的心跳，忽然间快了十倍。有些紧张，怕她看出他刚刚的心思，于是转头望着窗外的积雪，乐呵呵地说：“今天不下雪了。”

明月用干毛巾包住头发，诧异地看看他，说：“你不喜欢下雪？”

“啊，不，我喜欢下雪，可不下雪也很好，出行方便，主要是城市车太多，车……”关山词不达意，说了半天却惹来明月一阵笑。

“你这个人真有意思。”明月笑起来眼睛弯得跟高冈夜里的月牙似的，想让人去摸摸她的眼角。

关山挠挠头，嘿嘿笑笑，转移话题说：“早饭在炉子上热着，现在吃吗？”

明月一愣，“你做早饭了？什么时候做的？我怎么不知道。”

关山惦记着她在发烧，一晚上没怎么睡，不时起来摸摸她的头，然后把水杯里凉掉的水换成热的，备她随时起来喝。

早晨五点，天还没亮他就起来了。恰好房东也是个不贪觉早起的人，两人在附近溜达了一圈，关山向房东借了半碗米，熬了一锅稠糊糊的稀饭，然后又跑出去买了一笼蒸包，这才急匆匆地回来。

回来就赶上明月洗头，这对他来讲，是个额外福利。

“哦，我熬了大米粥，熬得太稠了，不知道你喝不喝得惯，我还买了包子，一半素一半肉，总有你爱吃的，都热在火上。”他指着门口。

明月愣愣地看着他，半晌，才眨了眨睫毛，轻声说道："你不必为我……"

做这么多。

可后面几个字还含在嘴里，却被他目光炯炯地打断，"你想说什么，我都懂。可你病了，我不能丢下你不管，你就当我这是还你的恩，上次我摔到腿，你不也在转信台陪了我一夜。"

明月想起那夜的情形，不由得面皮一烫，低下头去。她低声说："我真的好了，关山，你不用刻意来照顾我。"

关山看着她低头露出的雪白颈子，顿觉嗓子一噎，他稳了稳心神，回答说："只要你今天不再发烧，我就离开。"

明月想起重要的，抬起头，拧眉问他："你怎么来同州的，请假了吗？"她曾经也是一名军属，晓得不请假擅自离开部队的后果非常严重，那是要被当做逃兵处分的。

关山笑道："请了。你放心，我不会当逃兵的。"这一辈子，他也不可能和那两个字拉上关系，他爱军营，以是一名军人而骄傲自豪，他将来只可能复员转业，却绝不可能当逃兵。

明月吁了口气，放下心来。她揉了揉肚子，笑道："你别说，我还真有点饿了。果然老话说得好，病一场胖一圈，还真是这个理儿。"

关山看着单薄瘦弱的明月，心想，你是病一场瘦两圈还差不多。他赶紧去外面端了饭，刚放在方凳上，外面有人叫他。

"小关——小关——来给我帮个忙！"是房东。

等关山走了，退热之后胃口渐开的明月一口气吃了两个包子，喝了一碗黏稠的白粥。

果然三分病七分养。连着几顿热饭吃下来，她的脸色变得不那么苍白了，人也有力气了。她朝外张望了一下，发现关山没有立刻回来的意思，就把粥和包子又放回外面盖了盖子的炉火上面温着。

雪后初晴。站在积雪成冰的院子里，看着阳光照在冰雪之上折射出的光芒犹如钻石水晶一般耀眼，她不禁长长地吁了口气，想要吐出压抑在体内多日的浑浊之气。

“铃铃——”口袋里揣着的手机响了。她怔忡了半秒，一边回屋，一边掏出手机。咦，没有显示数字号码？想到什么，她赶紧按下接听。“喂，我是明月。”

果然，几声急促的呼吸声过后，耳畔响起董晓东熟悉的声音。“明老师，你可算接电话了。”董晓东从大年初一开始打电话，一直打到大年初二，总算是听到了明月的声音。

明月握着手机，抱歉道：“对不起啊，我今天早上才开机。”

董晓东哼了一声，急切问道：“关站长找到你了吗？他和你在一起吗？”

“在。他昨天就来了。”明月说。

董晓东长舒口气，说：“那就好，那就好了。明老师，你不知道，三十晚上你在电话里哭，可把我们给吓惨了。关站长撂下电话说声去找你就跑下山了，后来，天快亮了，关站长用军线给我打电话，说他请了三天假去同州找你。我在电话里听到他的声音时整个人都傻了，年三十晚上，他咋从高冈村的深山老林去到川木县团部的。我问他，他说他跑着去的。明老师，你信不？我起初不相信，可后来到转信台慰问的团部领导告诉我，关站长真的是一路跑到川木县去的，我这才信了。你说他是不是疯了啊，不要命了。几十公里的山道，抄近道，也要跑上两三个小时。可他硬是跑下来了。明老师，你在听吗？”

明月此刻完全处于一种震惊的状态，小董叫了她几声，她才恍然回神，声音微颤地说：“在……我在听。”

董晓东咽了口唾沫，继续说：“明老师，虽然我什么也不是，可也想为我们家关站长说句公道话。他很喜欢你，比让你哭得痛不欲生的那个坏男人强百倍，我们关站长嘴巴没那么甜，长得也不像城里的男人那么帅，可他真的是个好人啊，是个很好很好的男人，你那么聪明，又那么善良，一定能看到我们关站长的好。我今天打电话，一是怕他找不到你，在同州城迷了路。二是想给我们关站长做个媒，想请你考虑考虑他，他为了你，真的……真的是付出了太多……”

关山进门的时候，明月正靠在窗前盯着那几盆干涸的花草发呆。听到声音，她转头，将清清幽幽的目光定在他的身上。

关山不明所以，只是觉得现在的明月看起来有点奇怪。他不禁挠挠头，解释说：“王叔让我帮他换个灯泡，电线线路有些老化，我帮他重新走了一下线。你吃了吗?”

明月颔首，说：“吃了。”她走到门口，拉开门，关山看着她的动作，诧异地问：“你干什么去?”明月也不答话，径自走到炉子边，把之前热在上面的粥和包子端下来，朝屋里走。

关山迅速眨了几下眼睛，赶紧上前想接过去。谁知明月却闪了一下，下巴朝床边一探，命令说：“你坐下，我给你盛饭。”

关山浑身不自在，还想说什么，却看到明月朝他瞥来一记水汪汪的眼刀，他被明月的眼神给震住，乖乖地到床边坐下。

明月盛了饭递到他手里，又接连递了筷子和包子，她还是凝着水汪汪的眼睛，柔声说：“快吃吧，我出去走走。”

“外面冷，你头发还没干。”关山不满地拧起眉毛。

明月已经走到门口，回头看看关山，说：“没事，我就在院子里。”

关山动动嘴唇，关切地看着她，“别走远啊。”

明月笑了笑出去。关山垂着头愣怔了一会儿，才大口大口吃起饭来。

因为明月还在病中，午饭和晚饭就在出租房解决。关山不让明月做饭，明月就穿着厚厚的羽绒服，戴着大口罩站在门边指挥关山炒菜焖饭。

关山的厨艺一般，喂一个董晓东还凑合，可明月就挑剔得多，她一会儿说他菜切得粗了，一会儿说他盐放得少了，一会儿又说火大了，总之，一到做饭的时候，就看娇娇弱弱的明月指挥着一米八几的军装大汉，忙得是鸡飞狗跳。

房东王叔端着饭碗在门口瞧热闹，不时咧开嘴露出会心的微笑。

这一夜，换成关山熟睡无梦，而明月却辗转反侧，熬到天际将明时分，才昏昏睡去。这一觉，一下睡到上午十点。她起床梳洗后，吃了关山准备的早饭，趁关山去刷碗，她在镜子前简单梳了一个马尾，换上一件修身的大衣，等着关山。

关山进屋，看到打扮一新的明月，不禁眼睛一亮，诧异问道："你要去哪儿？要我送你吗？"

明月笑着摇头，上前拿起他搁在豆腐块上的军帽，塞进他手里，"走，我们逛商场去。"

关山表情愕然地看着笑吟吟的明月，半晌，才问道："你要买东西？"

明月想了想，点头说，"嗯，算是吧。"

"你真的没事了？"关山担心她的病没好。

明月转了个圈，用力吸吸鼻子，"全好了。你看，鼻子也通气了。"

关山这才放下心来。他拿着军帽端端正正戴在头顶。

明月的眼睛一眨不眨地看着他，关山不好意思地扶扶帽檐，"有哪里不妥吗？"

明月抿嘴微笑，低声说："我觉得你穿军装还挺帅的。"

同州是省会，大商场鳞次栉比，多如牛毛。春节也不休息，但是营业时间大多调整为早上十点到下午五点。

明月和关山乘坐地铁到市中心的商圈，在地铁站等地铁的时候，端立如松、气质冷峻而威武的他成了站内的一道风景。连同一旁的明月也受到波及，成了被关注的对象，这让素来低调的她觉得有些不好意思。她轻轻扯了扯关山的袖子，提醒他，"你随意一点，不用绷得那么直。"

关山极少到城市来，尤其是像同州这种现代化程度很高的城市，莫名地给他带来一种压力。在明月面前，他特别想做到最好，可越是用力，越起到反作用。他哦了一声，尴尬地动了动脚尖。

很快，地铁进站。搁往常出行高峰，明月早就瞅准缝隙，冲进车厢去了。可关山却立在原地，岿然不动，静等四周的乘客都上去了，才和明月挤进车厢。

一共六站地。明月没想到春节期间地铁上的人也这么多，关山护着明月，把她笼在车厢一角，他双臂抬起，环在她的身体四周，像是为她设置了一个保护罩，任凭外围的客流如何拥挤，都无法攻破他划出的防线。

但是地铁停靠启动时不可避免的还是会惯性前倾，每到这时，明月就会碰到关山的身体。她的脸一直很烫，也不敢抬头看关山的脸，只觉得一道灼热的呼吸始终拂在她的后颈处，烫得她一颗心怦怦乱跳，只知道盯着他胸前金色的八一纽扣，祈祷着快点到站。

终于到了。车上的客流一下子空了大半，看来，都是过年在家闲着无聊出来打发时间的市民。关山陪着明月走在人潮之中，看她半晌不说话，他不禁多看了她两眼，“你的脸怎么红了？是不是又发烧了？”

明月现在面颊绯红，的确让人误会。她赶紧摇头，辩解说：“地铁温度高，我被热的。不信，你摸摸我的头，看烫不烫……”

她撩起刘海，露出白皙的额头，面朝向关山。她没别的意思，单纯只是想证明一下她没发烧，可以继续逛商店。可落在关山眼里，落在路人眼里，却是另外一番景象。

尤其是关山，看着距离自己鼻尖不到三寸的白皙额头，透过光线，他能清晰地看到肌肤上面细腻的纹理和一层透明的短绒毛。她的皮肤可真好，婴儿一样，奶白奶白的透着一层浅粉。

像是察觉到什么，她赫然抬眸，撞上关山那双黑黝黝的眼睛。里面蕴藏的内容太过惊人，她呀了一声，下意识缩了一下，红着脸向右跳了一小步。“我没发烧。”她画蛇添足地解释道。

“看出来了。”他目光深深地说。发烧的是他，此刻他浑身发烫，脸皮也烧热起来。

两人都觉得有些尴尬，默然走了一会儿，明月指着天桥，说："从天桥过去，我们去友谊商场逛一逛。"

友谊商场是一家定位于中青年消费人群的中档百货商店，里面该有的大品牌都有，也有一些国外知名品牌。

"你要买衣服吗？"关山问明月。

明月摇摇头，反过来问他，"你想买衣服吗？便装？我陪你逛逛。"

关山同样摇头，"我喜欢穿军装，自在。"

明月笑了笑，按下电梯上行键。等待的间隙，明月问："那我第一次见你的时候，你就穿着便装。"

下着大雨的川木县城，她被无良司机宰了三百块钱，而他只花了三十块钱就上车了。

关山一愣，回忆了一下，说道："哦，那次啊。我到县城扎针，怕吓到诊所的孩子们，所以才换了便装。"

"扎针？"明月扭头看他。

"哦，没什么，治腿的。"他面色淡淡地说。

明月不禁想起他腿上那道长达十几公分的疤痕，前天晚上，他就是用这双腿徒步跑了几十公里，跑到了川木县。

"来了。"关山指着电梯门，提醒发愣的明月。

明月哦了一声，和关山走进电梯。

到了六层，关山一看，不禁低低地吸了口气。整个一层大厅，全都是售卖体育用品的实体店。他指着一个画着对勾的店面，低声询问明月，"那是什么品牌？我好像听小董说过一次，但没记住。"

明月瞪大双眼，微张着嘴，震惊地看着脸色黧黑的关山。半晌，她才找到自己的声音，问他："耐克你不知道吗？"

"耐……克。"他跟着明月重复了一遍，尴尬地笑笑，"我不认识什么国外品牌，国内的也只认识双星。”认识双星还是因为他曾发过一双篮球鞋，是双星的。

明月像看外星人一样看着他，关山摇摇头，解释说：“以前在农村，没条件，后来当兵，基本上就是全封闭，我接触不到这些东西。”

明月一时间心潮起伏，指尖颤抖，眼眶里涌起一阵潮热，用手背遮着眼睛，竟小声地哭了起来。

这下可把关山吓坏了，他恨不能抽自己两嘴巴子，“明老师，你别哭，你看，别人都瞅我呢，以为我欺负你了。”关山哄了半天总算是止住明月的眼泪，他急得满头大汗，脊背也被汗水打湿。

明月背过身，擦了擦眼角的泪珠，低声说：“走吧，我带你逛逛。”

关山如释重负，跟在明月旁边，边走边听她向自己介绍那些从来没见过也没听过的体育品牌。

“国内的体育品牌也很多，譬如李宁、安踏、匹克、361 度等等，这些国内品牌目前的市场占有率是最高的，性价比也是最高的。最近几年，像奥运会、亚运会等重大国际赛事，甚至有许多外国体育选手穿着中国体育服装登上领奖台呢。”

关山望着眼神晶亮如同夜空星辰、嘴角笑容如同迎春盛开的明月，不由得与有荣焉，内心升起一股子强烈的自豪感。

他们转过一个弯，明月神色一喜，说：“走，去那边打折区。”

关山笑着拒绝，“我穿不着，部队什么都发。”

“那你也得有两套便装吧，万一有时需要穿穿，你也不至于为难。再说了，你不能给孩子们上体育课时，还穿着那身迷彩服吧。”明月劝他。

关山犹豫了几秒，说：“可我不懂，不大会挑。”

明月挑眉，乌亮的黑眼睛斜睨着关山，说：“你当我是摆设？我不仅是搞价小能手，还是服装搭配界的扛把子。”

关山莞尔，明月也觉得自己吹得有点过了，两人你瞅我，我瞅你，齐齐笑出声来。

“我来帮你选。”明月在琳琅满目的男式运动装区转了几个来回，手里拎着两三套颜色不同的衣服走到关山面前，“你都试试，我看看效果。哦，我拿的是185码的，可以穿吗?”

关山点点头，抱着衣服进了试衣间。

明月站在外面，和店员聊着商品的款式和质量。过了几分钟，试衣间门开了，明月抬头一看，心咚的一跳，呆呆地愣住。

穿着一身浅灰色运动装的关山，神情有些不大自然地立在门口。这套衣服像是为他量身定做的一样，不仅合体有型，而且恰到好处地彰显出他冷峻沉稳的气质。

他不知道他的出现，已经在附近区域刮起一阵旋风。几位看到他试衣效果的市民，低声惊叹，去挂衣服的区域寻找这套被他们错过的运动装。

“是不是不行，那我换……”关山看明月不动，也不说话，以为自己穿便装很怪，转身想进去换掉。

“别换——”明月几步上去，握住他的手臂，把他拖出更衣室。她把门一关，把关山拉到全身镜前面，自己却躲在他的身后，只露出一个头，“你自己看看，帅不帅!”

关山抬起头一看，自己也愣住了。好像也没想象中那么丑，但始终感觉有些不自在。他转头，头略低，看着藏在他背后的明月，“你觉得好吗?”

“当然好！好得不得了!”明月冲他伸出大拇指。

站在一旁的店员目不转睛地盯着眼前这个宛如脱胎换骨的男人，由衷夸奖说：“我做了这么多年营业员，还没见过比你身材好的呢，这套衣服的优点全被你穿出来了。你女朋友真有眼光，一下就能挑中最适合你的。”

关山黑眸一闪，明月脸红红地辩解说：“我不是……”

关山抢着说：“那就这套吧，其余的不试了。”

明月站出来，“不试了吗?”其实，她觉得关山穿那套深蓝色的，估计也不错。

“不试了。”关山看着她，语气温柔地说。

“那好吧，我也觉得这个颜色比较好看。”

店员羡慕地看着他们，说：“你们感情真好，一般来买衣服的夫妇，意见总是不统一，我可见过不少呢。”

关山咧嘴，灿烂一笑。明月却羞涩地低下头，不知该如何解释。

“你们是刷卡，还是现金?”店员准备开票。

“现金。”关山说。

店员正要走，关山却指着货架上一套颜色鲜亮的女式运动装说：“这套，我也要了。”

明月没想到关山会送她衣服。她的运动装是旧了，可她有钱，可以自己买，不用他送。但是关山从未有过地坚持，他一定要送，而且抢着把钱付了，明月还他钱他不要，两人僵了一阵儿，最后，明月妥协，收下了关山送的礼物。

两人在运动品打折区又买了一些适合教学用的体育器械，其中有一对儿小哑铃，两副乒乓球拍、羽毛球拍和一筒球。

明月看关山手里的袋子满了，就伸出手，“我来拎一些。”

“不用，我是男人，怎么能让你拿东西。”他振振有词。

明月笑了笑，没和他争。

接下来，他们又逛了很久书店，这次买的东西更多。明月让售货员找了根绳子把足有板凳高的图书捆绑结实，她以为关山拎不动，谁知道他竟单手轻松拎起。

双手挂满各种袋子，他却笑得灿烂，“还要买什么，我陪你。”

不买了。再买下去，别人该把她拍成照片发网上去口诛笔伐了。罪名是：虐待军人。

走出友谊商场，作为补偿，明月指着天桥下面一家烩面馆，说："我请你吃饭。"关山笑着说好。

早过了用餐高峰，餐馆里没什么客人。他们找了个座位坐下，明月叫来服务员，一边看菜单，一边点："凉拌素三鲜，方块牛腱，木耳核桃，两碗烩面，一大一小，谢谢。"

"请您稍等。"服务员拿着记菜单的小本走了。

明月打开一次性餐具，拎起桌上的茶壶，倒了些茶水涮杯，然后又倒上水，递给关山。

关山赶紧接过去，"谢谢。"

明月笑了笑，和他交换了一下餐具，重复着之前的动作，问他："你觉得同州怎么样？"

关山思索了一下，回答说："同州是个现代感很强的大都市，也是个火车上拉来的城市，流动人口密集，城市设施完备，但是历史的厚重感和古韵却明显被削弱，显得不足。"

明月望着落地玻璃外面车如流水马如龙的城市景象，叹息说："的确是这样，城市越来越现代化，越来越繁华，可是那些小时候珍藏的记忆，那些旧的景致和心情却再也找不回来了。"

她看着街景，关山却在望着她。"我还是喜欢高冈。那里虽然贫穷落后，但是人却活得单纯快活。每天在山林里转一转，呼吸新鲜的空气，再看看潺潺流淌的鹳河水，不管有什么烦恼，也会烟消云散。"

明月笑了笑，说："嗯，要是能通上电，通上自来水，汽车能直接开到村里，就更好了。"

关山握着杯子，转了转，指头一压，说："会有那么一天的，我坚信。"

"希望这一天早点到来。"明月举起水杯，笑着看向关山，"来，我们碰一杯，祝福高冈村早日脱贫。"

关山莞尔，举杯轻轻碰了下明月的杯子，仰头，一饮而尽。

吃完饭，明月看了看时间，问关山想不想去附近的公园转转。关山却摇头，看着面色仍旧苍白的明月说：“城里的公园都是人工修造的，哪儿有高冈的山美水美。你陪我转了一天，也该回去休息了。”

看着关山担忧的眼神，听着关山关切的言语，明月的心里漾起融融的暖意。而昨夜一直困扰她的一个大胆的想法，就像是草籽落地生根，忽然间长成了迎风招展的蒿草，让她一瞬间拿定主意。

她指着公交站，“我们坐车回去吧。”关山说好。

明月有公交卡，他们上车后，找到座位坐下，明月忽然问他，“你什么时候回高冈?”

关山的心咚的一跳，愣愣地看着她，说：“明天。”

因为岗位特殊，上级领导只批了他三天假，还是看在他六年无休的分上才准的假，他再舍不得、不放心明月，也必须要离开了。

明月哦了一声，把视线转向车窗外的风景，没说什么。

关山觉得心情倏然沉到了谷底，第一次体会到了书中所描述的离别是什么滋味。这种离别不同于他当年离开“特大”时的感受，似乎比那时更不舍、更酸楚。

车行半程，明月似是察觉到关山的沉默，主动问他：“你怎么了？是不是还想去哪里转转，我不用那么早回去。”

关山摆手，说：“没有，我想回去。”想回去单独和你待着，哪怕什么也不做，只是看着你，我就觉得很满足，很幸福。

明月眨眨眼，笑道：“看来你也累了。”关山假装默认。

可是车还没到城中村那一站，明月就拽着他下车。

关山跟着跳下车，左右环顾，发现这里距离城中村还有好几站地，不禁诧异问道：“咱们下错站了，城中……”

“没错，你跟我来。”明月眼神狡黠地冲他眨眨眼。

关山不明所以，跟着明月顺着人行道朝前走。街道两边是林林总总的商铺，街上行人很多，摩肩接踵的，看起来非常热闹。

“到了。”明月在一间挂着棉门帘的商店前停下，示意关山跟她进去。

关山抬头一看，不禁愣了愣。火车票代售点。他脚步一沉，眸光轻闪，拎着东西走了进去。

明月帮他打着帘子，见他进来，她把帘子放下，指着窗口说：“在这里买票就行了，不用去车站挤。”

关山沉吟了一下，说：“好。”

他放下手里的袋子，迈着笔直的步伐走到窗口，弯下腰，掏出伤残军人证件，递进窗口说：“买一张明天早晨到皖州的车票。”

售票员接过他的证件翻看，又好奇地打量了几眼窗口外的军人，按了按鼠标，说：“早上 7 点 53 分，K631 次列车硬座，行吗？”

“行。”关山点头。

售货员手脚麻利，很快帮他办好，把打印好的车票递了出去。

关山接过，“谢谢。”刚想离开，眼前却多了一只白皙的手，绕过他，将钱和身份证递进窗口，“麻烦买一张和他一样的车票。”

25　分道扬镳

关山做梦一样跟着神色平静的明月回到出租房，中途，明月特意去超市买了一块肥瘦相间的五花肉，说要给关山做炸丸子。

出租房门口堆着一摞无烟煤，是关山头天按房东给他名片上的电话买的。原以为这些煤足够烧到明月离开同州，却不想计划没有变化快，她竟要跟他一起回高冈。

看着关山对着角落里的煤块发愣，明月挽起袖子，支起菜板，说：“送给王叔吧，他家有个煤火炉。”

关山回头看她，眼神深邃，语气更是带了一丝犹豫，“你……其实……不用回这么早。”好不容易回到城市，假期难得，她不该这么早回去。

明月笑了笑，指着他手边放着的一个小盆，说：“把盆给我。”

关山把盆子递过去。明月把盆放在手边，拿刀把五花肉从中切开却不切断，之后拽着肉，一边削肉皮，一边神情自然地说：“我不是因为你才回高冈去的，你不必感到内疚。我不想待在这里，是因为……”

她握着刀停下，垂眸遮住眼底的黯淡和失望，语气很轻地说：“是因为，同州不再是我的家。”说完，她神色平淡地继续切肉。

关山的目光定定地落在她的脸上，嘴角微抿，眼里升起怜惜和怅然的微光。是啊，以前她把同州当成自己的家，是因为深爱的男友在这里生活，所以，她便把这个庞然之城当做是自己的家一样惦念牵挂。如今，爱情经不起风雨的考验烟消云散，这座城市也变成了毫无温度的牢笼。

还不如回高冈去。虽然高冈穷，没有城里这些现代化的设施和网络，但是高冈有情，有温暖人治愈人的力量，与其像这样每天窝在钢筋水泥的丛林里孤独地舔舐伤口，倒不如回到山高水长的秦巴大山里，自由惬意地放飞心灵。

想到这儿，关山也不再纠结。他坐在木凳上，一边看明月动作麻利地切肉，一边笑吟吟地说："回去也好。现在，是高冈一年当中最热闹的时候，打工的村民都回来过年了，家家户户放鞭炮，走亲戚，吃了东家吃西家，那'烧刀子'的味道能飘到红山镇去。最高兴的，还是那些孩子们。他们再也不用拿着相片思念远方的亲人，他们可以尽情地叫着爸爸妈妈，在他们的身边撒娇。花妞儿三十夜里到转信台的时候，穿了一身她妈妈买的新衣裳，高兴得什么似的，一定要等你回来看。噢，还有宋伟伟，他爹这次一下给他买了两双新鞋，那小子激动的，道都走不直了……"

明月目光含笑地听着身边的关山给她絮絮叨叨地讲着高冈村的事。那一言一语，却像是自动转换成了一幕幕生动真实的影像，在她的眼前不停地转换、显现。她真就开始期待回高冈的那一刻，能早点到来。

炸肉丸，是明月跟她姥姥学的独门手艺。

炸丸子讲究火候，姥姥教她观色、闻味、看油浪。不用下嘴品尝就能炸出一个个颜色金黄、入口焦脆的肉丸子来。

"关山，你帮我做椒盐吧。"明月腾不开手，拜托一旁兴趣盎然的关山。

关山早就等她这一句命令呢。可椒盐怎么做？他挠了挠精短的寸发，拿起盐罐，左看右看，不知道该如何下手。

明月回头瞅瞅他，扑哧笑了，"你去管王叔借个小火炉过来。"

关山说好。不大一会儿，他拎着一个烧得旺旺的煤火炉走了过来。

"你用那个小铁锅，把锅烤干。准备好一把盐和一小把花椒。先放盐进去，把锅抬起来，用微火烘炒一会儿。"明月一边在油锅里下丸子，一边指挥着人高马大的关山做椒盐。

"行了吗？盐已经干了。"关山把锅拿过去让明月看。

明月看了看颜色，指着铁锅说："放花椒，和盐粒一起炒。"

"一起炒？那花椒不就煳了？"关山以前熟花椒的时候，总是掌握不住火候，不是发黑，就是发苦。

"花椒粒单独翻炒的确容易焦煳，食盐单独翻炒也没有香味，可把这两样食材放在一起炒，花椒粒裹着盐，焦香不煳，食盐被花椒熏染也香味四溢。"明月一边教他，一边用油笊篱捞起一个金黄的丸子，用嘴吹了吹，手指拈起，递向关山，"你尝尝丸子咸不咸？"

关山还在回味明月传授的做椒盐的秘诀，眼看着丸子就到了嘴边。他下意识张嘴，咬住丸子。谁知，距离没掌握好，竟把明月白皙的手指也吞了半截进去。两人同时一愣，随即，又尴尬脸红。明月倏地缩回手，关山却被滑溜溜的丸子卡住嗓子，猛咳起来。

"快喝点水！"明月端起水杯去喂关山，关山咳得更加厉害，他背过身，一边摆手，一边急匆匆地跑出去。

明月把炒椒盐的铁锅端下来，朝院门口张望了一下，红着脸骂自己："笨死你得了！"

此刻正在院外站着的关山同样也在苛责自己，"关山啊关山，你可真笨！居然连个丸子都咬不准！"嘴里这样说，可是脑子里却浮现出刚才含着那两根青葱玉指的美妙感觉。

他怔忡了几秒，忽然回神，弹了自己一个脑嘣，懊恼说道："胡想什么！胡想什么！关山，你是个流氓吗！"

可越想择清自己，越是脸热心跳。他干脆拉开领口，在湿漉漉的雪地上吹了会儿冷风，才算是平息了体内热燥燥的感觉。

回去，明月已经炸好丸子，正低着头用擀面杖擀椒盐。看到他，她垂下眼帘，脸色微红地说："关山，我待会儿得出去一趟。"

“去哪儿?”天快黑了，她还要出去?

明月点点头，低声说：“我舅舅家。”

祥安路，穆家窗帘店对面一隅，明月紧蹙秀眉，凝视着穆家门外神色古怪的舅舅舅妈，脑子里冒出几个硕大的问号。

“刚才那人是……慕总?”陪她一起过来的关山诧异问道。

明月目光深沉地点头，说：“就是他。”

的的确确是电视杂志上闻名遐迩的浙商巨擘慕延川。

“那是你舅舅舅妈？他们好像认识。”关山说。

明月拧着眉头嗯了一声，看舅舅舅妈的神色，应该不止认识那么简单。到底是怎么回事，她去了才能知道。她接过关山手里拎的袋子，柔了声色说：“我去去就来。”

关山说好。她走了两步，又停下，转过身来，指着一处背风的角落，对关山说：“你站那边去，风小。”

关山笑了笑，冲她摆摆手，示意她快去。看到明月单薄的身影走过马路，关山的眼底掠过一丝忧虑，她就这样去，行吗?

他听明月说过她小时候的事。她的舅舅舅妈一贯苛责刁难于她，她这样不打招呼上门，他们会给她好脸色看吗?

关山顶风站在街口，眼睛一眨不眨地盯着那两扇紧闭的玻璃门。

明月从穆家出来，却看到关山已经过了马路，立在窗帘店外面等她。她小跑几步，迎上前，愧疚地对关山说：“等着急了吧，我找了会儿东西，耽搁些时间，冷吗?”

关山目光定定地瞅着她，连她脸上一丝一毫的表情变化都不放过，看她没什么异常，他才心下稍安，摇摇头，说：“不冷。你还好吗?”

明月知道他担心自己被舅舅一家人苛待，不由得心中一暖，柔声说：“还好，你别担心。”

两人沿着人行道向公交车站走去。昏暗的街灯下面，是一双被拉长的身影，不时有车辆从马路上疾驰而过，带起路边干枯的树叶，飘起，落在脚下。

“关山。”她忽然叫他。

“嗯?”关山偏头看着她轮廓美好的侧影。

“我刚刚去找我妈妈留下的遗物，一把旧木梳，收在一个放杂物的黑匣子里。谁知黑匣子还在，其他东西也在，可唯独梳子不见了。你说，会是被人偷走了吗?”明月的眼睛很黑，唯有瞳仁儿散发着灼灼的光芒。

关山知道，她在专心思考问题时才会有这样的神情。

他思忖了一下她的话，大胆猜测说：“黑匣子里其他东西都在，只丢了木梳，显然是被人拿走了。可谁会只偷走一把木梳，却不偷其他的东西呢?除非这把梳子对这个人来讲非常重要，或者说，这把梳子的主人，也就是你的母亲，对他来讲意义重大……”

他说到这儿忽然顿住，表情惊讶地望向明月，明月也在惊讶地望着他。

两人对视几秒，忽然，同时伸出手指，指向对方，“慕延川!”

的确，没有人比慕延川的嫌疑更大了。似乎从他第一次遇见明月开始，就有一种说不上来的怪异的气氛始终蔓延在他们之间。

不论是慕延川先前突然出现在高冈村考察项目，还是刚才出现在千里之外的同州穆家，总之，他像个幽灵一样跟着明月在转。难道，慕延川真的和明月已经去世的母亲有着什么特殊的关系？所以，他才会一而再、再而三地涉足明月的生活圈子。

明月顿住脚步，回头望着远处街灯下蒙蒙胧胧的穆家大门，低声轻喃说：“他曾经喜欢过我妈妈?”

关山默然，这问题显然超出了他的应答范围。不过根据推断，如果那把木梳真的是慕延川带走的，想来，他和明月的母亲一定认识，而且关系匪浅。但那是明月的家事，涉及去世的长辈，他实在不便插言推断。只是他还觉得疑惑，“你没问你舅舅吗？他总该知道是谁拿走了梳子。”

提起明月的舅舅，明月的脸色明显一寒，她低下头，将脚下一个小石头踢得老远，愤愤说道：“他什么也不肯告诉我，连我爸忽然来穆家的原因，他也不说。可我看出来他和舅妈神情古怪，一定瞒着我什么事。还有，他们对我的态度忽然来了个180度的大转弯，不仅对我照顾周到，居然还说让我回家去住。你说可笑不可笑，当年我被他们撵出去的时候，他们可是叫嚣着，穆家永远也不欢迎我！”

听明月这么讲，关山心中的疑惑更深。他没接触过明月的舅舅和舅妈，但是听明月说起她过去受虐待的经历，就觉得那对市侩功利的夫妇不是好人。他们的态度忽然发生转变，只能说明他们做了亏心事。这件事，和慕延川会不会有关系呢？他不敢妄加揣测，思忖几秒，他安慰明月说：“不管他们出于何种目的，总比对你横眉冷对好，你说呢。”

“哦。那倒也是。”明月叹了口气，“要不是我妈妈留给我的虎皮吊兰枯死了，我想拿回一样她身边的东西作为纪念，就算是他们求我，我也不愿意再踏进穆家大门。”

关山心中一动，转头看向明月。原来她到祥安路，只是为了拿回母亲的遗物，并非想回来看舅舅舅妈。他之前还疑惑她的动机，心想她怎么忽然转性了，不再睚眦必报，让亲者痛仇者快，却原来是想拿回母亲用过的木梳，留在身边当个念想。

这个倔脾气的姑娘哟。让人心疼又心酸，“明老师……”

明月拧着眉头，神情嗔怪地打断他，“你能不能别再明老师明老师的叫我了，再好的朋友也要被你叫生分了。”

关山一愣，脸皮一烫，小声说：“那我该怎么叫？”

“叫我明月呀，不然，你还想叫我月月不成！”明月笑道。

月月！关山心口一紧，说话时调儿差点拐了，他张着嘴，翕翕两下，说：“明月。”

明月瞅着街灯下眉目英挺的关山，脑子里不知为何忽然浮现出晚饭时被他吮住指尖的一幕。她赧然低头，轻声答道：“嗳。”

关山弯着唇角，心里高兴得想飞起来。

同州“水岸”KTV，二层一间豪华包房内，神色阴郁的沈柏舟只顾闷头喝酒，连发小大鹏拿着麦克风大声吼他都没听见。

“我操，你耳朵聋了！”大鹏把麦克风扔给朋友，气势汹汹地走过来，用力撞了下魂不守舍的沈柏舟，坐在他身边。

沈柏舟神色木然地盯着光怪陆离的大屏幕，过了好一会儿，他对大鹏说：“我和明月掰了。”

大鹏正跟着音乐的节拍晃动身体，没听清沈柏舟说的话，他凑过来，眼睛盯着屏幕上的歌词，大声问：“你说什么？”

沈柏舟拧着眉头，突然从座位上跳起来，冲到台上抢过朋友手里的麦克风，大声嘶吼道：“我和明月掰了！我们完了！我和她完了！”用力吼完，他咚一下摔了话筒，蒙着脸，慢慢滑坐在地上。

“你说你，想要逃，偏偏注定要落脚……”音乐还在缠绵悱恻地继续，可是包房里的人，却像是定住了似的，目光呆滞地盯着突然发狂的沈柏舟。

过了片刻，大鹏拿起座位上的麦克风，冲着没出息的沈柏舟，吼了回去：“你哭个屁！是爷们，后悔了再去追回来！”

关山和明月一早便踏上归程，他们不知道的是，在他们离开后不久，沈柏舟鼓起勇气走进城中村的某处院子。小平房屋门紧闭，门口新装的采暖炉余温尚存。

“当当当——”彻夜未眠的沈柏舟顶着一双熊猫眼，一边敲门，一边从窗口向里面探视。

“谁呀，大清早的？”房东从自家屋子出来，神色不快地冲着平房前的男人喊道。

沈柏舟迅速转身，朝房东挤出一抹笑容，“王叔，我小沈啊，你不认识我了？”房东一看是他，脸色一沉，背手就走。

沈柏舟赶紧追上去，低声讨好地问：“王叔，明月去哪儿了？她最近没在这里住吗？”

房东横他一眼，重重咳了两声，“在啊，天天都在，过得可好呢。”

沈柏舟面露尴尬，赔笑说：“那她今天怎么不在？出去买东西了？”

“她走了。”

“走了？什么时候走的？去哪儿了？”沈柏舟焦急地问道。

“说是回工作的地方去了，哦，对了，小关陪她一起走的，两人拿了不少东西，说是要赶火车。”房东抬腕看了看表，嘟哝道，“八点二十五，火车已经开了。”

回高冈了？和那个臭当兵的一起？他们……

沈柏舟的脸色青一阵白一阵，浑身上下每一处毛孔都向外冒着酸水，他耷拉下脸，嘴唇颤抖地问：“那……那当兵的，最近几天都住在这儿？”

房东最见不得这种人模狗样的渣男，他在心里啐了一口唾沫，脸上却带着冷笑说：“咋啦，人家小关千里迢迢来到同州，没日没夜地照顾生病的小明，你还有意见了？你那么喜欢小明，舍不得她，咋还和别的女人好，故意气她。”

沈柏舟被房东噎得说不出话来。他的确是个混蛋，连明月病了也没看出来，竟一而再、再而三地打击伤害她。看样子，她是真的不准备原谅他了。连个消息也没留下，就义无反顾地走了。可见她恨他恨到何种程度。

灰心沮丧，加上快要令他发疯的嫉妒，几种复杂的情绪交织在一起，轮番上阵折磨着他脆弱的神经。他忍不住给明月打去电话，可系统总提示他拨打的电话无法接通。

他不笨，知道自己被明月拉进了黑名单。他神情颓丧地离开，上车，一路开到同州火车站。虽然知道明月不可能在这儿等他，可他还是买了张车票，随着拥挤的客流进站，看着一列列火车缓缓驶离他的视线。

他和明月，就这样结束了吗？表情迷惘的沈柏舟望着渐行渐远的列车，内心生出一股绝望的情绪……

明月和关山从川木县包车回到红山镇，关山提议在春风餐馆吃了晚饭再回高冈，明月没有意见，就和关山去了红姐的商店。

因为过年的缘故，镇上比平常热闹许多，人来人往的，颇有些农村赶会时的规模和架势。不少居民可能是走亲戚刚回来，骑着自行车，或是开着破旧的农用车，携家带口，看到关山纷纷和他打招呼。

关山笑吟吟地向他们拜年，聊了几句，一转身，却看到明月正杵在路边卖灯笼的摊位前，和老乡讨价还价。

“十块钱好吧，卖我十个纸灯笼，再送我一包蜡。”明月说。

那做生意的自然不愿意，于是两人就绞缠上了。过了一会儿，那生意人拗不过明月的缠劲儿，肉疼似的叹着气，把一包灯笼和蜡装起来，递给明月，“你这个闺女，太会搞价了。我这灯笼批发价还要八毛，你给我一块，一个赚两毛，最后还要搭上一包蜡。我亏死了。”

“薄利多销嘛，反正过了十五这东西就没人要了，你还不如早点清货，赚点是点。”明月笑嘻嘻地说。

关山看生意人的脸都绿了，赶紧咳了一声，提醒明月，“天不早了，我们快走吧。”

明月嗳了一声，跟着关山向春风商店走去。

“那么高兴？”关山听明月走路的脚步声都透着轻快，不由得好笑地问。

明月偏头，面带得色地看着关山，分析道：“那当然了。你知道这灯笼在同州卖多少钱吗？一个三块，还不讲价。如果我在同州买十个灯笼，要花三十块钱，还要再掏五块钱买蜡，一共是三十五块钱，可我刚刚花了多少钱？一共十块，足足省下二十五块钱，是一个孩子一个月的午饭。你说，我能不斤斤计较吗?”

关山听得一愣一愣的，到最后，竟点头附和道：“你做得对。”

明月转了转眼珠，满足地笑了。关山目光熠熠地望着她，嘴角一咧，也跟着笑了起来。

他们微笑相对的一幕恰好落在倚门翘望的红姐眼里。她凤眼微眯，眼底掠过一道精光，瞅着越走越近的两人，招呼上了，“这是谁啊，让我看看这是谁家的漂亮闺女，大过年的上我们这穷乡僻壤来了!”

明月情知红姐逗趣，眼波潋滟地瞪了红姐一眼，笑道：“红姐，你惯会取笑人。”

红姐爽朗大笑，吐出含在嘴里的瓜子皮，然后指着隔壁亮着灯的餐馆，说：“成咧，今儿有人陪我一起过年了。小九，小九——”

“嗳！老板娘，你叫我啥……”小九从餐馆里面跑回来，迎面看到风尘仆仆的关山和明月，不禁张大嘴，表情夸张地愣在那里。

“明、明老师，你咋回来了……关大哥去看你，咋把你从城里接回来了?”小九惊讶极了。

明月看见红姐和小九，只觉得亲切得不得了。她上前一步，腾出一只手用力揉了揉小九的脑袋，笑道：“怎么，还不想让我回高冈了？那我再回城里好了!”

她作势欲走，却被小九扯住袖子，巴巴地瞅着，“别走！明老师，你千万别再走了！关大哥会受不了的!”

明月提前回到高冈，最开心的人莫过于郭校长。他把明月当女儿看，不舍得让她受一丁点的委屈，之前明月因为沈柏舟背叛她，在电话里崩溃大哭，他在高冈急得吃不下睡不好，每天都要去转信台问董晓东情况，得知关山到了同州，已经找到明月，他这才放下心来。

没想到明月这么早就从城里回来了，而且精神奕奕，一点也不像是受了很重的情伤似的病恹恹打不起精神。她这次回来，无论是讲话还是眼神，都变得和以前不大一样，似乎更加成熟稳重，而且思考的时候多了，眼睛里就多了一层连她也不曾察觉的光华。

郭校长知道，这就是岁月回赠给她的礼物。不全是劫难，是伤痛，还有睿智的头脑和豁达的心境。

正月里，一天天过得飞快。转眼就是十五，元宵节，家家户户庆团圆。

元宵是稀罕物，普通农户家里一般不吃，也不会做。为了让孩子们吃上新鲜元宵，十五这天，明月把高冈小学的孩子们都叫来学校，然后发给他们揉好的糯米粉和豆沙馅，人人参与制作，用 DIY 的方式做了几十个圆滚滚、白润润的胖元宵。

手搓的元宵因为带了期盼和感情，所以格外好吃。孩子们捧着碗，吃着甜滋滋的元宵，互相笑话对方的花猫脸，一时间，学校里欢声笑语，引得附近经过的村民，纷纷驻足观望。

到了晚上，关山过来，把灯笼点着，发给孩子们，让他们去村里玩耍。孩子们提着花灯，像是握着亮银枪的赵子龙，个个神采飞扬，兴奋得意。

高冈村的正月十五就在这样一片祥和喜庆的气氛中结束了。节后，在外务工的村民陆续离开家，去繁华的都市一隅开始一年辛苦的打工生活。

正月里的清晨，明月早早起床，想去看看花妞儿。花妞儿的父母今天要离开家，去一千七百多公里外的南方城市打工。花奶奶曾经告诉明月，每年到了这几天，花妞儿就会食欲减退，情绪失落，易发脾气。

清晨的山道，泛起一层薄薄的雾气。山风徐徐，吹得树上没有枯萎的树叶沙沙作响。脚下也有落叶，踩上去，发出嘎吱嘎吱的响声，愈发显得山里寂静孤冷。

明月抬起头，看着深褐色光秃秃的枝丫，在早春的寒风中瑟瑟发抖，四周空荡荡的，连鸟儿的身影也不曾出现，她低低地叹了口气，心想，难道这就是她曾在报刊电视上看到的“冬去春来”?

虽已步入春天，可对这些留守儿童而言，冬天却刚刚到来。还未走进花家的院子，就听到里面传出一阵撕心裂肺的哭声。“妈妈，你别走——别走——”

神情悲切的花妞妈妈捂着嘴跑出院子，恰好和明月撞个正着。明月赶紧扶着她，“花妞妈妈。”

“明老师……”花妞妈妈擦擦脸上的泪，谁知越擦越多，她干脆蹲在地上啜泣起来，“我对不起妞儿，对不起她啊。她还这么小，我们却撇下她不管……”

亲眼看到这揪心的一幕，明月难掩心中的酸涩，她弯下腰，拍抚着花妞儿妈妈的脊背，安慰说：“这不是你们的错，你别太自责。”

“明老师。”花妞儿妈妈用袖子擦去眼泪，哽咽说，“我和她爹心里苦啊。春节回来这几天，妞儿就没离开过我，除了白天黏在一起，夜里连睡觉都要搂着，我让她出去找娃娃们玩，你猜她怎么说，她说，她不去，她舍不得离开我。呜呜……每年都是这样，每次走的时候，我的心就跟刀绞似的……可是又不能不走……”

明月眼眶红了，是啊，此刻再多的安慰也没用。因为谁也无法改变结果，无力去改变现状，现实情况下，他们不得不做出这样的选择。在他们看来，只有自己努力打拼赚钱，才能让后辈人免受他们的苦。

只是，这用钱程换来的前程，就真的好吗?

明月扶起花妞儿妈妈，语气坚定地说：“你们放心走吧，我会照顾好花妞儿的。”

花妞儿妈妈感激地看着她，“明老师……”

“快走吧，要不，一会儿就走不了了。”明月说。

花妞儿妈妈走了，那一步三回头的身影让明月感触万千，她走进院子，上前抱住哭得喉咙嘶哑的花妞儿，“老师在呢，老师还在……”

花妞儿转身抱着她，脸埋进她的腰间，痛哭出声。

花妞儿爸爸抹了把眼泪，跺了跺脚，狠下心走了。

花奶奶一屁股坐在台阶上，伤心哭泣起来，“每次都是这样，走的时候剜心割肉的，呜呜……我可怜的娃娃……呜呜……就不能不走吗？穷日子苦日子，一家人在一起就是好日子，打工能赚多少钱，娃娃受罪啊……”

明月悄悄擦了擦眼角的泪珠，望着远处寂静连绵的深山，秀气的脸上浮现出若有所思的神色。

没过两天，高冈小学开学。学校的教学工作步入正轨，而明月之前推行的适用于山区儿童教育的英语授课模式也逐渐显露成效。

值得一提的是，今年学校多了一位志愿者。宋华婶儿的儿子，孙家柱。

这位个头不高、长相斯文的大学生，利用假期，帮郭校长和明月代课，并照顾管理孩子们的生活，给高冈小学注入了勃勃生机。

这天，就要返城继续学业的他帮着明月把午饭做好，又给孩子们打好饭，才盛了一碗汤面条，坐下来，就着馍馍，呼噜呼噜吃起来。

明月端着碗坐下，她看了看孙家柱朴素的穿着，不禁问他：“柱子，宋华婶儿不是说你一直拿奖学金吗，还和农林科技院搞合作拿了工资，你有钱怎么不舍得给自己买点新衣裳或是鞋子穿穿。”

孙家柱腼腆地笑笑，“花那闲钱干啥，不如存起来，给郭老师看病。”

明月笑了笑，心想孙家柱可真是个好孩子。出息了也没忘了恩师，不管在哪儿都惦记着家乡的郭校长。

她吸了口面条，闲聊道：“你学的是什么系？”

“中药材与植物科学。”孙家柱答道。

“具体学的什么？中草药栽培吗？”明月问。

“不单是中药材栽培，还有药用植物分类、引种、栽培、驯化技术及植物资源调查和持续开发利用。毕业后，可以获得农学学士学位。”提起熟悉的领域，孙家柱显然来了精神。

明月笑道："那一定好找工作，我有个同学学的就是这个专业，他没毕业就被农林科技院签走了。你是拿奖学金的高才生，到毕业时，一定会有很多单位抢着要你。"

孙家柱摇摇头，眼底闪过一丝犹豫，他看着明月，低低地叫了声明月姐。孙家柱比她小，这声姐姐她受得起。只是突然这么叫，一定是有什么为难事想对她讲。"柱子，你有啥事就说，我能帮上忙的，一定帮你。"

果然，孙家柱在明月的鼓励下，徐徐道出压埋许久的想法，"我打算毕业后回高冈创业。"

孙家柱的话，犹如平地一声雷，惊得明月瞪大双眼，瞅着他，定定地说不出话来。

孙家柱看到明月也露出惊讶之色，不由得苦笑解嘲说："看，我就知道，你们听了会是这个反应。"

"不是，柱子，你怎么会有这个想法呢？这些年，宋华婶和郭校长为你付出了那么多，他们对你寄予厚望，希望你毕业后能留在大城市工作生活，光宗耀祖，可你却、却说回高冈村创业，高冈村有什么资源能供你开发的？这里一没电，二没水，三没网络，什么都没有，你要在地上画个圈，空想着创业吗？"明月实在想不通。

孙家柱思索片刻，表情认真地说："明月姐你说的都对，可有一点错了，高冈村并非是一无是处的贫瘠之地，它遍地是宝。你知道，我是学中药材种植出身的，咱们高冈最值钱的宝贝，就是这漫山遍野取之不尽、用之不竭的连翘林啊！稍微关注新闻的人都知道，如今连翘翻身一跃成了抗癌卫士，它的价格也是水涨船高，如果咱们能把连翘开发利用起来，你说，咱们高冈村还愁富不起来?!"

对啊，她怎么把这么重要的宝贝给忘了！可是，单凭一个农大毕业生的热情就能带领高冈脱贫吗？有技术固然好，可是想在连公路都没有的高冈开发项目，却比登天还难。资金、水电、公路、培育、深加工等等，每一样，都是无法解决的难题。现实就是这样残酷，孙家柱空有满腔抱负和热情，却没有施展拳脚的舞台。对此，她只能发出一声沉重的叹息，劝说他，“你先安心去上学，毕业工作的事，我觉得你还是要尊重宋华婶的想法。毕竟，这些年，她一个人拉扯你长大很不容易，你要是贸然回来，她肯定会接受不了。”

孙家柱苦恼地说：“回来的事，我从来没敢跟她提过一个字，就是怕她想不开。可是明月姐，这件事如果我不做，大家都不去做，任凭高冈村这么穷下去，过不了多少年，这里就会被时代淘汰了，而且，这漫山遍野的连翘林，也是巨大的资源浪费。”

“目前我们只能等。等到政府关注高冈，出资修路，通上水电，引来投资，这样才会有希望。”明月安慰情绪激动的孙家柱。

孙家柱颓然摇头，“我从大一等到大四，高冈还是老样子，没有人关注到这里，没有人……”

明月再也说不出更多的话来安慰这个失望颓丧的青年，因为，她的未来也是一片迷茫……

第二天，孙家柱走了。他的梦想和抱负成了他和明月之间的秘密，压埋在各自的心底，无从向人诉说。

而董晓东也陷入情绪低潮期。原因是他没能通过军考初试选拔。这是文化知识和军事科目等方面的一个测试，成绩合格者才能参加六七月份的全国部队统一考试。

今年没资格参加军考，意味着年底他要么退伍转业，要么转成士官继续留在部队服役，争取明年的考试机会，也是年龄超标前最后一次机会。

其实说起来挺亏的，军考初试中最难考的文化课他名列前茅，就是军事科目中的体能各项拉了后腿。

董晓东懊悔极了。后悔没听关山的话，在初试前增加体能训练强度，要是他乖乖跟着关山每天跑上五公里，也不至于让大好的机会白白溜走。

关山用矿泉水瓶改装的喷壶给窗台上一盆蔫不出出的植物浇水。这棵虎皮吊兰是他千里迢迢从同州背回来的，没错，正是明月家窗台上搁的那几盆吊兰中的一盆。

出发前夜，明月没能从她舅舅家取回她母亲的木梳。看着颓然而返、意懒心灰的明月，了解到这几盆吊兰背后的故事，关山突然生出了把花背回高冈的想法。

尽管知道这花到了高冈也不一定能活过来，可他还是背着明月把花带回转信台，每天给花松土，给它晒太阳，定期用山里的泉水来浇灌花土，精心呵护着它。就这样对着一盆枯草似的吊兰坚持了一个多月，没想到，今天早晨，他给花翻土的时候，竟然看到根部发出了几抹新绿。

没想到吊兰的生命力如此顽强，就像它的主人一样，历劫方显钢骨硬，经霜更知秋水明。它竟奇迹般地活过来了。

“咦？这绿绿的是啥？”董晓东把手伸进花盆，想去揪下那褐色花草中央冒出来的嫩绿叶片。

关山啪一下打掉他的手，拧起浓眉，抗议说：“你别动，万一摸坏了，它再死了怎么办。”

董晓东啧啧两声，一脸嫌弃地瞪着关山，说：“死了就死了，反正你这辈子也不准备用它向明老师表白，还留着它干啥！”

关山张张嘴，五官分明的俊脸，显得有些茫然。

董晓东见时机到了，苦口婆心劝道：“关站长，你为了明老师都做到这分上了，你咋就鼓不起勇气向她表白呢？你想想啊，人家只在高冈待两年，明年秋后就走了，你迟迟不表态，难道等着像我一样满世界去找后悔药吗？”

关山喜欢明月的心思，恐怕连高冈的鸟儿也知道了，可他愣是不吭一声，自打从同州回来之后，他在恢复单身的明月面前，似乎变得拘束不自在了。董晓东暗示几回，他都没反应也没行动，可把爱管闲事的董晓东给急坏了。

关山听了董晓东的话，有些心动。他要表白吗？明月会答应他吗？

他不过是个值守军用转信台的四级军士长，不是军官，身上还带着伤，而且最关键的，是他不知道自己将来复员转业之后会去哪里，从事何种工作。

他即使每天待在封闭的秦巴大山里，仍晓得如今的女孩选择伴侣的时候，已经不再把爱情放在第一位考虑。她们考虑更多的，是男方的经济条件、工作前途，还有在城市里有没有房。这些婚姻的必须条件，他一样也不及格。这才是他迟迟不敢向明月表白的原因。

可一直这么沉默下去，他将永远失去拥有她的机会。最近，这种矛盾的心理翻来覆去地折磨着他，让他夜不能寐，食之无味，总之，做什么事情，都心不在焉的，找不到感觉。

他要不要鼓起勇气，为自己争取一次幸福的机会？

同州，沈柏舟以公务员身份正式到省教育厅报到上班。

因为省考笔试面试出色，再加上俊美的外形，他被分到厅里最热门的人事处工作。人事处，顾名思义，就是管着全省教育系统人事关系及人员调动的部门。工作月余，他没犯错，没受奖，表现平平。工作期间出过三次差，均在本省内转悠。

今天是周五，他在办公室对着电脑上的表格忙了一下午，转眼间，到了下班时间。同事们纷纷起身，距离他最近的同事孙红军敲了敲他的桌子，提醒说："小沈，今天刘处请客，开元 202。"

说实话，沈柏舟不大想去，可这种场合总推说有事，也不大好。于是他关掉电脑，拿起外套，一边穿一边对孙红军说："一起呗。"

两人刚走出办公室，沈柏舟兜里的手机就响了。他掏出来一看，脸色一沉，直接按掉塞回兜里。孙红军瞅瞅他阴沉沉的脸，笑着问道：“怎么，和女朋友吵架了？”

他的女朋友是谁？明月，还是刚刚打来电话的宋瑾瑜？沈柏舟的心里泛起一阵尖锐的疼痛，刀刺一样，疼得他忍不住蹙起眉头。他目光茫然地盯着光可鉴人的地板，低声缓慢地说：“我没有女朋友。”

同事诧异地看他，“怎么可能，你这样的高富帅，居然没女朋友？说出来谁信？”

可事实的确如此，他已经一个多月没有和明月联系了。从她把戒指扔还给他的那一刻起，他们之间就再无任何瓜葛了。他没有理由去恳求她的谅解和宽恕，因为，他做的那些事，连他自己都觉得卑劣可耻。是他鬼迷心窍，还是意志不坚，现在再去追究已无任何意义。

穿过明晃晃的前厅，正准备走出大楼，沈柏舟却忽然面色一变，停了下来。“孙哥，你先走吧，我随后就到。”

孙红军看看他，又望了望台阶下面一个穿着红色毛衣的年轻女人，脸上的诧异渐渐变成了然和调侃。

“哦，原来是佳人有约啊。”孙红军笑着拍拍沈柏舟的肩膀，一副过来人的架势，凑过来低声取笑道，“我就说嘛，你怎么可能没有女朋友？”

沈柏舟苦笑，没有辩解。等同事走了，沈柏舟面色阴沉地走下台阶，在距离宋瑾瑜一米多远的地方停住，语带薄怒，问道：“谁让你来找我的？你不知道这种单位最忌讳这些吗？”

国家行政机关大楼，庄严肃穆，岂是她说来就来、胡乱纠缠的场所。

宋瑾瑜笑了笑，一脸无辜地解释说：“我打你电话你不接，去你家找你，你又不让，我只好到这儿来等你。柏舟，我们好一阵子没见面了，我实在是想你想得发疯，所以才……”

“够了！别再说了！”正是下班高峰，很多同事经过，朝他们投来好奇的目光。沈柏舟一边压低声音警告宋瑾瑜，一边频频向周围的人举手招呼。

宋瑾瑜拿准了在单位见面，沈柏舟不敢把她怎么样，于是她上前一步，挽住沈柏舟的手臂，恳求说："柏舟，你别生气啊，我错了还不行吗，你怎样惩罚我都行，就是别不理我……"

沈柏舟闭了闭眼睛，心里的厌恶情绪瞬间到达顶点。他从齿缝里挤出两个字，"撒手！"

宋瑾瑜感觉到他手臂肌肉的紧绷以及语气间不容置疑的坚决，脸色变了变，识相地退到一边。"柏舟。"她忐忑地叫道。

沈柏舟沉着脸，指着机关大门，"出去找地方再说。"他不等宋瑾瑜，先迈开大步，朝门岗走了过去。

宋瑾瑜愣了愣，赶紧小跑上前，跟着沈柏舟。

"师傅，下次不经过我的同意，不要把无关人员放进来。"沈柏舟叮嘱保安，眼神故意掠过身后的女人。

保安讷讷答应，再看向那个自称是沈柏舟女朋友的女人时，眼神就没之前那么和善了。宋瑾瑜的脸腾一下烧得热烫，她低下头，一句话也不敢多说，脚步匆匆地跟着沈柏舟走出省教育厅的大门。

"去那边。"沈柏舟指着单位附近供路人休憩的绿化带，率先走了过去。

宋瑾瑜又是一愣。要谈，也得去咖啡厅或是茶社这种高档场所才符合他的做派呀，怎么一阵子没见，变得这么不讲究了。

到了公共休息区，沈柏舟直接无视那几个长条椅，而是站着对宋瑾瑜说："我还有事，你长话短说，今天找我做什么？"

沈柏舟，你真打算做陈世美啊。宋瑾瑜目光一闪，变了脸色，"我找你能做什么，当然是做你爱做的事。"

宋瑾瑜意有所指，沈柏舟听后面色一红，怒道："你怎么不懂羞耻。这是女人该说的话吗？"

"羞耻？你在说我还是说你？你别忘了，是谁主动约我……"宋瑾瑜话没说完，就看到沈柏舟神情厌恶至极地盯了她一眼，一个转身拂袖而去。

宋瑾瑜冲上去拽住沈柏舟的胳膊，声量抬高，叱问道："沈柏舟，你不能走，你还没有给我一个交待！"

"交待？"沈柏舟的怒气终于到达顶点，他赫然转身，带得宋瑾瑜打了个趔趄，扶着树才站稳。

"你是不是忘了，我们第一次上床的时候，你对我说的话了。你说你暗恋我许多年，和我在一起，你不求回报，只求片刻欢愉，你说你只在同州待半年，到时你就回川木县，再也不会打扰我的生活。宋瑾瑜，你说过的话，字字句句，我记得清清楚楚，分毫不差。你何时说过，要我沈柏舟给你一个交待？反而是我，今日想要同你要个交待！"怒气攻心的沈柏舟，双目赤红如血，如同罗刹鬼似的逼近宋瑾瑜，模样无比骇人。

宋瑾瑜不禁打了个寒战，身子向树后躲去，"我……我为什么要给你交待。"

沈柏舟怒笑了两声，"你欠我的，宋瑾瑜！当初你玩弄心机，勾引我同你发生关系，之后，又用肉欲绑住我，害得我和明月最终分手，你就是罪魁祸首，害得我沦落至此的祸水，你心如毒蝎，对朋友、对朝夕相处过的同学落井下石，栽赃陷害，我当初真是瞎了眼，同你这样的女人混在一处！活该我倒霉，活该我失去最好的明月。别人骂得对，我的确是个混蛋。可如果我是混蛋，那你宋瑾瑜，就是下贱！"

宋瑾瑜面色刷一下变得惨白，她嘴唇哆嗦地瞪着全无恩情的沈柏舟，惊骇问道："你……你怎么知道，我……"

"曾雅静，寇兆晖。你没忘了他们吧。"

宋瑾瑜想不到这两个和沈柏舟不对盘的同学，早就看穿了她的伎俩。

"我和明月分手后，越想越不甘心，就去找了曾雅静。我认为，是她在同学聚会那天向明月揭发我和你的关系，所以我们才会被明月抓了现行，可等我找到曾雅静对质的时候，她却骂我是个瞎眼的混蛋。她告诉我，她什么也没对明月说过，告诉明月的人，是寇兆晖。因为寇兆晖很早就发现我们的龌龊关系了，他替明月鸣不平，所以才揭发了我们。我气不过，又去找寇兆晖理论，你猜寇兆晖怎么说？他说，是你给他的暗示，让他发现了我们之间的苟且之事。他和曾雅静一样，骂我是个瞎子，居然放着明月那么好的姑娘不去珍惜爱护，却偏偏相信你这个骗子！”

“我……我没骗你，柏舟，真的，我没骗你。”宋瑾瑜快哭了。

“没有？你以为你现在掉几滴眼泪，我还会同情你、相信你？宋瑾瑜，你敢不敢承认，当初你为了接近我，故意安排了那次火锅宴；你敢不敢承认，你把明月和那个当兵的事捅出来，只是为了有朝一日能贬低明月，让我心生芥蒂；你敢不敢承认，你在明月回同州那天，故意在我的酒里下了药……”

宋瑾瑜面如土色，倒退几步，后背贴住树干，她目露惊恐，难以置信地喃喃：“他们怎么会知道……不可能……我谁也没说过。”

沈柏舟的眼里闪过一道怒火，他指指自己的脑袋，冷笑道：“多亏了我还长有脑子，宋瑾瑜，你做的那些破事，根本经不起推敲。是我猪油蒙心，分辨不出珍珠和鱼眼的差别，我是该死，但是你，也别想再从我身上榨取一丝好处！”

宋瑾瑜瞪着惊恐不安的眼睛，身子瑟瑟发抖，哀求道：“柏舟，我做那些事是不对，可我还不是因为太爱你了，我真的爱你呀，柏舟。”

沈柏舟神情厌恶地看她一眼，“别在我面前提那个字，你让我觉得恶心！”

“你走吧，我们从此就是陌路，再也不要联系了。”沈柏舟转身离开。

“柏舟——”宋瑾瑜冲上前抱住沈柏舟的后腰，脸上终于淌下泪水，“你不能这样对我，我快回县里了，你不能让我就这样人财两空地走，你要对我负责。”

沈柏舟用力掰开她的手臂，转身鄙夷地看着她，“你不是说喜欢我吗？

不是说什么都不会要吗？人财两空，哈，这下露出你的狐狸尾巴了。”

宋瑾瑜不傻，她知道自己已经无法得到沈柏舟的人了，估计让他走关系把她调回同州也没什么希望，索性，多要些钱，保证她今后的生活。

“你觉得亏，我付出身体和感情，就不亏了？你玩也玩了，爽也爽了，如今拍拍屁股给我头上扣个屎盆子就想溜，告诉你，沈柏舟，门都没有！既然你不愿意和我在一起，我也不强求，不过，你得用经济来补偿我。”宋瑾瑜的眼里露出一丝精明。

沈柏舟觉得能用钱打发的事都不是事。他掏出钱夹，把一张银行卡抽出来，递给宋瑾瑜，“这张卡里有二十万，算是对你的补偿。你要就要，不要就拉倒。”

宋瑾瑜面上清冷，其实心里早就乐开了花。她有了二十万，都能在皖州买新房付首付了！

她伸手要去拿卡，沈柏舟却猛地收手，把卡收起。“想要钱可以，用你的手机来交换。”他目光冷静地看着宋瑾瑜。

宋瑾瑜愣住，随即，眼神闪躲地嗫嚅道：“你要我手机做什么，我这手机又不好。”

“你换就换，不换我就走了。”沈柏舟作势欲走。

“别，我换，我换。”宋瑾瑜从兜里掏出她那部款式老旧的黑色手机，递给沈柏舟。

沈柏舟接过去，当着她的面，打开屏幕，手指在上面点按半晌，脸色逐渐变得难看暗沉。他把手机翻转过来，指着屏幕上正在播放的不雅视频，怒斥道：“你录这些，是想回来敲诈我？”

宋瑾瑜心虚低头，慌忙解释说：“我没有，就是想给咱们留个纪念……啊——”随着一声爆裂的脆响，刚还攥在沈柏舟手里的手机变成了地上四分五裂的垃圾。

沈柏舟犹不解恨，双脚踩上去，狠狠用力碾碎，才喘息作罢。他把银行卡扔在宋瑾瑜身上，“以后，不要让我再看到你。”说完，他转身大踏步消失在路的尽头。

宋瑾瑜捡起地上的卡片，眼底闪过一丝茫然和愧色，喃喃道：“沈柏舟，怪只怪你，太好骗了。”

26　表白

明月下午送孩子们过河时，撞上巡线经过鹳河的关山。关山帮她把孩子们送到南岸，然后，蹚着水又回来。两人并排在山道上走着，春日里的暖风吹拂着青翠的山野，心情放松而又惬意。

“董晓东的情绪怎么样？还在为参加不了今年的军考闹心吗？”

关山笑：“他啊，最近每天都缠着我跑五公里，练起蹲和俯卧撑呢。”

“看来他是有主意了，让我猜猜，他要转志愿兵？”明月拽着鬓边的一丝碎发，模样俏皮地问关山。

关山瞅着她灵动的脸庞，心中一阵烫热，他转过头，看着远方起伏连绵的群山，轻声说：“嗯，你猜对了。”

明月挥手，像个孩子似的耶了一声，脸上露出灿烂的笑容。“我就知道，被你带出来的兵，没有一个是孬种！”她衷心夸道。

关山笑得比她还灿烂，那鼻翼下的一线洁白，几乎要咧到耳根去了。两人快要走到岔路口时，关山忽然开口，“明月，我们去爬断崖，好吗？”

明月一愣，眨着眼睛看着他，半晌，吁了口气，“去就去呗，你那么严肃做什么。”

关山握拳，压在嘴唇上面咳了几声，解释说：“我……我怕你走累了。”

“没事，我现在走惯山道了，一天不爬山，浑身就不舒服。哈哈，走吧，正好我也想上去看看风景。”明月笑着说。

虽然每次登上断崖都会累到半死，可到了山顶，悠然和煦的山风，像一双温柔的手拂过头发和面庞，夕阳西下，落日余晖映红那一层层洁白的云彩，如同一抹颜色绚丽的轻纱落在黛绿色的青山上面，让人心旷神怡。而之前围绕在身边的烦恼和忧愁，就像农家的炊烟一样，在山风的涤荡之下，袅袅散尽。

明月立在松树下，张开双臂，惬意地伸了个懒腰，叹息道："这里可真美。"关山的目光从上山起就凝在她的身上，她不知道，她笑起来的样子，远比这风景好看千倍万倍。

他暗暗吸口气，目光熠熠，黑脸微红地看着明月轮廓美好的侧颜，说："我……我有话想对你说。"

明月恰好看到崖边飞舞翩跹的蝴蝶，她一边小心翼翼地伸手去捉，一边头也不回地应道："你说呗。"

关山眸中光芒一闪，手指慢慢攥握成拳，紧张地贴向裤缝，"明月，你能做我的女朋友吗?"

明月的指尖正好碰到蝴蝶的翅膀，却猛地一抖，身子也跟着大幅度地晃了晃，不受控制地向崖边的巨石倒去。

"啊——"关山一个箭步冲上去，双臂托住明月的细腰，牢牢地把她抱在怀里。

时间在这一刻静止了。唯有耳边剧烈到令人害怕的心跳声，证明这一切不是梦境。

一股松柏的气息扑面而来，清冽干爽，怡人心醉。她的头被他温暖干燥的手掌扣在他结实的前胸，而她的手臂，本能地抱紧他的腰身，两人之间紧密无间，连一丝缝隙也找不到。彼此的体温、心跳、气息，像是融合在一起，无法分出谁是谁的。

就这样过了片刻，明月倏然松手，身子挣了一下，烧红了面颊，低声提醒他，"我没事了。"

可他像没听见一样，仍旧把她紧揽在怀里，动也不动。

突然之间词穷得厉害，明月伸出手指，戳了戳他铁板一样绷得死紧的脊背，说："你要勒死我么？"

关山总算有了反应，他慢慢松开明月，但是没有像以前一样退后一步，和她保持礼貌的距离，而是低头，目光紧张却温柔地锁定比他矮上一个头的漂亮姑娘，低声、嗓音暗哑地重复："明月，你能做我的女朋友吗？"

明月不敢抬头，在这秦巴深山，在这断崖之上，他终于鼓起勇气，向她袒露内心最热切的渴望。要答应吗？不答应吗？

明月低着头，垂下眼帘，盯着地上和她脚尖相对的穿着迷彩军用布鞋的大脚，许久没有出声。

关山说出心里话后，却愈发忐忑不宁。他的眼皮一眨不眨地盯着那一排黑浓卷翘的睫毛，它们轻轻颤动一下，他的心就跟着抖三抖。

过了一会儿，明月抬起头，目光清澈如水地望着他。

关山心中微动，俊朗的面庞露出渴盼的神色。

"关山，我能不能晚些日子再给你答案。我……我要好好想一想，毕竟，这对你、对我的未来，都是最重要的一件大事。"明月神色坦然地给出答案。

虽然和自己期盼的答案存在一定距离，但在关山看来，已经是令他备感振奋鼓舞的答复了。明月没有言辞激烈地拒绝他，说明她也是有一点喜欢他的，她犹豫，她深思熟虑，恰恰说明她是一位有责任心的姑娘。

可能怕伤害关山，明月抿了抿嘴唇，解释说："你别多想，我是怕我不够好，给你添麻烦。"

关山凝视着她，目光深情而又执着，他轻轻地吁了口气，抬起手，用指尖碰了碰她的发丝，哑声说："你很好，我就喜欢这样的你。"

敢想敢做、倔强热情、真性情的你。

从第一眼见到你，我就被你的眼神俘虏，心甘情愿堕入情网，只是我从未想过能有一天和你站在一起，说着这样的话。说到底，我还要谢谢你，谢谢这山清水秀的秦巴深山，给了我追求幸福的勇气和机会。

“明月，你慢慢想，不用着急。即使你……即使你最终拒绝我，那也是我做得不够好，没能达到你的要求。我们说好，无论你最终给我的答复是什么，我们都不要因此产生罅隙，不要再像上次一样，对我不理不睬，好吗?”关山最担心的就是这个。

明月眼神直勾勾地看着关山，看得关山心里发毛，刚要说话，却看她忽地扑哧一笑，用她的小拳头砸了他一下，嗔怪道：“你到底是不是真的喜欢我啊，怎么我不同意，你也不难过似的。难道你是抱着被我拒绝的心思，向我表白的?”

关山一愣，黑脸漾起一层可疑的红晕，他连连摆手，解释说：“我是认真的，我……我是怕你不愿意，像以前一样躲着我，所以……我……”

“好啦，我知道了。我答应你还不行吗，要是我不同意，我们还做朋友，这样总行了吧。”明月说。

关山笑了笑，点头，“好。”

下山的时候，关山挣扎了许久，鼓起勇气握住了明月的小手，“我拉着你。”

明月脸色绯红地转过头，佯装看风景，嘴里却在说：“你学坏了。”

见明月没有甩脱他的手，关山心里一阵激动。他感谢董晓东的点拨，小董给他支的招虽说不那么入流，甚至有些耍无赖和耍流氓的意思，却挺好使。

四月末的一天，皖州市通往川木县的国道，一辆黑色越野车疾驰而过。

车厢里，秘书陈勇庆从前排倾过身子，低声问正望着车窗外的风景发愣的明冠宏，“明局长，还有一刻钟就到川木县了。您是去县民政局稍事休息再去红山镇，还是直接……”

“直接过去。你通知县扶贫办宋主任，让他现在就出发去红山镇，我们在那边碰头。”明冠宏目光炯炯地说道。

“好的。”陈勇庆连忙掏出手机联系县里的人。

明冠宏揉了揉酸痛发胀的眉心，重新将目光投向窗外。

川木县是他的家乡。对家乡的记忆，停留在十七岁以前。一个贫穷落后的县城，承载了他太多苦难艰辛的回忆。他是一个孤儿，在县福利院长大，十七岁应征入伍，之后，便是转业到皖州后因公出差回来过几次。

受到地域地貌限制，川木县发展滞后，是全市、全省乃至全国挂了名的贫困县。他担任皖州市民政局局长的职务之后，曾多次就川木县脱贫摘帽工作召开过专题现场会议，可是收效甚微。

这次，他亲自挂帅，深入川木县最贫困的红山镇调研基础设施建设、产业发展现状及生产生活状况，并拿出行之有效的解决方案，让财政扶贫资金能够落到实处，切实改善贫困山区人民的生产生活条件。

这次来，他也存有私心。没错，他亲自到红山镇，也是想见一见他的女儿明月。自打春节前他在同州火车站打了她之后，他们之间就像是断了线的风筝，失去了所有的联系。他了解自己的女儿，如果他不先道歉，她是永远也不会主动找他的。妻子刘素云说得对，明月的倔强脾气，和他如出一辙，说她不是他的女儿，谁能信呢！

那个叫慕延川的富商，他后来在电视上见过几次，财经新闻里温文尔雅的形象，和那一夜咄咄逼人的模样判若两人。想必，他已经知道那是一场误会，所以，再也没来打扰过他的生活。

想起慕延川，就不自觉地想起他的亡妻，穆婉秋。他曾热烈爱过、呵护过，却始终走不到她心里去的美丽女人，留给他的，是太多的遗憾和懊悔。如果婉秋日记里记载的文字都是真的，那她从始至终，可能只爱着一个男人，而那个男人，他已经见过了，就是慕延川。

过去的恩怨纠葛他不愿再去回忆，但他始终感激婉秋，为他留下了女儿。虽然这个女儿从未给过他好脸色，甚至在成年之后和他断了来往，可他仍旧把她当成他一生中最重要的人。

望着车窗外起伏连绵的巍巍青山，他无声喃喃，“明月，爸爸来看你了。”

转信台，关山和董晓东神情振奋地排成一列，向面前的靳卫星和徐青云敬礼，“首长好！”

靳卫星和徐青云回礼。

“老徐，你看我说啥，你把他丢在无人岛上他也能熬个十年八载的不喊一声苦。”靳卫星打量着转信台陈旧的营房和设施，拧着眉头说，“上次来的时候，也没见破成这样，你们现在还要担水吃？”

关山立正，朗声回答道：“是。”

靳卫星还没说话，徐青云却拍着靳卫星的肩膀，不满地说：“你上次啥时候来的？不会是一年前吧？”

靳卫星是团部领导，平常事务繁杂，不可能跟着下属到每一处偏僻的军营去慰问，但只要有人到高冈转信台去，他都会自掏腰包，买来生活必需品让其他领导带到山上去。

他的确很长时间没来高冈了，所以徐青云这么一讲，他的面子上就有些挂不住。“我这不来了吗，而且还带着你，你还有啥不满足的。”

靳卫星和徐青云在军区会议上碰到，徐青云问起关山的近况，靳卫星说你亲自去看看不就知道了。徐青云算算时间，觉得可行，就拉着靳卫星一路驱车到了高冈。随行的莫冉青既是参谋、后勤，还是司机。

徐青云撇撇嘴，方脸上露出一丝怜惜的神色，说：“我不管啊，你回头让人把转信台修修，你自己看看，这里还能住人不！”

靳卫星点头，“的确要修。不过，咱们这次来，还有别的任务。”

徐青云疑惑不解地看着他。

靳卫星上前捶了一下关山厚实的胸膛，笑道：“这家伙把高冈村当成他自己的家了，他跟我建议，想让部队和高冈村结成帮扶对子，帮着高冈村修桥修路。你说他管得宽不宽，自己媳妇儿还没着落呢，却每天想着如何让村民脱贫致富。”

关山眼睛一亮，黑脸漾起笑容，惊喜道：“首长，您是来考察的?”

靳卫星瞪他一眼，“咋，不让来?”

“没有，没有。”关山和董晓东对视一眼，脸上露出喜悦的微笑。

徐青云插话进来，“嘿，关山，你那个小明老师呢？还没拿下呢?”

关山抿着嘴，表情不自然地偏过头，低低地嗯了一声。

“咋啦，人家还恋着小男友，不肯理你吗?”徐青云揶揄道。

“啥小明老师？关山，你给我说清楚！你在高冈谈恋爱了?”果然，说起八卦，靳卫星也不能免俗。

关山想扶额遁走，身边的董晓东却抢着回答说：“报告首长，敌情已解除，目前关站长已发动冲锋，等着小明老师投降!”

三言两语，言简意赅，啥都解释清楚了。

关山黑脸一红，从齿缝里挤出几个字，“董晓东——”

靳卫星拧着眉头，有些吃味地怒道：“好啊，你们背着我干了多少好事！不行，我也得去见见那个小明老师，我得问问她，为啥她还不投降!”

徐青云拍手赞成，“说走就走，小莫，把我们带来的好东西，都拿高冈小学去，我们去找那位美丽大方的小明老师谈谈心!”

莫冉青一个立正，大声答道：“是！首长！保证完成任务!”

“不要……”董晓东神情郁闷地嘟哝。

明月今天上午的工作量很大，除了一节英语课外，还有一节美术和音乐课。所幸孩子们都很听话，师生配合默契，课上完后，她还有时间给孩子们加道菜。她昨天去镇上买东西，顺便买了两斤猪脊骨回来炖汤。

明月在伙房翻动铁锅的时候，闻到肉香的孩子们一个个挤在伙房门口，朝里面探望。“老师，你煮的啥，好香啊。”馋猫宋小宝早按捺不住激动的心情，朝里面凑。

“肉骨头。待会儿老师给你们下面条。”两斤猪脊骨，块剁得再小，也只够孩子们一人分上一块肉，好在有这炖煮了一上午的肉骨汤，下上一大锅面，也能给这群馋猫们解解馋。

她头也不抬地说：“小宝，你和花妞儿去菜地拔些菠菜和芫荽。”

“好!”宋小宝拉着花妞儿去操场那边的菜地拔菜，两人勾着脑袋，不知在说些什么，不时传来咯咯咯的笑声。

看到这一幕，明月不禁莞尔欣慰，因为不大合群的花妞儿明显变了，她变得爱笑了，和同学们的关系也变好了，最直接的反映就是她的学习积极性和以前相比判若两人，这次月考，她的总成绩一跃进入班级前列。

“明老师，明老师，有客人来了!”院子里传来郭校长急切的呼唤声。

明月撩起蓝花棉布围裙，擦了擦湿漉漉的双手，“来了!”她走到伙房门口，朝外一望，脸上的笑容却像是被冻住一样，瞬间变得冰冷而又怪异。

外边的人目光复杂地看着她，过了一会儿，他开口叫道：“月月——”

明月目光冰冷地扫过他的脸，冷声说：“你找错人了，这里没有月月。”说完，她转身回屋，“咣”一下把门摔上。

郭校长被门声震得愣住，他微张着嘴，看看气宇轩昂的老者，又看看伙房紧闭的门扉，不禁讶然问道：“您是……”

“我是明月的父亲，明冠宏，从皖州过来。”明冠宏伸出手，严肃的脸上浮起一丝苦笑。

郭校长愣住。那位对女儿不闻不问、性格冷漠的父亲？

仅从长相上看，明月的父亲也比寻常人看起来冷峻严肃得多。容长脸，浓眉大眼，嘴边两道极深的法令纹，看人时眼神犀利如刀，一看就是位厉害人物。走起路来虎虎生风，笔挺的腰板像是行军打仗的战士一样标准，这一路他都在追着走。

这点，倒是和他熟悉的关山有点像。难道，他也是行伍出身？

“哦，你好，你好。我叫郭木鱼，是高冈小学的校长。你叫我老郭就行。”郭校长神情局促地握住明冠宏主动伸来的大手。

“原来你就是郭木鱼啊，我很早就听家山说过你。你可真不简单，守着大山里的学校一干就是一辈子，寻常人做不到，做不到啊。”明冠宏的脸上露出敬佩的神色。

郭校长摆手，不好意思地笑道：“没什么，我也没做啥。你认识我们村长？”

明冠宏点头，“认识。”他用力握了握郭校长的手，眼睛向伙房瞥了瞥，低声说：“我这个女儿随我，脾气犟，她要是有做得不当的地方，还请您多多管束教育。”

郭校长腼腆地笑了笑，说：“明老师很优秀，我挑不出她什么错处，她对山里的娃娃们也很好，从来也没觉得自己是城里来的老师，看不起我们这些山里人。你来也看到了，她正在给娃娃们做午饭，十八个娃娃，每天光是准备午饭就够她累的，别说还要上课。娃娃们喜欢她，爱吃她做的饭，喜欢听她唱歌，村民们也喜欢这个从城里来的支教老师，他们觉得，小明老师和以前到高冈来支教的老师都不一样，她是真心喜欢高冈，对他们的娃娃好。”

看到明冠宏用心倾听的认真模样，郭校长顿住话题，局促地笑了笑，说：“我这个人不大会讲话，你听了可别笑话。”

“怎会！您讲得好，我喜欢听咧，咱们不如坐一边慢慢说，您好好给我讲明月的事。只要是她的，我都爱听……”明冠宏瞅了瞅伙房，脸上露出一丝渴盼的神色。

郭校长愣了愣，心想，你不是讨厌明月吗，这些年对她不理不问，怎么，忽然想起自己有个女儿了？可看到明冠宏脸上不容错辨的期盼和热切的表情，郭校长心中一动，莫非，他和明月之间有什么误会？

郭校长暗一思忖，指着院子里那棵郁郁葱葱的老榆树，说："成，咱们坐那边唠唠。"

明月回到伙房，在灶台前愣怔了片刻，忽然听到门响。她下意识喊道："出去——"

"明老师，你要的菠菜和芫荽，我和宋小宝洗过了。"花妞儿举着一小把湿漉漉的菠菜和香菜，像是被她的吼声吓到了，眼神不安地说道。

明月吁了口气，冲着花妞儿招呼："花妞儿，你过来。"

花妞儿轻手轻脚地走过来，明月蹲下，双手扶着花妞儿的手臂，目光真挚地道歉说："对不起，老师刚才不是吼你。"

花妞儿腼腆地笑了，她点点头，回头望了望院子里的陌生老爷爷，说："我知道，你不喜欢他。你想让他走，对吗？"

明月点点头。

"他是你认识的人吗？"花妞儿伸手，帮明月拨开脸上粘的头发。

明月鼻子一酸，垂下眼帘，低低地嗯了一声。

花妞儿打量着明月的脸色，过了一会儿，她忽然伸出手把明月抱住了。她像明月之前安慰他们一样，用手抚摸着明月的后脑勺，轻声说："老师，你别生气了。我奶说，这世上没有十全十美的人，有时候，不喜欢的人也不一定是坏人，老师，等你气消了，再理他，说不定，他就能变好了呢。"

可笑的事居然还在后面。

明月煮好一锅骨汤面条，拌了一小盆绿豆芽粉条，把馏好的馍馍盛在竹筐里，在门口探头叫道："吃饭啦——"

院子里疯跑玩耍的孩子们轰一下围拢过来，"吃饭喽，吃饭喽！""老师，好香啊。""今天有肉。"

很快，孩子们的饭发完了。明月低头盛饭，"郭校长，您的……"话说一半却突然停顿。看着伙房里忽然多出来的那个人，她面色一沉，就要收回碗去。

“你看，你这孩子，让明师傅先吃啊。”郭校长抢过明月手里的洋瓷碗，塞到明冠宏手里。郭校长又从竹筐里拿了个黄面馍馍，递给明冠宏，“汤面不顶饥，吃块馍馍才实在。”说完，他把明冠宏拉到餐桌边坐下，又回去盛了一碗汤面，陪着明冠宏吃起来。

“小明老师，过来吃啊。”见明月端着饭别别扭扭地要出去，郭校长着急地叫道。

明月摇摇头，“不用了。”

明冠宏抬眸望着女儿，眼底掠过一丝不易察觉的痛楚。

明月面无表情地走到门口，刚在台阶上坐下，却看到关山带着几个军人走了进来。看到熟悉的面孔，她站起来，惊喜叫道：“徐大队——”

徐青云冷漠的表情顿时豁开一道缺口，他咧嘴笑道：“明老师，咱们又见面了。”

明月弯腰，把饭碗搁在台阶上，上前招呼，“您怎么有空来了？是来看关山的吗?”

“那可不。他啊，总是让我夜不能寐，牵肠挂肚。”徐青云扫了关山一眼，语气夸张地说道。

关山咧开嘴，露出灿烂的笑容，他指着靳卫星，向明月介绍说：“明月，这位是我们部队的团首长，上次我们拍的照片，就是拿给首长看的。”

明月星眸微动，打量着这位听关山提过无数次的团首长。可能军人都差不多，虽然长相各有不同，但是那种冷峻严肃的气质和挺拔魁梧的身材却大同小异。似乎这位团首长更外向一点，脾气应该没徐大队那么好。

“首长，您好，我是明月，高冈小学的支教老师。”明月主动介绍自己。

靳卫星也在打量着这位刚在路上了解到的明月老师。

人如其名。这是他仔细观察后得到的结论。寒泉皎皎浸明月，这是对她那双清澈澄净的眼睛的真实评价。

靳卫星暗赞了一声好，心想，关山这小子，眼光不赖嘛。“你好，靳卫星，靳开来的靳，人造卫星的卫星。我的名字很好记，哈哈哈。”

明月的眼角抽了抽，呵呵笑了两声，“首长，您的名字意义重大，取得好。”

靳卫星哈哈大笑，笑声震得榆树上的鸟儿飞走一片，院子里的孩子们也好奇地瞅着这位胡子拉碴的解放军伯伯，不知道他为什么这么高兴。

关山忽略掉刻意表现的靳卫星，指着莫冉青，说：“这位是团部的参谋，莫冉青，你叫他小莫就可以。”

“你好，小莫参谋。”明月挥挥手。

莫冉青微笑道：“你好，明老师。”

“这位是……”关山还想介绍另外一个跟着他们进来的便装男子，却发现他根本不认识人家。

“啊，我是陈勇庆，是明局长的秘书，哦，你们叫我小陈就成。”还是个自来熟，不等旁人招呼，他就主动介绍起自己。

明月嘴角的笑容淡了，她看了看陈勇庆，轻声说：“哦，你是跟着他来的。”

“明局长？是谁？”关山好奇地问道。

“是我——”一声低沉微哑的回应声从伙房门口传出来。

大家愕然望去，一个个的脸上却露出各不相同的惊诧神色。

关山觉得这个穿着深蓝色外套的男人怎么看起来这么熟悉。

靳卫星黑眸一闪，微微眯起眼睛，打量着这个穿着便装却一身军味儿的男人。

徐青云则是大大地震颤了一下，蓦地瞪大双眼，向那人奔了过去，“老明——明冠宏，是你？真的是你？”

明冠宏愣住，看着扑到自己面前的中校军官，张开嘴，艰涩地叫道：“老徐——”曾经和他一起出生入死的战友，后来因为他主动申请去边疆部队而断了联系的好战友！

“哎呀！咋遇见你了呢！我可想死你了！”眼泛红潮的徐青云一把抱住明冠宏。明冠宏的眼眶也是通红一片，他捶了几下徐青云的脊背，嗫嚅道：“想不到，想不到能在这里遇见你，太好了，青云，太好了。”

大家静静地注视着这真情流露的一幕，明月别开脸，望着院子正中的老榆树，不知道在想些什么。

关山的眉头几不可察地挑了挑，他挪到明月身边，低声问：“他是谁？”

明月的睫毛迅速眨动几下，用更低的声音，说了两个字，“我爸。”

关山愣了愣，“你爸？”他不是不要明月了吗？怎么跑来高冈找她了？

“哦，我也不知道他为什么来，可能太闲了吧，要不，就是良心上过不去，跑我这里找存在感了。”明月语气冰冷地说道。

关山低下头，目光专注地凝视她的侧颜，片刻后，他说：“既然人都来了，肯定是想向你服软道歉。他毕竟是长辈，你也别太计较了。”

明月没说话，但是看她的神色也知道她并不想那么做。

徐青云和明冠宏聊了一会儿，忽然想起什么，问道：“嗳，忘了问你，你转业之后，分哪里工作了？还有，你咋跑高冈村来了？”

明冠宏瞥了明月一眼，语气平静地说：“我来看女儿。顺道，调研考察一下高冈村的贫困现状。”

“你……女儿？调研……考察？”徐青云被老战友的话弄糊涂了。

刚才做过自我介绍的陈勇庆站了出来，抢着回答说：“这位是皖州市民政局的明局长，这位明月姑娘就是他的女儿。”

徐青云彻底傻眼。半晌后，他嗫嚅着嘟哝说：“怪不得第一次见到明老师，我就觉得她像你呢。敢情好，她真是你女儿啊。”

即使心里再不愿意，为了高冈村能够早日脱贫，明月只好咽下心中的怨气，为这些人做了一顿丰盛的午饭。说丰盛，是明月用关山他们带来的冷冻鸡肉炒了一大盆辣子鸡丁。面条剩了半锅，每人一碗，一块酱肉脊骨，加一个黄面馍馍。

里面餐桌坐不下，明月和关山就端着碗坐在门口的台阶上吃饭。孩子们吃过午饭回教室休息。偌大的院子静悄悄的，只有老榆树发出的沙沙声和碎金似的晃眼的阳光，让人觉得不那么寂寞空旷。

“鸡肉很好吃，我看你锅里还有剩，等下我给小董带些回去，行吗?”关山偏过头，问整碗面没怎么动的明月。

明月回过神，哦了一声，说：“你都带走，小董喜欢吃辣的。”

干红辣椒和花椒在铁锅里焙干，下入腌制好的鸡肉大火快炒，麻辣味十足，是道特别下饭的家常菜肴。可惜她现在没什么胃口，再好吃的食物也引不起她的兴趣。

关山眼神定定地看着神色落寞的明月，心疼得无法呼吸。只有他才知道，明月在众人面前强颜欢笑是多么不情愿，她与她父亲的隔阂，不是靠着一顿饭就能弥补的。反而，这种毫无准备的见面方式，会加重她的叛逆和抗拒心理。

他伸出手，隔着地上盛放鸡肉的盘子，握住明月冰凉的小手，“明月……”明月的身子颤了颤，想要挣脱，却被他紧紧攥着，不松手。

“我总在你身边的，你心里有什么苦，有什么难处，有什么愤怒，你尽管朝我发，只要你能开心，我都甘之如饴。还有，你不要随随便便就看轻自己，你很好，不管你重视的人，在不在乎你，看不看得起你，我都觉得，你是这个世界上最好的姑娘。”

明月朝他望过去，面颊绯红，眼底却闪烁着感动的光芒，“关山……”

“傻瓜，好好吃饭，别亏待了自己!”关山神色温柔怜惜地说道。

明月笑了笑，点头，“好。”

关山咧开嘴，露出一抹灿烂的笑容。

屋里的人，却在对这顿看似不能再简单的饭菜赞不绝口。尤其是靳卫星，吃惯了部队食堂的大油大肉，这样清淡的农家饭，却勾得他食欲大动，直吃了三个黄面馍馍才在徐青云他们嫌弃的目光注视下抹抹嘴，笑着为自己圆场，“老明，你女儿不得了啊，人长得漂亮，厨艺更是高超，这要是让关山娶了她，那……哎呦——”

徐青云在桌下踩了靳卫星一脚，打着哈哈接过去，“老明当年就是我们侦察连的尖刀战士，他女儿还能差了！是不是啊，没事净爱说点废话，也不看看，现在是啥情况!”

说完，他递给靳卫星一个警告的眼神。意思很明显，让靳卫星闭嘴。关山现在还没追到明月，他这么说，让明冠宏起了疑心，再添一道路障，那关山可就麻烦了。靳卫星面露尴尬之色，嘿嘿笑笑，没再出声。

这边明冠宏却沉不住气了，他放下碗，拧起浓眉，将目光投向徐青云，“老徐，你说的关山，就是外面那个青年士官?”

徐青云眨眨眼，哈哈笑了两声，说：“啊，哈哈，是啊。关山……”

“如果我没听错的话，老靳说关山想娶我的女儿……”明冠宏话没说完，就被徐青云打断接过去，澄清说：“哪儿有啊……他有这个心，也没这个胆儿。这不您还在这儿呢吗，他敢绕过您，去追您女儿，我看他是不想在部队混了，你说，是不是，老靳?”

靳卫星正听得起劲儿，猛地听到徐青云叫他，他“啊”了一声，应承道：“是啊，他敢有这个心思，我第一个不答应！反了他了，居然敢打明月老师的主意!”

徐青云本意是想让靳卫星帮衬着给关山说几句好话，譬如关山昔日里立下的赫赫战功，以及他扎根深山、无私奉献的事迹，谁知道，这缺根弦的靳卫星，竟然帮倒忙。

徐青云扶额叹息，在心里正痛骂靳卫星，却听到一旁一直沉默不语的郭校长忽然插言道：“明局长，我能不能说两句话。”

明冠宏点头，“叫我老明就行了，别局长局长的，见外。”

“老明。”郭校长叫了一声，继续说，“关山这孩子善良正直，对待老百姓热心周到，他到高冈转信台七年，究竟做了多少好事，究竟为这个村子、这所小学付出了多少金钱和精力，说真的，我算不清，这高冈村上上下下几百口子人也算不清。但是我们的眼睛是雪亮的，他对我们的好，对娃娃们的好，一笔一笔，我们都记在心里。刚才靳首长说了，要是关山能娶到明月老师就好了，说句不外气的话，我也是这么想的。因为他们两个志趣相投，个性相似，又是那么善良的人，他们要是能在一起的话，那可真是太好了。老明，如果可能的话，你不妨考虑一下关山，他的人品我郭木鱼可以拍胸脯向你保证，绝对不会让你失望。”

徐青云神色激动地瞅着郭校长，嘴唇颤了颤，就差没喊出一声好来。果然，关键时刻，还是情商高人一筹的郭校长稳当。

明冠宏低头看着自己空掉的饭碗，像是老僧入定一样，久久不动。徐青云和郭校长对视一眼，郭校长轻轻摇头，提醒他什么也不要说。徐青云点头同意。该说的都说了，至于明冠宏怎么想，怎么打算，那是人家做父亲的考量，他们这些外人，多说无益。

最终，明冠宏也没表态。只是在关山进屋收拾碗筷的时候，用他那双冷峻严肃的眼睛，盯着关山看了好久。

关山察觉到了，他向这位第一次见面的老者投去一抹淡淡的微笑，拿起明冠宏面前的碗筷，低声问：“您吃得还好吗?”

明冠宏看着面前五官俊朗的年轻军人，不露声色地点点头，说：“很好，谢谢。”

关山收走碗筷，拿到院子里去洗刷，明月过去帮忙，他们头对头，低声絮语，模样看起来格外亲密。

明冠宏觉得眼睛有些刺痛，他闭上眼睛，用拇指和食指按揉了两下，重新睁开，对靳卫星和徐青云说：“我们饭也吃了，学校也参观了，不如去村子里看看，你们不也是为了高冈村脱贫致富来的吗?”

靳卫星笑着点头，“是啊，再不来实地考察一下，估计外面那个兵真会冲到我办公室里揪着我的脖子骂我不作为!”

他，说的是关山？关山也在关注高冈村脱贫的事情？明冠宏看着靳卫星笑着默认，不禁心中一动，再次把目光投向院子里的年轻士兵。

吃罢饭，村长宋家山闻讯赶到学校，经过郭校长介绍，他紧紧握着几位领导的手激动说道：“可把你们给盼来了，明局长，靳首长，徐首长，欢迎，欢迎啊。”许是情绪太过激动，宋家山背过身揉了揉泛潮的眼眶，感慨说：“这么多年高冈村没这么热闹了，感谢领导们关注高冈，感谢啊。”

靳卫星也说：“家山村长，你别客气了，带我们去村子看看吧，只有亲眼见到了，听了老百姓的心声，才知道从哪儿下手帮扶，不是吗?”

“好，好啊。”宋家山指着院门，迫不及待地挥手，“走，我带你们去。”

走了两步，他回头冲着院子里站着的明月和关山叫道：“明老师，关山，你们一起来，我这人嘴笨，怕说不到点子上。”看明月他们站着不动，宋家山干脆过来拉人，“咋不动咧，你们不知道这对咱高冈有多重要。”

明月还在犹豫：“我……我看看课表。”

郭校长却主动开口，“你下午没课，去吧，别让领导们等急了。”

宋家山一手一个，牵起明月和关山的胳膊就走。一行人朝村里走去，明月低着头，落在最后面，关山瞅见了，也刻意放慢脚步，陪她小步走着。

“渴吗?”关山把一瓶矿泉水递给她。

明月看看目光关切的关山，说了声谢谢，接过水瓶，仰头喝了几口水，重又递给关山，“你也喝点。”

关山直接仰头，张开嘴，瓶口离得远远的，倒了半瓶下去。

明月笑望着他，嗔怪道：“你慢点，小心呛着。”

关山笑着摇头，“没事，我嗓子眼儿粗。过去在山里拉练，遇到泉水，不用手捧，直接对准泉眼喝，那才叫一个痛快!”

明月笑骂：“野人。”

关山嘿嘿笑笑，扬起手，替她拨开路边伸过来的干树枝。明月笑笑，替他拍去肩上沾着的灰尘。

“咳咳……”忽的，前面传来几声别有深意的咳嗽声。

明月嘴角的笑意一僵，缓缓垂下手臂。关山则红了脸，挺直腰杆，目视前方，再也不敢有任何小动作。

“喂！我说你别吓唬关山行不行，他胆儿小，从没谈过恋爱，你这样吓他，他不敢追求你闺女了，怎么办！”徐青云笑着拍拍明冠宏的肩膀。

明冠宏从鼻子里哼了一声，“那小子，黑成那样儿，我还真没看上！”

“嗤，那是你没眼光好不好。你问问我的兵，哪个不知道关山的威名！还有老靳，他们团里的人，有哪个不服关山的。别的不说，就冲他在这穷乡僻壤的高冈一待就是七年，就冲着这份坚韧和吃苦精神，他就是这个！”徐青云伸出大拇指，晃了晃，刚毅冷峻的脸上漾起满满的骄傲。

“莽夫！”明冠宏吐出两个字的评价，又重重咳了一声，走前去了。

徐青云摸摸下巴，讪讪然骂道：“老顽固！”

“老明，咱再唠唠呗，别走那么快啊！”徐青云追了上去。

一下午时间，一行人去看望了村子里的特困户，又去后山看了成片吐绿滴翠的连翘林，最后来到河水潺潺的鹳河边。

“1949 年后建的铁索桥被 2007 年的大水冲垮了，这些年，南岸的村民要涉水过河才能下山。哦，对了，高冈小学的娃娃们，每天也要老师背着接送过河上下学。说起这个，明老师，你来给明局长他们谈谈具体情况。”宋家山招手，把明月喊过来。

明月抿着嘴上前，立在距离明冠宏最远的地方，指着清澈见底的鹳河水，说：“大桥被冲垮的这五六年间，高冈小学的郭校长每天背着南岸的 11 个学生上下学，不论寒冬酷暑，无一天间断。我想问问这位民政局的大领导，您出门坐车，出差不是高铁就是飞机，请问您体验过这种寒冬下水的滋味吗？”

一言既出，四下皆静。个人神色不同，有忐忑，有怜惜，有忿忿，更多的是惊诧不安。宋家山最先反应过来，他惊慌地看了看面无表情的明冠宏，低声斥道："明老师，咋说话呢，快向明局长道歉。"

明月目光冷冷地盯着河水，连头都懒得回。

明局长的秘书陈勇庆站出来，为自己局长鸣不平，"我们明局长不是官僚，他上任以后，为了皖州的民政事业鞠躬尽瘁，上次就是因为太过劳累，差点……"

"小陈！不要胡说！"明冠宏打断陈勇庆，投过去一个警告的眼神。

陈勇庆乖乖闭嘴，退后一步，不敢再胡乱插言。

"明老师，明老师——"远处山道上传来孩子们惊喜的呼唤声。

明月生冷的表情瞬间一松，她转身向跑过来的孩子们张开手臂。

郭校长也小跑着过来，笑着解释说："我过来送孩子们回家。"说完，就叫那些围着明月打转撒娇的孩子们，"娃娃们，排队喽！"

孩子们很听话，按顺序排成行。郭校长弯腰挽裤腿，正准备脱鞋，关山走过来阻止他，"我来吧。"

郭校长笑道，"你陪着领导们好好转转，不用管我，去吧。"

关山刚想再劝，却看到一抹高大的身影走到他们面前，像郭校长一样开始挽裤腿，"我来帮你们。"竟是明冠宏。

郭校长一惊，赶紧阻止，"那怎么行，河水凉，会冻病的。"

"明局长，您不能下水啊。"宋家山跟过来劝说。陈勇庆也过来阻止，甚至挽起裤腿要代为帮忙。

"行了！"明冠宏摆手，目光严肃地说，"都别劝了。我这个民政局长不作为，送送孩子只当是弥补过错。再说了，郭校长能下得了水，受得了冻，我怎么就不行！难道，我比郭校长的身子骨还差？"

说完，他不顾众人的眼光，脱掉脚上的皮鞋，径自走到孩子们队伍前方，蹲下身，拍拍脊背，"孩子们，上来！爷爷背你们过河！"

刚开始没人敢上去，场面有些尴尬。后来，宋小宝接到关山的暗示，壮着胆子走上前，扶着明冠宏的脊背，侧着脑袋，轻声问：“领导爷爷，你真的要背我们吗？我很重的。”

明冠宏转过头，严肃的眉眼带了一丝笑意，说道：“再来一个小猴子，我也背得动。快上来，小男子汉，别磨磨唧唧的。”

可能是他眼底的笑意让宋小宝卸下防备，他欢叫一声，扑到了明冠宏的背上。明冠宏显然低估了这些山里娃娃的野性，被扑来的力量压得向前打了个趔趄。

众人齐声惊叫。明冠宏却嘿嘿笑了两声，轻拍了一下宋小宝的屁股，笑着骂道：“你这小猴子，劲儿还挺大！”

宋小宝哈哈大笑，“关叔叔也这么说。”

明冠宏朝关山那边看了一眼，然后背起宋小宝下河，向对岸走去。郭校长连忙脱掉鞋，背上一个孩子追上去，“明局长，您慢点，我带着您走。”

关山默默无声地挽起裤腿，脱鞋，等着小猴子们挂满全身，轻松蹚入水中。正准备下河背孩子的徐青云和靳卫星，被眼前的一幕惊住。

陈勇庆张大嘴，连连吸气，惊叫道：“天呐，天呐！我看到了什么！”

“他不是人！”莫冉青总结道。

只有见怪不怪的明月抿着嘴露出赞赏了然的笑容。

岸上的四个大男人为剩下的三个孩子争抢起来。最后留在岸边陪着明月的是明冠宏的秘书陈勇庆。

这位前年通过公务员考试进入民政局工作的年轻人，一脸懊恼地蹲在岸边，指着最后出发的莫冉青，向明月诉苦，“明明我先抢到的，他玩阴的，居然骗我看河里的游鱼，故意抢走那个孩子。”

明月瞅瞅他，扑哧一声笑了。这也要抢，这些人真是太闲了。不过让他们尝尝鹳河水冰冷的滋味，倒也不错。

“你还笑。我以为你一辈子也不会笑呢，见到我们局长跟仇人似的，你知不知道，他为了见你一面，上山的时候……”陈勇庆话说到一半，突然打住，神色也变得别别扭扭的，不肯再说下去。

“你怎么不说了？你不是挺能说的吗？小嘴儿吧啦吧啦的，一路上就听你说话了。我告诉你，不了解我和他之间的事，就别胡乱张口！”明月毫不客气地怼了回去。

陈勇庆的脸青一阵红一阵，最后，终是忍不住，哽咽吼道：“我的确是个外人，不该评论领导的私生活。可你知道吗，局长他很爱你，也很惦念你，上次在同州，他去火车站没能接到你，回去的路上心绞痛就犯了，要不是送医及时，恐怕就要诱发严重的心梗。还有这次，为了到高冈村见你一面，他爬了两个小时的山路，刘医生警告他多次，不能做剧烈运动，可他不听，刚才爬山的时候他中途停下，吃了几颗速效救心丸，才坚持爬到山顶。”

他顿了顿，继续说：“我不知道你和局长之间有什么误会，但是看在血缘亲情的分上，你也不该这样对待自己年迈的父亲。局长他虽然面冷，讲话生硬，不懂得变通，但他真的是个好人，我们全局的职工都喜欢他，尊敬他！明老师，你就不能转换一下态度吗？对他好一点吧，你们以后相聚的日子，又能有多少呢？”

明月面色阴沉地盯着脚下的沙地，过了许久，她才语气冰冷地说道：“我一辈子也不会原谅他。这句话，请你转告给他。”

说完，明月走到一边，用手撩着河水，再不肯和陈勇庆交谈。

过了一会儿，大部队返回河北岸。大家坐在沙地，纷纷交流着看法。

“这河水真凉啊，让我想起新疆的雪山，那里到了七八月份，河水依旧带着冰碴子，透心凉。”明冠宏一边穿袜子，一边感慨道。

靳卫星环顾四周如画般的河景，神色严肃地说道：“这桥，一定得修，而且得抓紧修。”

“是啊，不光孩子们上学不方便，南岸的几百口群众，还有背孩子过河的郭校长和小明老师，就是为了他们出行方便，这桥，也得赶快修。”徐青云说，“老明，你想想办法，看能不能政府出资，把这个老大难问题尽快解决了。”徐青云问明冠宏。

明冠宏轻蹙了一下眉头，握拳说：“这件事再说。等回到皖州，我先联系一下交通部门和财政局的领导，看有没有可能立项为高冈修条公路，解决老百姓的出行难题。”

“好啊，太好了，明局长，这件事您要是能帮忙，帮着高冈修条路，那您就是我们的大恩人、大福星，我们高冈人会一辈子记着您的。”宋家山握住明冠宏的手，激动地说道。

明冠宏笑着说：“我啊，以后少不了会来高冈叨扰各位，你们到时候，别嫌我烦就成。”

“您说哪里话呢！我们敲锣打鼓欢迎还来不及。”宋家山两眼放光。

“今天考察很圆满，发现很多亟待解决的问题，我回去就会尽快安排下属部门着手处理。小陈，咱们走吧，别给家山村长和郭校长他们添麻烦了。”明冠宏说道。

靳卫星和徐青云也说：“时候不早了，我们一起下山吧。”

宋家山一看急了，拦住不让走，“这咋行呢，晚饭不吃，下山哪有劲呢。明老师，麻烦你再做顿晚餐吧，让领导们吃饱了再走。”

明月犹豫了几秒，最终点头，“好。我做。”

明冠宏却瞥了她一眼，拒绝道：“行了，你快回去歇着吧，累了一天，早点休息。”

他带着陈勇庆走了两步，忽然顿步，转过头，对明月说：“有空我还会过来，你放假了，也记得去皖州，到时提前打个电话，我去车站接你。”

明月不置可否，没说好，也没说不好。

只有不明就里的宋家山迷惑不已：“明局长，你和明老师，你们……”

看着一头雾水的宋家山，陈勇庆忍不住插言道：“家山村长，您还蒙在鼓里呢。明老师就是我们明局长的女儿啊。不然的话，他们两个怎么都姓明！”

27　将功补过

宋家山的嘴张得能塞进个鸡蛋，他左看看右看看，哎呀一声拍了一下大腿，“看我这眼瞎的，居然没看出你们是一家子！小明老师，你真是的，也不介绍一下，让我这丑出的……哎呀！”

大家都笑了。靳卫星和徐青云上前，向宋家山敬了个军礼，“再见了，家山村长，以后，我们也会常来的。桥的事，就交给我们了。”

“谢谢部队的领导们，谢谢。”宋家山感动地说。

这时，明冠宏忽然指着明月身边的关山，叫道：“那个……那个兵，你过来，送我下山。”

关山一愣，和明月交换了一个眼神，正想小跑过去，却被明月拉住胳膊。“他今天也累了，就不下山了。”明月冷冰冰地替关山拒绝。

明冠宏的脸色刷一下晴转阴，关山赶紧应道：“马上就来。”他掰开明月的手，朝她投去一抹安抚的眼神，然后姿态标准地跑到明冠宏面前，啪地立正，敬了个军礼，朗声说道：“高冈转信台四期军士长关山，向您报到！”

明冠宏下意识地举手回礼，可手臂才伸了一半，硬生生又顿住。他回什么礼啊。已经从部队上转业几年，他早就不是边疆部队那个凡事讲究军规的中校团长了。心中泛起一阵恋恋的酸楚，他拧着眉头，看着关山，冷冷地说道：“走吧。”转身，他大踏步向山口的方向走去。关山愣了愣，赶紧放下手臂追了上去。

徐青云和靳卫星相顾摇头，“可怜的关山啊，要被未来的老丈人摧残喽!”

明月跟着郭校长回到学校，两人简单热了点剩饭，坐在餐桌前默默吃着。“你还在担心关山呢?”郭校长瞅着心神不宁的明月，试探问道。

“哦，有一点。我……我爸那个人特别难相处，我怕他刁难关山，给他难堪。”明冠宏那个人，连自己的亲生女儿都敢打，他还有什么过分的事做不出来。

郭校长笑了笑，不赞成她的观点，“我觉得你的父亲不会为难关山，他是因为你的缘故，所以想多了解他一点。”

明月疑惑不解地看着笑容慈祥的郭校长，“您……您怎么帮着他说话，您不知道我和他……”

“知道，我啥都知道。我知道你的心里有道迈不过去的坎，这道坎，就是你的父亲。我以前也以为他是一位顽固不化、冷漠生硬、不顾及亲情的长辈，可是今天见到他，又和他接触了这么长时间，我觉得，你可能是误会他了。他还是很关心你的，刚才和我谈话，一直在打听你的消息，问你在这里的工作和生活情况，看到你住的宿舍，他的眼里可满满的都是心疼。小明老师，我并不是劝你立即改变心意，和他和好如初，因为那太不现实。你也有你的伤痛，有你心里无法愈合的伤口，我今天想说的是，你能不能试着去理解他，慢慢地去原谅他呢?”郭校长语重心长地劝说明月。

第二天，关山神色如常地到学校来上课。明月问他下山时明冠宏有没有为难他，关山笑着说没有，还说明叔叔人很好，叫她不要多想。明月撇撇嘴，没再追问下去。

过了几天，郭校长接到上级通知，县教体局将举办全县小学生英语口语竞赛，要求全县的小学积极准备，按时派代表队参加比赛。

往常，这种英语竞赛活动从来轮不到高冈小学，明月得知这一消息却极为振奋，在她看来，这次竞赛，不仅仅是她展示教学成果的舞台，更是让这些大山里的留守儿童增长见识、找到自信和增强学习兴趣的捷径。

“太好了，郭校长，允许几名学生参赛?”明月的眼睛亮晶晶的，语气兴奋地问道。

“三个。”郭校长笑道。

明月思忖片刻，宋伟伟、宋梦凡、宋旭旭的名字在脑海里浮现出来。

经过寒假的强化补习，以及近两个学期的英语角、英语对对碰和英语课前演练的教学实践，这些山里的孩子已经能够熟练掌握日常英语对话，就算是出一个题目，让他们即兴说故事，大多数孩子也能说上一段自己眼里的世界。

比英语卷面测验，这些山里孩子可能不如别的学校，因为接触英语课程的时间短，就目前来看，达不到从小就从补习班出来的孩子成绩优秀。但是口语，高冈小学的孩子们倒是可以去拼一拼。就算拿不到奖，让这些山里孩子出去开阔眼界，见识一下同龄的孩子们是怎样学习和生活的，也算是有意义的一件事。

“行，交给我吧。比赛是什么时候？在哪儿?”明月问。

“下周三，在川木县中学礼堂。哦，要提前一天去报到，教委给安排食宿。”郭校长说。

宋瑾瑜任课的中学?

见明月半天不吭声，郭校长不禁诧异叫道：“明老师?”

明月猛地回神，哦了一声，说：“我知道了。”

定好参赛学生，明月又对他们进行了几天强化训练，到了周二，她带着学生下山，坐车到了川木县城。

大巴车徐徐驶入客运站。“关叔叔！明老师，关叔叔来接我们了！”宋伟伟神情兴奋地指着站台上身形挺拔魁梧的关山叫道。

关山恰好仰起头，和车上的明月对上视线。他的唇角高高扬起，冲着她和几个把脸贴在窗玻璃上的孩子们挥手致意。

“还好吗?”关山接过明月手里的行李包，神情关切地问她。

“挺好的，开车前吃了晕车药，没事。”明月目光柔柔地落在他那张肤色黝黑却俊朗的脸上。

几个孩子冲上来，不由分说抱着他开始撒欢。关山弯下腰，双臂一揽，一下子抱起三个。孩子们哈哈大笑，旁边经过的旅客纷纷驻足观看，关山和明月对视一眼，两人的脸上同时露出灿烂的笑容。

“你什么时候回高冈?”在公交车上，明月问关山。

前几天，关山被抽到团部训练新兵，主要教授通讯业务技能。昨天，他接到董晓东的电话，说明月要带着孩子们到县城参加英语竞赛，所以他请了一下午假，特意到车站接他们。

好几天没见，关山彻底尝到了如隔三秋的滋味，明月今天化了淡妆，看起来也比往常更加漂亮，听她语气里似乎也有想念他的意思，关山一激动，有些话不经大脑，脱口而出：“你想让我回去吗?”

明月的脸腾一下红了，她扭了扭身体，垂下眼帘，低声嗔怪道：“孩子们都在呢。”

关山挠挠后颈，热烈的目光黏在明月潮红的面颊上，稳了稳心神，说：“我和你们一起回去。”

明月哦了一声，嘴角悄悄扬起的弧度，却泄露了她心里的秘密。

到了川木县中学，关山帮着明月找到竞赛接待处，又把孩子们和她都安顿在中学宿舍，才恋恋不舍地回部队去了。

第二天上午九点，英语口语竞赛正式开始。

看着穿着过年的衣裳，仍然在外形上比县里的孩子们差上老远的山里孩子，明月只觉得心酸。她蹲下身，挨个按住他们瘦小的肩膀，为他们打气，“输赢不重要，重在参与。拿出平常练习时的水平，老师在观众席为你们加油!”

“老师，我们一定赢!”三双渴盼胜利的眼睛注视着她，明月的视线渐渐变得模糊……

“下面，我宣布，本次川木县小学英语口语大赛一等奖的获奖团队是——红山镇高冈小学!!”

随着主持人激动振奋的宣读声，来参加颁奖礼的教体局领导惊讶地注视着后排欢叫着抱在一起的一大三小四位师生，纷纷问道：“高冈小学，不是那个秦巴深山里只有十八名留守儿童的小学吗?”

“他们开设英语课了?”

“去年九月份刚开，那个年轻的女老师就是他们的英语支教教师，听说是从 H 省师范学院毕业的高才生，在校实习时获过全国英语教学大奖，不知道什么缘故，被分去条件最艰苦的高冈小学了。”

“那可惜了，像她这样的人才，教初高中也是绰绰有余。”

领导们你一言我一语地替台上那位带着学生们领奖的年轻教师感到惋惜。只有坐在一旁的一位体态丰腴的中年女人，神色尴尬地向台上的人望了望，又很快低下头去。

颁奖礼结束后，合过影，教体局的方超局长特意叫了明月过来谈话。“明月老师，你很了不起啊，短短不到一年，你就把高冈小学的英语口语教学提升到如此高的水准，令人敬佩啊。”

“主要是孩子们聪明、踏实、肯学。”明月望了望那三个捧着奖杯笑得合不拢嘴的孩子，秀气的脸上露出欣慰的微笑。

“我们准备向全县小学推广你在英语教学中的先进经验，明老师，你可不要藏私啊。”方局长笑着说。

“我的教学经验也是从我敬佩的前辈那里学来的，如果说先进，那也是前辈的功劳。如果领导们觉得有用，对其他兄弟学校的教学有帮助，您放心，我肯定会积极配合。”面对荣誉，明月淡然应对。

方超倒是欣赏她这种不卑不亢的讲话方式，于是感兴趣地问：“不知这位被你推崇备至的前辈是谁？是我们县的老师吗？”

明月点头，“是的，他就是高冈小学的校长郭木鱼同志。”

方超的脑子里浮现出一抹瘦削单薄的身影，是他？“郭校长我认识，他为了改善你们小学的教学环境和设施，找过我几次。”

在方超的印象里，这位扎根山区教育多年的老校长，性格淳朴坚毅，到他办公室来，从来不会多说一句与学校无关、与孩子们无关的话，所以，他这个才上任不到一年的县教体局局长才会那么清楚高冈小学的现状。知道学校位于海拔一千多米高的深山里，只有十八名学生，且都是留守儿童。

明月看着面前的方超局长，犹豫了一下，鼓起勇气说：“方局长，您能帮着解决一下学校校舍和孩子们的午餐问题吗？还有郭校长，他得了很严重的支气管扩张，咯血气喘，为了这些山里的娃娃，他硬拖着不肯去治病，而且，他有限的工资都贴补学生餐费和文具费了，这几十年，他竟没攒下一分钱，基本上是月月光。方局长，您是我们学校的直管领导，您能帮帮我们、帮帮郭校长吗？”

方超震惊了几秒，愕然道：“你说的都是真的？”

“千真万确，这些孩子们可以作证。年前，郭校长送他们回家，他们亲眼看到郭校长咯血昏倒的一幕。还有，高冈小学的大半学生是靠郭校长每年两季背他们过河上学，才坚持学业的。”

方超更加震撼，“背……学生过河？高冈村没有路吗？”

“高冈有条鹳河贯穿村子南北，以前有座铁索桥供村民出行，可是 2007 年发洪水时桥被冲垮了，怕学生们上学危险，这些年，郭校长就自发背孩子过河上学。”明月看着神色渐渐变得严肃的方局长，提出一个大胆的建议，“方局长，您要是不相信，不如去我们高冈看一看，看我是不是在说谎。”

“你这个老师，怎么说话呢，局长那么忙，哪有时间去……”教委的工作人员刚想训斥这个不知天高地厚、啥都敢说的年轻教师几句，却被方超抬手制止。

方超的脸上露出惭愧的神色，他看着面前目光晶亮的女教师，说：“好。我安排一下，最近，我就去你们高冈小学看一看。”

明月终于露出笑容，“那好，我们就等着方局长大驾光临了。”

明月带着孩子们走出礼堂。

“明老师，请等一等——”一声似曾相识的女声叫住明月。

明月转过头，看到穿着考究、围一条金色丝巾的中年女人，不禁轻蹙一下眉头，招呼道：“王科长，您找我有事？”

面前体态丰腴的女人，正是去年混淆是非，把她分去高冈小学的县教体局的王干事，不，现在已经荣升为王科长了。

“能不能……让学生先回避一下。”王科长面色为难地提出要求。

明月看看她，低头对三个孩子说：“伟伟，你带他们去台阶上等老师，老师说会儿话，就来。”

“好。”宋伟伟懂事地带着宋梦凡和宋旭旭走了。

“王科长，您有什么话就说吧。”明月主动说道。

王科长的脸上露出惭愧的神色，她看看明月，艰难地开口说：“对不起，明老师。去年分配的时候，是我的疏忽，让宋瑾瑜钻了空子，占了你留在县中教学的名额。实在是对不起。你能接受我的道歉吗？”

明月目光黯沉地望着道旁的冬青树，许久没有出声。说不怨吗？不现实。如果不是因为王科长偏听偏信，不去调查事实真相就把原本属于她的机会给了宋瑾瑜，她也不至于陷入被动，被宋瑾瑜一再抢走机会，甚至……

可一切都已经发生了，任凭谁想去改变，也不可能了。

“我知道，你不会那么轻易地原谅我。我也不敢奢求你的谅解，我如今能做的，就是帮你调回县中，顶替宋瑾瑜的空缺。她……她外出学习时，做出一些丑事，被当地教委退回来了，现在正停职反省，你可能还不知道吧。”王科长说道。

明月身子一震。丑事？果然，人在做，天在看，不是不报时候未到。

一个月前，县里去同州调研的老师都还在认真整理调研报告，宋瑾瑜却忽然接到县教委的电话，通知她立刻返回县中。

她心怀忐忑地回来，等着她的是停职反省的处分决定。一个私生活混乱的老师，如何为人师表，如何站在三尺讲台上为单纯的学生们答疑解惑。

她灰溜溜地离开学校宿舍到外面租了一间房子，还买了一堆礼物去王科长家里求情，想让王科长把她调到县里的其他学校，她不想丢了工作。得知真相的王科长拒绝帮助她，并且把她之前送的高档化妆品原封不动地退给她，并让宋瑾瑜立刻离开她家，以后不要再做这些无用功。

宋瑾瑜彻底绝望了，她每天窝在出租房里，算计着要不要辞职，用沈柏舟给的二十万在县城开家服装店，做生意养活自己。可想了想她不是那块料，只好作罢。

她在家躺了几天，决定还是去找县中的校长求情，她毕竟是个女的，哭鼻子服软的事，她最拿手，那些男的，就怕她来这一招。

想好了，就立刻行动。挑了一个傍晚，学校没什么人，她拎着去王科长家没送出去的礼物，到县中家属楼找校长求情。

谁知，经过学校宿舍楼前，却看到前方一抹熟悉的身影，正领着三个穿着寒酸的小孩在校园里散步。定睛一看，宋瑾瑜吃惊地捂住嘴。那不是明月！她怎么到县中来了！不会是来揭发她的吧。

想到这儿，宋瑾瑜的心颤了两颤，硬着头皮追上去，轻轻叫了声，“明月——”

明月正在凝神考虑王科长刚才提出的诱人补偿条件，调回县中，享受宋瑾瑜曾经拥有过的所有便利先进的教学环境和生活设施，不用再待在大山里吃苦，不用再去转信台打电话，不用每天背送孩子们过河，不用住在那个冰冷漆黑、散发着霉味的宿舍……

要不要答应呢？离开大山，离开高冈，离开转信台，离开……关山。

不知是怎么了，她的脑子里忽然变得混沌，心口处，一阵酸胀的感觉潮水一样，搅得她胸闷不已。

乍然听到呼唤声，明月并没立刻意识到这熟悉的女声属于谁。等她缓缓扭头，看到路灯下神色尴尬、目光闪躲的俏丽女人，她才倏然冷了目光，面无表情地说："哦，是你。"

宋瑾瑜不敢与明月对视，她咬着嘴唇，看看明月身侧三个土不拉叽的小孩，请求："明月，你能……让他们回避一下吗？我有话想跟你说。"

"不必了。我和你之间没什么好说的，这些孩子都是我的学生，刚比赛完，还没吃饭，我带着他们去食堂。"明月转身欲走，却被宋瑾瑜冲上来抓住胳膊。

"明月，我知道你恨我，可这事也不能怨我，怪只怪沈柏舟他……"宋瑾瑜还想颠倒黑白，却被明月猛地甩脱胳膊，目光嫌恶地斥道："你不要在我的学生面前说这些肮脏的事情，别污了他们的耳朵。你愿意和谁在一起，那是你的自由，和我有什么关系。"

明月看宋瑾瑜神色畏惧地立在一边，不敢再上来纠缠，鄙夷地瞪着她，"怎么，现在知道害怕了？"

"明月，你千万不要去告发我……我已经够惨了，要是再被学校开除，我用什么钱去赔违约金，还有我这些年的努力，不白费了吗？"宋瑾瑜苦着脸哀求说。

明月撇唇冷笑，摇摇头。她摸摸孩子们的脑袋，语声温柔地说："我们走。"

宋瑾瑜捂着脸，在原地站了一会儿，脚步沉重地向家属楼走去。经过学校布告栏时，她看到上面贴着一张通红的喜报。全县英语口语竞赛结果。一等奖，红山镇高冈小学，辅导老师明月，参赛队员，宋伟伟……

宋瑾瑜不禁苦笑。

周四，明月和一大早赶来的关山带着孩子们坐上了回红山镇的大巴车。

汽车发动之前，明月下车给王科长打去电话。“王科长，谢谢您的好意，我决定留在高冈小学，等两年支教期满再说。”明月婉转拒绝了王科长。

王科长替她感到惋惜，可这事强求不得，只能作罢。“明老师，这样吧，你不愿意到县中工作也行，你们支教时可以享受国家优惠政策，支教满一年，就可以寒暑假回学校读教育硕士研究生，这样，既不会耽误支教工作，又可以在支教期间拿到硕士文凭，到时，国家还会为你们提供专场招聘会，让你们选择自己的去向。我为你争取一下，如果考上今年的研究生，对你今后的前途会很有助益。”

明月一直有继续读研的想法，“谢谢你，王科长。”她是真心感谢。

王科长惭愧地说：“谢什么啊，就当我为你们这些支教老师做些实事吧。”

明月回到车上，关山看她眉眼带喜，问她遇到什么好事了，明月照实说了，关山由衷替她高兴，并表示到了镇上，他要请一大三小四位师生吃饭，为他们庆功。

孩子们高兴坏了，围着他一口一个关叔叔地叫着，明月看在眼里，脸上溢出甜甜的笑容。

在红山镇吃饭，当然要去春风餐馆。

“明老师，我想吃甜甜的肉。”宋梦凡吮着手指期盼地说道。糖醋里脊，她在学校里做过一次，还没盛到盘子里就被孩子们抢光了。

“我想吃野山菌炖小鸡。”宋旭旭也提出要求。

宋伟伟瞪了他们一眼，小声提醒：“关叔叔没钱，我们吃最便宜的。”

明月刚想安慰他们，耳边就听到一个男人的声音，正惊喜地叫她。

“明月——”竟是沈柏舟！

明月的目光由惊讶变得冷淡，她甚至没有回应沈柏舟，而是转过头，指着桌上的菜单，对关山他们说：“想吃什么随便点，我请客。”

沈柏舟捏紧手包里的商调函，牙齿磨得嘎嘎响。明月根本不知道他为了这张商调函几乎跑断了腿，从未向人低头服小的他差点没给那些卡着关系的人下跪，当他费尽心力拿到这份商调函的时候，就差没当场哭出来。

沈柏舟迫不及待地踏上去往皖州的火车，下了火车又包车直达红山镇，这才刚坐下来吃口热饭，却恰好撞见从县里回来的明月一行人。

明月除了刚开始惊诧地看了他一眼之外，再也没正眼瞧过他。她和那个姓关的军人，有说有笑地谈着什么竞赛的话题，三个孩子也不时插上几句童言稚语，引来一片欢笑声。

他反倒成了个多余的人。

忍到不能忍，他掏出手包里的一片薄纸，啪一下拍在明月面前。“我是来给你送这个的。明月，你原谅我也好，不原谅我也罢，总之，是我对不起你，我必须要做出补偿。”

沈柏舟说完，走回座位背起一个硕大的背包，然后转头对神色暗沉的明月说，“我先到高冈小学等你，你好好考虑一下，跟不跟我走。”

沈柏舟走了。不是回繁华热闹的同州，而是独自背着大包去了高冈。看样子，他这次是有备而来。

明月的视线转向桌上的薄纸。商调函三个大字，像是从潘多拉魔盒里掉出来的宝贝，明知拥有它会冒巨大的风险，可那种带着魔法的诱惑却让她瞬间屏住呼吸。

饭桌上静悄悄的，落针可闻。孩子们放慢咀嚼速度，小心翼翼地注视着明月。坐在明月旁边的关山，也在看到那张纸片上的内容后，目光和神情同时起了微妙的变化。

明月盯着那张限定时间报到的商调函看了大约几十秒，她伸出手，折好，放进衣兜里。“吃饭吧，伟伟，你们还想吃什么菜，老师请客。”明月摸了摸宋伟伟的头发。

宋伟伟抿着嘴唇，摇摇头，“我们已经吃饱了。”

明月把目光投向关山，关山也在望着她，漆黑的眼眸里像是灌满了夜晚流淌的鹳河水，黑沉如海，看不清里面都藏着些什么。“我也吃饱了，走吧。”不等明月问询，他起身背上行李包，找小九结账。

小九从伙房里探出头来，笑道：“老板娘说了，这顿她请，吃多少都算她的，说是给这些娃娃们的奖励，他们可给红山镇和高冈村长脸了。”

关山还是留下一百块钱作为餐费，小九拗不过他，只好收下。

一行人起身向高冈村走去。路上，宋伟伟拉着明月的手，鼓起勇气，问：“明老师，你要离开高冈，离开我们吗？”

明月笑着摇头，“老师还没想好。”

“老师，你不要走——”“我们舍不得你！”“呜呜，明老师，你不要走。”三个孩子围着她抹起眼泪，场面特别伤感。

明月蹲下身，为他们一个个擦干眼泪，她苦笑着，安慰他们说：“老师真的还没想好，你们别怕，就算老师走了，上级教育部门也会派新的支教老师过来。”

“不要，我们只要你。”宋梦凡一把抱住明月，大哭起来。

“我们只要明老师。关叔叔，你快劝劝明老师啊，她最听你的话了！”宋伟伟眼眶泛红地向站着不动的关山求助。

关山心中苦涩，却无法表露出来，甚至还在挣扎着笑，上前拉开黏在明月身上的孩子们，劝说道：“你看你们，怎么不懂事了呢？明老师离开高冈，不在咱们这个穷地方受罪了，你们应该高兴才是呀！对吗？”

“走喽！快回高冈向郭校长和村民们报喜去，你们这次，可立下大功喽！”关山双手拉着孩子们，率先走向山口。

望着关山高大的背影，被山风鼓荡起来的迷彩服，明月的眼睛渐渐变得酸涩而又潮湿。关山，连你也想让我离开高冈吗……

把孩子们一一送回家，最后，关山送明月回学校。走到通往断崖的路口，明月刚想说，我们去爬断崖吧，却被关山抢先：“明月，我有话跟你说。”

明月点点头，指着断崖，“上去吧。”

关山摇头拒绝，说：“你今天太累了，就不上去了。我长话短说，你听着就好。”

明月心里一咯噔，清水似的眸子里蒙上一层雾气。“嗯。”

关山注视着远处的校舍，目光坚毅地说：“明月，我之前在断崖上对你说过的话，不算数了。你只当我啥也没说，安心回同州去吧。以后，我们还是朋友，有空了，常回来看看。孩子们和村民一定会很想你。”

明月低着头，眼眶里的雾气刹那间凝结成泪水，不受克制地奔涌而出。她吸了吸鼻子，极小声地问他：“你呢，你会想我吗?”

关山的手指在裤缝边捏成拳头，紧了又紧，嘴唇也抿成一道缝，目光里充斥着痛苦和不舍，却在她抬头的一瞬间，化为平淡而深邃的凝视。

“会。但是，你若能实现心中的梦想和抱负，这才是最重要的。”

至于我的心意，在你灿烂光辉的前途面前，只是无知少年一场青涩的梦境，梦醒了，烟消云散，一切都回归原点，了无痕迹。

明月看到神情平静的关山，猛地呜咽了一声，转过身去，肩膀不住耸动着，似是无法接受他给出的答复。

关山伸出手，想触摸她的肩头，给她带去一丝安慰，可是指尖却在距离她半寸的位置停住，再也落不下去。

过了半晌，明月擦去泪水，匆匆丢下一句，“我回去了，你别送了。”说完，她就仓促地跑走了。

关山抬脚想追，却又硬生生停住。他的眼神痴痴地落向夜色中那抹纤细单薄的背影，直到她完全消失不见，他才转身，步履沉重地向转信台走去。起初，是一步一顿缓慢行走，突然，随着一声响亮凄怆的呼哨，他像是突然发了狂的野兽一样，向黑暗寂静的后山狂奔而去……

明月回到学校，没有意外，看到伙房里正和郭校长说话的沈柏舟。她咣当一下推开门，掏出口袋里的一纸调令扔在沈柏舟的脸上，呛声吼道："你有什么权利干涉我的生活，你又凭什么施舍我，讨好我？沈柏舟，你不是我男朋友了，你现在没资格对我做这些事！"

沈柏舟脸色黯沉到了极点，他隐忍着脾气，捡起那张薄纸塞进郭校长手里，说："您看看吧，如果连您也觉得我做错了的话，您就把它给撕了。只当我没来过这里。"

说完，沈柏舟就绕过站姿僵硬的明月，气呼呼地出去了。

郭校长借着油灯的光亮，仔仔细细把商调函上的字看了一遍又一遍。最后，他放下薄纸，指着刚才沈柏舟坐过的板凳，声音喑哑地叫道："明月，你坐下。"

明月愣住，这还是郭校长第一次喊她的全名，即使在认亲之后，她曾无数次请求他别喊她小明老师，直接喊她名字，那样才显得亲切，可他仍然不肯改口，始终习惯叫她小明老师。

没想到，今天，他却主动改了称谓。可见，他是以一个亲人的身份，正式地、严肃地想和她谈谈。

她乖乖走过去，坐在板凳上。两人的身影拉长映在墙上，像是面对面授业解惑的师生，又像是促膝谈心的父女。

"明月，我这样叫你，你懂我的意思吧。"郭校长目光深邃地望着她。

明月颔首，"我懂。您现在就是我的父亲。"

郭校长摇头，"你有父亲，他很爱你，我代替不了他。但是明月，今天我想以干爹、你的亲人的身份跟你郑重地谈谈这件事。"

"你先别说话，听我说完。"郭校长望了望院子里那道挺拔的背影，叹息道，"不管之前小沈有多糊涂，有多混账，但是他这次，真是做对了。你别瞪眼睛，我说的是事实。因为我了解你，了解你来高冈的初衷和你心中藏着的沟壑千秋，你的舞台在更加宽广的城市，而不是这穷乡僻壤的高冈村。明月，这九个月的时间，你用你的善良正直、幽默灵巧，温暖了这些留守儿童孤寂的心灵，我代表这些娃娃们感谢你，你做得很好，足够好，也足够多，真的够了，明月，你可以卸下包袱轻装前行，去追求你的理想了，没有人会怪你，大家都会理解你，并且会……会想念你。所以，别再犹豫了，和小沈回同州去吧，那里，才是你应该生活的地方。”

明月泪眼婆娑地望着郭校长，表情纠结，痛楚地喃喃：“您，连您也要赶我走么?”关山这么说，郭校长也这么说，他们都不再需要她了？还是在生她的气?

郭校长慈祥地拍拍明月的手背，“不是赶你，是为了你好。傻孩子，别纠结了，去劝劝小沈，他来一趟不容易，况且还为你做了那么多。”

“不去。”明月执拗得很。

郭校长叹息一声，目光睿智地劝道：“明月，我说句话，你可别不高兴。小沈给你这张商调函的时候，你没有当场撕掉它，说明了什么?”

明月低下头，沉默了半晌，说：“您瞧不起我了。觉得我会和他重修旧好，回同州过新生活吗?”

郭校长摇头，了然说道：“你不是那种委曲求全的人，但是明月，你心有不甘，你想离开高冈的心，始终没有变过，所以，才会在小沈递来调令的时候，没有立刻撕掉它，因为你清楚，或许这是你人生中最重要的一个机会，如果错过了，恐怕会遗憾终生。你说我说得对吗?”

明月愣愣地看着郭校长，最后，缓缓点头，“对，我不想错过这个机会。但是，我也不会愚蠢到和沈柏舟再谈一次恋爱。”非常矛盾的心理，从山下起就折磨着她脆弱的神经。

郭校长颔首，体谅道：“由着你的心去做吧，千万不要让自己后悔，明月。”

明月神色怔忡地望着郭校长，内心变得一片迷惘……

28 我答应你

第二天，郭校长从转信台回到学校，看到眼袋青黑的明月正在宿舍收拾行李，他什么都明白了。

“郭校长，我……”明月欲言又止，那双水汪汪的清澈大眼，也失去了往日的神采。

“别说了，我都明白，也能理解，小明老师，你收拾吧，我去做饭。”郭校长指指伙房，出去了。

早餐非常丰盛，面汤里的鸡蛋花，荷包蛋，还有煮熟的鸡蛋，摆满餐桌。郭校长还炒了两盘时令菜蔬，馏了几个白面馍馍。

郭校长看看低头不语的明月，掰了块馒头塞进她手里，“多吃点，吃饱了，还要赶路。”

明月没说话，只是机械地掰了一小块馒头塞进嘴里，半天才咀嚼一下。

沈柏舟默默吃饭，偶尔，会回应郭校长几句询问。

忽然，明月端起碗，站起身，“我吃饱了，你们慢慢吃。”她走到灶台前，把面汤倒进锅里，径自出去。没过几秒，她又急匆匆地冲出院子，不知跑去哪里了。

沈柏舟放下碗想去追，却被郭校长按住手背，“你让她去吧，不然的话，她走了心里也不踏实。”

沈柏舟内心酸涩难言，因为他知道，明月去找那个姓关的军人了。

虽然他一直在回避，也无法接受这个残酷的现实，可种种迹象表明，明月她的确是变心了。她不再爱他了，而是对那位肤色黝黑、五大三粗的军人产生了很深的感情。不然的话，她不会整夜站在院子里望着高冈的月亮，痴痴地发愣，更不会食不下咽，在即将离开高冈的时候，还去转信台找他。

沈柏舟顿时觉得自己没了胃口，他喝了几口寡淡无味的面汤，放下碗，去院子里抽烟了。

郭校长摇头，神色了然地叹息道："这一个一个的，都是咋了……唉……"

明月一路狂奔，赶到转信台。跑上台阶，却只看到趴在地上做俯卧撑的董晓东，没见到她要找的人。

"明老师，你咋这么早过来，有急事打电话?"董晓东还不知道明月要走，手撑了下地，站了起来。

明月匆忙摆手，张望道："关山呢？他不在吗?"

"你找关站长啊，他不在，一早就去后山了。"董晓东回答说。

他不在？说不出心里是个什么滋味，失望，难过，更多的还是不舍。她以为，再见他一面，或许会生出什么不一样的结果。可没想到，他连见最后一面的机会也不给她。明月的脚沉甸甸的，像是黏在地上，根本动弹不得。

她抬起头，目光留恋地望着这座整洁熟悉的院落，却在看到窗台上一盆郁郁葱葱的虎皮吊兰后，眼睛猛地定住。

"小董，这盆花……"明月惊诧极了，来过这么多次，她从未发现转信台也种着一盆虎皮吊兰。绿白竖间条的细长叶片，长长地垂到花盆外面的新发的枝条，那小小的一团，看起来生机勃勃。

董晓东顺着她的手望过去，看见窗台上的花，不禁说道："啊，你说那盆花啊，嘿，那可是我们关站长的宝贝。你别看它现在长得怪好，其实当初拿回来的时候，简直就是一蓬枯草。也不知道他抽什么疯，回来当自己孩子似的养上了。又是浇山泉水，又是灌营养液，每天光是翻土这一项活计，他就能做不下十来回。不过，也神了哈，经过他这一折腾，这花，嘿，居然活过来了！”

明月苍白的脸上浮上一层怪异的红晕，眼神也忽然变得热烈起来，“这花，他是什么时候拿回来的？”

董晓东回忆一下，“就你们从同州回来那次，他从包里掏出那蓬乱草，还把我吓了一跳，我以为是啥鬼玩意呢！”

是了。这就是同州出租房里的那盆虎皮吊兰，他竟然把它带到了高冈，带回转信台，给了它新的生命。

是为了她吗？答案再明显不过了，傻子都能猜得出来，只有她被蒙在鼓里，丝毫也没注意到这盆凝结了他无数心意的花草。

明月在转信台等了许久也没等回关山，只好返回学校。沈柏舟已经把行李整好，立在院子里等她。郭校长送他们去山口。

“我就不和孩子们告别了，您也保重身体，不舒服就去医院，别耽搁。还有，下一任支教老师来之前，您用我留下的教案让孩子们自习。”眼眶通红的明月不敢抬眼去看慈祥的郭校长，“有空的时候，我会回来看大家的。”

“去吧，到了同州，好好生活。”郭校长叮嘱道。

明月飞快地抹了抹眼睛，嗯了一声，转身快步走了。

沈柏舟向郭校长挥手，“您多保重，再见。”

很快，那两道背影消失在青翠欲滴的山道上。

郭校长叹了口气，低声说：“出来吧，已经走了。”

从路边的小树林里，走出一位身材高大的军人。他黝黑的脸庞上面，浮现着一抹深深的痛楚，他的目光痴痴地凝望着空无一人的山口，许久，才哑声喃喃，“她会幸福吗？”

和那个背叛过她的男人在一起，她会得到期盼已久的幸福吗？

“唉……苦了你了。”郭校长拍拍关山的肩膀，安慰说，“回吧，日子长了，什么都能过得去。”

关山苦笑。是这样吗？他能迈过这道坎儿吗？

明月立在半山腰，转头，望向面目模糊的高冈。隐隐地，她的心里总是涌动着一种不安的感觉。她觉得有人在叫她，在山口遥望着她……

“明月，走啊，车子已经到山脚了。”来之前，沈柏舟从川木县包了一辆车，此刻，车就在山脚下等着他们。

明月站着不动，沈柏舟伸手拉她，却被她一把甩开，“我自己会走。”

沈柏舟闭着眼睛，暗暗吸气。没关系，没关系。他暗暗给自己打气。他能忍，只要能把明月带回同州，他有信心，能够重新赢回明月的心。

车子到了川木县，沈柏舟和明月去教体局办理手续。

王科长主管人事，隔天再见到明月，她很是惊讶。问清来意后，她没像上次一样为难这个姑娘，而是痛痛快快帮明月把各项手续办妥，并帮她代办人事局那边的手续。

“商调函有时间限制，你快去同州开调令吧，到时候，两不耽误。”王科长建议说。

“王科长，那高冈小学支教老师的空缺，您什么时候安排老师过去？”明月担心孩子们不能按时上课。

“我们会尽快安排的，小明老师，你就安心去同州吧。”王科长说完，又压低声音，笑着打趣明月说，“你男朋友对你可真好，我工作这么多年，还是第一次遇见支教老师直接被省属重点学校调走的呢。”

明月的目光闪了闪，回答说：“他不是我男朋友，您误会了。”

他只是一个来还债的人，而她，更谈不上幸运，只是拿回原本应该属于自己的东西。

“哦，是我老眼昏花了，呵呵，不好意思啊，我说错话了。”王科长尴尬地自嘲道。

明月苦笑，向王科长致谢，并起身告辞。

即使有王科长帮忙，这一番折腾下来也到了下午四五点。面沉如铁的沈柏舟和面无表情的明月来到汽车站。

“麻烦买两张去皖州的汽车票。”明月拿出钱包，对售票员说道。

“我来。”沈柏舟想凑过来，却被明月冰冷的目光给震住。

沈柏舟讪讪然退开，看到车站附近的超市，想了想，他决定去买点吃的，当作晚饭。超市是那种廉价小超市，沈柏舟只挑最贵的、看起来干净的买了一塑料袋，拎着去售票窗口找明月。

明月一个人孤零零地坐在售票厅的长椅子上，不知在想些什么，连他走近了也没察觉。

他轻咳一声，把一袋子吃的放在明月旁边，“饿了吧，先吃点垫垫。”

明月看看他，又把视线转开，语声冰冷地说：“去皖州的大巴车坏了，车站正在调车，不知道什么时候能开。”

沈柏舟愣了愣，车坏了？他想也没想，立刻就说：“那我包辆车，咱们直接去皖州，不用在这儿等了。”

明月的秀眉蹙成川字，“沈柏舟，你能不能让我觉得舒服一点。”

有钱就了不起吗？她偏就看不上这种一点苦都不愿意吃的男人。当初和沈柏舟谈恋爱的时候，虽然也会反感他的少爷做派，但她一般都会选择隐忍，不会当面指责他的不是。如今情分全无，再看这样铜臭味十足、男子气却明显不足的沈柏舟，只觉得胸闷厌恶，不想再和他多说一句废话。

沈柏舟被明月呛得脸上一阵热烫，他在长椅上坐下，从袋子里拿了个萨其玛，撕开包装，撒气似的，用力咀嚼起来。

花妞儿放学后背着竹筐，去伙房找花奶奶，“奶，我去后山采些菌菇，给明老师补充营养。”

花奶奶佝偻着身子，转过头，望望天色说：“那你快去快回，天黑了，林子里危险。”

“嗳。”花妞儿应下，一跑一颠地出了家门。

明老师今天没在学校，郭校长说明老师下山看病去了，过几天才能回来。不知道明老师得了什么病，她很担心，也不知道自己能帮明月老师做些什么。所以下午一放学，她就想去后山采些新鲜菌菇，攒着给明老师熬汤补身。后山她很熟悉，闭着眼睛也能摸到草药生长的地方。

“离开太久的故乡，别忘了爹娘……”寂静的山道，花妞儿边走边唱，不知不觉已经远离村子。

“罗衫初解小蛮腰，轻拢鬓丝碎步摇……锵嗬嗬锵……媚眼如丝声颤颤，裸怀含春横在辇……”喝了点小酒的宋老蔫一摇三晃地哼着不堪入耳的淫词艳曲。

他今天上山溜达，着实是在家闲得发慌。自打他被明月当众教训了几次之后，村里的那些老娘们谁也不怕他了，他有心调戏捉弄她们，却还没近身就挨了打。宋孝春那个没良心羔子，以前还由着他对他媳妇摸摸掐掐，搞点小动作，可现在他媳妇也对他横眉怒目的，连掌柜的话也不听了。

哼，这都是学校那个小娇娘挑唆的结果。那个白嫩嫩、滑溜溜的小娇娘……多日未近女色，宋老蔫一想到当初欺侮明月那血脉贲张的一幕，他就觉得有一股邪火从小腹烧了起来。

“离开太久的故乡，快快回去见爹娘……”忽然，几声清脆悦耳的歌声传进宋老蔫的耳朵。他挤了挤老鼠眼，看着山道上越走越近的瘦小身影，不禁重重地咳了一声。“这不是妞儿？你去哪儿咧？”宋老蔫打量着面前长高了不少的花家小孙女，笑眯眯地问道。

花妞儿被突然出现的宋老蔫吓了一跳，她退后一步，眨了眨清澈的眼睛，有礼貌地回答说：“我去采菌菇。”

宋老蔫看着花妞儿秀气的脸蛋和单薄的胸脯，不知咋的，小腹间那股子被酒精烧起来的邪火猛地一蹿。他摸着下巴，细小的眼睛里露出淫邪的光芒，“采菌菇啊……我刚才看到一片好的。”

“真的？伯伯，在哪儿呢？”花妞儿眼睛一亮，心想能多采些就好了。

“在那边山沟里，我带你去。”宋老蔫上前牵住花妞儿的小手。

花妞儿不疑有他，高高兴兴地跟着宋老蔫向黑乎乎的树林里走去……

“各位旅客，由川木县发往皖州的客车将在十分钟后发车，请买好票的旅客从一号检票口检票上车！”等了将近五个小时，总算可以出发了。

沈柏舟抢着拿行李，他对一脸疲色的明月说：“累了吧，上车你就睡，别撑着。”

明月没有回应，跟着人潮通过检票口，来到夜色中亮着车灯的大巴车前。“行李放行李舱，按座位号乘车，谢谢配合。”车站工作人员用喇叭喊话，提醒旅客注意事项。

沈柏舟把明月的行李箱和他的背包塞进行李舱，回身去找明月上车。

“铃铃——”明月的手机响了。

“上车再接吧，司机催了。”沈柏舟说。

明月已经掏出手机，低头瞥了一眼正在闪光的屏幕。忽然，她像是被一双无形的手箍住，站在原地，动也不动。

“明月？”沈柏舟诧异地看着她。

明月愣了愣，猛地滑了下手机屏幕，贴在耳边。“关山，是你吗？是你吗？关山！”没有来电显示的电话，一定是从转信台打来的。

果然，耳畔传来几声熟悉到骨子里的呼吸声，沉沉的，压得她心里一紧。然后，明月听到关山嘶哑得可怕的声音，“明月，花妞儿出事了！”

傍晚时分，因为断崖边的一处线路出现严重故障，关山带着董晓东前去排障，重新架线。等忙完，两人回转信台，经过一处僻静山谷的时候，忽然听到几声撕心裂肺的呼救声。

关山和董晓东冲过去救人，不想到了谷底，却看到衣衫不整的花妞儿正蜷缩在地上恐惧瑟缩地哭泣。她带来的竹筐被压扁，扔在一边，地上，还掉着一根红色的男人裤带。

看到这一幕的关山和董晓东，只觉得脑子轰然炸裂。

关山脱下迷彩服，盖在花妞儿身上，把她抱了起来。神情木然的花妞儿却像是疯了一样，用布满红痕的手去抓关山，去挠关山。若不是董晓东上前帮忙，关山只怕就要当场挂彩。

关山的心在滴血，可他只能不停地用言语安抚情绪失控的花妞儿，直到她认出自己，然后哇的一声，放声大哭起来。

通过花妞儿断断续续地讲述，关山了解到事情经过。竟是宋老蔫！

关山抱着花妞儿一路下山，回到花家。花奶奶见到受伤的花妞儿，又听了关山的讲述，当场就昏了过去。

花奶奶苏醒后，第一件事就是哭着爬到花妞儿身边，看她有没有受到侵害。关山和董晓东在院子里听着祖孙俩撕心裂肺的哭泣声，一个个攥紧了拳头。

过了不久，花奶奶叫他们进去。

花妞儿换了一身干净的衣裳，她蜷缩在墙角，像头受惊的小鹿似的，瑟瑟发抖。看到关山进来，她扑上去，拉住关山的胳膊，声嘶力竭地大叫："关叔叔，我怕！关叔叔，别走！"

关山鼻子酸胀难忍，他把征询的目光投向老泪纵横的花奶奶。花奶奶轻轻摇头，低声说："没得逞。"

关山闭上眼睛，感谢了一千遍上苍。但随即，他的眼睛里却迸射出愤怒的光芒，他把花妞儿交给花奶奶，"我去找他算账。"

"不敢啊，关山，宋老蔫是个地痞无赖，你缠不过他的。"花奶奶死命拖住他。

“那也不能这样算了，要不，我背您下山去报警。”关山建议道。

花奶奶无力地摇头，她看着怀里惊恐不安的孙女儿，悲怆地哭道：“这事捅出去，妞儿以后还咋活啊……呜呜……我对不住妞儿的爹娘，我对不住他们……”

最终，关山和董晓东步履沉重地回到转信台。他睡不着，一直坐在院子里想今天发生的事。想远方的明月，想瑟瑟哭泣的花妞儿。

十点多钟，转信台外面传来阵阵哭叫声。关山赶紧打着手电去看情况，却发现年逾八旬的花奶奶背着高烧抽搐的花妞儿来找他了。

“妞儿要明老师，你快给明老师打个电话吧，让她快点回来，不然，我的妞儿就要活不成了。”花奶奶坐在地上，嗷嗷痛哭。

原来，关山走后，花妞儿突然发起高烧，她拉着奶奶，梦魇一样不停地叫明老师，她要明老师。

关山无奈之下，告诉花奶奶明月已经离开高冈，不会再回来了。

花奶奶哭着求他，求他打个电话，哪怕让花妞儿听听明老师的声音。

关山犹豫再三，还是拨通了明月的手机。

他听到明月那边传来车站发车的提示音，还有沈柏舟催促明月上车的声音。他苦涩地说：“你上车吧，这边有我，你别担心。”说完，他狠下心，挂了电话。

这边，沈柏舟看到明月抱着手机久立不动，觉得不对劲，上前叫她，却被明月目眦尽裂的模样吓得一个激灵，倒退一步，惊慌叫道：“怎么了，明月，出什么事了？”

明月神情怪异地瞪着他，那直勾勾的、毫无焦距的目光，令他感到头皮发麻。突然，明月发疯似的冲向行李舱，拖出自己的行李，向出站口跑去。

沈柏舟整个人都懵了。这是，什么意思？她，不回同州了？

等他反应过来，冲上去截住明月，却被她狠狠甩开。“你走，你给我滚，都怪你，要不是你，我怎么会离开高冈，花妞儿又怎么会……怎么会……”明月的眼眶赤红如血，像对待仇人一样，怒视着沈柏舟。

沈柏舟丈二和尚摸不着头脑，无端挨了一顿骂，累积了许久的脾气也上来了，他沉着脸说：“不是我逼你离开高冈的，明月，你清醒一点，你若是错过这次机会，以后再想回同州，可就难了！”

明月鄙夷地看着他，“不回去又怎样？难道同州还有什么值得我留恋的，沈柏舟，你不会以为，你还有这个资格吧。”

“明月——”沈柏舟气急败坏地叫道。

“我这一生做过最后悔的事情，就是因为一张商调函，跟着你走下高冈。你永远体会不到我此刻的心情，是多么的悔恨和痛苦。我恨我自己，为什么扛不住诱惑跟着你走！沈柏舟，我们以后不要再见面了，商调函的事，只当没有发生过。你走吧，我们今生，都不要再见。”明月说完，拉起行李箱，毅然决然地跑出了尚未关闭的检票口。

沈柏舟愣愣地站在原地，直到车站工作人员过来拍他的肩膀，提醒说：“快上车吧，就等你一个人了。”沈柏舟用力抹了把脸，将脚边一个矿泉水瓶子踢得飞起，转身，走向即将启程的大巴车。

关山挂了电话，叫来董晓东送花奶奶祖孙回家，他则孤身一人，向村子里某处漆黑破败的院落走去。

宋老蔫从后山一路狼狈逃窜，摔了不知多少跤，才摸到自家门口。

进屋后，他紧闭房门，缩在床上不敢动弹。他原打算做成好事，给小妮子点钱，堵住她的嘴，谁知小妮儿太能折腾，一个劲儿地喊叫，他可真是倒霉，事没办成，还被关山给撞上了。也不知道那小妮儿会不会瞎说，如果把他说出来，那……

“咣咣——”外面，忽然传来一阵剧烈的砸门声。

宋老蔫吓得从床上弹跳起来，他抖抖索索地蹭到门边，将木门扯开一道缝，向院子里窥探过去。

“咣咣——”剧烈的砸门声又起。

宋老蔫吓得一屁股墩在地上，手不小心扫到墙上挂着的一口落满灰尘的铁锅，铁锅掉下来，不偏不倚，正正砸在他的头上。

“咣铛铛——”刺耳的噪音响彻院子，宋老蔫还没反应过来，就听到院门咣啷一响，紧接着，一阵犹如奔雷似的脚步声朝他的破屋直奔而来。

关山霍一下推开屋门。迎面就看到缩在地上的肮脏身影，团成一团，抖得筛糠一样，震得地上的铁锅嗡嗡直响。屋里没有灯，但不妨碍关山准确无误地揪住宋老蔫的衣领，把他从地上拎起来。

“大……大兄弟，你……干……干啥!”宋老蔫双手握着关山的手臂，像条死鱼似的鼓着眼泡，呼吸急促地叫唤道。

关山面色发青，仔细看，会发现太阳穴有根筋不停地抽动。他一语不发，可怕的眼神却让宋老蔫感觉到一种彻骨的寒冷。他觉得自己像被扔进一个黑暗无光的冰窟窿里，恐惧，无望，想逃脱出来，却丝毫没有用处。

忽然，一根细长的带子垂在他的眼前。宋老蔫的双目瞳孔猛地收缩，他的手下意识地摸向自己光溜溜的裤腰。即使暗夜里辨不出颜色，他也知道，关山手里拿的是啥东西。

“你说我来做什么？你这个禽兽不如的畜生!”关山逼近他。

“放……放……”宋老蔫感觉自己被提溜起来，脚悬空挨不到实地，他只能张着大嘴，脸憋成青紫地在半空中踢腾挣扎。

就在宋老蔫眼泡泛白、裤裆不停向下滴水的瞬间，扼住他脖子的高大军人突然松手，将他像烂肉似的，狠狠掷向地上。

宋老蔫在地上翻了个滚，口中发出极为痛苦的呻吟声，关山黝黑的脸愈发显得暗沉，只有一双迸发着寒意和怒火的眼睛，在黑暗中闪烁着利剑似的光芒。

宋老蔫早就被吓破了胆，他唇色青白，抱住头，哀声求饶：“我……我不敢啦……再也不敢了。你别打我……啊——”宋老蔫觉得脸皮一凉，他的脸已贴在脏污的地上，眼前，是一片绝望的灰色。

看着地上死狗一样的畜生，关山的心里涌上一股强烈的怒火，他恨不能把这个禽兽不如的玩意阉割后丢进深山，更恨不能让他向受伤害的花妞儿下跪求饶，再把他送入监狱。

可花奶奶求他千万不要把事情捅出去，因为花妞儿是个孩子，以后她还要在村子里长大，生活，如果丑事传出去，那花妞儿的一生就完了。

最终，他在情绪失控之前丢开手上的一团烂肉，起身大踏步离开这座臭气熏天的院子。

漆黑的屋里，目光呆滞的宋老蔫躺在地上，呼哧呼哧喘着粗气。过了半晌，他摸了摸自己湿漉漉的裆部，扒着一旁的凳子，颤巍巍地坐了起来。

“呸——”他啐了口浓痰，却牵动干涩肿胀的嗓子，猛地呛咳起来。

宋老蔫捏着脖子，猥琐阴晦的眼里渐渐溢出歹毒而又阴险的暗光……

花奶奶端着药碗，倚在床头，吹了吹冒着热气的药汤，俯身趴在花妞儿的耳边，叫道：“妞儿，喝药了。乖，喝了药就好了。”

花妞儿烧得满脸通红，连呼出的气都像是带着火，她拧着眉头，表情痛苦地喃喃：“明老师……明老师……”

花奶奶低头拭泪，嘤嘤哭了起来。

“不要摸我……我疼……别过来，别过来——啊——”虚弱成纸人似的花妞儿突然坐起，像头受到伤害的小鹿一样，蜷缩着，倒退着，贴向墙角。

“妞儿……”花奶奶想上炕安慰孙女，可孙女却像是不认识她了，发狂一般地指着她，嘶声大叫，“别过来！你别过来！我怕！我怕——”

花奶奶捂着脸，盘腿坐在炕沿儿上嗷嗷痛哭，她的妞儿可怎么办，怎么办啊。

这时，外面的院子里传来一阵脚步声。花奶奶以为是关山来了，抹了抹泪，挣扎着从炕沿儿上起来，谁知刚走到门口，却看到门帘里探进一个硕大的脑袋。再定睛一看，花奶奶顿时像炕上发了疯的花妞儿一样，目眦尽裂地扑向来人。

“我打死你这个畜生！你敢糟蹋我们妞儿，你不是人，畜生——我和你拼了！”年逾八旬的花奶奶哪里是宋老蔫的对手，就见宋老蔫恶毒地推了一把，花奶奶就跌跌撞撞地倒在地上。

炕上的花妞儿看到这一幕，尖声高叫起来。她极度惊恐的样子，却莫名地勾起宋老蔫的兴趣。他咽了口口水，摸到炕边，想去拉拽花妞儿。

花奶奶悲鸣着扑上来，抓住宋老蔫的胳膊，用尽全身的力气咬了上去。

宋老蔫惨叫一声，按住花奶奶的头，用力撞向坚硬的炕沿儿，嘴里恶狠狠地叫嚣道：“妈的，让你不老实！让你去找帮手！我打死你这个老不死的东西！”

花奶奶的眼皮被鲜血糊住，可她仍旧死死咬着宋老蔫不放。花奶奶知道，她若是倒下了，她的花妞儿就完了。

“住手——”随着一声鹰啼般充满了力量的清叱声，一抹单薄瘦削的身影冲进屋内。

宋老蔫看着杀人行凶般浑身戾气的明月和她手里的木棍，错愕的眼睛里露出惊恐的神色，他颤颤悠悠松开手，花奶奶像是纸糊的人一样，咚的一下倒在地上。

“花奶奶——”明月扶起奄奄一息的老人。

明月挪出视线，望向缩在床角瑟瑟发抖的花妞儿。不过是一日未见，这个懂事伶俐、脾气和她有些相似的倔强女孩，却像是被狂风骤雨摧残过的花朵，满身伤痕，眼里除了痛苦、恐惧和挣扎，再也找不到其他的情绪。

看一眼都觉得心在疼，疼得滴血，同时又恨到极点，头嗡嗡啸叫着，看什么东西都是赤红一片。“你这头畜生——”明月扬起棍子，朝正要逃跑的宋老蔫打了过去。

谁知棍子还未落下，院子里却传来阵阵嘈杂的人声。“花家的人出来！”“外来户敢欺负咱原住民，我看你们是在高冈住够了！”“出来！评评理！”

明月的心咯噔一沉，村民怎么来了？

宋老蔫听到外面的动静，却像是打了强心针似的，噌一下来了精神。他扯着嗓子喊道：“我在屋里，被他们欺负呢！！”

受到误导的村民一下子扯掉门帘，拥了进来。

打头的宋孝春看到拿着棍子的明月，不禁暗中吃了一惊。这个宋老蔫，到底做了啥坏事，怎么还把明老师招来了？

“乡亲们，我快被她们打死了啊，快救我啊！”在宋老蔫的鼓动之下，不明真相的村民上来救人。场面一下子失去控制，明月被人狠狠推搡在地上，后面的人拥上来，一双双大脚无情地踩向明月。

“住手！”突然，一抹峻然高大的身影横插进来，一手拎起一个施暴的村民推开，把明月从地上抱了起来。

关山！他又一次救了她。明月的视线模糊一片，可是内心里却有一股暖意不停地向上升起。之前所有的迷惘、慌乱、焦灼、愤怒，甚至是委屈，都随着这重重一抱，化为安定平和。

情况危急，关山把明月紧紧护在怀里，用自己的脊背挡住那些无情的谩骂和殴打。“乡亲们，你们别受坏人蛊惑，听我说一句，如果你们还信任我，听我说一句话，好吗？”关山一边闪躲，一边大声喊道。

“嘶！”不知谁一脚踹到他的伤腿，关山拧眉一肃，咬紧牙关，硬是把那股子钻心的疼痛挺了过去。

“乡亲们——”他举起手臂，大吼一声。情绪激动的村民们慢慢安静下来，他们看着关山，等他开口说话。

“我来说！”静下来的院子里，颤颤巍巍地走来一位额头沾满血迹的老妪。只见这位年逾八旬的老人走到院子中央，噗通一声跪了下去。

"花奶奶——"明月失声惊叫。

花奶奶推开要搀扶她起来的董晓东，泪眼婆娑地冲着高冈村村民喊道："求求你们，放了这些好人吧。求求你们了……"

花奶奶浑浊的目光在人群里梭视一圈，最后，牢牢地锁定在那个禽兽不如的畜生身上。她倏然伸手，颤抖地指着宋老蔫，怒不可抑地揭发道："是他！是他这个畜生，丧尽天良欺侮我家花妞儿，反过来却倒打一耙，污蔑我们！我要告他——我要让他坐牢，坐牢!!"

"哗——"花奶奶的话犹如一颗炮弹落在平静的水面上，瞬间，激起了汹涌可怕的浪涛。

偏见与沉默，是罪恶的温床和遮羞布。花妞儿出事之后，花奶奶选择沉默，不是因为她不伤心，不愤怒，而是源于社会大环境的偏见。花奶奶害怕花妞儿受到可怕的二次伤害，才始终不敢站出来。此时此刻，老人还是忍受不了内心的折磨，选择了勇敢，选择了正义。

没有什么比事实更好、更有力的武器了。

被宋老蔫蒙蔽的村民们，在短暂的震愕和沉默之后，忽然爆发开来。

谁也没有想到，最先冲上去揪住宋老蔫领口的，竟是他的堂弟宋孝春。这个受尽宋老蔫摆布的窝囊男人，得知真相之后，再也无法忽视自己内心深处尚未泯灭的良知，愤怒失控的他冲上去一把揪住宋老蔫，"老畜生，我阉了你，看你还咋作恶!"

宋老蔫惊恐瞪眼，不可置信地威胁宋孝春，"你疯咧，我是你哥，我手里有你……"

"我再怕你个怂，我就不姓宋!"宋孝春一拳上去，砸得宋老蔫嗷嗷直叫。宋孝春惨笑一声，举高手臂，说："乡亲们，他用我和镇上小寡妇私通的照片威胁我，背地里干了不少伤天害理的恶事，他贪污四组贫困户的补助，他欺侮村里的留守妇女，他向镇上当干部的亲戚告状，截留了高冈小学一百万的慈善捐款……"

“我也要揭发他，二月初九那天下午，我去地里干活，差点被这个老畜生给……”一位年逾四旬的中年妇女抹着眼泪，站出来指认宋老蔫的罪行。

宋老蔫见势不妙，捂着肿成猪头似的脸，想从人缝里溜走。

“站住!”警察接到明月的报警信息及时赶到高冈，宋老蔫耷拉下罪恶的脑袋，一下子软瘫在地上。

明月被踢了几脚，再加上一个昼夜未曾休息，应付完几位村民，她觉得心口处闷疼不已，额头冒虚汗，眼前的关山竟渐渐变得模糊……“关……”她晃了晃，手臂无力地划过空气，人也像是抽了线的木偶似的，赫然间倒了下去。

“明月——”关山骇然大叫，长臂一伸，揽住明月纤细柔软的腰肢，把她稳稳地接在怀里。

“明月，醒醒，你醒醒。”关山俊朗的五官几乎缩在一处，他紧张得额头冒汗，心脏怦怦狂跳，一双漆黑的眼睛一错不错地盯着明月苍白疲惫的脸庞，生怕她出什么意外。

明月微微睁开眼睛，虚弱地冲着神情焦急的关山笑了笑，“对……对不起。”

关山神色一黯，心想，这都什么时候了，她居然还在说这种话。

意识正从明月的体内一点一点消散开来，她急得不行，因为有句很重要的话，她还没来得及说。不说出来，她会后悔终生。用尽全身的力气，深情地凝视着面前青山一样挺拔峻然的军人，喃喃说：“我答应你……关山……”

随着最后一个字轻逸如风袅袅散尽，明月的头向关山怀里轻轻一歪，就此沉睡过去……

29 被时光掩埋的秘密

明月苏醒的时候，天还是黑的。不过，她不在花奶奶的院子里，也不在关山温暖的怀抱里，而是在她生活了九个多月的学校宿舍。这间小小的屋子，承载了她太多的喜悦和悲伤、绝望和振奋的时光。

她动了动脚趾和手指，发现自己浑身酸痛，忍不住低低地嘶了一声。可是下一秒，当她听到熟悉到骨子里的沉稳男声，在屋外响起的时候，她却犹如遇见猫的老鼠一样，猛地闭上眼，心虚地不敢呼吸。

“她醒了吗?”关山问郭校长。

外面传来郭校长的笑声，轻悄悄的，却透着温暖人心的力量，“呵呵，你咋这么着急呢，一天能跑来八趟，明老师没醒呢。”

“咋这么能睡呢？花奶奶看过了，怎么说？她不会还有哪儿不舒服吧?”

“呵呵，你想明老师得啥病？傻小子，想看她就进屋去看，跟我磨叽个啥!”不知是不是郭校长推了他一把，门的响声有点大，紧接着，明月就闻到空气里飘散着一股清洌干爽的气息。青松一样新鲜自然的气息，让她忍不住心神一悸，脚趾在被子里蜷缩成一团。

他应该是在偷看她。站着不动，隔着油灯的光亮，仔细地打量着床上一动不动的秀气姑娘。

等了约莫五六分钟光景，明月睫毛轻眨，面皮火烫得就快要装不下去，她听到熟悉的脚步声朝她走了过来。她屏住呼吸，手指在被子里紧握成拳。

他又不动了。这次应该是在床边，他不知是站着还是蹲着，总之，连呼吸的频率也放得极慢，让人感觉不到他的存在。

他在偷看她吗？明月实在忍不住将眼皮撩开一道缝隙。谁知，一睁眼，却和近在咫尺的一双漆黑眼眸正正撞在一起。

“啊!”她的身子打了个颤，差点没咬住自己的舌头。

他也被吓到了。因为她看到他的瞳仁儿猛地缩了一下，然后，又一点一点映出她绯红着面颊的影子。然后，她看到他笑了。熟悉到骨子里的微笑。挺拔的鼻梁下面，那一线灿烂的洁白……

关山和明月恋爱了。他们不像普通的年轻人一样每天花前月下，享受丰富的物质生活带来的感官愉悦，他们谈恋爱的方式，更像老一辈的人，含蓄而又隽永。

他们约会的场所大多在青山绿水、山林小道之间。她陪他巡线排障，放歌山野，他陪她涉水过河，其乐悠悠。

他的笑容灿烂喜悦，她的笑容明媚幸福。两人的身影常常引得村民们驻足观望，大家都赞叹不已，称他们是一对儿真正的神仙眷侣。

只有董晓东，时常忧愁地望着关山，问他的关站长，啥时候能亲到嫂子。关山嘿嘿挠头，说快了。其实，到底快了吗？他也不知道。

他只知道，明月最近很忙，她前阵子下山去了一趟皖州，从城里背回了厚厚一沓手册和资料，说是这周末要给全村的孩子们上课。

今天他也有课。体育课。五月初的天气，说热不热，说冷不冷。他穿上了过年在同州买的运动装，照了照镜子，拉住最近狂练体能的董晓东，问：“我这样子去上课可以吗?”

董晓东看到帅气得如同模特似的关山，眼睛都看直了。他愣了一会儿，点头如捣蒜，大赞道：“老帅了！绝对迷死嫂子!”

关山拧着眉头，敲他一记脑嘣，“别乱叫!”自从他和明月确定恋爱关系之后，董晓东就自作主张改口称呼明月为嫂子了。他警告多次不管用，只好由他去了。

董晓东吐吐舌头，冲他做了个鬼脸。关山不自在地拽了拽衣服，硬着头皮去学校上课。

孩子们在操场上疯玩。宋小宝最先发现站在院门口的关山，穿着新衣裳的关山。小宝的神情有些怪异，他盯着关山看了几秒钟，突然大声叫了起来，“关叔叔，你和明老师是一对儿！”

孩子们朝他跑了过来。顷刻间，他的身上就挂了一串小猴子。大家哈哈大笑。

这时，明月听到声音从教室里出来，看到金灿灿的阳光下笑得同样灿烂的关山，她刚弯起的唇角，却猛地一僵。明月低头看了看自己身上齐整的运动装，眼皮不禁抽了抽。不是吧，他怎么没跟她商量就穿了同样的运动装来上课了！

孩子们已经发现了，一个个都笑得跟宋小宝似的，眼睛眯缝成一条线，指指这个，又指指那个，然后再对对手指。

呜——丢人丢大了！明月跺跺脚，烧红了脸跑回教室，再也不肯出来。

关山倒是放得开，他带着孩子们打了一场球赛，洗了脸，干净清爽地立在枝繁叶茂的老榆树下面，等着和明月过河送学生。

孩子们排好队，大声叫着明老师。明月强自镇定从教室出来，她轻轻咳了两声，故意不去看笑得龇牙咧嘴的关山，而是打头站在队伍最前面，带着孩子们出发。

鹳河水潺潺流淌，明月挥手向孩子们告别。

两人向回走。五月的高冈，满山金黄的连翘绽放枝头，高低错落，一簇一丛，都竭尽全力，绚烂得要变成图画。林子里的杏花、榆树花、野蔷薇也不甘示弱，纷纷探出头来，向人展露着它们独特的风姿。空气里到处散发着甜美的气息，嫩绿的小草，粗粗的菌菇，还有不怕人的野兔子，偶尔也会露出头，好奇地打量着突然出现的人类。

“你知道连翘花的花语是什么吗?”明月问关山。

关山轻轻摇头，目光温柔地凝注在她粉白的面颊上。

“柱子告诉我，连翘花语是魔法和预料。他说，这种花有一种近似于魔法的神奇力量，如果睡觉时在枕头下面压着连翘花，就会梦见未来伴侣的容貌，你信吗?”明月偏头，看着他，眼里露出促狭的笑意。

“信。”关山毫不犹豫地回答说。在他看来，她就是那朵美丽却不张扬的金黄的连翘花。

“柱子还说了，连翘也叫‘一串金’，它在早春时节先叶后花，花开香气淡雅，满枝金黄，艳丽可爱，连翘花看起来和迎春花很像，都是金黄色的，可你知道吗，连翘花是四瓣花瓣，而迎春花则是六瓣，连翘花结籽，迎春花不结籽，迎春花的花尾有一个喇叭花管，连翘没有。迎春花只可供观赏，而连翘却浑身是宝，能治病救人……柱子还说了……呀——”

明月话还没有说完，就觉得脸前方忽然压下来一道阴影，紧接着，她的身子一轻，竟被面前的男人抱了起来。“喂，你要干嘛……”明月大窘，捶打着关山厚实的胸膛，挣扎着要下来。

关山的黑脸红通通的，眼睛里的光比高冈夜晚的月亮还要亮堂。他径直抱着明月走进山道旁的小树林。

明月隐隐意识到什么，白皙的脸庞瞬间烧烫起来。她被他轻轻放下，背靠着一棵几人粗的百年古树，看着斑驳树影下，那张黧黑的俊脸，朝她一点一点压了下来。他的呼吸带着一股子甘甜的味道，让人心跳加速，口干舌燥。她垂下睫毛，盯着他衣服下面鼓胀的肌肉轮廓，喃喃说:“你……你……”

“我想亲你。”关山哑声说完，再不等明月回应，俯下身去，吸吮住她柔嫩如花瓣似的嘴唇。

明月的喉咙里发出小鹿一样呜咽的声音。她的双手起初撑在他的胸前，慢慢地挪向他的肩膀，然后从他的肋骨下面穿过，最终紧紧抱着他的脊背。

关山从初时生涩激烈的碰触，到品尝到甜蜜的滋味，由暴风骤雨变得柔情蜜意，他像是一个初尝人事的青涩小伙儿，沉溺其中，不可自拔。

树叶被山风吹得沙沙作响，两人额头抵着额头，喘息着移开嘴唇。

声音沙哑得不像话。“我还想亲你。”他说。

她娇羞推他，“不行。”再这样亲下去，她待会儿还要不要见人了。可是抗议无效，因为她低估了一个战斗男性陷入爱情之后亢奋激动的热情。很快，她就再次沦陷……

当晚，回到高冈小学的明月没有吃饭就回宿舍去了。而回到转信台的关山，半夜冲了两次凉水澡才回屋睡觉……

明月有件大事要干。周末，她早早起床，清扫院子，然后把学校里所有能坐的椅子和板凳摆满整个操场。

郭校长也不清楚知道她要干啥，只知道最近一段时间，她除了给孩子们上课之外，就窝在宿舍里从早忙到晚，有时候，他起夜出来，还能看到她的屋里亮着灯。

“郭校长，您帮我个忙。”忙了一个早上的明月，此刻额头冒汗，正举着一沓红色的条幅，向他求援。

“您把绳子绑在这头儿，待会儿让关山帮忙固定到树上。”明月示意郭校长用绳子捆住横幅一角，她则去绑另一头。

红色的横幅渐渐展开，落在地上。“留守不再沉默……儿童防性侵知识讲座……”郭校长越念越是心惊，最后，他抓着条幅，走到专心干活的明月面前，“你这是……”

明月看到被她的大胆创举吓坏的郭校长，笑了笑，解释说：“花妞儿出事之后，我就在思索，能不能为这些毫无防备意识的农村留守儿童，尤其是女童传授有关防性侵的知识。让她们在遭遇不法侵害的时候，懂得怎样去保护自己，怎样做才能把伤害减少到最小。”

“前阵子，我和皖州‘女童保护’公益组织的工作人员取得联系，成为一名‘女童保护’志愿者，我这次是以儿童反性侵讲师的身份，来给全村的孩子和家长们授课。”谈及她的“创举”，明月的眼睛里闪烁着耀眼的光芒。

郭校长沉思片刻，称赞明月，“你做得好，是我思想狭隘，考虑问题考虑得太简单了。”

农村这种社会大环境，尤其像高冈这种深山区，居民常年不外出，有的人一辈子也没下过山，这些世代以耕种为生、处于封闭环境下的居民，秉承的是旧的观念和思想，在他们看来，关于性，关于男女隐私的事情，是绝对不能拿到台面上来说的。

就像花妞儿，她是受害者，她的遭遇值得所有人去关爱和同情，可是现实中难免还会有一些顽固不化的村民对她指指点点。花妞儿出事之后，至今未来学校上课，明月隔天就去花家看望花妞儿，给她补习功课，带她散步，陪她谈心。明月说现在是花妞儿的最佳心理救助期，错过了，将会给花妞儿的未来造成不可逆转的伤害。

他是人民教师，自诩过去的二十几年，他尽到了一个教师应尽的责任。可是明月来了之后，不止是这些孩子们变得朝气蓬勃，有自信了，发生变化的人，还有他。

是的，他也变了。变得眼界开阔，心胸宽广。通过明月，他接触到了一个完全不同的世界，以及全新的教育理念。

她做得对。有些陈旧腐朽的东西，该打破的时候，一定不能犹豫。不然的话，谁又知道花妞儿的悲剧还会不会发生！在一心为了孩子的明月面前，他感到惭愧。

“我能理解，毕竟，这节课的内容很特殊。待会儿，那些老人们要是知道我今天给他们上的是什么课，您猜，他们会不会拿拐棍来敲我的脑袋！”明月冲着郭校长眨眨眼，调皮笑道。

郭校长呵呵笑了，“我保护你。”

明月一愣。是啊，她也不是无依无靠的孤女，她有郭校长，像父亲一样疼爱她保护她的郭校长。眼眶里泛起一阵酸涩，她笑了笑，说：“好。”

上午九点多，村民们带着自家孩子陆续来到高冈小学。识字的村民指着院子里绑的红色条幅一个字一个字地念。可能是从未接触过防性侵这三个字，所以，他们品咂议论了半天，才发出一声又一声的惊呼。

“妈呀，羞死人了！”

“这个小明老师，脑子咋想的！”

“咋上这种课呀，都能讲些啥呀。”

关山大步走进学校院子，听到的，看到的，就是这样充满了质疑声和叱责声的场景。

看到绑在两棵大树上的红色条幅，以及条幅上与众不同的内容。他那双深邃漆黑的眼睛里先是露出一丝惊诧，而后，一点惊喜，一点欣赏，一点赞扬，一点敬佩，最终汇成了眼底璀璨的光华。

只为了她一人闪亮。

“这就是你的秘密？”明月蓦地回眸，看到穿着军装的挺拔男子，不由得呼吸一悸，脸也跟着烧得通红。

前些天林子里的一幕像是电影回放一样，时不时地在她脑海里浮现出来。她没想到，看起来稳重老成、凡事笃定的关山也会有急如风火的一面。她虽然和沈柏舟谈过几年恋爱，可是这方面的经验真的不多，说实在话，那天的关山，的确是吓到她了。

她扑扇着睫毛，面色泛红地回答他：“怎么，你不支持？”

关山咧嘴一笑，目光熠熠地说：“一百个支持，只要是你想做的事情，我都陪着你。”

明月看着眉眼带笑、神采飞扬的关山，心里泛起融融的暖意。之前有父亲一样慈祥的郭校长护着她，现在有大山一样沉稳的关山陪着她，她忽然觉得自己是那样的幸福。好像，就这样待在贫穷的高冈村，也不是一件坏事。

她揉了揉翘翘的鼻子，弯腰抱起一沓子手册和资料塞进关山怀里，“光说不练假把式。喏，这些资料你负责发给大家。”

关山低头看了看手册封面，立正，敬礼，“是，首长同志。”

明月噗一声笑喷，她捶了关山一下，嗔骂道：“贫嘴！”

关山嘿嘿笑笑，干活去了。

这时，学校院子里又进来几个人。明月看到，惊喜地跑上前，“宋华婶儿，花奶奶，你们来了。”

宋华受明月所托，特意去花家把花奶奶祖孙俩接来听课。“呦，弄得还挺像回事，明老师，你可辛苦了。”宋华左右打量着布置一新的学校院子，最后，视线落在帮着关山分发资料的郭校长身上。

明月说哪有，都是郭校长他们帮忙，她拉着花奶奶的手，侧过身，面带微笑，和藏在花奶奶背后的花妞儿打招呼，“花妞儿，欢迎你来学校。”

花妞儿羞怯地看着她，小声问：“老师，你今天还讲课吗？”

明月点点头，“嗯，讲课，给你们讲课，也给这些大人们讲课。”

花妞儿笑了笑，上前自然地拉着她的手。

明月把花奶奶和花妞儿安排在一处不显眼的位置，当她把防性侵手册发给花妞儿的时候，她明显感觉到这个年幼的孩子瑟缩了一下。

她弯下腰，抚摸着花妞儿的辫子，柔声开导：“花妞儿，老师曾跟你说过，你的心里住着一个黑色的魔鬼，是这个魔鬼缠着你，让你害怕，让你羞惭，让你不敢面对陌生人。今天，老师就帮你赶走这个魔鬼，让你重新学会微笑，让你重新回到阳光下的校园，你愿意吗？”

花妞儿漆黑的眼睛里涌起渴望，她犹豫了几秒，点头，“我愿意。”

二十分钟后。高冈小学乃至全县第一场儿童防性侵知识讲座正式开始。

主讲人明月大大方方地走到横幅下面，先是向村民们鞠了个躬，然后朗声说道："乡亲们好，我今天给大家带来的是一场具有特殊意义的知识讲座……"讲座时间不长，但是意义深远。明月不知道这些孩子和家长听懂了多少，又领悟了多少，但她坚信，那颗自我保护的种子已经在孩子们的心中扎下了根。

校园里静悄悄的，只有老榆树在微风的吹拂下，发出沙沙沙的响声。她看到远处的宋伟伟把一个装着蛐蛐的小竹笼塞到花妞儿的手里，花妞儿起初有些抗拒，眼神里明显含着惧怕，可是很快，她就从这个许久不曾笑过的小女孩的脸上看到了久违的笑容。

她按着潮湿发烫的眼角，转过身，却迎面撞入一个宽厚坚硬的怀抱。甘冽清爽的气息，不用抬头去看也知道是谁。她面色微红，推了他一下，"你干吗挡路！"

他嘿嘿了两声，趁旁人不注意，悄悄在她手里塞了个东西。她低头一看，不禁莞尔。手心里那鲜红欲滴的一串，不正是她最爱吃的野果。她咬了一口，顿时口齿生津，唇齿留香。心里泛起一波一波的甜蜜，再瞅向面前俊朗黝黑的傻大个，目光里就带了一层潋滟波光，看起来煞是动人。

被明月这么一瞅，在情事上单纯如同白纸一样的关山顿时被迷得找不到北，他眼神痴痴地望着明月白瓷似的洁净面庞，一个劲儿地傻笑。

明月刚想嗔他两句，听到有人叫她。"明老师，有人找！"

明月诧然回头，却看到一位村妇领着一高一矮两个人走进院门。讲座结束，大部分村民都回去了，校园里除了关山、郭校长他们，就还剩下花奶奶一家和宋华婶。所以，这两个人一进来，便毫无遮掩地亮在众人面前。

明月愕然一愣，身旁的关山也轻轻蹙眉。怎么是他？

许是爬山的缘故，慕延川看起来有些疲惫，他穿着一套深灰色的休闲装，脚上是一双名牌运动鞋，看样子，应是有备而来。

慕延川也在打量着多日未见的明月。这个差点给他的生活带来巨变的年轻姑娘，看起来，并不大欢迎他的到来。慕延川笑了笑，走过去，主动伸手，“你好啊，明老师。”

明月点头，却未伸手。“你好，慕总。”

慕延川收回手，表情却并不尴尬，他和过来招呼的郭校长握了握手，然后环顾一圈，视线最终落在明月身后那根鲜红的条幅上面。

静默了一会儿，他忽然笑了。望向明月的目光里，带了一丝欣赏和了然，“你还是老样子啊，小明老师，一点没变。”

明月没时间也没兴趣和慕延川攀谈。“时间不早了，我去做午饭。”明月说完，向慕延川点点头，径自朝花奶奶走过去。

和刚才的冷漠不同，她对花奶奶讲话时，眉眼都带着笑，语声也变得柔软悦耳，“花奶奶，您和花妞儿就在学校吃饭吧，我给您做好吃的。”

花奶奶不好意思打扰她，连声说：“这咋行，这咋好再麻烦你……”

“没事，多添两双筷子的事。”明月笑着摸了摸花妞儿的辫子。

花妞儿神情依恋地牵着明月的手，渴盼地说：“老师，你做炒鸡蛋不，我可爱吃你炒的鸡蛋了。”

“好。今天中午就炒鸡蛋，还蒸白米饭吃，好不好?”明月说。

花妞儿跳起来拍手，咯咯笑了。

看着三人温馨互动的慕延川，心里却生出一番感慨。远远望去，那个和穆婉秋有六七分相似的姑娘，既熟悉又陌生。熟悉的，是她和婉秋相似的长相，看见她就像见到风华正茂的慕容菁，回忆重泛起遥远的甜蜜。陌生的，是她比一般女孩粗重凌厉的眉眼，像极了另外一个人，尤其是刻在骨子里的傲气和倔强，简直同那人如出一辙。他当初怎么会那么笃定她就是自己未曾谋面的女儿呢？想来，是他过于自负武断了。他苦笑着摸了摸高挺的鼻梁。

郭校长过来招呼他，“慕总，您这次来高冈是有什么事吗？要不要我喊村长过来。”

慕延川不可能向郭校长解释，说他是因为放不下昔日的恋人，所以才再次登上高冈，探望她的亲生女儿。

他摆摆手，说："我是来讨口饭吃的，上次在你们高冈，那个清蒸萝卜丝可是给我留下了很深的印象啊，从高冈回去，我把做法给家里的厨娘说了，可她做出来的萝卜丝，和小明老师的手艺完全没法比，所以，我偷了个空，厚着脸皮来要饭吃喽！"

郭校长呵呵笑了，"要什么饭啊，瞧您说的可怜的。来了高冈就是客，您今天放开了吃，想吃什么，我让明老师给您做。"

"好啊，好啊……"慕延川的笑声传出老远。

这边，明月却在伙房里抝蹶子。"他凭什么招呼不打一声就来吃饭！啊，关山，你看着我长得像厨娘吗？嗤，他堂堂延菁集团的董事长，别说是清蒸萝卜丝了，就是清蒸金银丝，只要他想吃，也有人做好了端他面前来。跑高冈刷脸找存在感，还点名虐待我，哼，门都没有！我就是不做！"

她用饭勺把铁锅敲得梆梆响，完全不怕院子外头的人听到。关山和宋华婶儿互相望望，莞尔摇头。

关山笑着走过去，大手温柔地揉了揉她的头，轻声劝说道："有句成语说得好，明月入怀，有句谚语说得更好，宰相肚里能撑船。你现在不止是支教老师，还是咱们高冈村的主人，主人的气量就应该大一些，不是吗？"

明月噘着嘴，不满地盯了他一眼，嘟哝道："宰相肚里能撑船，我还大人不记小人过呢！"

关山嘴角一咧，露出灿烂的笑容。他就知道，这丫头是个面冷心热的主儿。嘴像刀子似的，其实，最见不得谁受欺负，谁饿肚子。

果然，明月接下来就去绑围裙。"我来。"关山从身后接过明月手里的围裙带，弯下腰，在她腰后绑了个蝴蝶结。

宋华婶看到这一幕，笑着捂脸调侃说："喂！你们小两口能不能避讳着点，我还在屋里呢！要不，我出去……"

明月赶紧拉住宋华，脸色绯红地瞪了关山一眼，把他朝外推，"你出去，出去给我薅把韭菜去！哦，对了，再拽些芫荽和大葱。”

关山笑着领命而去。花妞儿看见他出来，跑上前，跟着关山一起去菜地，不多一会儿，院子里就传来他们欢快的笑声。

宋华一边淘米，一边笑睨着朝碗里打鸡蛋的明月，说：“你和关山算是定下来了？”

明月的手指顿了顿，羞涩地嗯了一声，又继续翻搅。

宋华由衷地为他们高兴，在她看来，没有比关山和明月这一对儿看上去更合适的情侣了。“关山好，你也好，你们在一起处对象，村民们都竖大拇指呢。”

明月瞅瞅宋华，又望了望院子里的郭校长，问：“那您呢？打算这样和郭校长耗下去吗？”

自从宋华上次表白遭拒之后，她和郭校长的关系变得不亲不疏，不远不近。倒不是说两人心存芥蒂，反目成仇，而是在他们相处交流的过程中，总会弥漫着一股子悲凉伤感的气氛。谁也没有点明，可谁都清楚原因。郭校长这是怕拖累宋华的后半生，所以，有意无意地疏远宋华。

“还能怎么样呢？我又不能强拉着他去民政所扯证！”宋华无奈苦笑道。

“要是我，我就敢。”明月一本正经地说。

宋华一愣，看着明月，心想，这姑娘，咋还什么都敢说！

“您啊，就是太软弱了。像郭校长这样的男人，看似是个老好人，好说话得很，其实啊，他骨子里，比我还拧，对付他，就得用原始、粗暴的办法，领证是一种，您还可以住到学校来，近水楼台先得月，看他还往哪里跑！”明月振振有词说道。

宋华瞠目结舌地看着明月，脸上一阵热烫，“你这闺女，瞎说啥呢！我咋……咋能住到学校。乡亲们怎么看……”

明月瞪着圆大的眼睛看着羞涩愠怒的宋华，哈哈大笑起来，“婶儿，您想哪儿去啦！我建议您住学校，是和我住一起，您以为是啥，难道和郭校长住伙……”

宋华啊呀叫了一嗓子，箭一般冲上去捂住明月的嘴，面红耳赤地说：“不许胡说——”

明月吱吱呜呜想要挣脱，两人扭在一起，不多一会儿，伙房里就传出一阵欢乐逗趣的笑声。

院外站着的慕延川目光熠熠地望了过去，喃喃低语道：“小菁，你看到明月了吗？她在笑呢……”

新鲜韭菜切成指头肚长短的段，和金黄的蛋液混合在一起，充分搅拌均匀，撒上细盐末和胡椒粉。铁锅添油烧热，用切得碎碎的葱花爆锅，然后把碗里混合了蛋液和韭菜的黏稠液体倒入锅内。“滋啦——”随着一声剧烈的爆响，金黄的蛋液像是忽然绽放的连翘花海，迅速膨胀变大。

明月弯着腰，用筷子快速打散鸡蛋，等颜色变得焦黄，她立刻盛出来，防止它过火。一盘鸡蛋不成席，她又拌了两个凉菜，用冬季腌制的腊肉炒了一盘新鲜时蔬，凑齐四个菜，开饭。

大米是高冈小学的稀罕物，就算是孩子们，一般半个月也只能吃到一次白米饭。所以，花妞儿看到碗里亮晶晶、白莹莹的米饭粒时，激动得两眼放光，高兴地说：“要是天天能吃白米饭就好了。”

坐在她旁边的明月心酸地摸了摸花妞儿的辫子，安慰说：“老师以后尽量多做。”花妞儿懂事地点点头，扒了一口饭，香甜地吃了起来。

慕延川看到这一幕，不禁诧异地问明月，“我上次不是给学校捐了钱吗？怎么还是连米饭也吃不上。”

一百万的善款，捐给城市里的小学可能如同石头落入深井，连响声都未必听得到，可捐给这样一座乡村小学，却意味着巨变，能够改善校舍，增加校园设施，最直观的，应该就表现在孩子们的餐桌上。

明月看看他，没好气地说：“您捐的钱在哪儿呢？反正，我没见到。”

慕延川愣了愣，随即蹙起眉头，把目光转向一旁吃得不亦乐乎的阿元，

“怎么回事?”

阿元一惊，背过身咳咳了两声，低声解释说：“慕总，捐了啊，款子直接打给红山镇了。”

慕延川拧眉一想，立刻就明白过来怎么回事了。捐款被截留了。

“明天下山落实一下，以后不要再出现这种失误。”慕延川瞥了他一眼，表情严肃地说道。

“是，慕总。”阿元的小心肝颤了几颤，总算是回到原位。

明月却看不下去慕延川教训阿元的态度，她敲敲桌子，提醒说：“现在吃饭，别谈你们那些破事。”

慕延川跟川剧变脸一样，脸上浮上笑容，“好。吃饭，吃饭。”

照例，饭菜没有剩的。听到刮锅的声音，阿元甚至探身起来，朝铁锅里瞄了瞄，小声失望地嘟哝：“这么快就吃完了啊……”

明月没忍住，噗一声笑了。她把自己没动过的半碗饭，倒给阿元，“大米不多了，不然就多蒸点。”

阿元顿时惭愧不已，不好意思道：“都怪我，没核实清楚，就……”

“算了，你们也不是故意的。这笔钱，有了更好，没有我们也能过，不过还是要谢谢你，谢谢您，慕董事长!”

明月朝慕延川瞥了一眼，然后隔着花妞儿，用手指拈起花奶奶衣裳上黏的饭粒儿。“今天的米饭添水少了，有点硬，您吃不惯吧?”她语气温和耐心地问着。

“吃惯，吃惯。好吃着咧，这闺女，对我们真好呢。”花奶奶按按眼睛，感动说道。

“好日子还在后头呢，花奶奶，您就等着享福吧。”明月笑着说完，又提醒对面的郭校长，“您该吃药了。”

宋华赶紧去桌上拿药，明月捂着嘴，笑得促狭而又可爱，郭校长伸手点点明月，神情也是宠溺而又亲切。他们看起来，竟比父女还要亲。

慕延川的脸上露出一丝不易察觉的嫉妒神色，他放下饭碗，轻轻叩了下桌面，站起身，走了出去。阿元纳闷地看着慕延川的背影，迅速把明月拨给他的米饭塞进嘴里，也起身跟了出去。

饭后，花奶奶领着花妞儿回家去了，宋华帮着收拾完，也回去了。关山有工作，不便多留，他说晚上再来找明月，就大踏步离开了学校。一时间，校园里只剩下明月和慕延川等人。

老榆树发出沙沙的响声，明月正准备回宿舍休息，却听到慕延川叫她，“明老师，你能和我谈谈吗?”

明月顿步，回头看着神色期盼的慕延川，纤长的睫毛眨了眨，说：“好吧。去我屋，还是在院子里谈?”

慕延川指着苍翠欲滴的后山，“吃饱了消消食，我们去山上转转，好吗?”

明月目光一动，缓缓点头，“好。”

慕延川没有带阿元，而是跟着明月，步履缓慢地向山上走去。

“您要去断崖看看吗? 那里最高的山峰，您能爬上去吗?”在一处岔路口，明月挑衅似的看着神色疲惫的老人，想让他萌生退意。

谁知，慕延川却连歇脚的要求都没提，指着高处的山包，说：“继续，带我去你说的断崖。”

半小时后，慕延川终于登上了高冈的制高点，断崖。立在挺拔峻然的大松树下，他张开双臂，喘着气，面露震撼之色地慨叹道：“这真是会当临绝顶，一览众山小啊。”

经过这半天攀爬与接触，明月觉得这位老人比想象中坚强得多，也没有之前那么讨人厌了。

“临崖峭壁，景观惊险壮丽，立于此处，顿觉心胸无比开阔，内心的烦扰，也像是忽然消失不见了。”慕延川由衷赞道。

明月目光定定地瞅着身旁孩子气的老者，轻声吁了口气，问道：“不知道您内心的烦扰，和我有关系吗?”

真是个敏感又聪明的女孩。慕延川赞叹地想。“我能叫你明月吗?”他笑了笑，问道。

明月挑眉，“您不是自作主张了吗?”

慕延川怔了怔，随即放声大笑。“你和当年的小菁一模一样，不愧是她的女儿。”慕延川的眼里闪烁着光彩，看上去竟像是一下子变得年轻了。

“小静？你在说谁？什么她的女儿?”明月诧异问道。

慕延川目光转深，神情里透出一种对往事的依恋，他望着面前眉目清秀的姑娘，语声轻缓充满回忆地说道：“小菁全名慕容菁，不是静悄悄的静，而是芜菁的菁，蔓菁的菁，是我的初恋恋人，我们曾经相爱至深，可惜我没能信守承诺，让她心灰意冷，从此踏上不归路……”

明月眨了眨纤长浓密的睫毛，若有所思地问：“你说的这位小菁……”

“没错，她就是你的母亲穆婉秋。当年我在松林市遇到她时，初初见面，她也是这样挑着眉毛，说我自作主张叫了她的名字。”慕延川苦涩地笑了笑，“和你的神态、语气一模一样，所以，我才会冒昧地提起这件往事。明月，你现在应该明白我创立的延菁集团，这延菁二字是什么意思了。”

延字取自于他，菁字取自于她，创立延菁的目的，是为了寻找和纪念他心里从未泯灭过的爱情。

原来如此。怪不得他总是用异样关注的目光看她，怪不得他会出现在同州穆家，怪不得他会未经允许就拿走了妈妈的遗物。可做了这一切还不够吗？他二上高冈的目的，难道就是为了给她讲一个不为人知的秘密。

“明月，你有耐心听一个老者讲述一段往事吗？一个为了寻回爱人，苦苦挣扎了大半生的老人，他所经历的故事。”慕延川目光恳切地望着明月。

明月挣扎了片刻，最终点点头，“好吧。既然是关于我妈妈的，我愿意听。”

慕延川说：“谢谢。”

慕延川的叙述有些凌乱，和他平时运筹帷幄、指点江山的企业家形象大相径庭，他把自己深陷在那段残酷却又充满了回忆的往事里面，破碎地、动情地向明月描述了一位明月完全陌生的母亲。

原来，她的母亲年轻时也是一位含蓄可爱的姑娘，她会对着恋人撒娇，会大声唱歌，会跳很时髦的交谊舞，甚至，会买光街头老人的烤红薯，只为让老人少受些冻。

而她记忆里的母亲，则是一位忧郁神经质的女人，很少笑，她总是把自己关在穆家二楼的房间里摆弄那个黑色的日记本，在上面写写画画，然后痛哭一场或是盯着窗外的树杈发呆。

原来，这一切都是有原因的。她并不是因为和父亲明冠宏关系不好而忧郁低沉，她是因为慕延川，她的心里始终放不下年轻时爱得轰轰烈烈的恋人，所以，才会因思成疾，最终选择了自杀作为解脱。母亲一生敏感善良，骨子里却和她一样倔强，因为恋人失信，绝望愤怒之下嫁给了自己不喜欢的男人，却又在长期压抑和思念中患上了严重抑郁症，最终，选择了以惨烈的毫无转圜的方式离开这个世界……

带有强烈冲击性的往事，像是一双具有魔力的手，揭开了覆盖在事实之上原本混沌不清的外衣。

阴差阳错，恩怨纠葛，几十年的岁月流水，淌过去的，何止心酸二字。如果妈妈知道慕延川一直没有放弃过寻找她，她还会不会选择踏上那条不归路？而她的父亲明冠宏，则是整个事件里的受害者，爱上一个永远也不会爱上他的女人，这种痛苦，除非亲身经历过，旁人根本没有发言权。一直以来，都是她错怪了父亲吗？

明月的心里可谓五味杂陈，她许久没有抬头，只是盯着泥土地上深绿色的松针，默默地思索。

“明月，你妈妈曾经留下一本日记。上面记录着她这些年的经历，日记记得很散，有时十几天，有时隔好几个月才记录一条。但大多关于你，她很爱你。”慕延川看着面前这个不愿意把悲伤示人的姑娘，很想去揉揉她的头发，表示安慰。可手指抬起一半，却又颓然放下。他有什么资格这么做呢？一个辜负了小菁的罪人，他有什么资格去安慰她的女儿。

“你的妈妈在日记里写到，你是……你是我的女儿。”慕延川说完，就看到明月赫然抬头，她面色苍白地瞪着他，声音尖锐地打断他，“不可能！”

慕延川笑了笑，安抚地望着这个瞬间奓了毛的姑娘，说：“的确不是。”

明月的胸脯急剧地起伏着，但是眼神明显比刚才平缓了些。

慕延川苦笑道：“怎么，你就那么不想做我慕延川的女儿？明月，你可有想过，小菁当初为什么会在日记里这样写？”

明月不懂。

“以前，我也不懂，以为她是因为恨我，所以故意留下这些文字来惩罚我，惩罚这个残酷的世界。可有一天，我忽然想起一件往事，当时我和她在松林，有次她病了，我在医院陪护，她依恋地偎着我，说她想拥有一个我们的孩子，我当作玩笑，问她想要男孩还是女孩，她说，女孩，名字她都想好了，就叫月，月月。”

明月愕然抬眸。

“犹如醍醐灌顶。她哪里是恨我报复我呢，她写下那些文字的时候，心里一定在想着曾经的月月。我和她的月月。”慕延川忽然用手捂住脸，呼吸变得浊重而又急促。

明月神情呆呆地看着他，久久没说话。过了半晌，待慕延川眼眶发红地抬起头，她才吁了口气，望着远处起伏连绵的秦巴大山说：“您想听什么？让我原谅您？”

“不！不不！我没有这个意思，你不原谅我是正常的，毕竟我……”

“我原谅您。”明月打断他，目光清亮理智地看着面前震惊错愕的老人。

慕延川反应了几秒，才明白过来，他苦求不得，以为今生都不可能得到的原谅，就这样轻易地得到了。

“我说，我原谅您了，慕总，哦，不对，您和我妈妈是旧识，我应该称呼您一声慕叔叔才对。”明月再次强调，“慕叔叔，您和我父母之间的往事纠葛，若说我听后一点也不介怀，那不现实，可让我去痛恨您，痛恨您的失误酿成我妈妈的悲剧，我也做不到。毕竟，您也是受害者，现在怪您有什么用？我的妈妈再也无法回来，而您，也失去了最后弥补赎罪的机会。而我的爸爸……算了，不说他了。慕叔叔，我原谅您，也正是出于我妈妈的心意，我想，她若在世，一定也会像我一样，做出相同的选择。”

慕延川眼泛泪光，呆呆地瞅着面前像小菁又不像的姑娘，片刻后，他忽然笑了，“在你面前，我这个过来人却总是觉得汗颜。”这样豁然大度的姑娘，应该得到全世界的爱护，而不是从小失去家庭关爱，孤独地长大。

“明月，我有个不情之请，不知当说否？”这才是他二上高冈的真正原因。

“您说。”

慕延川爱怜地望着她，动情说道：“做我的女儿吧。我知道，你的那个父亲，只是你名义上的父亲。”

明月眨眨眼，说：“您……要是抱着偿还我妈妈的想法，您大可不必，我……”

“不，明月，这不是我一时冲动，而是我深思熟虑后做出的决定。你已经了解小菁对我意味着什么，所以，我怎么可能让她的女儿，她托付于我的女儿，孤零零地漂泊在外。”慕延川认真说道。

“我不是漂泊在外，我在高冈工作，您也看到了，我是乡村支教老师。我有郭校长、有可爱的孩子们陪我，怎么能说是漂泊呢。”明月辩解说。

在这个世界上，没有哪个地方比高冈更像她的家了。这里有温暖的亲情，有甜蜜的爱情，有纯洁无垢的师生情，她从未觉得自己是个漂泊在外的游子，她有家，她的家就在高冈小学。

“可这里的条件……明月，我带你去南方，好吗？在那边，你可以做任何你想做的事情。”慕延川以为明月会同意。

谁知她想也没想就拒绝了，“我不去。我在高冈生活工作的好好的，为什么要走？即使一年以后我会离开高冈，也要自食其力，努力生活，绝不做那种依附别人生存的寄生虫。”

慕延川默默地看她一会儿，苦笑说：“你的意思是，我这趟白跑了吗？”

明月体会不到他想让她生活顺遂、幸福一生的心意是多么的迫切。明月挑眉，用手指着断崖之下无尽的风光美景，说：“怎么是白跑呢？您要有心帮我，还不如帮帮这美景如画的高冈村，它可是亟待你们这些企业家来合作帮扶呢！”

慕延川笑望着她，“那你答应做我的女儿，我就答应帮扶高冈村。”

“您……”明月瞬间瞪大眼睛，不满地看着慕延川。

“我是认真的，明月。我既然二上高冈，就抱定了收一个女儿再回去的决心。你提的要求，我会办好，而且绝对超出你的预期，所以，你也认真考虑一下我的请求，考虑一个为了你的母亲孤苦终老的老人的心，好吗？”慕延川的确是认真的。

明月神色复杂地低下头，过了许久，心理斗争激烈的她嗯了一声，说：“好吧，我会考虑的。不过，即使我愿意做您的女儿，也是干女儿，您不能超过郭校长，而且，我也有父亲……”

亲生的，却陌生的父亲。

慕延川愣了愣，随即，眼睛里迸发出一道喜悦的光芒，他再也克制不住，上前一把将明月揽入怀中，激动叫道：“你答应了！你答应了！月月！”

她只是说考虑，何时答应了！可她所有的抗议和挣扎都被这位喜极而泣的老人的拥抱阻止了，她只能徒劳地挥了挥手臂，最后，将手轻轻落在慕延川的背上。算了，就这样吧，虽然她还没有立刻喜欢上这位英俊儒雅的老者做她的“父亲”，可能让妈妈喜欢了一生的人，想必也不是坏人。

傍晚时分，他们平安下山。到了学校，脚步轻捷如同少年的慕延川一看到院子里焦灼等候的阿元，立刻像孩子似的，挽起明月的手，举起来，大声宣告说："阿元，我有女儿了！"

阿元震愕地张大嘴，瞪着一双眼睛，盯着面前的一老一少。过了几秒，他才大梦初醒似的，拼命揉揉眼，再揉揉眼，哽咽回应道："恭喜董事长，恭喜您得偿所愿。"只有像他一样深刻了解慕延川这些年经历的人，才能明白这一切来得是多么不容易。

明月不好意思地掰开慕延川的手，嗔怪说："您能不能别吆喝啊，郭校长听到了会吃醋的。"

郭校长这时却推着门口的关山，走出来，既惊讶又高兴地说："吃什么醋啊，多一个人关爱你，照顾你，我高兴还来不及呢。慕总，您说是不是啊。哦，对了，你们咋忽然就……"

明月看院子里都是自己人，也不避讳，就把慕延川和她母亲曾经那段往事讲了出来，"我其实还没想好，做不做他的女儿，可他却自作主张给自己扣上了父亲的帽子，还用帮扶高冈村做诱饵，我能怎么办，难道把他这个财神爷给赶跑吗？"

明月的意思，就是她无奈之下才接受了这个不平等条约。

郭校长和慕延川对视一眼，唏嘘着大笑，"瞧你这孩子，又说傻话！"

"我才不傻呢，是不是，关山？"明月笑睨着一旁目露欣然之色的男人。

关山摸了摸她的头发，低声回应她，"谁说我们傻了，我们聪明着呢。"

明月做晚饭的表现，和午饭时判若两人。她焯了山里新鲜营养的菌菇，剁碎了和关山送来的肉馅拌在一起，包了二百来个元宝样的饺子，招待新认的亲人。

慕延川一连吃了四十多个饺子才停住嘴，阿元边吃边掏出消化药递给他，"董事长，赶紧喝了，小心积食。"

慕延川一脸嫌弃地推开阿元的手，并且拍了拍胸膛，说："嗤，再吃一盘你看我会不会积食！小看我！哼！"

阿元发愁地蹙起眉头。

明月走上前抢过阿元手里的药，倒出两颗，对慕延川说："伸手。"

慕延川乖乖伸出手，明月把药放在他手里，然后把面汤碗端起递给他，"把药喝了。"

慕延川立刻仰头，把药吞了下去。

明月眯着月牙眼笑得满足，阿元却哀嚎一声，嘟囔上了，"董事长，这不公平……"

30　助力扶贫

饭后，宋家山闻讯赶到学校。

凉爽的夜晚，树冠如伞的老榆树下，点着一盏昏黄的油灯。几个男人围着灯光侃侃而谈，时而欢声大笑，时而蹙眉深思，明月感触地望着这一幕，轻轻扯了扯关山的衣角，低声提醒他，“我们出去走走。”

关山会意，趁着黑暗，牵起她的手，从院门走了出去。夜色正好，空气里透着花草的甜香。寂静的山道上，只能看到他们被月光拉长的身影，偎依在一起。

她的呼吸间全是他冷冽干爽的味道，她感觉到自己的嘴唇像是不受控制一样，轻轻开启，接纳着他灼热的试探。她亲他。主动用自己小巧的舌尖缠绕着他的，轻轻吮吸，同时感觉到她的腰被他健壮的手臂猛地勒紧，她低低地呻吟了一声，却愈发加重了他吮吸的力道。

四周静得出奇，只有草虫呢喃的声音被无限放大。她被他抱起来，又放下，又抱起来，又轻轻放下，两人的嘴唇却始终黏在一起，谁也不肯轻易地放开对方。

不知过了多久，他按住她的后脑勺，把她紧压在他的胸前，让她听他怦怦热情的心跳。“明月。”“嗯。”“明月。”“哦。”“明——”未等反应过来，她已以牙还牙，踮起脚尖，吻住了他的唇。

这次，引火烧身的始作俑者却在片刻后羞涩惊叫逃开，“你……流氓!”

关山表情无辜地苦笑着追她，“这是人体的本能反应，不是流氓。”

明月被他从身后抱住，羞得哇哇大叫。关山呵呵低笑，抱着她，把她困在他的一方天地之下。半晌，身体内那阵热燥燥的感觉褪去，他才吻了吻她的发顶，笑着说：“对不起，吓到你了。”

明月嗯了一声，在他怀里蹭着转身，然后，长长地吁了口气，抱住了她越看越爱、越接触越放不下的关山。他的身子抱起来越来越舒服了，以前傻乎乎地说他哪儿哪儿都是硬邦邦的，现在看来，这却是寻常男人根本没有的力量感和安全感。这个男人，这个硬朗峻然的军人，才是她一生信赖的依靠。

“关山，我今天又认了一个父亲，你会不会觉得我做错了?”她轻声问出心里的不安和疑问。

关山抱紧她，宽厚的手掌压在她散发着清香的头上，柔声说：“你做得对，如果换做是我，也会这么做。不单单是为了高冈村，而是为了你的母亲，是吗，明月?”

明月的身子颤了颤，这么微小的一个颤动，却在关山的心里掀起了心酸的波涛。他的明月，该有多么爱她的母亲啊，连同她喜欢的男人也一并接纳宽恕，试问这心胸和境界，寻常的女子，又有几人能够做到。

这么重视亲人、重视亲情的明月，一直在付出，却总也得不到回报，所以，她才会在迟来的亲情面前，表现得这么忐忑和迟疑。

他低头亲了亲她的额头，低声安慰说：“别难过，你还有我。任何时候，我都会陪在你的身边。”

“嗯。”明月闭上眼睛，朝他的怀里更紧地依偎过去，“关山，有你在真好。”

关山咧开嘴，无声地笑了。

两人手牵手朝回走，明月思索了片刻，说：“你那天送我爸下山，他跟你说什么了?”

关山讶然地看看她，不明白她为何忽然提起这件事来。上次怕她多想，他打个哈哈敷衍过去，没想到，她又问起。关山咬了一下嘴唇，说："其实真没什么，他没有为难我。只是问了一路你的情况。临走的时候，说让我好好照顾你。"

明月低着头，不知在想些什么。

"有句话我不知道该不该说。其实，我觉得，你爸……他并不像一个无情的人。"关山说完就紧张地看着明月的反应，一般涉及这类话题，她会不耐烦地让他打住，她显然对明冠宏过去的行为并未释怀。

谁知，她沉默了几秒，忽然幽幽说道："我知道。"

关山诧异地看着她。

明月轻轻地眨了眨眼，嘴角露出一丝苦涩的笑意。看着她几乎和夜色融为一体，显得格外落寞孤单的肩膀，关山的心里涌起一阵难以言喻的酸楚滋味。

他的明月，曾经无数次像现在这样，挺着小小的肩膀，扛过以往那些凄风苦雨的日子。她受伤后难过、委屈、迷惘、愤怒的时候，能帮她的人只有她自己。她像是一只觅食生存的刺猬，遇到危险就自动竖起浑身的尖刺进入防御状态，如果谁敢攻击她，那她必定会坚决予以反击。哪怕，反击的结果会是两败俱伤，她也绝对不会退缩。这种倔强极端的脾气和性格，看着令人心疼。可是在当时的成长环境下，她只能这样不被人"待见"地长大……

"明月……"他低低地叫了她一声，铁臂一探，将她揽到自己的胸前。感觉到怀里的身子明显颤了颤，他单手扣住她的后脑，低下头，亲吻她玉石一样白皙的额头。

"不管怎么样，以后你总归不再是一个人。"

无论如何，他不会让她像以前那样孤孤单单地走下去。她许他情深不悔的诺言，那他，就许她一个幸福圆满的未来……

第二天，明月做了卤面招待慕延川。

孩子们很快就和这位慈眉善目的爷爷打得火热，他们每人端着一个洋瓷大碗，里面是热腾腾油光光的特色卤面，沾满酱汁的面条上，码放着一勺颜色碧绿的辣椒。吃一口，眼睛一亮。再吃一口，强烈美妙的味觉冲击下，味蕾瞬间绽放，喉咙里逸出阵阵满足的惊叹声，此起彼伏，蔚为壮观。

慕延川连吃了两碗面，又喝了一碗清淡爽口的青菜汤，才揉着肚子站了起来。“阿元，我们该走喽……”他恋恋不舍地望向院子里的明月。

明月一直把慕延川送到山口。

“回去吧，过阵子我还会来。”慕延川向明月挥挥手，让她止步。

明月今天穿了一件白色的衬衫和蓝色的长裙，立在绿意盈盈的山道上，宛如幽谷中的芝兰一样清雅迷人。她微笑着把手里的蓝格子布包递给慕延川，“里面是我腌制的山野菜，还有花奶奶给您配的草药，您吃吃看，如果有效果，我回来再让花奶奶给您配。”

慕延川接过布包，沉甸甸的重量，却让他感受到前所未有的踏实和幸福。原来被女儿宠着的滋味，是这样好。连那些被他忽视的病症，也可以成为联系亲情的纽带。

“月月……”曾经在世界财经论坛发表轰动性演说的著名企业家，在商业谈判桌上口若悬河、妙语连珠的老者，竟忽然间觉得自己才尽词穷，好像说什么都表达不出他内心的感动和感激之情。

最后，反而是她安慰他：“我这个人喜欢干脆利落，所以，那些感谢的话您就不用说了，省得我还得费心怎么回您。……还有件事，我想再问问您。”

慕延川看着她，“但说无妨。”

“昨天认亲的事，我出于自愿，您并未逼迫或是利诱于我……所以您不用非得冒着巨大的风险投资高冈，万一投资有个闪失，您到时候怎么向股东们交待？谁的钱也不是白捡来的，就算是您，也不行。”

慕延川明显一愣，他看着神色犹豫的明月，明白这个善良的姑娘正在为他的处境而感到忧虑。

他感动地笑了笑，柔声说：“谢谢你，月月，为了我的立场考虑得这么周到。可是你忘了，我是慕延川，是个唯利是图的商人，我既然决定投资，就不会仅凭着个人喜好去盲目做事。我要对我的员工和广大股东负责，这点认知和觉悟，我还是有的，你无需担心。”

看来他是胸有成竹了。明月稍稍松了口气，“那您也不能冒进，还是带着你们集团的下属多来考察考察再说。”

“会的。”慕延川笑道。

明月微笑挥手，“那您去吧，下次来的时候，我给您做好吃的。”

“你这么一说，我都不想走了。”慕延川大笑。

明月也跟着笑了起来。

转眼到了六月。明月带体育成绩出色的宋铁刚去县里参加小学生运动会。

晚上，关山给明月打来电话。明月向他倾诉了白天受到同行歧视的事情，她委屈又愤慨地说：“总有一天，我要让高冈小学成为全县教育系统的标杆，我要让他们提起高冈小学就竖起大拇指，再也不敢小瞧我们这些山里的孩子！”

关山笑呵呵地安慰说：“我支持你，明月，你一定能做得到。”

得到恋人的肯定，明月的心里舒服多了，两人聊了几句闲话，明月想起一件重要的事，问：“你要一起来就好了，铁刚明天参加预赛，吃晚饭的时候，我看他的情绪有些紧张，问他话他回答得驴头不对马嘴。关山，我该怎么做？怎样才能缓解他的压力？”

关山思索片刻，说：“铁刚估计是不适应城里的环境，你带他去散散步，不行，就让他在操场上跑两圈，他每天在后山跑惯了，把他憋在宿舍里，恐怕会起反作用。”

明月看看表，起床穿鞋，“那好，我去男生宿舍找他去。”她和宋铁刚不住在一幢宿舍楼里。

“祝你们明天取得好成绩。”关山刚要挂电话，却听到明月叫他。

“你……想我吗?”明月的声音柔柔的，带了一丝颤音。

关山的心弦也跟着一颤，他轻轻地咳了一声，用极低的声音说：“想，很想。”明月捂着嘴笑了。她的心里甜滋滋的，连下楼的脚步都变得轻盈而又富有韵律。

“比赛完我们就回高冈，大概后天吧，到时你在红姐的餐馆等我们。嘿嘿，你想请客吗？那好吧，恭敬不如从命……嗯，晚安。”明月一脸笑容地收起电话，却在抬头看到迎面走来的人后，表情猛地僵住。

宋瑾瑜！阴暗狭窄的楼梯间里，她们一上一下，一高一矮，互相对视了五六秒的光景。

明月的神色恢复淡然，轻轻点了点头，就准备错身而过。

“明月!”宋瑾瑜叫住她。

明月停下脚步，转过身，看着神色憔悴的宋瑾瑜，问：“你有什么事?”

宋瑾瑜不自然地笑了笑，语气黯然地说：“我、我不在县中教学了。现在龙王镇中心小学支教，我和你一样是带队老师。今天下午的开幕式，我见到你了……”

带着一名学生就敢到全县小学生运动会上亮相，这份从容和勇敢，只有她这样自信的奇女子，才能做得出来。以前，她不懂自己和明月的差距到底有多大，只是一味的不甘心，耍弄心机想抢夺她的一切，可今天，当她在看台上望着红色跑道上气质若华、璀璨夺目的明月时，她赫然明白，她这一辈子，都别想夺走明月的任何东西。因为，她想要的，是长在明月骨子里的精神，而这种精神，早就已经融入她的血肉，永远无法分割，谁也抢夺不走。

明月讶然不已。龙王镇和红山镇都是全县吊车尾的贫困乡镇，听说他们的中心小学设施极差，只是学生比高冈小学多一些而已。

宋瑾瑜害怕吃苦，费尽心机留在县城，可她不珍惜得来不易的工作机会，居然自掘坟墓，最终，兜了个大圈子，还是回到她应该去的地方。

“我们不可能再成为朋友，所以，我对你被分到哪里、为什么去丝毫不感兴趣，你不用向我报备，我也不想知道。另外，作为同行，我还想奉劝你一句，你既然选择了在山区支教，就把你的本职工作做好，山里的孩子心灵脆弱，他们经不起你这样丧失师德的老师瞎折腾。”明月眼神清亮地说。

宋瑾瑜的嘴角逸出一丝苦笑，她垂下头，低声喃喃说：“我已经混成这副模样了，还能折腾个啥。”

明月用黑黝黝的眼睛在宋瑾瑜憔悴颓败的脸上停留了两秒，“你好自为之。”说完转开视线，当宋瑾瑜不存在似的绕开她，步履坚定地下楼去了。

宋瑾瑜向角落里瑟缩着躲避，让开身前的位置，让明月通过。片刻后，那抹熟悉的倩影消失在楼梯转角，渐渐隐没于深浓的夜色里，再也找寻不见。宋瑾瑜神情呆滞地立在原地，不知道在想些什么。过了许久，楼道里响起一声冗长惘然的叹息，那声叹息，饱含着失意悔恨的余韵，经久不曾消散……

高冈小学成了本次小学生运动会的大赢家。尽管许多人不曾听说过他们，而且学校只有宋铁刚一名学生参赛，可就是这独一份，却把分量最重、含金量最高的百米飞人奖杯收入囊中。

县教体局局长方超亲自为宋铁刚颁奖，与获奖运动员合影时，他特意把明月从观众席叫到台上同他们一起合影留念。

而晚上，明月居然在宿舍的电视里看到了她和宋铁刚欢庆胜利的新闻画面。她和宋铁刚居然上电视了！意识到这一点，她着急忙慌地穿上鞋，要去告诉宋铁刚，谁知，刚跑下楼，却看到只穿着背心裤衩的宋铁刚已经额头冒汗地跑了过来。

“明老师，咱们上电视了！”看他的兴奋劲儿，也知道他刚才看了新闻。

“老师看到了，我正想去告诉你呢。”明月笑道。

宋铁刚挠挠头，嘿嘿咧嘴一笑，说：“要是我爷能看到电视就好了，他肯定乐得睡不着觉！”

宋爷爷一心盼着他的孙子能有出息，如今铁刚为高冈小学、为高冈村赢得这么大的荣誉，宋爷爷要是知道了，恐怕会高兴得合不拢嘴。

“那待会儿关叔叔打电话来，我让他给你爷爷报个喜去。”明月说。

“不！先别说！我要给我爷一个惊喜！”宋铁刚嘿嘿笑道。

“臭小子，居然开窍了！”明月和宋铁刚说笑了几句，看着他跑回男生宿舍楼，才舒展手臂，向附近的操场走去。

组委会安排各乡镇小学的参赛人员统一住在川木县技工学校，男女分楼而居。这里设施一般，但好在宿舍有电视，每一层有洗浴房，再加上安排一日三餐，倒也住得舒服惬意。

她晚饭吃得有点多，胃撑得慌，想去散步消食。刚围着操场转了一圈，她的手机就响了。拿出来一看，她的嘴角轻轻上扬，声音也瞬间柔和八度，“喂，关山?”

耳畔传来他沉稳有力的呼吸声，他似乎在笑，声音有些发飘，“嗯，是我。”

“你笑什么?”她却也跟着轻笑起来。

“啊，刚才小董进来逗我，我已经拨了你的电话……”关山解释说。

“小董，他又跟你没大没小了?”明月问。

“呵呵，大山里寂静，他想闹就让他闹，说到底，他也是个孩子。”关山宽容地说。

“你对谁都好，就是对自己不好。”明月总结说。

关山嘿嘿笑了两声，问起正事，“今天的比赛……”

“输了。”不等他说完，明月故意抢着回答。

“呵呵……”

“喂，我说输了，你还傻笑什么！”明月憋着笑意，质问他。

“呵呵……”

“傻瓜。”明月嗔怪地骂了一句，心却被他低沉磁性的笑声挠得痒痒的，“我骗你呢，铁刚赢了，得了冠军！”

关山并未觉得意外，问了铁刚决赛的成绩，喃喃道：“比平时慢了一秒多，看来还是紧张。等他回来，我得再加把劲，好好练练他的胆儿……”

“喂！你把我的学生当什么了？你的兵？我可告诉你，今年暑假我要给他们恶补功课，争取在新学期的全县统考中取得好成绩，你的训练计划先靠边站，目前，什么事也比不过学习重要。”明月不满地抗议。

关山一愣。今年暑假？她要给孩子们恶补功课？那就是说……

“你不回同州了？”关山不禁惊喜地问道。

“我什么时候说我要回同州了？”明月纳闷不已。

关山这边却是欣喜若狂，他向半空猛挥一下手臂，压抑着兴奋道：“我以为暑期时间长，你在高冈待着不方便，所以……”

“那我回去好了。”明月从善如流说道。

关山傻眼了。

半晌听不到他的回音，只闻男人粗重的呼吸一声沉似一声，明月想再糊弄他一会儿，可惜没能忍住，哧一声喷笑出声，“我逗你呢，哈哈哈……”

听着一串串银铃般的笑声，关山的脸色变了又变，最终，无奈地叹了口气，“你这个坏丫头。”

关山给明月讲了许多关于高冈夏季的趣事，答应带明月去鹳河游泳，给她摸鱼烤鱼吃，还带她去山里喂松鼠，让那些山里的小精灵在她的肩膀上跳舞。明月挂了电话，脸上犹自带着梦幻般的期待表情。听他这么一说，好像留在高冈过暑假，也是一件非常有趣的事情了。

散步的时间有点长，明月回到宿舍楼，已经是夜里十点多钟。她低着头，朝楼梯那边走。

“月月——”忽然，距离她不远的树下，传来一道熟悉低沉的呼唤。

她顿住步子，愕然回眸，目光和树下走出的高大魁梧的身影撞个正着。

明冠宏走到明月面前，手臂朝前一伸，递过来一个硕大的超市购物袋。“我等了你很久，你去哪儿了?”

明月的视线与眼前的袋子平行，借着楼道里的灯光，能看到透明袋子里装满了各种牌子的零食。

她没有接，而是垂下眼帘，后退一步，说：“我有事。”

明冠宏蹙起眉头，打量着对面沉默别扭的女儿，只觉得她看起来比电视上更显瘦弱。那个姓关的士兵，当面答应得很好，可是这后勤保障工作，成效一般。

“有事也不能太晚回来。一个女孩家，要时刻注意影响……”他不是个会表达感情的父亲，他说这些话并无指责她的意思，只是想表露一下他对她晚归的担忧，可是不知怎么了，话一出口就变成这样。看着明月蹙眉隐忍的表情，他渐渐收声，而后跨步上前，把购物袋塞进她的手里。

“我在电视上看见你了，你的学生，教得很好!”明冠宏说完，摆摆手，“我最近在县里开会，过阵子我再去高冈。行了，我走了，你上去吧。”看明月不动，他抿了下嘴唇，迈开大步走了……

期末考试前夕，郭校长上课时忽然咯血昏倒。

匆忙赶来的花奶奶对着昏倒的郭校长沉着施针，约莫过了十几分钟，她长吁口气，瘫坐在床沿。“救过来了。”

明月想叫郭校长，却被花奶奶拦住，摇头说：“他现在不能说话，我这就回去给他煎药。”

“花婶儿，我帮您。”宋华转头擦擦眼泪，扶着花奶奶走了，明月搬了个板凳，坐在床头，眼睛一眨不眨地盯着昏睡中的郭校长。

不知过了多久，院子里传来阵阵人声。

“这就是高冈小学，去年土坯墙塌了，为了节约开支，干脆竖起篱笆墙，这片空地正好给孩子们当操场。噢，还有那面国旗，也是我们自己做的旗杆，郭校长要求学校每周一举行升旗仪式，增强学生们的爱国意识。哦，那边中间的屋子就是教室，现在这个时间，学生们正在上课……”关山正不知向谁介绍着高冈小学。

“我们去教室看看。”一个似曾相识的男人的声音插了进来。

脚步声，交谈声，齐齐向着教室去了。

明月转了转干涩的眼珠，扶着床沿站了起来。

县教体局局长方超和两位工作人员走进破败不堪的土坯房教室，却被眼前的一幕惊住。光线昏暗的教室里，十几个学生正趴在简陋的桌椅上自习，见到他们进来，一个个抬起头，向他们投来好奇的目光。

方超环视一圈，一方面为校舍的破旧程度感到震惊，一方面为没有老师上课感到疑惑。

这个点儿，正是上课时间。关山也在纳闷，他探头向院子里望了望，弯下腰，问坐在第一排的宋小宝，“小宝，郭校长和明老师呢？”

宋小宝扁扁嘴，难过地说：“郭老师昏倒了，明老师在照顾他。”

什么！关山赫然起身，脚步不停地向隔壁伙房走，方超等人互相看看，也神情严肃地跟了出来。

明月出门就看到关山。两人打了个照面，各自停下来。气质峻然沉稳的关山，无形中给人带来一种安抚和振奋的力量。原本积聚在明月心里无处宣泄的慌乱和不安，在看到他眼睛里的抚慰和支持之后，竟神奇般地得到安抚。

关山上前一步，关切地问：“郭校长怎么样了？”

明月摇头，神情暗淡地说：“花奶奶刚施了针，还不能说话。”

关山伸出手，放在明月单薄的肩膀上压了压，安慰说："别担心，有我在。"普普通通的三个字，从他口中说出来，却像定海神针一样，带有安稳人心的力量。

关山想起身后还有客人，赶紧转身，向明月介绍说："明月，这位是县教体局的方超局长，另外这两位是教体局的工作人员，一位姓郭，一位姓徐。我们在山口遇见，得知他们要来高冈小学，我就带他们过来了。"

"方局长，这位就是高冈小学的支教教师，明月。郭校长因为旧病复发，在宿舍休息。"关山介绍说。

方超和明月对视一眼，明月主动上前，伸出手，"您好，方局长，没想到您真的能来高冈。"

方超握了握明月的手，望了望四周简陋破败的环境，惭愧地说："我早该来啊，让你们受苦了。"

明月摇摇头，神色冷然地说："我不苦，苦的是郭校长。他在这所小学一待就是半辈子，把毕生精力都奉献给了大山里的孩子们。如今他重病缠身，没钱去城里做手术，只能靠吃草药维持。真正辛苦的人，是他，不是我。"

关山看出明月和县城来的方局长认识，但明月这番话说得直白露骨，颇有兴师问罪的意思。

同行的已经有人蹙起眉头，斥责明月道："你怎么跟局长说话的……"

方超抬手，制止下属训斥明月，他指着伙房，说："我去看看郭校长。"

明月转身走向伙房，关山上前，抬手邀请方超，并致歉说："方局长，明老师脾气有点犟，但她没有恶意，也并不是针对您。"

方超笑笑，摸摸鼻子，"她讲的没错，我们工作的确不够细致。"

关山弯腰，提醒身材高大的方超，"小心碰头。"

方超弯腰走进郭校长的宿舍，看到里面的情景，不禁震惊问道："这里……"

明月俯身看了看昏睡的郭校长，头也不抬地接话说：“您没看错，这里是学校的伙房，也是郭校长的宿舍。”

方超神情严肃地垂头沉思片刻，走到床边，坐下，握住郭校长冰凉的手，惭愧地说：“老校长，您受苦了。”

像是有所感知一样，郭校长的眼皮动了动，艰难地睁开眼睛，当他目光对焦，发现面前的人竟是他找过的县教体局方超局长时，他那双沉寂晦暗的眼睛赫然燃起光亮，激动地张开嘴，“方……方……”

“老校长，您别说话，别激动。”方超安抚地拍着郭校长的手，“我来晚了，老校长，让您受苦了。您放心，我们不会丢下您这样的模范教师不管，我回去就安排您手术的事情，到时候接您下山，一定把您的病治好。”

“还有，我会向上级申请重建高冈小学，等新学校建好了，您和明月老师，还有孩子们，再也不用在简陋的危房里上课住宿了。”方超凝视着这位为了乡村教育事业鞠躬尽瘁的老校长，目光真诚地保证说。

郭校长的眼角溢出激动的泪水，对于他来说，任何形式的捐助都抵不过教体局的领导对他工作的认可。这就像是孤苦无依的流浪儿忽然间找到了家，寻到了根，体会到了从未享受过的亲情和温暖。

“谢……谢谢!”郭校长喃喃重复道。

明月上前，用毛巾擦拭着郭校长嘴角溢出的血沫，头也不抬地问方超：“方局长，您这次不会是说说就算吧。”

方超苦笑道：“当然不会！不然的话，我又何必到高冈来。”

明月看看他，直起身，去门背后拿围裙。

方超以为她还在生气，沉吟片刻，起身对两位下属说：“我们下山，现在回县里还赶得及去皖州人民医院。”

“吃了饭再走。”明月甩下一句话，就去通灶膛，添水做饭了。

方超和两位下属面面相觑，关山走上前，笑着说：“明老师的厨艺远近闻名，方局长不尝尝，可是一大损失啊。”

饭后，方超站在山口，向明月和关山挥手，“你们放心，我会尽快安排老校长去城里医院手术，高冈小学也会尽快重建。回去吧，照顾好老校长。”

明月挥手，目送方超带着下属健步离去。

“晚上我来学校照顾郭校长，你安心备课，孩子们后天就要期末考试了，你得休息好。”关山牵起明月的手，温柔地说道。

明月靠过去，脸颊贴在关山肌肉鼓胀的胳膊上，轻轻阖上双眼，叹了口气，“关山，没有你我该怎么办。”

关山笑了笑，下巴贴向她的额头，蹭了蹭，柔声说：“傻瓜，我总在你身后的。你累了，就靠我身上歇一歇，我啊，就是你的动力加油站。”

这个形容词可真形象，可他不仅是她的动力加油站，还是她一生依靠的巍巍青松，永远不会弯折，永远那么坚强有力。

明月莞尔，仰起脸，噘着嘴，笑望着他。关山眸色闪烁，低下头，在她的嘴唇上亲了亲。

“不是这样……”明月依旧噘着嘴，不满地咕哝道。关山心口一烫，左右张望一下，忽然抱起明月向旁边的小树林走去。明月捶着他的胸口，挣扎着推他：“我逗你呢，放我下来，喂！关山，唔唔……”片刻后，面色绯红如霞的明月被关山牵着手，走出小树林。

明月和关山送孩子们过河后回到转信台，却看到兴高采烈的董晓东从值机房出来。

“关站长，告诉你个天大的好消息！咱们团长刚才打来电话说，这个月底，咱们部队就要修鹳河大桥了！”

明月眼睛一亮，抱着董晓东的胳膊，像孩子似的蹦跳起来。“太好了！修桥了，真的要修桥了！关山，要修桥了！孩子们再也不用蹚水过河了！”

鹳河大桥开工典礼定在六月最后一天。到时候，部队和高冈村会在开工典礼现场签订军民帮扶协议。

而一直含蓄隐忍的宋华，竟然做了一件惊天动地的大事。就在郭校长发病当天，她不顾流言飞语和郭校长的斥责与拒绝，硬是搬进了高冈小学的伙房，开始了与郭校长的"同居"生活。

明月肯定是坚定不移地站在宋华一边，每次当郭校长想说什么的时候，她就会主动站出来为宋华说话。

几天后，随着一阵击打石磬的脆响，高冈小学期末考试顺利结束。

孩子们如同出笼的小鸟，一窝蜂地拥出教室，在操场上追逐嬉戏，尽情玩耍。明月把卷子封好，装进背包，准备下山去县城送考卷。这次期末考试，孩子们参加了全县小学期末统考，语数英三科，考完后卷子要送到县里的小学统一阅卷，统一公布成绩。

搭车到了县一小，交了卷子后，她去了川木县教体局。方局长要见她，还说有顺风车送她回镇上。

到了局大楼，她在门岗填了登记表，去了三楼的局长办公室。门虚掩着，里面传来说话声，好像还有女声，明月犹豫了一下，轻轻叩响门扉。

"进来！"里面传出方超浑厚的声音。

明月推开门，走了进去。

方超坐在办公桌后面，正和一个盘着发髻、背对着大门的女人说话。

看到明月，他的眼睛一亮，站了起来，"明老师，你来了。"

"哦。我是不是打扰您了，要不，您先谈，我出去等。"

"不用，明老师，你不用出去。"方超起身，指着背对大门的女子，向明月介绍说，"这位是皖州人民医院的呼吸内科刘主任，她今天特意来县里，和你一起去高冈探望老校长。"

那位女子慢慢站起，转过身，微笑着望向门口的明月。明月看到那女人的正脸，心咯噔一沉。刘素云！明冠宏的妻子！

教体局安排的是一辆黑色轿车，密封很严，司机怕她们热，特意打开空调。车行半路，刘素云忽然拍拍驾驶位，示意司机停车。

“怎么了，刘主任?”司机一脸疑惑地回过头询问情况。

刘素云看着面色惨白的明月，低声说：“她可能晕车了。”

司机赶紧减速靠边。刘素云下车，绕到另外一边，拉开车门，弯腰对明月说：“下车透透气。”

明月捂着嘴，下车疾奔到路边，蹲下哇哇呕吐起来。刘素云摇摇头，走到明月背后，帮她拍打着脊背。

“你这孩子，在我面前还逞什么强，没吃午饭吧?上车后我就看你脸色不对。”像对待自己的女儿一样，刘素云语气疼惜地说。

明月歇了一会儿，再次上车。这次，刘素云让司机在路边一个小商店停车，她下去买了一包饼干和一瓶水，上车后递给明月，“先吃点东西垫垫。”明月默默接过去，撕开包装，吃了两块干涩难咽的饼干，又喝了几口水。

“你一直都晕车吗?”刘素云问道。

“嗯。”以前她就有晕车的毛病，但没有这次严重，可能与她空腹坐车有很大的关系。

看明月靠向后座，刘素云紧张地问：“又想吐吗?”

明月摇摇头，用手背遮住双眼，不肯再说话。

刘素云沉吟片刻，忽然拉过明月的手臂，在手腕内侧上面三寸的地方找到内关穴，用力点按下去。明月诧异地看着她，本能想收回手，却被刘素云拦住，解释说：“我帮你按摩一下穴位，能够起到一定作用。”

明月轻轻挣了一下，发现刘素云手劲很大，根本不给她躲避的机会，只好无奈地靠向后座，任凭刘素云劲道十足地用拇指指尖点按刺激她的手臂穴位。不知是这个方法起了作用，还是与陌生的刘素云接触令她分神感到不自在，总之，接下来的半个多小时车程里，明月没再想吐。

后来，她竟然用手背遮着脸睡着了。直到耳畔传来陌生而又温柔的呼唤，“明月……醒醒，到了。”她赫然惊醒，拿掉遮在眼睛上的手，看到车窗外的景象，面皮一烫，说：“到红山镇了。”

察觉到异样，她低头一看，发现刘素云的手指还压在她手臂的穴位上面。难道，这一路就是这么揉着过来的？

刘素云微笑着松开手，拢了拢鬓边的碎发，朝车窗外看了看，说：“这就是红山镇。”

“嗯，这里就是。我们下车吧。”明月把没吃完的饼干和水瓶放进背包，拉开车门，跳下车。刘素云下车，感谢了司机几句，目送车辆离开，才四处张望，寻找着什么。

“您找什么？卫生间吗？”明月问。

刘素云笑笑，摇头说：“我找饭店。”

她饿了？明月指着红姐的春风餐馆，说：“那边就是餐馆。”

“你能陪我一起吃吗？我还真有点饿了。”刘素云说。

明月想了想，点头说：“好吧。”

两人还未动步，“明月——”有人掀开门帘，从春风商店里快步走了出来。

明月两眼一弯，樱唇翘起，惊喜叫道：“关山，你怎么来了！”

关山迈着矫健的步伐走了过来，黧黑的脸上露出灿烂的笑容。“我来接你。刚才帮红姐换灯泡，听到车响，就知道你回来了。”关山伸出手，稳稳托住疾奔过来差点刹不住车的明月，低头，冲她笑了笑。

明月抿着嘴，睨了他一眼，心想，这家伙偷空还洗了个澡，身上香喷喷的，净是洗发水的味道。

关山看到远处的陌生女人，朝明月投去征询的目光，“你们认识？”

明月背对着刘素云，轻轻吁了口气，用两人能听见的音量，低声说：“嗯，她是明冠宏现在的老婆。”

关山愣了愣，用了几秒钟消化这句话，而后他主动上前，敬了个标准的军礼，自我介绍说："您好，阿姨，我叫关山，是明月的……朋友。"

刘素云早听明冠宏提起过这个大山里的通信士官，作为父亲，他对关山永远不会满意，可从丈夫的言语中，她还是听出了一些欣赏和夸赞的意思，这个叫关山的军人，似乎颇对丈夫的"胃口"。

"你好，我是刘素云，这次来，是以医生的身份探望郭校长。"刘素云上下打量着面前眉端目正的黧黑军人，微笑着说。

关山一听，眼睛里露出惊喜的光芒，他再次立正敬礼，感激地说："谢谢您能来高冈，郭校长一定很高兴。"

"我非常钦佩郭校长的为人，再说了，他是明月的干爹，这些日子，他对明月照顾有加，我早就该来高冈看望他了。"刘素云说。

关山笑了笑，说："您还没吃饭吧，走，今天我请客，阿姨您想吃什么，随意点。"

刘素云揉了揉扁扁的肚子，笑着说："那我就不客气了，刚才我还和明月诉苦，说我饿得慌呢。"

关山和她对视大笑，明月眨眨眼，觉得心里酸酸的很不是滋味。

带着情绪走进春风餐馆，把菜单推给刘素云，面无表情地说："您想吃什么随便点，不要给他省钱。"说完，她伸出食指，指了指关山。

刘素云笑着说好。她看着只有一张纸的菜单，对小九说："清炒山药，番茄排骨，红烧茄子，香菜木耳。好了，主食有馒头吗？"

小九笑着回答说："有棒子面馍馍，还有白馍馍。"

刘素云不假思索地说："棒子面馍馍。"

粗细搭配，合理饮食。小九重复报了一下菜名，纳闷地问："您是不是肠胃不舒服啊，怎么点的都是养胃的菜？"

刘素云朝小九投去一抹赞赏的目光，笑着说："我喜欢清淡的饭菜。"

明月抬起头，眼神复杂地看了看对面和小九说话的刘素云。刘素云似有感觉，也转过视线，和她对视。

两人互望了几秒，各自回避。刘素云端起桌上的茶杯，抿了口苦涩回甘的茶水，明月则偏过头，看着外面明晃晃的石板路，不知道在想些什么。

菜很快上齐，因为是关山请客，所以明月一点没客气，拿起馍馍就香喷喷地吃起来。一直吵着喊饿的刘素云反倒没动几下筷子，她看着吃得津津有味的明月，眼神里溢满了怜惜和慈爱。

“慢点吃，没人和你抢。”关山低声叮咛明月，夹起一根去了骨头的排骨肉放在她的碗里。

“我饿死了，回来的时候晕车，把肚子里的酸水都呕出来了。”明月边吃边诉苦。

关山浓眉一拧，看着她，低声问：“你是不是又空腹坐车了？”

明月眨眨眼，假装没听见的样子，指着离她最远的木耳香菜，“我想吃木耳。”

关山摇摇头，无奈地叹了口气，为她夹了一筷子油黑发亮的木耳，放在她碗里，“吃吧，都是你的。”

明月嘴唇一翘，笑眯眯地说：“还是你对我好。”

饭毕，关山去结账，却发现刘素云已经把饭钱结过了。他找刘素云退还饭钱，却被刘素云拒绝：“哪有让小辈请长辈吃饭的道理，你要是实在觉得心里过意不去，就对明月好一些，她这个孩子性子犟，有时候说话做事不懂得转圜，你多担待她点，我也就放心了。”

关山听刘素云的意思，是把明月托付给他一样，面对这份宝贵的信任，他心头一热，眼眶竟觉得潮湿发烫，“您放心，这辈子，我只对她一个人好。我绝不会让她跟着我受苦。”

刘素云笑笑，“她明年支教期结束就可以回皖州了，她爸爸说了，想让她去皖州的学校工作，到时候你转业一起过来，咱们一家人也就团圆了。”

关山黑眸一暗，笑了笑，没说话。

原以为刘素云看起来纤细柔弱，根本像是爬不动山的模样，谁知她换上包里的运动鞋后，却像是换了人似的，一路都飚在前面。最后，就连体力充沛的关山也忍不住夸赞说：“刘阿姨，您是不是练过啊。”

刘素云双手叉腰，一边匀着呼吸，一边自豪地笑着说：“我每周都要爬一次皖州的云绵山，我是市登山协会的骨干队员，曾经代表登山协会攀登过昆仑山海拔 6 860 米的布喀达坂峰。”

健将级登山选手啊，怪不得体力和耐力这么好。关山竖起大拇指，由衷夸赞说：“您可真厉害。”

“哈哈哈！”刘素云神采飞扬的模样和初见时温文雅致的知识分子形象大相径庭。

明月喘着粗气，像头累坏的老牛一样瘫坐在山路边休息。她郁闷极了，搁在平常，不用她说，关山就会背起她继续向上爬，可今天呢，他竟然丢下她不管，和刘素云聊得格外默契投机。

扁扁嘴，她捏紧背包的带子，委屈地低下头。她没想到印象中古板守旧、言语不多的继母刘素云，竟然如此厉害，她露的这一手，不仅颠覆了她过往的形象，而且成功打击到了爬山菜鸟明月。

“怎么，走不动了？”关山总算想起半天无声的明月，走过来关切地问。

明月狠狠戳了他一眼，扶着青石站了起来，“谁说我走不动。”

她推开关山，沿着石阶向上走，关山摸摸鼻子，跟上去，“我来拿包。”

“不用！”明月执拗地拧了下肩膀，避开关山的手。

关山心想糟了，这丫头明显生他气了。是因为他和刘素云走得太近吗？可刘素云是明月的继母，两人虽说关系一般，可毕竟是法律上的亲属关系，是明冠宏的现任妻子，人家初来乍到，他总不能只顾着明月，忽略了客人的感受。不过，话说回来，刘素云的表现还是很令人敬佩的，不仅是她爬山的本领令人叫绝，还有她优雅的谈吐，丰富的学识，甚至是她隐藏在温文外表下的泼辣作风，都令人感到惊讶。

明月可能还没意识到她的这位继母不是个寻常人，兀自沉浸在怨懑的情绪里，不肯主动向继母示好低头。即使她明知道刘素云此次上山，一半的原因是为了她，她也不愿意和刘素云多说一句话。这倔强的脾性，像谁呢？

总算爬上山口，明月涨红了脸，一边弯腰喘着粗气，一边盯着前方坐在树荫下，用太阳帽的宽大帽檐扇风乘凉的刘素云，心里愈发堵得慌。

看到她上来，刘素云起身，走过来关切询问："很累吗？要不要休息一会儿。"

明月差点没被噎死，她翻了翻眼睛，强撑着站直身体，说："不累，走吧。"说完，也不等刘素云，径自朝山道那边走了。看着前方那抹走路明显歪歪扭扭的人影，刘素云和关山对视一眼，同时笑出声来。

刘素云说："是不是心疼了？"

关山摸摸高挺的鼻梁，点头说："嗯，有点。"

刘素云叹了口气，笑道，"明月的脾气，和她爸爸一模一样。都是死要面子活受罪的典型，不过，不服输的劲头还是值得表扬的，若没有这股劲儿，她也不可能在高冈村一待就是一年。"

"她除了脾气坏一点，其他都挺好。善良，正义，敢想敢做，主要是对孩子们好，对郭校长好，就冲这一点，她比现在大多数的女孩子都要强。"关山如实评价说。

"是啊，我也发现了，她和时下的年轻人不大一样，在她眼里，金钱和地位都不是那么重要，反而尊严和底线，是她最看重的东西。明月，实在是个难得的姑娘。"刘素云由衷赞道。

关山的眼睛里溢满了骄傲的神采，因为刘素云推崇备至的姑娘，恰恰就是他最心爱的姑娘。关山和刘素云边说边聊，来到高冈小学。

宋华见到刘素云，局促不安地搓了搓双手，主动迎上前，招呼说："您……您就是刘医生吧，我叫宋华，是郭校长的……是照顾他的人。您这一路累坏了吧，这山道，爬起来着实不容易。"

刘素云看着与她年龄相仿却显得憔悴老气的农村妇女，善意地笑了笑，说："没事，偶尔爬爬山，挺好。"

"快进屋，进屋坐，关山，你去叫明老师做饭。"淳朴的山里人，迎接客人最直接的方式就是设宴款待。

"不用麻烦了，让明老师歇着，她这一路，才真是累坏了。"刘素云和和关山对望一眼，忍不住笑了起来。

宋华不明所以，附和着笑："可不是咋的，那丫头今天估计是累着了，回来以后跟吃了枪药似的，说话都冒着火星。我还没细问呢，她就钻屋里不出来了。"

关山朝教室东面紧闭的门扉看了看，刘素云推他一把，说："快去看看，别真把她惹着了。"

关山摸摸鼻子，嘿嘿笑道："嗳，那我去了。"

刘素云笑了笑，拉着宋华的手，问："郭校长在哪间屋?"

"当当……"关山敲了敲房门，轻声叫道："明月，我进去了。"

里面没有回音，他挑起浓眉，右手轻推房门，弯下腰，走进屋去。屋里光线昏暗，靠窗的小床上隆起一团影子，关山摸了摸鼻子，走上前，在床边坐下。他咳了一声，抬手轻轻按住那团影子，柔声问："还在生气呢?"

那团影子晃了晃，试图甩脱他的手，"你不是不管我了？还来做什么!"一听就在赌气。

关山闷笑，矮下身子，连同薄被把她抱在怀里，"我不管你管谁。"

明月用力蹭着翻过身，用手猛推关山的胸口，斥责道："你还笑得出来，你明明知道她是我……是我不想见的人，你还对她那么好。你什么意思啊，我不要你管，你走……"

"我不走。"关山呵呵笑着，耍赖，将脑袋搁在她的肩头，笑吟吟地瞅着面前炸窝刺猬似的横眉竖目的姑娘。

明月羞愤不已，用手盖住他的脸，用力揉搓着推他："不要脸。"

"你蒙住我，我肯定没有脸啊。"关山握住她细瘦的腕子，伸出舌尖，轻轻舔了一下她温热柔软的掌心。

明月身体猛地抖了抖，而后凝固不动。她咬着嘴唇，面色绯红，表情似嗔非嗔、似怒非怒地盯着面前笑得如同小太阳似的男人，就这样咬牙切齿地看了几秒，她忽然双手捧着他的脸，用力搓揉挤压起来。

"让你耍流氓……让你不要脸……让你欺负我……"那张黧黑俊朗的脸庞被蹂躏得不成样子，高挺的鼻梁被她捏扁，嘴巴被她撕扯成长条状，眼睛更是夸张，硬是被挤成一大一小的怪异形状，到头来，惨不忍睹的关山却把折磨他的明月给逗乐了。

"噗!"明月抿着嘴，强忍着笑意，放开他。

关山的脸皮被撕拽得发红，可他混不在意，眼中带笑地扑上去，压住嬉笑闪躲的明月，右手扣住她的后脑，准确无误地吻住她嫣红发颤的嘴唇。

她的挣扎由激烈渐渐变得柔软无力，最后，她竟主动勾住他的颈项，将柔软的身子贴向他坚硬有力的怀抱。

关山吮吸着她口中的蜜津，裹着她的舌尖，带着她一起舞蹈。过了许久，他喘着粗气离开她的唇，但额头仍抵着她的，目光缱绻地凝视着她水光潋滟的眼睛，哑声恳求她："不生气了，好不好。"

她噘起嘴，刚想回答，却被他含住嘴唇，用力吸了一口。她瞪大眼睛，瞅着他。

他呵呵笑笑，又啄了一下她的唇，才吁了口气，扣住她的后脑，把她压在自己胸前。"傻瓜，我不向着你向着谁呢。刘医生若只是一位普通医生，那她今天的行为只会令我尊敬和感激。可她是与你有着法律关系的亲属，我对她，自然多了一份信任和崇敬。你比我聪明，比我会识人，不用我多说，你也能够看得出来刘医生不是一位普通的医生，她能来高冈，能来探望与她毫无关系的郭校长，就充分证明了这一点。明月，我不求你立刻就不生气，因为那不现实，但你可以试着收敛一下你的脾气，像对待一位正常的医生一样对待她，好吗？”

明月不是个不懂事的姑娘，她只是从心里排斥明冠宏，所以连带着对刘素云也没有好感。其实这一路接触下来，她对性格大方、凡事为对方考虑的刘素云已不像刚开始那样排斥。可她的性格就是这样，不肯轻易向人低头服输，尤其是与明冠宏有关的人和事，她就更是排斥。在这种矛盾的心理折磨下，她变得更加敏感易怒。

关山这一番真挚的言语像秦巴大山里的清泉一样，逐渐平息了她体内焦躁不安的火苗。耳郭擦碰着他粗糙的军装，耳畔传来的是他胸腔引发的共鸣，一种安定的、抚慰人心的力量让她感受到久违的安宁和平静。她闭着眼睛，双臂绕上他宽厚的脊背，用力抱紧……

“你帮我，好吗？”她轻声说。尽管声音很轻，可耳力过人的关山还是第一时间听到了她的心声。她让步了。

他就知道，他的姑娘比一般的女孩子要豁达、勇敢得多。他低下头，重重地亲了她一口。“好，我帮你。”

这边，刘素云已经为病榻上的郭校长诊治完毕。她一边收起听诊器和郭校长最近一次的彩超报告，一边神色和蔼地对郭校长说：“我回去以后就着手安排您入院手术的事，这是一周的治疗药物，您按时吃。”

刘素云从皮包里掏出一个印有医院标志的塑料袋，里面装满了治疗支气管扩张的药物。

“嗳，谢谢您，刘医生。这药多少钱，我给您拿……”郭校长挣扎着起身，想把药钱给刘素云。

“不要钱。”刘素云阻止他，“我们医院为了响应国家精准扶贫号召，会定期为因病致贫的贫困户免费送去专业诊疗服务和药品。您的情况属于受助范围，所以，这些药是免费的。”刘素云解释说。

原来是这样。郭校长稍稍松了口气，他用手撑着床板，靠在床头，神色忧虑地问刘素云："刘医生，有件事我想问问您。"

"您说。"刘素云说。

"手术治疗费用高吗？大概需要多少钱……"从刘素云口中得知自己的病手术可以根除病灶之后，郭校长死水一样的心湖萌生出阵阵涟漪。可转念一想，现在高额的手术住院费用，凭他的能力根本负担不起，他又备感绝望。

刘素云讶异地问："方超局长没跟您说吗？您的手术和后期治疗费用由川木县教体局和我们医院各分担一半，您不用考虑费用的事，只管安心调养身体。"

郭校长愕然一怔，喃喃说："方局长是提过一句，我以为不可能，我算什么……一个普通的山村教师……"

刘素云摇头，笑着说："您别这么说。您是山村教育的大功臣，是教师模范，像您这样为了山区教育事业鞠躬尽瘁的老教师，理应得到全社会的关注和资助。这些话可不是我瞎说的，是我们皖州市人民医院匡光明院长的原话，要不，我怎么敢给您送免费药品！"

郭校长问清原由，不禁激动得热泪盈眶，他握着刘素云的手，哽咽说道："谢谢医院，谢谢领导们的关心，谢谢……"

31　消除误会

刘素云决定在高冈小学留宿一晚，出乎所有人的意料。可她接下来的一句话，更是让明月张大嘴巴，愕然到几乎要蹦起来。

刘素云说："我晚上和明月一起睡。"

明月刚想说不愿意，却被一旁的关山抢着说："刘阿姨，明月愿意。"

愿意你个头！明月柳眉倒竖，转头狠狠盯了关山一眼。

关山朝她使个眼色，无声地提醒她说："你说让我帮你的。"

明月无奈地撇撇嘴，半晌，才憋出一句话，"就一晚。"说完，她就系上围裙做饭去了。

关山和刘素云对视一眼，露出会心了然的微笑。

清炒野山菌、辣椒炒土豆丝、凉拌木耳、鸡蛋豆腐。四个素菜，馏得热乎乎的白面馍馍，还有一人一碗棒子面稠粥。短短不到一个小时，明月就像变戏法的匠人似的，变出了一桌子的农家饭。

郭校长经过几天的休养，已经能够下地吃饭。明月、关山、郭校长、宋华，再加上远道而来的刘素云，一共五个人，围着小小的木餐桌，边吃边聊，其乐融融。

关山把刘素云的另一重身份介绍给郭校长和宋华。

"你这闺女，咋这么大的事也不跟我们说实话呢！害我刚才瞎说八道，让刘医生见笑了。"得知刘素云就是明冠宏的现任妻子，明月的继母，郭校长惊讶不已地埋怨明月。

宋华也讶然抱歉说：“我们真不知道刘医生您和明老师是这层关系，对不住啊，对您怠慢了。”

刘素云笑着插言说：“挺好的，都是山里的新鲜味道，吃起来特别爽口。”

宋华笑着说：“菜是粗糙了些，可明老师厨艺好，同样的菜，经她手炒出来，总是有股子特别的味道，特别香。”

刘素云赞同微笑，她喝了一口黄澄澄的粥，满意地点点头，“很好吃。”说完，她朝明月那边看了看。

明月正在低头喝粥，可能粥烫嘴，她就转着圈，小口小口地抿着，她应该很喜欢喝这种稠稠的稀饭，一脸满足的神情，颊边的梨涡若隐若现。

刘素云看到这熟悉的一幕，不禁愣了愣。明冠宏在家喝粥也喜欢这样转着圈细细地品咂粥的滋味。他们满足到眼睛微眯的神态表情，如出一辙，不禁让人感叹遗传基因的强大。

察觉到刘素云的目光，明月抬头朝刘素云望了过去。两人视线相遇，刘素云露出一抹淡淡的微笑，明月面无表情地转开视线，低下头继续吃。

饭后，关山抢着洗碗，明月收拾灶台。郭校长、宋华陪着刘素云唠嗑。

刘素云看着穿着打扮都显简朴的宋华，说：“宋家妹子，到时候还需要你过去照顾郭校长。”医院虽说有护士、护工可以照顾病人的起居生活，可比起亲人间的悉心照顾，还是差了老远。

宋华听刘素云这么说，想也没想，就点头应承下来，“我去。”

郭校长沉默思索了片刻，却拒绝道：“我一个人能行，柱子马上就要回来了，你还是待家里陪他。”

“柱子说他不一定回来，说要参加一个什么中草药种植比赛，总之他回来了，也会跟着我一起去照顾你的。你别管了，我肯定是要去的。”宋华语气坚决地说。

刘素云低头笑了笑，说："有句话我不知道当讲不当讲。"

"有啥您就说，刘医生，咱们都是自己人。"宋华说。

刘素云抬眼看看她，又转头看了看一旁沉默不语的郭校长，"我觉得，你们二位倒是可以先把个人问题解决一下，这样一来，你们做事也不会瞻前顾后，诸多顾虑了。"

宋华的脸皮一烫，垂下头，拧着衣角，声如蚊蚋地说："刘医生，你说啥呢。"

刘素云笑道："还让我说得更明白吗?"

郭校长连连摆手，解释说："刘……刘医生，你误会了，我和宋华，不是你想象的那种关系，我和她……"

宋华听到这儿倏一下抬起头，神色受伤地质问郭校长说："那你和我是啥关系！我都搬来和你睡一个屋，你说我们是啥关系！郭木鱼，你讲话得问问良心，我对你到底咋样，我的心思是啥，你别揣着明白装糊涂!"

刘素云赶紧劝解，"宋家妹子，你别激动，别激动。有话好好说。"

"我就是好好跟他说啊，可他每次都是这个态度，太伤人心了。"宋华低下头，飞快地抹了下眼角。

郭校长叹口气，"让您看笑话了。"然后就站起来，去院子里找关山。

他刚一走，宋华就捂着脸嘤嘤哭了起来。

刘素云拍抚着宋华的脊背，劝慰说："别难过，郭校长对你还是有情的，不然的话，他怎么能容忍你住进来照顾他。"

"可他……你看他，说的那些话，呜呜……"宋华委屈极了。

刘素云还想再劝，却看到明月双手叉腰，气哼哼地走了过来，她把抹布朝桌案上一摔，拉起宋华就朝床边走。"婶儿，您躺下。"明月的脸跟寒霜似的，吓得宋华赶紧脱了鞋，躺在床上。

明月转过头，对神色愣愣的刘素云说："待会儿您帮我个忙，我把郭校长喊进来，您就配合我，演一出戏!"

刘素云愣了几秒，下意识地点头，“行，听你的。”

明月压低声音把她的计划一说，其他两个女人面面相觑，却又同时笑出声来。

郭校长正和关山聊着30号鹳河大桥的开工典礼，忽然，从伙房里传来明月尖锐惊慌的叫声，“婶儿——宋华婶儿——你咋啦！”

郭校长跑进屋，他神色惶急地四顾寻找着宋华的身影，当看到躺在床上一动不动的宋华和一脸凝重正在为宋华做心脏按压的刘素云时，他的脑子犹如被钟磬击中一样，嗡一下变得混沌不清。

心口处传来剧痛，他跌跌撞撞地扑到床边，捞起宋华冰凉的手，用力搓揉着，“小华，小华！你咋啦，这是！醒醒啊，小华，你醒醒！”

宋华紧阖双目，一动不动。

“刘医生，她这是咋啦，刚才还好好的……”郭校长急得两眼通红，恨不能替宋华受罪。

刘素云动作未停，语气严肃地对郭校长说：“她这是心梗症状，估计是被你方才那些话刺激到了。”

郭校长神色痛苦地紧闭了一下眼睛，睁开之后，猛地抽了自己一记耳光。极响亮的一声，打得周围的空气，也跟着颤了几颤。

宋华的嘴角抽了抽，眼看着要睁开眼，明月却掐了她腰眼儿一把，扑上前哽咽着说：“婶儿，你可不能有事啊，柱子还等着你给他娶媳妇呢，你要是有个三长两短，你让郭校长可怎么办啊，呜呜……”

郭校长惨笑一声，语气悲怆地说：“她若是走了，我还会独活么？我这一辈子，最对不起的人，就是她。如果有机会弥补，我一定听她的话，啥都听她的……”

“真的吗？您什么都听婶儿的？”明月颤了颤睫毛，抖落上面一滴晶莹的泪珠。

郭校长不疑有他，语气悲伤地承诺，“都听她的，只要她能醒过来。”

话音刚落，就见床上躺着的宋华像是上了发条的玩具一样，倏地一下坐了起来，她的眼睛亮得如同夜空中的星星，盯着面前震惊错愕的心上人，大声说：“郭木鱼，我要和你结婚！”

郭校长张大嘴，眼睛里尽是震愕和不可思议，“你……你……”

明月和刘素云互望一眼，齐声笑了起来。“对不起，老校长，为了帮你们，我们演了一出戏。”刘素云抱歉解释。

明月站在郭校长身后，把他向前猛推一把，推向面色通红的宋华，“你们好好商量一下婚礼怎么办吧，去做手术之前，我要把这件事给办妥了！”

郭校长打了个趔趄，和宋华撞在一起，他下意识想躲，却被宋华紧紧拉住手，他的身子颤了颤，抬头望向目光坚定而又从容的宋华。半晌，他长叹口气，主动投降说：“都听你的，都听你的……”

明月正看得专注，忽然觉得袖子被人扯了扯。她转头一看，却是目光含笑的刘素云，正提醒她，莫要在这屋里做电灯泡。

她和刘素云悄悄退出伙房，关山双手插在裤兜里，正嘴角含笑地仰头望月，看到她们出来，他抽出手，笑吟吟地迎上前，“搞定了？”

明月露出得意的笑容，“那当然，也不看谁出的主意！”

关山宠溺地看着她，摸摸鼻子，说：“你的主意再好，也得刘阿姨出马才能成功，若不是她演技逼真，你能这么快就骗过郭校长？”

明月大大方方地向刘素云鞠躬，感谢说：“谢谢您帮忙。如果您有空，我想邀请您做郭校长和宋华婶儿的证婚人。”

刘素云微笑点头，说：“荣幸之至。”

三个人坐在老榆树下面就婚礼事宜一直聊到月上中天，关山看看表，“时间不早了，我回去了。”

明月依恋地看着他，“再待一会儿，还没说怎么让郭校长去领证。”

关山笑道：“我背他下山，很快，镇上就能办。”

明月哦了一声，脑子里却忽然蹦出一个疑问，难道她和关山将来登记结婚，也要去镇上领证吗？

这个念头一冒出来，她的脸皮就自动发烫，她甩甩头，在心里骂自己花痴、神经病，这才刚谈上恋爱，就胡思乱想结婚的事，她是有多愁嫁啊。

关山见她神色有异，眼神飘忽不定，一会儿喜一会儿愁的，不由得关心地问："明月，你怎么了？"

明月瞬间回神，她躲闪着关山的目光，嗫嚅着回答说："没……没什么，我在想婚礼的事情。哦，不早了，你快回去吧。"

关山纳闷地看看她，心想，刚还不想让他走，现在又催着他，这丫头，怎么变化这么快。惦记着转信台的工作，他还是告辞离开了。

关山一走，整个学校都变得寂静下来。明月不自然地咬了咬嘴唇，指着她的宿舍对刘素云说："我屋里有脸盆，您洗漱洗漱休息吧。"

刘素云笑了笑，说："好。"

明月回屋把油灯点上，趁刘素云洗漱的时候，她从木箱里拿出备用的枕头和薄被，铺在床上。六月的山里蚊虫肆虐，她早早就撑起了蚊帐，她用扇子扇走趴在纱网上的小飞虫，把蚊帐放下来。

她回头问正在用毛巾擦脸的刘素云，"您习惯睡哪头？"

刘素云看着铺着棉布格子床单，显得格外干净整洁的小床，说："我能和你睡一头吗？"

明月觉得心里有点别扭，可见刘素云并未改口，她只好把摆放在床尾的新枕头挪到她这一侧。

刘素云擦好脸走过来问，"你有护肤品吗？我来得匆忙，什么都没带。"

明月拿起书桌上的乳液，"您用吧，不过，不是什么好牌子。"

刘素云笑道："我也不讲究，平常工作忙，有时随便洗把脸就去上班了，什么也顾不上抹。"

明月曾在网上看过医生全年无休的恐怖加班经历，刘素云是皖州的名医，她一定比普通医生更忙。"您也经常加班？"

“不是经常，是业余时间几乎全在加班。”刘素云无奈地回答。

明月笑了笑，指着床铺说：“那您休息吧，我去看看郭校长他们。”

一旦捅破窗户纸，郭校长再有顾虑也只好顺着宋华的意思来。他同意办婚礼，但要求一切从简，不办流水席，只把相熟的亲朋请来，简单宴请一下。

明月原本还有意见，想说钱不够的话，她这里还有点积蓄。可没想到宋华也是这个意思。“我们这把岁数了，又经历了这么多的风雨，如今只想安安稳稳的，平静过日子，你郭校长身体很差，还是先看病要紧。”

郭校长愧疚地看着宋华，“委屈你了。”工作至今，一点积蓄也没攒下，如今年过半百步入婚姻，却连一个遮风挡雨的房子也不能给她。

“说啥呢。我若在乎这些，二十多年前，就不会喜欢上一个一穷二白的乡村教师了。”宋华说。

想起那段艰难无奈的岁月，郭校长眼眶微红地拉起宋华的手，感激地说：“以后，我会一心一意待你，不让你受委屈。”

宋华低头抹泪，“我不怕受委屈，就怕你不理我。”

“唉，都是我的错。”郭校长低下头，劝慰着宋华。

明月眼眶湿润地起身，轻手轻脚地退出门去。这样的时刻，这样的氛围，任何外人的存在都嫌多余。

回到宿舍，她以为刘素云已经睡下，却不想她坐在床边，正拿着她的教学笔记看得津津有味。看到她进来，刘素云微笑着抬头，说：“和郭校长商量好了？”

“嗯，就定在30号。不过不办流水席，只宴请关系亲近的朋友，大概就一桌。”明月挽起衣袖走到脸盆架前，拿起暖壶倒了些热水，又兑了些凉水开始洗脸。

“哦，这样也好。其实，像我们这个年纪的人，不大喜欢……”刘素云忽然顿住，没再往下说。

明月自顾自撩水洗脸，像是没有听到刘素云刚才说的。

刘素云苦笑着捋了捋头发，拿起手里笔迹工整、内容详实有趣的教学笔记，问明月："这是你写的吗?"

明月用毛巾擦拭着脸上的水珠，目光掠过刘素云手里的笔记本，说："嗯，是我整理的教学心得，有问题吗?"

刘素云微笑摇头，说："你写的这些针对山区留守儿童的教学笔记很有创意和趣味性，我觉得它非常值得推广，可以让更多的山村教育工作者从中得到助益。"

"我写着玩的，没想因此出名。"明月把毛巾挂在脸盆架上，端起脸盆去院子里倒水。她用剩水冲了冲脚丫，然后用干布擦干脚，回到屋里。

刘素云已经躺下，她躺在外侧，把床里的位置空了出来。

明月走过去，吹灭油灯，上床绕过刘素云，轻悄悄地在床里躺下。刚拉上薄被，就感觉到刘素云翻了个身，面向她，轻轻地叹了口气。她咬着嘴唇，屏息不语。

"明月，你很讨厌我，是吗?心里可能在想，怎么会有这么不识趣的人，竟然会留在高冈过夜，还要求和你挤在一张床上睡觉。"刘素云喃喃。

明月没有说话。

刘素云看着黑暗中算不得熟悉的轮廓，笑了笑，仰面躺平。"我知道你没睡，你若有兴趣的话，听我讲个睡前故事好吗?"

明月那边传出一声哼哼，辨不清是回应还是咕哝。

怀孕发妻找到出轨渣男讨回公道，却不慎动了胎气血染街头。刘素云口中的故事老套狗血，并无太多新意。明月正听得恹恹无趣，却没想到刘素云话锋一转，忽然颤声说道："这个可怜的女人就是我。"

啊?明月愕然一愣，转过头，看向刘素云。

刘素云正用手背压着眼睛，似是不堪回忆那时的惨痛经历。她沉默片刻，才鼓起勇气继续说："当时，我躺在人流如织的街头，被阵痛折磨得万念俱灰，心想，我就这么死了？我死了没什么，可是腹中的孩子却冤枉。我伸出手，恳求围观的人救救我，这时，一位穿着军装的军人冲了过来，他抱起我就朝最近的医院跑，也不知道哪里来的力气，我竟在他的鼓励下，强撑着意识坚持下来。在我母亲赶到医院后，他悄悄离开了……我曾多方打听过他，可一直没有结果。直到十几年后，我在医院急诊中心遇见他。”

明月一直在倾听她的讲述，听到这儿，她的心咯噔一下，面朝刘素云，翻了个身。“那人是谁?”她实在忍不住好奇，出声问道。

“想听了?”刘素云转过头，微笑着问她。

明月迟疑着点点头，说：“嗯。我还想知道，您当时在医院怎么样了?您的孩子……”印象中，她从未听明冠宏提起刘素云的子女。

刘素云的眼里掠过一道痛楚，她用力咬了一下嘴唇，声音低沉地说：“他没能看到这个世界就去了。可能老天爷惩罚我，孩子也在恨我，从手术台上下来，我就永远失去了做母亲的资格。”

说完，她转过头去，肩膀却一耸一耸的，颤动起来。真相往往远比想象的更加残酷。明月眼神复杂地望着刘素云，想不到，外人眼中事业成功、家庭幸福的知名医生，经历竟如此的坎坷。

她犹豫了片刻，伸出手，力道轻柔地按揉着刘素云的肩膀，“您别难过了，都过去了……”

过了一会儿，刘素云用明月递来的纸巾擦了擦眼泪，声音低哑地说：“我的情绪过于激动了，没有吓到你吧?”

“没有。您觉得好点了吗?”明月又递给她几张纸巾。

刘素云接过纸巾，压着眼睛，呛声笑了笑，说：“可能我真是老了，心态比以前脆弱了不少，连情绪也无法自控。”刘素云摸索到明月的手，轻轻抚摸着说，“让你见笑了。”

“您还没告诉我，救您的是谁?”明月好奇地问道。那个见义勇为的军人，给她一种莫名的熟悉感。似乎是她认识的人，又不敢肯定。

刘素云笑了笑，叹息道："是你的爸爸，明冠宏。"

明月讶然一愣，是他？随即又觉了然，原来她心中隐隐的猜想是对的。

"明月，你知道，你爸爸当年为什么急着和我结婚吗？"刘素云问道。

难道不是因为寂寞，想互相找个伴，老了有所依靠。她没说话。

"傻孩子，你以为你爸爸是那样只顾着自己的人吗？他那么痛快地答应和我结婚，主要还是为了你啊，为了能把你接到皖州后，让你有个温暖完整的家。"刘素云刚说完，就察觉到身旁的明月震颤了一下。

夜色已深，院子里虫鸣唧唧，皎洁的月光透过窗棂洒进静悄悄的宿舍。

明月轻轻攥着手心，仰面平躺，轻轻地吁了口气，"刘阿姨。"

刘素云心弦一颤，禁不住激动转头，"你……叫我？"

记忆中，这还是明月第一次如此亲切地喊她阿姨。

"不然呢？这屋里还有另外一位刘阿姨？"

刘素云哦了一声，失笑道："瞧我，一激动就犯傻。"

明月抿着嘴轻笑了笑，说："刘阿姨，您知道我的妈妈吗？"

刘素云不禁一怔。她想了想，说："我对你母亲所有的了解都来自于你爸爸的口述，其实，他讲得很笼统，也极少提起她。"

"我爸没跟您说过吗？我妈妈和他第一次见面的时候，同您一样，是被我爸给救了。"明月说。

刘素云愣了愣，随即失笑道："这么巧啊。看来你爸爸救人有瘾。呵呵，不过，你妈妈当时是因为什么原因被你爸爸救了？"

明月迟疑了几秒，回答说："我妈妈以为她被心上人抛弃了，绝望之下想做傻事，正好被我爸撞见……"

刘素云听后犹豫着问："你妈妈，以为……她被心上人抛弃？"她的心上人，难道不是明冠宏？

明月提起了那段往事，刘素云听后愕然半晌，感慨说："所以说，你妈妈根本不爱你爸，她爱的人，从头至尾都是……都是她昔日的恋人？那你爸，岂不是太冤枉了……”

明冠宏从未向她提起过这些事，可见，妻子不爱他这个事实对他的打击有多大。这些年，他是怎么熬过来的？

“大人们的事我不好评判，但我觉得我妈妈、我爸、慕叔叔，他们每个人都有他们应该承担的过错。刘阿姨，您和我爸的事，我曾经非常抵触，可后来，当我了解到你们大人之间错综复杂的往事之后，我想，很多事我可能做错了，也理解错了。包括对您，对我爸，都是如此。但是，您要让我立刻就原谅我爸，原谅你们所有的人，我也做不到。毕竟，在我成长的十几年岁月里，他是一个旷课的父亲，是一位不称职的父亲，甚至，是一位脾气暴躁、武断专横的父亲。尽管如此，我想，我还是要大度一些，谁让他是长辈呢，我答应您，我会试着去原谅他，试着与他沟通，因为，我已经知道了，他爱我，从未想过抛弃我……”

刘素云想不到明月小小年纪，竟能把感情的事看得如此透彻，还有她最后的一番话，简直就是她这一生听过的最棒的爱的表达。

她禁不住心潮澎湃，泪盈于睫。“明月，你让我说你什么好啊……你这个聪慧、懂事又大度坚强的姑娘！……谢谢你肯给他一个弥补错误的机会，谢谢你。”

她张开怀抱，哽咽道：“阿姨想抱抱你，可以吗？”

明月眨了眨潮湿发胀的眼睛，轻轻偎依过去，靠向刘素云的怀抱。

刘素云瞬间泪崩，她给了明月一个紧到窒息的拥抱。身体的压迫感，让彼此都感觉到一种前所未有的幸福和充实，尤其是刘素云，怀抱着明月，就像是抱着自己的孩子一样，心中充满了慈爱和感动。

两人一直聊到天际微明，才辗转睡去。

六月三十，骄阳似火，锣鼓喧天，鞭炮齐鸣。全村老少上千口人，聚集在鹳河两岸，参加鹳河大桥开工典礼仪式。

在典礼仪式现场，宋家山和靳卫星代表高冈村和部队领导分别在军地双方双拥共建协议书上签字，结成共建结对帮扶。根据协议，部队将在未来的十年间，从改善基础设施、培育致富产业、关注国计民生三个方面重点对高冈村进行帮扶，并把修建鹳河大桥作为帮扶重点。

“老村长，这下你可放心了吧！”靳卫星同宋家山握手，目光炯炯道。

宋家山紧紧地握住靳卫星的大手，嘴巴几乎要咧到耳根，激动不已地说：“放心咧，放心咧，靳团长，我们高冈村永远记得你的恩情。”

靳卫星笑道：“老村长，你又忘了啊，咱人民军队帮助老百姓，那是光荣传统，况且军民一家亲，亲人之间互相帮助，何谈恩情一说。老村长，你说是不是啊！”

“哈哈，是，靳团长说得对，说得太对了！”宋家山哈哈大笑，欣喜之色溢于言表。

开工典礼上，两位重量级嘉宾姗姗来迟。幸好典礼还没结束，他们还来得及送上大礼。

明冠宏站在临时搭建的台子上，朗声说道：“乡亲们，告诉大家一个好消息，下个月，高冈村就要正常供电了！另外，由皖州市政府牵头，由市财政和知名企业家慕延川先生共同出资兴建的高冈公路，也将于近日正式开工！”

明冠宏中气十足的声音在山谷间回旋震荡。现场的气氛像是凉水滴入滚油，嘭的一下，顿时沸腾起来。一天之内，过去连想也不敢想的好事一件一件变成现实，这种感觉，比中了大奖还令人兴奋。

等明冠宏意气风发地从台上下来，慕延川蹙眉道：“你把话都说完了，让我说什么？”

明冠宏看看他，意有所指地说：“你不是还有撒手锏吗？延菁集团准备与高冈村合作的连翘种植以及深加工项目，是不是也可以向外界公布了？”

慕延川被他堵得嗓子一噎。延菁集团的确有这方面的投资意向，但实施起来却比他个人出资修路济困复杂繁琐得多。

所以明冠宏捅过来的这记软刀子，还真的捅到了他的痛处。“我何时公布消息就不劳明局长惦记了，我去找月月，你就留在这里和家山村长吃流水席吧。”说完，慕延川转过身，大步流星地朝学校的方向走去。

当天，明冠宏未能参加郭校长的婚宴，因为随后赶来的陈勇庆接他去省里开会，他连口水也没喝就径自下山去了。

靳卫星和宋家山随后赶到高冈小学，在那边见到在厨房忙活的明月，就把明冠宏来高冈参加大桥开工典礼却又被秘书叫走开会的事跟她说了。

明月擦了擦额头上的汗，笑着说：“行，我知道了。首长，村长，你们快进屋坐，待会儿啊，一定要多喝两杯。”

靳卫星看着案板上五颜六色的已经切好准备下锅的各式菜蔬，不禁馋虫大动，他搓揉着手掌，虎目发亮地说：“今天啊，喝酒是次要的，主要是奔着你的手艺来的，明老师，你不会让我失望吧。”

明月挑眉叉腰，自信说道：“包您满意。”

“哈哈哈。”靳卫星和宋家山相视大笑。

高冈村婚宴最高标准，所谓“十三花”，就是十三道菜，即七道主菜，四道配菜，外加两碗汤。

关山因为工作原因，到了饭点才和董晓东一路小跑赶到学校。

婚宴设在学校教室，从村里搬来的四方桌四周坐满了喜气洋洋的客人。

关山洗了手，到伙房帮着端菜。进门看到明月热得满头大汗，不住地用肩膀蹭着脸颊，他心疼坏了，赶紧拿了毛巾上前给她擦汗。“累坏了吧。”

明月把勾了薄芡的甜汤盛到汤盆里，拈起一个刚炸好的肉丸子递到关山嘴边。“不累。就是天太热，稍微动一动就出汗。”

山里虽说比城市凉爽，可正午这会儿，照样热得人发晕。更何况她在灶膛前站了半晌，更是烤得要熟了。

关山握住她的手腕，低下头，吞下丸子，也咬住她青葱般的指尖。像是触电一样，明月颤了颤。热烫潮湿的感觉从指尖一直蔓延到心口，又一路向下，直达脚尖。她蜷缩着脚趾，不安羞涩地朝他身后望了望，然后想抽回手指，却没能如愿。

抬起头，却看到关山乌亮乌亮的眼睛，在背阴处闪闪发光。她心中一阵荡漾，语气不禁带了一丝撒娇的意味，“你干吗啊……”

关山吮着她的指尖，俯下身来，就想一亲芳泽。明月本能地合上眼睛，感受着他身上独有的男性气息，越来越接近，越来越……

“咳……咳咳!”忽然，伙房外头响起一阵熟悉的咳嗽声。

里面的人顿时惊慌乱套，不知谁欺负了谁，竟惹得其中一个痛呼起来，拼命地甩着指头，另一位则一脸慌急地低声探问着情况，却不想惹来一记娇嗔的白眼。

“咳，我来看看，要不要帮忙上菜。”穿着夏季军装常服、显得格外精神的靳卫星大步走了进来。他似是忘了刚才看到的一幕，嘴角噙着笑意瞅了瞅伙房里冒着热气的菜肴，说：“嘿，今天真没白来！都是我没吃过的!”

明月指着案板上排列整齐的“十三花”，豪气十足地说：“上菜!”

“好咧!”靳卫星掐了关山后腰一把，大声应道。然后又凑到关山身边，从牙缝里挤出一句夸奖，“你小子，挺上道啊。”

关山黑脸泛红地上前端起两碗菜，目不斜视地出去了。

靳卫星哈哈大笑，摸了摸下巴上的胡茬，端起两碗冒尖的菜肴，走了两步，又折回身，试探着问明月：“明老师，你和关山是认真的吧?”

明月正在擦拭灶台，闻声把抹布一扔，蹙眉看着靳卫星说：“靳首长，你说这话是啥意思？难道，你觉得我在戏弄关山？我是那样的人吗?”

靳卫星双手端着菜，不好摆手，于是就用力摇头，说：“不是，你不是那样恶意肤浅的女孩子。我问你，主要是……我们关山比较钝，就是那种认死理、一根筋的男人。他这个人当兵久了，少言寡语，无趣到你有时想和他聊聊天，他却只会和你说部队上的事。明老师，你找这样的军人做男朋友开始可能觉得新鲜，可日子久了，我怕你嫌弃关山，嫌弃他是个不懂浪漫的人，会……会离开他。他是个重情重义的男人，一旦投入感情，就是一辈子的事。我是怕你回头若是不满意他，和他分手，那他只怕会从此一蹶不振。明老师，关山只有一个名义上的养父，我就算是他的亲人。我这个人说话直，心里有什么就说什么，今天我多嘴问你，你就当是关山的长辈亲人在为他操心。”

明月表情认真地听完靳卫星的一番话，她没有立刻回答，而是重新拾起抹布擦拭起灶台。就这样来回擦了几下，她忽然抬起头，看着神情忧虑的靳卫星，说：“靳首长，这个世界上最不可捉摸的就是将来，我的经历充分印证了这一点，所以谁也不能向你保证，我和关山未来会怎么样。但我可以向你保证的是，我喜欢关山，喜欢的是他这个人，与任何外在的因素无关。他是一位能让我由衷敬佩的军人，同时，也是一位能让我感受到爱情甜蜜的男朋友，军人和男友，这两个角色在他的身上并不冲突，叠加在一起，反而会相得益彰，彼此加分。靳首长，我会努力地、认真地和他走下去。目前我能向你保证的，只有这些，虽然会令你感到失望，但我不想违心说谎，向你承诺我根本做不到的事情。”

“不过，如果我和关山真的发展到了结婚那一步，我也不会回避，这就像是水到渠成，瓜熟蒂落，自然而然地走到一起，才是婚姻关系最牢固的基石，您说，是吗?”明月目光清亮地说道。

热闹的喜宴在一片欢笑声中结束。肚子撑得滚圆的靳卫星先一步下山走了，微醺的他，对这个牙尖嘴利的大厨，可谓是爱恨交加，心情复杂到了极点。身为部队领导的他觉得很不爽，因为明月没有直接向他保证，会和关山结婚。可另一方面他却觉得明月说的那番话特别有道理，把他给说服了。而且，正因为这番真性情的心里话，他对这个看似柔弱实则极有主见的姑娘有了全新的认识。

她和那些整天咋咋呼呼的肤浅女孩不同，大大不同，从她的言谈举止，旁人只会看到成竹在胸的大气和智慧。她的话虽然不中听，可比那些假大空的谎话实际多了，而且，她向他保证了，她看重的，是关山这个人，而不是其他外在的东西。其实，这等于向他表明了她的立场，她是真心爱关山的，并不是盲目崇拜或是一时新鲜，等回头这股劲儿过了，就会离开关山。

靳卫星怀揣着复杂的心情下山去了，慕延川因为集团事务随后也告辞下山，离开高冈之前，他允诺，会尽快解决高冈的通讯难题。

新郎新娘刚走，关山就回来了。明月收着院子里晾衣绳上的衣服，问他："小董呢?"

"回转信台了。"关山擦擦额头上的汗，用手扇了扇风。

明月把衣服送回宿舍，转过身，却看到倚着门框、含笑而立的关山。

她眨眨眼，拧着眉头低头看看身上，不禁问："你看啥?"

"看你。"关山也冲她眨眨眼。

明月脸皮一烫，想到整座院子里只有她和他两个人，不禁有些紧张地说："不许耍流氓。"

关山笑得无辜，"我离你这么老远，咋能叫流氓。"

明月嘬着嘴，从床头抽了把蒲扇，递给他，"扇扇。"

关山接过扇子，揪着军用 T 恤的前襟，扑簌簌扇了几下，然后又折转方向，给明月打起了扇。

"我不热，你扇你的。"明月说。

关山微笑看着她，叫她："明月。"

"嗯?"她仰起头，扇子带起的风吹起她额前的刘海儿，愈发显得一双眼睛黑得透亮。

他眸色一暗，喉结上下动了动，哑着嗓子说："你今天和首长说的那些话我都听到了。我很感动，谢谢你，能对我这么信任，愿意和我这样的军人交往。"

明月一愣。他都听到了？想到她并未允诺和关山的将来，她不禁有些不自在地说：“可我没答应首长，将来和你……和你结婚。”说着，她低下头去。

关山笑了笑，把扇子换到左手继续帮她打扇，右手却挑起她的下颌，让两人的视线撞上。看着那双清凌凌的大眼睛，他情不自禁地低头，啄了啄她樱红的嘴唇。哑着声音说：“你不嫁我，还能嫁谁？”

明月红着脸转开视线，低声讷讷说：“那得看你的表现了。”

“我不会让你失望的。”

他还想亲她，却被明月躲开，“我身上净是汗，不好闻。”今天在伙房烘烤了半晌，她记不清自己身上到底出了多少汗。

关山看着她，想到什么，眼睛赫然一亮。他把扇子放在桌上，拉住明月的手，故意顿了顿，说：“我带你下河游泳，解解暑气，好不好？”

明月望了望外面的天色，犹豫说：“再过一会儿天就黑了，况且，咱们去游泳，万一让村里的人看见了……”

“看见了怕什么，他们不也经常下河游泳！”关山刮了刮她的鼻子，笑道，“怎么你的胆儿越变越小了，游个泳也瞻前顾后的！”

明月一听，瞬间被激起久违的豪气。她秀眉一拧，说：“谁说我怕了，去就去！”想到清澈见底的鹳河水，她的心情一下子变得迫不及待起来。

刚想跟着关山走，却又猛地顿住步子，为难地说：“我没有带泳衣……”

关山呵呵笑笑，说：“你有 T 恤短裤吗？尽量穿得利索就行。”他们又不是专业运动员，穿随便点也没人笑话。

明月想了想，说：“那你出去等我，我换衣服。”

关山摸摸她的头发，转身出去，并且帮她带上房门。

过了片刻，关山听到身后的门吱呀一声响，他转过头，却愣在那里。

他从未见过这样的明月。

只见她穿着一件及腰束身的白色 T 恤，下身是一条牛仔短裤，露出一双白皙纤细的大长腿。她正挽着头发，想把它们固定在头顶，可是她忘了上衣短小，这一抬胳膊，竟露出腰际一段凝脂似的肌肤。

关山觉得眼睛一花，脑袋瞬间充血想要爆裂开来。他呆呆地看着穿着清凉的明月，忽然间有些后悔提议去游什么野泳。

明月似是察觉到他的目光，低头看了看身上，迅速放下胳膊。“你偷看我?”

“没……没有。”的确没有偷看，他是正大光明地看好不好。

明月嗔怪地瞪他一眼，指着校门口，“走吧。”

“等等，我拿个东西。”关山叫住她，返回她的宿舍，过了一会儿，他手里拎着一条蓝白格子的被单走了出来。

明月瞪着圆滚滚的眼睛，诧异问道:“你拿床单做什么?”

关山走过去，把被单展开，把她脖子以下全部包住，又上下打量一番，这才满意点头，“这样就可以了。”

明月低头看了看身上粽子皮似的被单，懊恼地眨眨眼，抗议说:“我又不是没穿衣服！以前在游泳池，很多女孩子都穿比基尼!”这个老封建，居然怕她走光!

“啥是比基尼?”关山疑惑不解地问。

明月一愣，这才想起关山是个连耐克阿迪都不知道的军人。她心中一酸，看着他棱角分明的俊脸，解释说:“就是三点式，女式内衣款。”

关山目光一滞，黑脸紧跟着就红了。他在同州路边的商店见过那玩意，薄薄的几块布，能遮住啥？心里这么想的，眼神就忍不住朝明月身上瞄。

明月警觉地捂住前胸，羞忿低叫:“你往哪儿瞅!”

关山讪笑着摸摸后脑勺，低声说:“还是这样捂着比较好，到了地方你再解下来。”

明月无奈，只好披着块被单跟着关山出了门。

在山里游泳，其实就是游野泳。高冈村的夏季，农人一般避开正午，选择早晨或是傍晚到地里干活，累了，热了，连衣服也不脱，就从地势高的岩石上扎个猛子，往鹳河水里一跳，之后，像是青蛙一样从水里冒出头，再在水里把沾上泥土的裤子和裤衩统统扒下来一涮，顿时，就变成一个清清爽爽的汉子。

而山里的娃娃们游泳，则是直接光赤溜溜地下饺子一样蹦进鹳河里，一跳进去，就分成两拨打起水仗，你来我往，欢叫声、笑声、哭骂声响彻河岸。有时候比赛看谁在水里憋气憋得时间长，有人专门监督数数计时；有时候比赛游泳，划定一段距离，看谁游得快，赢得胜利的娃娃可以骑在最末一名娃娃的身上，让他驮着游。

游累了，就一个个腆着被太阳晒得黑亮的肚皮浮在水面上，随波荡漾，如果谁眼尖，看到河边来了女人，立刻吹口哨报警，他们像是翻肚的鲢鱼一样，噗通噗通一个个翻身钻入水底，潜游到远处去。有动作慢的，不小心被岸上的女人瞅到光溜溜的屁股，惊慌失措地呛了水，于是，水里就翻起白浪，好大一阵扑腾。岸上女人哈哈大笑，男娃娃又羞又气地从河里站起来，故意露出下体，晃晃，然后在其他孩子们的欢笑声里，噗通一下钻水游走了。

高冈的夏天，就像是一幅绚丽多彩的拼图，看似乱七八糟的一团，却充满了探险的乐趣和挑战的喜悦。

关山带着明月，找到鹳河岸边一处几乎看不到人的水域，他指着波光粼粼、清澈见底的鹳河，笑着问明月："你会游泳吗?"

"当然。"明月学会游泳，是她幼年跟随母亲去新疆探亲时明冠宏教给她的，新疆边境一望无际的丰沃草场，有比鹳河宽阔几倍的清澈河水，还有不苟言笑却始终护她安全的明冠宏，成了她童年记忆里为数不多的闪光点。

关山探手试了试水温，嘴角满意翘起。他抬高双臂，轻轻一拽，就脱掉了上身的军绿色短袖 T 恤。

正要去解裤扣的时候，却听到明月惊叫道：“你做什么！”

他的手指按在军裤上面，回头看着捂着眼睛、指着他跳脚的明月，不禁啼笑皆非地解释说：“我脱衣服啊，不脱衣服怎么下河游泳。”

“可你让我穿这么厚，你却光着，这不公平。”明月气咻咻地抖了抖身上的蓝白格子被单。

关山哈哈大笑，上前一扯，扶着她滴溜溜转了个圈，把被单扯下来。“行了，你解放了。”

明月扒开手指缝，一眼就看到面前杵着一具明显练过、肌肉隐隐透出线条感的男人身体。她呀的低叫一声，背过身去。

关山无奈地摇摇头，“你以前不是经常去游泳吗？怎么，游泳池的男人都是穿着衣服的吗？”

“那他们又不叫关山……”他们也没你这么好的身材，瞅你这身腱子肉，简直像大学宿舍卧谈会上诱人犯罪的明星。明月腹诽道。

关山在她背后嘿嘿笑了两声，走上前，将手臂穿过她的腰际，把她从身后抱住了。“傻瓜，我所有的都是你的，包括身体。”

这处水域风平浪静，波光粼粼，水深大约一米，水温适宜，也无阳光直射，是游野泳的好去处。明月站在岸边，以一个漂亮的入水姿势，水花很小地钻入清澈见底的河水，她双臂前伸，双腿有规律地振动向前，像美人鱼摆动着美丽的鱼尾一样，瞬间，就潜泳到了几米开外。

只穿着蓝布裤衩的关山暗赞一声好，迅即也以一个潇洒的侧入式潜入水中，去追明月。

两人并驾齐驱，一口气游了五十多米，明月蓦地钻出水面，兴奋地低叫一声，“嗬——”关山在她旁边的水面露出头，一边划水，一边赞叹地说道：“游得不错！”

明月撸了把脸上的水珠，自得地说：“我的仰泳比自由泳好，不然我们再比过！”

关山眼里的光亮比他脸上的水珠更加耀眼。“好!”

他们一起游到水岸边的岩石处，明月抓着岩石的缝隙，长腿蹬着岩壁，身子微弓，像专业运动员一样表情严肃地等着关山。

关山是“特大”的佼佼者，擅长各种泳姿，他的速度比明月要快很多，刚才他故意让她，但是明月的表现已令人惊艳。

关山摆好姿势，“预备——开始!”话音刚落，就见明月一个仰身，已经率先游了出去。关山紧随其后，两人手臂和脚打起的水花，霎时扰乱了这一池宁静。

明月渐渐找到感觉，越游越兴奋，越游速度越快。关山这边则越游越是惊讶。起初，他还存有实力，想让明月赢一次，可游到半程，他发现他若是不加力的话，不是输的问题，而是输得难不难看的问题了。

他加快划水和踩水的速率，追上明月，两人几乎同时触壁，明月一边剧烈喘息，一边拨开眼睛上的水，兴奋地说：“我赢了吗?”

关山喘息着竖起大拇指，由衷赞道：“你赢了。”

“你让我?”明月对这个结果感到意外。

“没有。”关山摇头，“我没有让你，后程若不是我发力追赶，输的恐怕就不止这一点了。”

明月咯咯娇笑起来，“我也就仰泳好，其他的泳姿不行。”她惬意地吁了口气，仰面躺倒，任身子在水中荡漾打转。

明月不知道她无心一躺，白色T恤里丰满的胸部线条却透过浸水后变成暗粉色的内衣显露无遗。这具散发着女性魅力的美好胴体，令血气方刚的关山瞬间起了反应。

和平常浅尝辄止的亲吻带来的悸动不同，这次汹涌的情潮来得又急又猛，仅仅是看了一眼水中白花花的胴体，他就觉得自己口干舌燥，小腹处迅速升腾起一股热燥燥的火焰。

他不敢动，因为清澈的水流遮挡不住他的反应。呼吸却变得浊重而又急促，他喘了口气，忽然沉下身，连头没入水中。

明月被他的举动吓了一跳，以为他脚抽筋了，赶紧游过去，去拉关山没在水里的胳膊。

“呀——”人没够到，却被水里那人反握住手腕，将她拉入水中。

她瞪着眼睛沉入水底，手忙脚乱地想推开搞恶作剧的关山，谁知他却像是年糕一样粘了上来，健壮的手臂搂着她的腰背，不让她浮出水面。

明月闭着气，用手捶打他的胸膛。他的眼睛黑得如同夜晚的鹳河水，透着异样的令人心跳的讯息。她觉得存在自己肺部的空气越来越少，而大腿处被硬物顶着的感觉却越来越清晰。

她是成年人，也是谈过恋爱的人，她明白，这一切意味着什么。羞涩和肺部不适的感觉交替冲击着她的承受极限，就在她感觉自己要爆炸的前一秒，他忽然俯下头，吻住她的嘴唇。

随着她张开樱花般的唇瓣，一股久违的气流从他的唇舌间度了过来，她的头嗡嗡作响，面皮的烧烫感和水流的清凉感形成巨大的反差，刺激得她只能贪婪地吮吸着他的舌尖，腿也不受控制地浮起，自动缠上他肌理分明的腰身。

关山觉得自己的身体快要炸开了，他抬起明月圆翘的臀部，拼命地朝他的身上按，他在水流中微微起伏，本能地厮磨着她柔软得如同水草一样的丰满胴体。

眼看着就要擦枪走火，残存的氧气却在此时消耗殆尽，她不安地拧动身子，他的眼睛越睁越大，最后，抱着她用力一跃，破水而出。

他们的身体维持着水下的姿势，依旧紧贴在一起。

两人大口喘息，呼吸着新鲜的氧气。四周山谷幽静，水声潺潺。

关山没有再进一步，而是小心翼翼地放她下来，大手托着她的腰肢，让她舒服地漂浮在水上。

明月的脸很红，她一直闭着眼睛，喘息不已。

关山摸了摸她的脸颊，低声说："对不起，吓到你了。"

明月的手搭在他的胳膊上，此刻轻轻捏了捏，表示她接受他的道歉。

关山俯下身，亲了亲她的嘴唇，抱歉说："我向你保证，只要你不愿意，我不会碰你。"

她蓦地睁开眼，眼里的亮光灼灼逼人，她敲着他胸前的铁疙瘩，嗔怪地说："那你还亲我！我让你亲了吗？"

他嘿嘿笑，"亲你不算。我是说，是说，像刚才在水里一样……"

明月羞涩失措地捂住他的嘴，警告说："不许说！"

她阻着他不让他说是因为她不想承认，刚才在水底，被关山抱着亲热的时候，她也有了情动难抑的反应。若不是关山肺部氧气不够，刚才在水底，他们不知道会发生什么事情。

想想就觉得害臊，可内心深处却有一种忐忑的幸福感不断地向外冒着泡泡。毕竟，这是他们第一次这样亲密。

其实，婚前性行为在现在的年轻人当中算不得什么大事，可明月和那些思想开放的女孩子不同，她的观念趋于保守，在她看来，贞洁是女人一生最宝贵的东西，它只属于神圣甜蜜的新婚之夜，属于她一生最爱的那个人。

而关山，就是她值得守候等待的爱人。她要把最完美的自己留给关山。"我不是迂腐守旧的女孩，但我想把最好的、最完美的自己留在新婚之夜，留给你。所以，我想请你答应我，在结婚之前，我们都不要突破这个界限，好吗？"

关山了解明月的心意后，感动不已。他为自己冲动无礼的行为感到羞愧，并保证，以后都不会对明月做出类似冒犯的举动。

明月看他面红耳赤、愧惭悔恨的模样，不禁扑哧一声笑出声来。她撩起一捧清凉的河水，泼向傻站着的关山。"傻瓜，我又没说不让你亲我……"

关山被泼了一脸水，又看到脱离他的掌控，像条滑溜溜的小鱼瞬间游走的明月，回味她的话，不禁眼睛一亮，低吼一声“我来了”，便拨开水花，追了上去。

寂静的山谷中回荡着他们幸福的欢笑声。

32　彼此惦念的冤家父女

第二天，明月和宋华陪同郭校长去皖州手术。关山因为工作原因未能陪伴明月他们一起下山，不过，他托董晓东给明月送来了一个小方盒子，并叮嘱她放在背包上面，不要挤压。

明月临走前，站在山口，目光依恋地望向远处闪闪发亮的通信塔，她知道，此刻关山正立在上面，遥望着她离开的方向，默默地向她道别。

方超局长派专车来接他们，车行半途，出现晕车迹象的她靠在座椅上休息，刚合上眼睛，却又猛地睁开。她打开随身带的背包，从里面掏出关山送她的盒子。

低头一看，她却愣住。有些年头的铝制饭盒里，整整齐齐码放着两层鲜红欲滴的野浆果，是破攀秧的果实，形状类似草莓，味道酸甜，具有开胃、止吐的功效，对晕车症状有奇效。

他什么时候去采摘的？早晨天未亮就进山了吗？这些红红的果实上面还沾着晶莹的露珠，他一定又去了断崖，只有断崖的石壁上面才结有这样的果实。

明月从这一颗颗的浆果上面看到了隐藏背后的浓浓情意和关心。这无人问津甚至无人知晓其名的野生浆果，在明月的心里，比价值千金的琼浆玉液还要珍贵许多。

这些浆果，明月舍不得吃，她忍着晕车的难受滋味，一路到了皖州。

在皖州人民医院，明月一行人见到等待多时的刘素云。穿着白大褂的刘素云看上去端庄严肃，给人一种安稳信任的感觉。

众人寒暄过后，刘素云让助手带着郭校长他们先去病房楼。明月正打算跟去，却被刘素云叫住。“你跟我来一下。”面色忽然变得凝重的刘素云拉着明月的手，径自朝急诊中心走去。

病床上双目紧阖、鼻子里插着氧气管、手背扎着输液针的病人，竟是明冠宏！

明月步子放慢，最终停住。刘素云回头看看她，放开手。

陈勇庆原本坐在床边的椅子上，看到刘素云身后的明月，他难以置信地揉揉眼，起身迎了上去。

刘素云弯下腰，轻轻攥住明冠宏的手，“冠宏，你看，谁来看你了？”

明冠宏一动不动地躺着，根本没有反应。

刘素云担忧地叹了口气，起身，走到神情木然的明月面前，提醒她出去说话。

两人一直走到医院的花园，明月忽然反手拉住刘素云，漆黑的眸子里溢出一丝痛楚，焦灼问道：“我爸……他为什么会躺在这里？”

刘素云目光很深地看了她几秒，而后，指着花圃里面供人休息的椅子，说：“我们坐下谈。”

原来，明冠宏去同州参加全省扶贫工作会议，会议安排比较紧凑，他又因为高冈公路的项目彻夜不眠地加班，以至于回皖州的路上，由于过度劳累，诱发心梗，被送到医院抢救。

“你爸爸的心脏主动脉有狭窄可能，确诊需要做心脏造影。”刘素云用专业的口吻向明月解释，“我早就提醒过他不要过度劳累，不要把弦绷得太紧，可他就是不听。在家的时候，我还能监督他，可一到外面，就……你也看到了。”

明月苦笑说：“他一贯如此，您又不是不知道。”

明冠宏的固执是刻在骨子里的，以前在部队，为了救一个逃兵，他的双腿被严重冻伤，差点截肢，伤愈后回到部队，许多人说他傻，可明冠宏却一笑置之，根本没当回事。

以前从母亲的口中听到这件事的时候，她和母亲都觉得爸爸很傻，觉得他万一回不来，或是因此而落下残疾，那他多亏呀。她甚至还有些恨明冠宏，因为他奋不顾身救别人的时候，根本没想到远方还有妻女，如果他不幸光荣了，那妈妈和她怎么办？

他的心里，除了部队，就是他的那些兵。

可是现在，自从她和关山恋爱了之后，她对军人这个职业从不理解到理解，又从理解到敬佩，宛如一次凤凰涅槃的过程，她重新认识了这个代表着奉献和牺牲的职业，也重新认识了千千万万舍小家保大家、为了人民群众的安宁负重前行的优秀军人。

刘素云拉着明月的手，恳求说："明月，阿姨求你，求你看在他病了的分上，对他好一点，常过来陪陪他，好吗？"

看明月不说话，刘素云不免着急地说："你不喜欢就不用常过来，偶尔来看看他就行，你知道，你爸爸是个不善于表达的人，其实，每次见你之后，他都能高兴很久。"

明月垂下眼帘，低声说："我会来看他的，您别担心。"

刘素云愣了愣，忽然激动地抱住明月，喜悦叫道："太好了，月月，太好了……"

郭校长的手术安排在周四。明冠宏的心脏冠脉造影检查也被排在周四，和郭校长同一天。

心脏内科和呼吸内科病房是上下楼层，郭校长去看望明冠宏，找到十六号病房，正想敲门，却听到里面传出一声大吼，"我不做造影！"

郭校长愣了愣，手搭在门上，却没敲下去。

里面静了静，传出明月隐忍的声音，“只要赵医生说您不必做造影，我立刻让陈秘书给您办出院手续。”

“哼！你们串通好了！”明冠宏愤愤说道。

“那您可以换医生，您自己指定医生，人家只要说您不用做这项检查，我也可以为您办出院。”明月寸步不让。

明冠宏被噎得没话说，拧着眉毛，大声说：“我说一句你顶一句，你是不是忘了，我是个病人！”

明月正弯腰倒水，听到明冠宏强词夺理的指责，她的嘴角忍不住抽了抽。淡定接完水，她直起腰，说：“您这会儿又承认您是个病人了？”

“你——”明冠宏气得捂住心口。

明月快步上前，把水杯放在床头柜上，退后几步，说：“我看我还是走吧，来一次您吼一次，万一把您再气病了，又是我的过错。”

她转身朝房门走去，背后的明冠宏紧盯着她的背影，张张嘴，想说什么，却又倔强地抿住。

“郭校长？”明月拉开门，却撞见郭校长略显尴尬的笑脸。

“嗳，我来看看你爸。”郭校长解释说。

她赶紧扶他进来，小声埋怨说：“您自己还是个病号，来看他做什么，明天就要手术了，您是不是背着婶儿偷跑下来的？”

郭校长还没回答，就听到床上的人猛咳一声，说道：“是老郭啊，你咋下来了？快进来坐，坐！”

“我听明老师说你病了，一直惦记着你呢，这不，今天才准我出来转转，我就偷跑下来了。”郭校长笑着过去，坐在明冠宏床边的凳子上。

明冠宏咧开嘴笑笑，又盯着那个一看见他就不会笑的明月，咳了几声，提醒说：“还不给你郭校长倒水喝。”

明月噘着嘴，嘟哝道：“不用你提醒。”

明冠宏撑着床板想坐起来，可是有些力不从心，郭校长赶紧按住他，不让他动，明月却折回来，扶着明冠宏的胳膊，把他从床上搀扶起来。她把枕头竖起，靠在床头，让他靠上去。

他拧着眉头，蹭了蹭脊背，嘟哝说："真是没伺候过人，你把那床被子拿过来，我不是靠得更舒服！"另外一张陪护床上还有一床闲置的棉被。

明月攥了攥手指，噔噔噔走到床头，干脆用力摇着升降手柄，把床体整个抬高。"这回总行了吧，明局长！"说完，她不看明冠宏，转身去给郭校长倒水喝。

明冠宏气得法令纹都爆了出来，郭校长拍抚着他的腿，笑呵呵地劝说道："她就是个倔脾气，又是个孩子，你跟她置什么气呢。"

明冠宏憋着气说："她啊，说是来看我，每次来就是气我，跟我对着干！"

郭校长笑道："刚才我在外面听了几句，老明，我觉得你也有做得不对的地方。"

"啥？我还做错了？"明冠宏蹙眉。

明月脚步轻快地走过来，把一次性纸杯递给郭校长，又用眼刀戳着明冠宏，略显自得地说："看吧，不是我一个人对您有意见。是不是啊，郭校长。"郭校长呵呵笑。

明冠宏气得指着门口，"你……你给我出去！"

"我正准备走呢！"明月一甩头发，像只骄傲的小孔雀似的昂着头，大步走了。

门一关上，明冠宏就捶着胸口，气呼呼地说："你看，你看她那倔样儿，谁摊上这样的女儿，不用阎王爷来催命，自己就去报到了！"

郭校长"哧"地笑出声。他拍拍明冠宏的腿，安慰说："行了，别生气了。比起以前她根本不理睬你，现在的你可幸福着呢。最起码，她肯主动来看你，就连你凶她，她也不生气，你想想，是不是这样？"

明冠宏挠挠头，法令纹深刻地印在嘴角，"可谁家闺女把亲爹怼得说不出话来！她就是存心给我添堵来了，我说什么她都跟我唱反调！”

“这就是你不对了，老明，闺女关心你，想让你做心脏检查，彻底查清楚病因，也好让她放心，你为啥不同意呢？害怕被查出问题，还是不想拖累闺女，让她为你担惊受怕？”郭校长敛起笑容，严肃问道。

明冠宏脸上的表情僵了一僵，视线也避开郭校长，他习惯性拧紧眉头，语气讪讪地说：“还是你了解我啊，老郭。”

他这次的病来势汹汹，预感很不好。如果心脏检查查出大问题，支架介入他倒还能接受，毕竟是个小手术，不出意外的话，术后继续工作是没有问题的。可若是严重到需要开胸做心血管搭桥手术呢？假如他下不了手术台呢？那他的明月怎么办？妻子怎么办？刚刚有点眉目的高冈扶贫项目又怎么办？他不能倒下。所以，他才会对医院的检查如此抗拒。

郭校长了然一笑，现身说法，用他的亲身经历劝解明冠宏，让他从心态上变得强大起来。最后说起明月，郭校长笑道：“你不觉得月月变了很多？要是她不关心你，不重视你，又何必每天到你面前等着挨骂！老明啊，你是个聪明人，不用我多说你就该明白，明老师她……她的心里一直有你。”

周四，郭校长被推出手术室。明月叮嘱宋华和陪护人员把郭校长送回病房，然后疾步跑向刘素云。

刘素云已经摘下帽子和口罩，但是脸色却很差。

“您没事吧？”明月担心地看着她。

刘素云摆摆手，说：“手术很成功。胸外科的侯主任是我们院的‘一把刀’，手术技术堪称一流，郭校长发生病变的肺段切除得很干净也很顺利，你就放心吧。”

明月抚着胸口，松了口气。

刘素云看看表，迟疑了一瞬，问明月：“你爸马上要去做心脏冠脉造影检查，你要和我一起去吗？”

明月想也没想就点头，“去。”刘素云讶然看了看她，据她所知，昨天这两个冤家可是吵崩了，不欢而散。

“刘阿姨，我们走吧。”明月拿出手机看了看时间。

刘素云哦了一声，扶了扶明月的胳膊，两人一起向电梯走去。

“你还住在附近的快捷酒店？”等电梯的间隙，刘素云问明月。

“嗯，教体局安排了两个房间，让婶儿和一起来的小胡休息，我就跟着婶儿占个便宜。”明月说。

刘素云咬了咬下唇，说：“你……可以回家住。”

明月一愣，看向刘素云。明冠宏和她的家吗？她没去过。

刘素云上高冈之前，她们只见过两次面。一次是在皖州车站，她和明冠宏大吵一架，直接就买票回同州了；还有一次是在同州她的学校，刘素云陪着明冠宏来找她，当时也是不欢而散。

家，在她的生活字典里，一直是个查不到的生僻字。

从小寄养在姥姥家，被舅舅一家嫌弃，浮萍一样长大，同州祥安路那幢破旧的小二楼和阴暗潮湿的院子，对她来说，就是池塘里的浮萍，而她，则是浮萍上一颗无人关注的水珠，随时都有可能被阳光蒸发掉，或是被一阵风，吹到脏兮兮的池水里，再也寻不见踪影。

不知是谁说过，没有家的人，就像是断了线的风筝，飘飘摇摇，始终没有归属感。如今，有人邀请她回家了。在她步入成年，变得成熟独立的时候，这个邀请会不会显得太晚了些。

她笑了笑，“还是不了，我在酒店住着挺好。”

刘素云的脸上掠过一丝失望之色，但她还是尽量去理解明月的立场，毕竟，他们之间的隔阂不是靠着几句话、有限的相处就能弥补的。

“你觉得舒服就好。不过，你什么时候想回家了，随时可以回来，家里一直为你留着一间屋子，从未让生人进去过。”刘素云意有所指温柔说道。

明月讶然沉默。竟给她准备了房间？明冠宏从来也没说过。

她没有表态，随着刘素云来到心脏内科病房。没想到扑个空，明冠宏竟自己走去造影室了。刘素云她们又匆忙赶过去。到了造影室，一眼就看到等候区穿着病号服、等着护士点名的明冠宏。他神情严肃地盯着造影室的大门，紧抿着嘴角，显得法令纹愈发深刻清晰。

刘素云放轻脚步走过去，“老明。”

明冠宏蓦地转头，看是妻子刘素云，目光下意识地向她身后睃了过去。看到想要见到的人，他嘴边的纹路不自觉地缓了缓。

“老郭手术怎么样？”他还惦记着郭校长。

刘素云说：“很成功，现在已经回病房了。”

明冠宏的表情愈发缓和，他拍拍身边的空位，“坐下歇歇，你也累坏了。”

刘素云心中一暖，冲着丈夫笑了笑，转身去拉明月，“月月，来，坐你爸爸身边。”

明月看看明冠宏，走过去，坐在他身边。刘素云会意一笑，说：“我进去见见大夫。”说完，她就以医生的身份进造影室了。

明冠宏的手原本板正地放在膝头，明月一坐下，他的手指却不自觉地慢慢蜷缩起来。身子也比刚才挺得更直，仿佛接受检阅的士兵一样，绷着一张扑克脸，目不斜视地凝视着前方的医院广告牌，一动不动。

明月亦是面无表情地坐在旁边，和明冠宏一样，盯着那广告展板，几乎要把上面的字一个个记背下来。

没有人主动开口说话，气氛显得尴尬而又紧绷，可一对表情相似、动作相似的父女杵在那里，却又有种说不出的滑稽感。

刘素云从造影室出来，看到这样的场景，眼角不由得跳了跳。她偏过头，握拳压在唇上轻咳了几声，压抑住想笑的冲动，才放下手，走过去，说：“马上就可以进去了。”

明冠宏神色稍松，挺了挺后腰，“嗯。”

刘素云看看明月，问明冠宏，“你们又吵架了？”

“没有！”两人同声否认，又同时望向对方，惊愕的表情如出一辙，连眼睛瞪大的幅度，都一模一样。

“哧！”刘素云到底没能忍住，捂着嘴，笑出声来。

明冠宏老脸一烫，瞪着眼睛戳向刘素云，“笑什么笑，有什么好笑的！”

刘素云笑得愈发夸张，连肩膀都震颤起来。

明月也偏过头，嘴角一个劲儿地上扬。

“明冠宏——”正在这时，造影室里的护士出来叫病号。

明冠宏神情一肃，举手说：“到！”

护士看到刘素云，知道这就是刘主任的爱人，露出善意的微笑，招呼说：“进来吧。”

明冠宏咬了下腮帮子，甩开大步就朝造影室那边走。刚走了几步，听到身后传来一道熟悉的声音，在大声叮嘱他，“爸，别紧张！”

他猛地停步，表情震愕地看着前方的大门。

刘素云惊讶地看着明月，几乎不敢相信自己的耳朵，明月，刚才叫爸爸了？！

明冠宏心脏冠脉造影的检查结果比预想中要好，连心脏支架介入手术也不需要做。原本令人高兴的结果，一对父女却因为一言不合，又杠上了。

回病房的路上，两人虎着脸，谁也不说话。到了病房，明月借口去看郭校长，没停就走了。

看着明月倔强的背影，刘素云神情失落地摇头叹息，明冠宏则靠在床头，脸沉得锅底似的，懊恼自己控制不住脾气，大好的修复父女关系的机会摆在他的面前，又被他的臭脾气给搅黄了。

“唉……”他的拳头重重落在床板上，发出咚一声闷响。

刘素云吓了一跳，走过去，拉着他的手，一边查看创口处的纱布，一边皱眉提醒说："这只手纱布没松之前不能用力。"

明冠宏看着憔悴不安的妻子，敛起脸上的失意和无奈，冲她安慰地笑笑，说："对不起，让你担心了。我这臭脾气，唉，总是关键时候坏事。"

"知道就好。"刘素云笑道。

"素云，你说，我是不是得改改啊，学着像郭校长那样，语气温柔和蔼地同人讲话，她才喜欢，是吗?"明冠宏问妻子。

刘素云扑哧一声笑了，她弯下腰，用力揉着明冠宏的脸，说："你啊，总算是开窍了。不过，你注意下讲话方式也就行了，其他的就别尝试着改了。月月不是个不懂事的孩子，她也在试着去理解你，去接受你，所以啊，你不要太心急，顺其自然，先做好你父亲的角色，你说呢?"

误解和隔阂不是一朝一夕就能改变和弥补的，但她始终相信，只要双方肯努力，总有一天，他们会消除误会，填补隔阂，变成真正的一家人。

明冠宏若有所思地点头，感激地望着眉目温柔的妻子，"你说的有道理。谢谢你，素云。"

郭校长晚间苏醒后，明月告诉他，她第二天要回高冈。教研室通知她去领回学生们的考卷，学校也要开散学典礼。

郭校长叮嘱了她几件事，让宋华送她。在门口，明月硬塞给宋华一千块钱，这才小跑着去等电梯。

跑过安全门的她，忽然折返，推开门，走了进去。来到楼下的心脏内科病区，她被几位神色慌张的护士赶超过去。"今天做造影的病号……突发心梗……叫赵主任……快……"

明月的心咯噔一沉，起初她还在小步慢走，可看到护士们拥向熟悉的病区，她的脸色一白，像是被谁忽然扼住喉咙，猛喘了两下，脚也像是上了发条似的，向明冠宏的病房狂奔过去。一口气冲到病房，咣一下推开门，却看到坐在床边的明冠宏正诧异地望着她。

她的耳朵嗡嗡直响，鼓膜抽抽地疼，心跳也如同擂鼓一样，剧烈到令她感到疼痛。

明冠宏直起身，神情关切地问，“你怎么了？”

明月靠在门板上，两条腿打着战，她面色惨白地看着越走越近的明冠宏，忽然拉开门，跌跌撞撞地跑了出去。

“月月——”明冠宏追出去，却只看到一抹浅蓝色的背影，消失在走廊的尽头。他担忧地朝明月消失的方向望了许久，直到他听到身后的喧哗声，才诧异转身，走向隔壁的病房。

病房大门洞开，附近的几个病号正围在门口议论纷纷。

“能救过来吗？”

“我看悬。”

“听说他上午做完造影心脏就不舒服了，医生用了药，可还是……”

明冠宏瞅了瞅隔壁混乱喧嚣的病房，心中一动。莫非，明月以为被抢救的病号是他？所以才神色惶急地冲进他的病房。他抬起头，向走廊的方向望了望，苦笑着叹息道：“这丫头……”

以为明月今晚不会再过来了，谁知，他刚躺回床上，拿起陈勇庆送来的会议纪要，打算仔细研读一番，却听到门口传来吱呀一声响。

他往下拉了拉眼镜，“谁啊？”

话音刚落，他就看到手里拎着袋子、表情不大自然的明月站在门口。

他愣了一下，摘下眼镜放在床头，招呼道，“进来啊，杵那儿干啥。”

明月咬着下唇，磨磨蹭蹭地走了进来。她走到床头，把袋子里的快餐盒掏出来，语声微哑地说：“我买了一份汤面，您吃了吧，好消化。”

明冠宏看着那碗面，又看了看明月极力遮掩却遮不住的红眼圈，他心中酸软，应了一声，扶着床沿坐起来。

明月赶紧把一次性筷子掰开，刮掉上面的毛刺，又把饭盒盖打开，把筷子递给明冠宏。“我让老板加了个荷包蛋，你尝尝咸淡，要是太淡了，我还带了一勺盐。”她在兜里翻找着用塑料袋包着的盐末，可找了半天，也没找到，“咦，哪儿去了，我明明塞到兜里了……”

看她焦急的样子，明冠宏觉得自己眼泪都快要流出来了。他睁着双眼，咳嗽了几声，平复了一下情绪，低头呼噜了一口面条。“挺好，不咸不淡，不用找了。”他摆手说。

明月这才安静下来，她坐在床边，看着明冠宏大口大口吃着面。

“我明天回高冈。”明月忽然开口说。

明冠宏的筷子顿了顿，含混不清地回应了一声，“哦。”

屋里除了明冠宏吃饭发出的声响，再也听不到其他的声音。就这样过了一会儿，“我今晚留在医院。”明冠宏端起一次性饭盒，正准备把碗底的面条吃光，他以为明月是想留下来照顾郭校长，却没想到明月接下来蹦了句，“照顾你。”

明冠宏没防备，一下子把面条吸进气管里，重重地咳嗽起来。

明月赶紧站起来，一边拿走他手里的饭盒，一边帮他倒水，“喝点水。”

他摆手，偏过头，压抑着咳嗽。明月抬起手，想帮他顺顺气，可是指尖在离他脊背寸许的位置停住，蜷起，松开，蜷起，最终，也没能落下去。

明冠宏一口气喝了一大杯水。他拧着眉头，刚想凶她两句，不让她留下，可耳畔却回响起刘素云劝说他的话来。

他清了清嗓子，渐渐舒展眉头，微笑着对明月说：“想留下就留下吧。”

明月神色讶然地看看他，他回以微笑，她的眼里闪过一丝疑惑，却很快隐去情绪，拿起床头柜上的一次性碗筷去扔掉。

明月一出去，明冠宏立刻捂着肚子，揉了起来。他拿出枕头下的手机，拨通正在科室加班的妻子刘素云的电话。“喂，素云，你待会让护士给我送一盒健胃消食片过来。”

刘素云纳闷不已，不禁问道：“晚饭你不就喝了一碗粥吃了俩包子吗？”

明冠宏苦笑说：“我闺女又给我买了一大碗面条。”

电话那边默了默，随即，爆发出一阵笑声。

“你记得让人送过来。”明冠宏觉得有些不好意思。

“忙完了我亲自给你送过去，还不行吗？晚上我总要留下来照顾你。”

“你不用过来了。”明冠宏竖起耳朵听着门外的动静，压低声音向妻子解释说，“月月说她今天要留下来。”

刘素云愣住。讶然过后，她的心里涌起一波一波的喜悦，“那太好了，冠宏，你可要把握机会，别再让月月失望了。需要什么，你就发短信给我，我随时给你提供帮助。”

“好。哎呦……”明冠宏忽然痛叫了一声。

“怎么了？冠宏？”刘素云紧张问道。

“健胃消食片……”明冠宏一字一顿地说。

刘素云一听，顿时笑得抽抽，“马上给你送去，马上！”

前半夜，明月一直守着病容满面的明冠宏，熬到凌晨，看他脸色正常了，才打着哈欠去隔壁床上睡觉。

待明月睡熟了，明冠宏悄摸爬起来，拿着半盒健胃消食片去卫生间嚼着吃了，才蹑手蹑脚地走到明月床前坐下。病房里关着灯，走廊的灯光透过门上的玻璃窗照进来，正好映在睡容酣甜的明月脸上。

怕她受到灯光打扰，他轻轻拉过布帘，挡住光。“嗯……”明月嘟哝了一句，胳膊向上抬了抬，脸转向另一侧。明冠宏屏住呼吸，一动也不敢动，生怕吵醒了她。过了一会儿，看她没有动静，才轻轻地吁了口气，拉过床尾的被子，展开，再一点一点盖在明月的身上。

他慢慢坐下，望着昏暗的光线里，隐约透出白皙肤色的明月的侧颜，眼前睡容甜美的姑娘却和记忆里那个见到他先是羞涩，后又像个野小子似的疯起来没完没了的小丫头重合在一起。

那个时候，她惧怕他却又总是偷偷瞄他。顶着一头蓬乱的小飞鬈，黑葡萄似的眼睛里总是闪烁着宝石般的光彩，渴望而又胆怯地偷看他，在他猛地回眸想逮住她的视线时，却又机敏地装出一副无辜的模样，假装看向别处，或是干脆找他参谋的“麻烦”。

明月不知道的是，他从未讨厌过她，每次见到她、和她相处的日子，都是他一生当中最温暖的时光。和她在一起很有趣，想象不到的有趣，她那千变万化的表情，演员一样夸张却又认真的演技，狡黠如狐狸似的微扬的嘴角，看一眼就禁不住想从心里笑出来。

有一次，她和她妈妈来部队探亲的时候，正好赶上放电影，就是等天黑了，在宽阔平整的训练场上绑上一个大银幕，在距离银幕几十米远的地方架上放映机，到点了，部队的士兵集合完毕，统一坐在操场上，中规中矩地观看电影。

明月却觉得稀罕，在连队间来回跑着玩，士兵大多认识她，很喜欢逗她这个漂亮又可爱的小洋娃娃，于是，时不时地传来她咯咯咯的笑声。后来，她被参谋叔叔抓回来，安置在他腿边的板凳上看电影。她噘着嘴，拧着好看的眉毛，瞪着他。

他假装没看见，只是在她沮丧低头的时候，俯身轻声说了一句，“明天带你去游泳。”她的小身板蓦地挺直，眼睛也像是大漠里的星星一样，亮得出奇。因为不算熟悉，她不敢对他表露出太多的情绪，可从她高高翘起的唇角和溢满惊喜的眼神，看得出来，她是多么的高兴。

可这兴奋也就维持了半个片子，电影还没演完，她就扯着他的军裤，鬈毛头歪在他的膝头睡熟了。抱着她回营房时，就像是抱着一团云彩，那种无法用言语形容的柔软，和内心升起的融融暖意，令他这个生性冷漠刚硬的军人也化成了春水。

如今，那个满头飞鬈的洋娃娃变成了美丽倔强的大姑娘。可她熟睡的样子，那微扬的嘴角，羽扇般鬈翘的睫毛，挺拔的鼻梁，还是和以前的小疯丫头一模一样，没有变化。

“月月……爸爸对不起你……”明冠宏眼里一酸，涌起潮湿，他赶紧低下头，按了按眼角，怕影响她休息，正要起身，膝盖处却忽然感觉一紧。低头一看，他不禁愣在那里。熟睡中的明月，像小时候看电影睡着了一样，小手轻轻扯着他的裤子，口中喃喃低语，“不要走……爸爸……不要走……”

明冠宏再也忍不住心酸的感觉，眼中淌下激动的热泪。这个时候，他才明白，过去的自己错得有多厉害！他的月月，受苦了……

第二天，明月起个大早回高冈。

她神色平静地向明冠宏辞行，明冠宏还是老样子，眉眼严肃地叮嘱她注意安全，摆手示意她可以走了。只是在她出门的时候，他忽然叫住她，“有空了就回家来，认认门。”

明月看着病床上两鬓斑白的明冠宏，目光微微闪动，迟疑了一瞬，点头说：“好。”

刘素云看着不吵架的父女，觉得很是惊讶。她送明月出去，在医院门口，才问明月，“昨晚，你和你爸没发生什么事吧？”

明月摇摇头，神情自然地说：“我睡着了，一觉到天亮，没顾上和他说话。”

刘素云看看明月眼中的血丝和微肿的眼皮，情知她在说谎，可她没再深究下去，因为她知道，能让剑拔弩张的父女两人走到这一步，有多不容易。她伸手摸了摸明月的面颊，慈爱不舍地叮咛道：“路上注意安全，到了县城给我来个电话，哦，对了，等暑期不忙了，就回家里住段时间，到时候，让你爸给你做扯面吃！”

明月笑着点头，冲刘素云挥挥手，“刘阿姨，我爸就拜托您了，我走了。”

“去吧，路上小心。”刘素云看着明月钻进出租车，跟车走了两步。

“关山来接我，您放心吧。”明月探头挥手，一眨眼的工夫，蓝白相间的出租车就汇入马路的车流，再也找寻不到了。

刘素云叹了口气，转过身，向医院走去。

一个多小时后，明月乘坐的长途车到达县城车站，远远地，明月就看到挺拔如松的关山，端立在接站的人群里。他一个人，就像是一支队伍。那样的精神，那样的站姿，一眼望过去，只觉得心中宁定，一股骄傲的自豪感油然而生。

车还没有停稳，明月就拎起背包，迫不及待地冲向车门。“吱——”车门缓缓开启，她等不及全开就从车上跳了下去。

“嗬!”她像只归巢的燕子似的，轻盈地跃向地面，谁知却被一只黧黑的大手抢先一步托住手臂，稳稳地落在地上。她的嘴角越扬越高，目光顺着那只大手一直朝上瞄，在看到那抹熟悉的灿烂若阳的笑容后，她顾不得四周好奇打量的目光，欢快地叫了一声关山，就扑向他的怀抱。

关山搂住她，用力一抱，然后扶着她的肩膀分开彼此，低声提醒说："这里是公共场所，等没人我再好好抱你。”

明月羞红了脸点头，“你等我好久了?”

关山笑望着她，“没有。”

昨晚，关山给明月打过电话，知道她今天要回来。

他抢过明月手里的背包，说：“你要先吃饭，还是先去教体局?”

“先去办正事吧。拿了卷子，我请你吃鱼。”明月歪着头，笑嘻嘻地说。

关山目光温柔地说好。明月走了两步，想起还没给刘素云报平安，于是让关山稍等，掏出手机给刘素云打电话。

“喂，刘阿姨，我到县城了。嗯，挺好的，吃了您给的药，没晕车，关山在这儿，嗯，下午就搭顺风车回高冈。我……我爸他怎么样?挺好，那就好，辛苦您了。那没什么事，我挂了。”收起电话，明月抬起头，却看到关山摸着下巴笑吟吟地看着她。

她摸摸脸，奇怪地问：“你笑什么，我脸上长花了?”

“你本来就是朵花，怎么看也看不够。”关山居然夸上她了。

明月四下里瞅了瞅，面皮微烫地捶了他一下，嗔怪说：“你没毛病吧，大白天发神经。”

关山嘿嘿笑，弯下腰，离她很近地低声说道：“你啊，就是刀子嘴豆腐心，看着泼辣厉害，其实啊，你的心比谁都软。”“我就喜欢这样的你。”他最后强调了一句。明月知道他说这话的意思，是欣喜她对明冠宏的态度，这一趟皖州之行，无论对她，还是明冠宏，都是很有收获的。

她抿嘴笑了笑，用手背轻轻碰了碰他的胳膊，悄声说：“我也喜欢你，这样的你。”

关山的眼睛蓦地一亮，嘴巴也向后咧，直咧到耳朵根儿去了。

两人说笑着坐公交到了县教体局，明月让关山在楼下院子里等她，她先去方超的办公室汇报郭校长的治疗情况。

谁知一进门，方超见到她就乐得站了起来。“小明老师，这次你可要扬眉吐气了！”

明月不由愕然。

方超拿起他办公桌上刚刚由教研室送上来的全县小学期末考试成绩汇总表，递给明月，语气兴奋地说：“你看看，快看看，你们高冈小学这次的期末成绩可是突飞猛进，从全县倒数，一下子冲进全县前十名了。哦，对了，你教的英语，排在全县小学的第三名，哈哈，小明老师，你说，你这次是不是要扬眉吐气了！”

明月觉得头有些懵，心跳得擂鼓一样，一阵比一阵急促，她手指颤抖地接过那张纤薄的纸张，有点怕看，却又忍不住低下头仔仔细细地梭视起来。高冈小学，总分平均分位列全县小学的第七。英语单科平均分位列全县小学第三。竟是真的！

明月的眼前浮现出山里娃娃那一张张纯真善良的笑脸，一股热流不受控制地涌入眼眶，她捂着嘴，情不自禁地低泣起来。

方超特别能理解明月此刻心里复杂的感受，她太不容易了，在与那些留守儿童朝夕相处的日子里，是她用无私的爱和极高的教学质量创造了奇迹。方超没有劝她，而是拿了一次性纸杯，接了一杯热水，默默递给她。

明月努力平复情绪，她用手背擦拭着激动感慨的泪水，哽咽着接过水杯，“谢……谢。”

方超抱着双臂，笑吟吟地看着她，“说吧，想要什么奖励，这次只要你提，我保证满足你的要求，怎么样!”

明月吸了吸鼻子，认真想了想，说：“今年评选高级教师，局里能不能考虑一下郭校长，这次的成绩有一大半是他的功劳，局里能不能照顾一下为了山村教育事业鞠躬尽瘁身患重病的老校长，让他退休之前，圆了这个心愿。”

方超敛起笑容，思考半晌，说：“我可以答应你，但是你也得答应我一个条件。”

“什么条件?”明月睁大眼睛问道。

方超哈哈一笑，摆摆手，示意她别紧张，“我的条件很简单，就是希望能把你的教学笔记推广传播给更多的乡村教师，让他们在工作中得到助益，让更多的留守儿童，得到更好的教育。”

“教学笔记？您难道不会像其他教师一样觉得我教龄短，不具备这样的资格吗?”明月问道。

“人贤为贵，小明老师，你就是那块会发光的金子啊。”方超动容地说，“这次的成绩公布之后，没有人会再质疑你的能力，你尽管放心大胆地去开创你的事业，争取把高冈小学的教学工作提升到新的高度。”

明月腼腆地笑道：“只要您觉得有必要，我一定尽全力支持您的工作。”

“好！咱们就说定了!”方超欣喜地说。

明月抱着装卷子的纸袋从大楼里出来，等候在外的关山迎上前，把批改过的卷子接过去，问道：“怎么样？这次伟伟他们考得好吗?”

明月看看他，神色严肃地叹了口气，“唉，你说呢？”

关山瞅瞅她，安慰道：“这次考不好还有下次，反正我相信你，也相信孩子们一定会学好。”

明月抿着嘴唇，看着关山，绷着脸，停了几秒，忽然“哧”一下笑出声来。“哈哈哈，我骗你呢！这次，咱们考进全县前十了！”

关山愣了愣，随即，漆黑的眼睛里涌起狂喜的光芒，“真的！”他忘了自己身上还穿着军装，竟弯下腰，把明月一把抱了起来。

明月被他转得头晕，加上羞涩和激动，她拍打着关山的肩膀，叫道：“放我下来！这可不是高冈！”

关山一直把自己转得晕眩才把明月小心翼翼地放到地上。他看起来真的很高兴，说话的声音比平常都要高上许多，“走，我们给孩子们买礼物去！”

两人在县里的商店给孩子们挑选了书籍和玩具，给几个女生每人买了一条漂亮的裙子，林林总总加起来花了五百多块钱。

明月不肯让关山买单，他们一人一半，不过吃饭却是关山请客。麻辣鲜香的河鱼，从中劈成两半，摊开来先煎后炖，鱼身盖满火红的辣椒，上面撒着米粒大小的香葱粒，诱人口腹。

“吃这个，我挑过刺了。”关山把嫩白的鱼肉蘸了汤汁，放在明月面前的盘子里。

明月毫不客气地吃下鱼肉，她眯着眼睛，发出满足的哼哼声，指着硕大的河鱼，提醒关山说：“你也吃呀，别总是照顾我。”

关山一边细致地挑着鱼刺，一边笑吟吟地瞄向她，“你喜欢吃鱼？”

明月把筷子头塞进嘴里，嘬着上面又辣又香的汤汁，用力点头，“喜欢，特别喜欢。尤其是这种没有污染的野生河鱼，我一个人能吃一条。”

关山笑着把剔干净鱼刺的鱼肉在汤汁里蘸了蘸，举起筷子，“张嘴。”

明月不好意思地看看四周的食客，发现没人关注他们，才凑过去，由着他把鱼肉放进她的嘴里。美食的滋味令她笑得眉眼弯弯，看向关山的目光显得格外柔情似水。她在桌下踢了踢关山的小腿，“关山，你以后也会这样对我吗？一直疼我，宠着我……”

关山不假思索地点头，“会。”

明月瞅着他，眨了眨纤长卷翘的睫毛，突然哧哧笑了起来。她推了推关山的胳膊，笑道：“逗你啦，你要一直这么宠着我，我还不变成米虫了。我可不想变成那样的废物，让人瞧不起。再说了，我自己有手有脚，干吗要依赖别人！”

关山无奈笑道，“我知道你好强，独立，但是在我面前，你尽可以随心所欲，你没问过我，怎么知道我不爱养米虫？尤其是像你这样的……米虫。”

明月瞪大眼睛，嘴唇微张，嗔怪说：“你……真是……”

关山趁机把刚剔干净的鱼肉塞进她的嘴里，轮廓刚毅的俊脸表情变得认真而又专注，“明月，不管你怎么想，我这一生都会像现在一样宠着你，因为你值得我这么做，明白了吗？”

明月神色怔然地看着他，渐渐地，眼眶里弥漫起一层雾气。她囫囵个咽下鱼肉，握住关山搁在桌上的大手，摸着骨节分明、茧痕粗糙的手指，压抑着情绪说：“你待我的好，我都记得。以后，我也会像你待我一样待你，对你好，让你幸福。”

关山激动地反握住她柔软的小手，不敢过来亲她，就在她手心里挠了挠，压低声音说：“我也是，明月，你不知道，我有多喜欢你……”

“你们要的米饭！”服务员过来送餐，打断一对倾诉衷肠的情侣。

关山张张嘴，还是把那几个字咽了回去。

明月脸红红地挣开他的手，把盛米饭的碗塞给他，“快吃饭，菜都凉了。”

“哦。”他偷偷瞄了她一眼，看她神情娇羞，露着喜色，不禁心里一阵荡漾，低下头，安心吃起饭来。

33　高冈村的春天

回到高冈村后，自是一番热闹。得知自家娃娃考出了前所未有的好成绩，在县里拿了名次，家家户户都高兴得跟过年似的，有的家里还存有过年剩的鞭炮，干脆从村头一直放到村尾，大肆庆祝起来。

经过这一年的相处，高冈村的村民对教师这个职业变得十分尊重。过去，明月刚到村子里时，村民对她的穿着和样貌比她从事的工作关注度更高。那时，他们关心的，更多的是温饱和生计，对于娃娃们的教育，尚且停留在认个字、会写名字就行的程度，可是现在不同了，经历过这么多波折和意外的村民，在明月等人的引导下，已经形成了尊师重教的风气。现在在高冈村，无论明月和郭校长在哪儿遇见村民，他们都会用不太标准的普通话无比热情地邀请去家里做客，村里留守老人多，他们大多不会说多么漂亮的场面话，但从他们质朴的言语中，仍然能深切感受到他们对于老师的尊重。

秦巴山民独有的淳朴和热情的品质，是明月这个从城里来的姑娘，在钢筋水泥的丛林里，在冷漠矜持互不关心的人际关系里，从未体会过的感动。在他们饱经沧桑的身体里面，在他们黧黑淳朴的笑容下面，她却仿佛看到了世间最细腻纯净的灵魂。

暑期生活转眼即逝。在这两个月里，明月的身边发生了许许多多值得她一生铭记的大事件。

七月末，在慕延川和当地政府的资助下，高冈村结束了近半个世纪无电、无水、无通讯信号的历史，不仅通了电，通了自来水，电信公司还进山架线，连通了山里与山外的信号，就连老一辈的人听也没听说过的网络，也走进了海拔一千多米的秦巴深山。

慕延川为高冈小学捐了六台电脑，因为没处放，教室留了一台电脑供教学使用，其余的五部电脑，只好暂时放在村委会的土坯房里，孩子们每周可以去那边上一次电脑课。这些山里娃娃对电脑的接受度极高，基本上没教几节课，他们就熟练掌握了电脑的大部分功能。他们还为电脑室起了个好听的名字，叫世界联络室。因为在这里，通过几个闪闪亮亮的屏幕，他们可以看到大山外面，省城外面，甚至是中国以外的世界。尤其值得一提的，是村民们通过几台电脑，就能亲眼见到千里之外的亲人，他们可以像在家一样唠唠家常，倾诉彼此的思念之情。

七月下旬，病愈后的郭校长回到高冈。当他看到锃明瓦亮的电灯、打开水龙头就喷溅水花的自来水以及安装在高冈小学的免费电话机时，这位在高冈村待了半生的老教师不禁激动地淌下热泪。

八月，高冈公路提前开工。鹳河大桥和高冈小学也以令人咂舌的中国速度，加速建设中。

八月末，明月接到县教体局通知，她被她的母校——省师范学院免试录取为在职研究生。

九月，新学期开学。高冈小学来了三名适龄新生，从小学一年级开始教起，也就是说，郭校长和明月的教学任务更加繁重了。

开学一周多，明月如往常一样，在伙房为学生们做免费午餐。免费午餐是延菁慈善基金捐助的，其实，也就是慕延川捐助的，保证每天为山区孩子们提供肉、蛋、奶、新鲜果蔬等营养食材。慕延川原本要派集团餐厅的厨师过来为孩子们做饭，减轻明月他们的负担，可是明月却不想再给慕延川添麻烦，她以学校房子不够住为借口给拒绝了，她觉得自己有手有脚，加上食材都是现成的，对于爱好厨艺的她，简直就是日常练手增加技能水平的好机会。

感兴趣的事，再累也不觉得苦。再说，现在有了网络更方便了，她可以跟着手机上的美食视频学习新的菜式，为孩子们改善生活。

今天，要做虾。上好的大个青虾，今早由县里的超市刚送上山。她用刀刃划开虾的背部，取出虾肠，如法炮制，处理完整盒青虾，她动了动腰身，却发现后腰处疼痛欲裂。

“嗯……”她忍不住发出痛苦的呻吟声。她拧着眉头扶着后腰一点一点地直起身，半晌，才转动手臂，身子向后，仰着脖子，做了几个拉伸运动。

等那股酸麻的痛劲儿过去，她舀水洗虾，腌制，将切好的粉丝放在虾背上的开口处，用小勺把熬制好的蒜蓉浇在粉丝上面，倒上料酒，上锅大火蒸制五分钟。

等待中，她切了一把自己种的小葱，切成米粒大小的碎粒。五分钟到了，她掀开木质锅盖。刚想低头看看虾的颜色，却听到身后传来董晓东的惊叹声：“好香——”

明月回头，看到伙房门口露着大脑袋、满脸渴望之色的董晓东，不禁笑骂道：“你属猫的吧，知道我今天做好吃的！”

董晓东嘿嘿一笑，扒着门框解释说：“是关站长派我来修电线，可不是我要来的。”凑过去闻了闻味儿，“明月姐，你不知道，现在一到饭点儿，我就无比忧愁地望着学校的方向，暗暗叹息……”

“叹息什么？别动！等下和孩子们一起吃！”明月一把拍掉董晓东的脏手，推着他。

董晓东咂巴咂巴嘴，神情失落地说：“我就在想啊，你咋还不和我们关站长结婚呢，要是你们结了婚，住在转信台，那我岂不是能……哎呦！”

不防备，头上挨了一脑嘣。董晓东疼得跳起来，一脸怨念地瞪着明月，低吼道：“你咋和我们关站长一样，喜欢用暴力！疼啊！”

明月瞥了他一眼，“谁让你乱说话!”

董晓东捂着头，小声嘟哝：“谁乱说话了，你不嫁给关站长嫁给谁？再说我们站长也不小了，过了年就 32 了，你总不能让他等到 40 再娶你吧。”

明月翻个白眼，“那也是我们的事情，董晓东同志，就不劳您费心了。”

她把最近配的新式电饭煲打开，想了想，又回头说：“还有，你有没有脑子，我和关山就算结婚也要等到我支教期满，他转业回城以后才能打算！你不会天真到以为我们会在高冈终老吧!”

和关山结婚，以转信台为家？这和她向往的普通温馨的两室一厅的小家庭，以及充实而有意义的工作，差得何止是一星半点！这个董晓东，真是脑子秀逗了。

没错，她是喜欢高冈，喜欢这些孩子们，喜欢这里的人，但她有她的追求、理想和抱负，她希望有朝一日，自己能够凭着超卓不凡的教学成绩骄傲地站在教育界最高领奖台上，接受“烛光奖”的奖杯。在高冈，她能做的，就是像现在一样踏踏实实地工作，站好最后一班岗。

董晓东一愣，随即讪讪笑道：“那当然不能。就算关站长愿意，你也不能留在高冈啊。”

明月瞥他一眼，“拿碗。”董晓东刚把一摞子碗放在案板上，就被明月推了一把，嫌弃地说：“洗手去！你瞅你的手，刚挖过煤吗?”

董晓东嘿嘿笑笑，习惯性用手去摸脸。

明月瞅着他那花呼六道的花猫脸，扑哧一声笑了，“还不快去!”

“嘿嘿，先吃一个过过瘾再说!”只见他手指无比迅捷地从盘子里拈起一只蒜蓉蒸虾，囫囵个丢进嘴里，就朝屋子外面跑……

金秋十月，明冠宏和慕延川相继来到高冈村。

两人像是比赛一样，前者带来了 H 省民政厅与四十几家社会组织签订服务协议的好消息，今后一年内，将由这些社会力量承担起对贫困留守儿童的生活照料、学习教育帮扶、心理关爱服务、安全法治教育服务，加强对“女童保护”的教育宣传以及针对各地实际情况提供个性化服务等等，确保每一个孩子都得到持续、专业、有质量的保护。这也是H省首次使用省级财政购买社会服务保护留守儿童。

明冠宏还告诉宋家山他们，国家制定了精准扶贫战略新举措，由城市带动乡村，点对点，面对面，由政府机关单位、大型企事业单位选派驻村干部，企事业单位职工与贫困户结对认亲，全面落实帮扶对象，帮助贫困户脱贫，真正实现从过去的“大水漫灌”到“精准滴灌”的转变。也就是说，像高冈村这样的贫困山村，国家这次要动员发动全社会的人力物力，下大力气帮助它们脱贫致富。

慕延川给高冈村带来的则是实质性的利好消息。就在九月末，延菁集团股东大会通过了与川木县政府合作开发连翘种植及深加工的大型投资项目，项目一期工程，将于年底在高冈村正式开工建设，他这次到高冈来，就是代表延菁集团和政府、高冈村签订正式的合作协议。

现在，高冈小学成了村里最热闹的地方。不仅大领导们来了喜欢到这里的老榆树下坐着聊天，就连村民们也时常会领着自家娃娃到学校来串门。

明月常常忙得不可开交，可又有种充实的喜悦感和自豪感油然而生，她由衷地为高冈村的转变而感到高兴，她坚信，在这些肯做实事的人的帮助下，高冈村会变得越来越好。

这天，是慕延川下山回沪的日子，他带着阿元到学校向明月辞行。宋家山也在一边作陪。

几个人聊了一会儿，慕延川指着操场，“陪我走走，好吗?”

明月莞尔说：“好。”

两人站在朴素的篱笆墙边，望着金秋开始变得绚丽的山林，静静地感受着这片神奇的大山带来的独特魅力。

“月月，我听关山说你在上教育研究生?”慕延川沉默了一会儿问道。

“哦，我被母校录取了，正在攻读在职教育研究生。”明月经由县教体局推荐，被母校免试录取为研究生新生，她每周都要通过网络听课，寒暑假也要去同州学习。

“你应该早点告诉我，我可以为你安排上海的院校，或者，送你出国深造。”慕延川有这个能力和条件为明月创造最好的教育机会。

明月笑了笑，说：“我不喜欢国外的求学环境，我觉得，国内的教育也不差啊，现在举国上下尊师重教，出去了，未必能得到这样高的待遇。再说了，我这一点就炸的暴脾气，也就你们能忍，我看我啊，还是老实待在国内，不出去给您丢人了。”

慕延川拍拍她的肩，调侃说：“你小小年纪做出这样的成绩还算丢人，那我们啊，都不要活了。”

明月抿嘴一笑，想起什么，问慕延川，“您什么时候见到关山了？”

慕延川目光微闪，笑道打趣道：“怎么，想他了？”

最近，关山他们转信台接到保障部队军事演习的信号中转的任务，他值守在转信台的方寸天地，穿梭于值勤机房与通讯塔之间，没有迈出大门一步。出于保密需要，明月也被禁止入内，连着三天了，他们不仅没有见面，连电话也没通过。倒是董晓东出外巡线的时候，到学校来看过她，说是关站长一切都好，让她放心。

她怎么能放心呢？夜深人静的时候，闭上眼睛，脑子里浮现的全是他灿烂若阳的笑脸。见不到他，才觉得时间过得缓慢，感受不到他怀抱的温暖，才真切地体会到想念一个人的滋味，如同万蚁噬心一般，尝尽了相思的折磨和苦痛。

“我……好几天没见他了。”明月的脸皮一烫，解释了一句，又问，“您见到他了？在哪儿？转信台吗？”

“不是，在后山，他应该是去工作，我看他背着工具箱。”慕延川说。

“哦。”不过，他既然有机会出来，怎么不到学校看看她呢？难道，连看她一眼的时间都没有吗？明月觉得有些失落，还有些沮丧，她垂下头，默了默，说，“我给您做饭去。”

这次慕延川要从上海出境参加一个全球范围的商业论坛大会，他将在大会上就中国商业的发展做精彩发言。慕延川摇头，“不用了，这几天你把我喂得太饱了，我需要消化消化。不然的话，阿元那个啰嗦鬼，会一直啰嗦到英国去的。”

明月莞尔道，“那好吧，等您下次来了，我做您爱吃的萝卜丝，天快冷了，英国那边更冷，您出去多带些衣服，别冻着了。”她像个女儿一样，有些啰嗦地叮嘱着临行前的父亲。

慕延川心里涌过一道暖流，他扶着明月的肩膀，用力按了按，目光慈爱地说：“我知道，你也保重。”

傍晚，关山擦着汗进门，见到正围在餐桌旁和郭校长夫妻吃饭的明月。

乍然见到他，明月禁不住愣了一愣。看到他明显凹陷下去的眼窝和眼底的青黑，就知道他这几天不眠不休地加班有多辛苦。他的裤腿上沾着灰土，想必是从山里出来就直奔学校。

明月站起来，清凌凌的眼睛里掠过一丝欣喜，“你忙完了？”

关山的视线从进来之后就黏在她的脸上。“忙完了，过来看看你。”

端着粥碗的宋华“哧”地笑了，打趣说：“哦，原来只是来看月月的啊。老郭，要不咱们出去？”她拍拍郭校长的胳膊，就要起身。

明月一把按住她，羞得满脸通红，嗔怪道：“您干什么呀……”她又看着郭校长，撒娇一样埋怨道：“您也不管管我婶儿，净拿我开玩笑。”

“呵呵……”郭校长清癯的脸庞上漾起笑容。宋华干脆哈哈大笑。关山挠挠头，也跟着傻笑起来。

明月放下碗，噘着嘴望向关山，“你也笑我！”

关山赶紧摆手，眼睛亮亮地说：“我哪儿敢。”

明月哼了一声，指着餐桌的空位，“你坐下，我给你盛饭去。”

关山老老实实坐下。

明月去电饭锅里盛了一碗熬得金黄发亮的小米粥，又从铁锅里拿了两个馒头，走了过来。“不知道你要过来，没炒菜。”她把粥碗和馒头递给他。

关山看着桌上两盘色彩缤纷的凉拌时蔬，笑道：“你做的，啥都好吃。”

宋华用筷子尖压住嘴角，又想笑，却被明月的眼神给震住。

明月想了想，转身到橱柜里拿了两根火腿肠，她撕开包装，把火腿切花刀，蘸了一些午饭时炸蘑菇用剩的粉芡，然后打开电饼铛，把火腿放上面煎熟，又撒上孜然和芝麻粒，装盘端到餐桌上。煎烤过的火腿自然卷曲成好看的形状，焦黄发亮的酥皮上黏着一颗颗洁白的芝麻，香气四溢，诱人食欲。

关山眼睛一亮，感激地瞅着她，“怎么做的，教教我？我们的火腿肠直接撕开就吃了，没这么香。”

明月把盘子向他和郭校长那边推了推，“就沾点粉芡，煎一下就成。郭校长您也吃呀，婶儿，你也尝尝。”

郭校长摆手，“吃饱了。”

宋华极有眼色地把她的碗和郭校长的摞在一起，站起身，“我们吃好了，你和关山慢慢吃，不用着急啊。”

郭校长和宋华去院子里洗碗，却再不见人回来，想必是怕打扰久别重逢的小情侣，出去遛弯了。

明月向外张望了一下，忽然踮起脚，隔着桌子，亲了亲关山的嘴角。蜻蜓点水一样的亲吻，却像是星星之火，迅速燃烧起一大片草原。她刚想坐回去，却不防被关山握住手腕，拉起，带着她躲进一处光线昏暗的死角。

她微张的嘴唇，还未发出惊呼，就被他囫囵个吮住。她的身体起了一阵剧烈的战栗，浑身被他的铁臂箍得生疼，连骨头缝都在呻吟。可她却仍然觉得甜蜜，不想和他分开，哪怕是一分一秒。

她的回应显得格外热情，他亢奋失控，力道猛得几乎要把她吞噬入腹。

过了不知多久，他忽然松开明月，喘着粗气把她压在自己胸前。她听到他的心跳声，咚咚咚，擂鼓一般，令她震颤而又渴望。

她伸出手臂，紧紧环住他的腰身，幸福地叹了口气，喃喃说："我再也不想和你分开了，一秒钟也不想，关山，你知道吗，这几天见不到你，我就像是丢了魂一样，总觉得心里不踏实，觉得身边少了什么，做什么事都无法集中精神。"

关山亲吻她的额头，哑声说："我也是。发电报的时候，差点把你的名字发给军区总部了。"

明月把头埋进他的怀里，咯咯笑。半晌，她仰起头，看着关山俊朗的脸庞，恳求说："那你现在就和靳首长说你要复员好吗？等明年我支教结束，我们就可以一起回城市了。到时候，你找一份工作，我就去学校教书，等稳定下来了，我们就结婚，组建自己的小家庭。你说好吗？"

关山的手指在她的后脑顿了顿，心情瞬间变得复杂起来。这不是他第一次面临这样的抉择，过去，小董、红姐、郭校长、靳卫星，甚至是刘素云都曾向他提起过同样的问题。

复员，转业。等明月支教结束就去她想去的城市定居，结婚，发展，相爱相伴，牵手一生。

任谁都无法辩驳抗拒的美好前景，到了他这里却有种说不出的滋味。不是他不想和明月结婚，他不知道有多渴望能真正拥有她的那一天快点到来，可他却舍不得这一身已经融入他骨血的松枝绿，舍不得这世外桃源一样令人心灵沉静的巍巍青山。

低头望着明月期盼渴望的眼神，他不禁想到她在高冈吃过的苦，以及藏在她教学日记中那无法阻挡的凌云志，他不能那么自私……

他目光专注地思忖了片刻，笑着拧了拧她的脸颊，说："好，我答应你，明年复员。"

明月惊喜地蹦起来，却忘了自己还在他的怀里，这情不自禁的一跳，恰好撞在关山的鼻子上。

“啊——”明月捂着生疼的额头，去安慰捂着鼻子、哭笑不得的关山。

两人闹了一阵儿，才坐下把晚饭吃完。

饭后，明月要洗碗，却被关山拦住。“我来，你歇着。”关山抢过碗筷，去院子里洗刷。

明月靠在老榆树的树干上，看着关山。“马上就要走吗？”

“哦，我得赶回去，让小董休息休息。”董晓东和他一样，不眠不休地坚持了几天几夜，他有多困多累，董晓东也是一样辛苦。

“好吧，正好我也要听视频课。”明月把关山送出校门，关山摸摸她的头发，摆手走了。

明月望着那抹高大挺拔的背影消失在山路尽头，这才惬意地吁了口气。她是不是从现在开始就可以期待未来的新生活呢？一想到她和关山在城市一隅拥有自己的一套小房子，过着甜蜜温馨的生活，她就变得激动不已。她甚至在想，她和关山未来的宝宝是男孩还是女孩？长得像谁？……

一阵凉意十足的山风吹来，惊醒了呆站在路边发痴的明月。她哎呀叫了一声，跺跺脚，快步跑回学校去了。

高冈的冬天来得很早，十一月中旬就下了一场大雪，气温也骤降至零下十几度。与往年不同的是，今年鹳河南岸的学生上学，不用踩着随时可能出现裂缝的冰面惊险过河，而是从河道上临时搭建的舟桥到北岸的学校上课。除了车辆不允许通行之外，行人随时能来往两岸。

鹳河大桥的建设一天也没有停止，就连下大雪，施工方也没中断施工。

自从大桥、公路以及学校开工建设之后，宋家山几乎就没回过家。他往返于几个工地之间，带领村民们为工人送水送饭，天黑了，他就住在附近的工地上，和建设工人打成一片，解决他们的实际困难。因此，他还被工人们封了个“路桥村长”的外号。

看着大桥渐渐有了模样，学校的主教学楼已经拔地而起，全线 20 公里的乡村公路也顺利修了几公里，宋家山和村民们一样，感到无比欣慰。

十二月，慕延川再次登上高冈，与市县政府领导、工业领导小组组长以及专程赶来祝贺的明冠宏一起，为万亩连翘种植基地项目开工奠基仪式剪彩。该项目的开工建设，将极大地拉动当地经济发展。

剪彩仪式后，慕延川和明冠宏边走边聊，去高冈小学“混饭”。

知道他们要来，明月没去看剪彩仪式，而是特地留下给他们做饭。大冷的天，吃一锅炖是最好的选择。大骨头熬的高汤，铁锅里放入油炸豆腐、海带、木耳、粉条、小酥肉和青青白白的萝卜片，等炖煮入味冒泡之后，再放入水水的白菜，再一开锅，嘿！那香味，别提有多诱人了！馏好的大白馒头，人手一个，端着一碗冒尖的杂烩菜，随意蹲在哪个旮旯里，就能连吃带喝地呼噜个满头冒汗。

天冷，孩子们都在教室里吃饭。安置好孩子们，明月回到伙房，就看到慕延川在向她招手，“月月，快坐下吃饭，别忙了。”

“嗳。”明月拉了个小板凳，坐在慕延川为她留的空位上，端起餐桌上的菜碗，夹了一块热气腾腾的油炸豆腐嚼了起来。

慕延川的身边坐着明冠宏，她落座的时候，他只抬头瞥了她一眼，就继续低头吃饭，似乎对女儿的到来，显得并不十分在意。

“月月，你吃点肉啊，看你瘦的，山风都能把你刮跑喽!”慕延川夹起一块小酥肉放进明月的碗里。

“啊，好了，好了，我碗里有肉。”明月叫道。

慕延川看着她吃了一块酥肉，才满意点头，说：“这就对了嘛，多吃点，寒假到了上海，才好买衣服。”

慕延川话音刚落，就听到身旁传来重重几声咳嗽。郭校长赶紧把搪瓷杯递给明冠宏，“呛住了吧，快喝水。”

明冠宏刚接过杯子，慕延川就笑了笑，语气凉凉地开口说：“你是故意的吧，明局长。”

明冠宏仰起头一口气喝了大半杯水，把杯子朝桌上“咣”地一墩，沉着脸说：“故意的怎么了？寒假月月要去皖州，你说晚了。”

慕延川瞥他一眼，转过头，语气慈爱地问明月，“月月，你自己说，寒假你是来上海，还是皖州？月月，你的房间已经布置好了，按照你的喜好，简约大方的北欧式装修风格，蓝白色系的家具，哦，对了，我手机上有照片，你看看喜不喜欢……”

明冠宏一把抢走慕延川的手机，放在一边，怒道：“有钱了不起啊，还简约大方，还北欧式，月月是中国人，就住她老子的房子！怎么了！”

慕延川拧着眉头，沉声说：“你这个人，莽夫！不可理喻！”

明冠宏怒目，“你——酸秀才！暴发户！”

明月被这俩聒噪好胜的老头给闹得哭笑不得。她放下碗，抬起手隔在两人之间，“停！停！”见两人还是剑拔弩张，怒目相向，她不禁叹了口气，说道：“再吵，你们就走吧，我这里不欢迎吵架的客人。”

屋子里瞬间安静下来。明冠宏和慕延川像是斗败的公鸡，看着表情严肃的明月，纷纷耷拉下脑袋。

宋华的嘴角抽搐得厉害，郭校长捅了捅她的胳膊，用眼神示意她别笑。

“节前我要留在高冈，因为要给孩子们补课，节后我要去同州师范学院上课，所以，寒假我不去上海也不去皖州。”明月说完，端起菜碗，又指指慕延川和明冠宏面前的饭碗，言简意赅地命令他们，“吃饭！”

两个年过半百的老头乖乖地端起碗，继续吃饭。虽然两人的眼神都有些许的不情愿，可想到明月不会去对方家里过年，心里多少好受了些。

饭后，明月在伙房洗刷，明冠宏迟疑了片刻，走到她背后，说：“我得走了，县里的车估计已经到山下了。”

明月甩甩手，转过身，说：“那您注意安全，到了皖州给我回个信息。”

明冠宏点点头，“嗯，你忙吧。”他转身走了两步又停下，转头看着亭亭玉立的女儿，眼底闪过一丝不舍，“关山和老靳说了要复员的事吗?”

“说了，靳首长让他放一百个心，说他不走，到时也会一脚把他踹飞。”

明冠宏咧嘴笑笑，心想，这还真是靳卫星的行事风格。他默了默，说：“等关山转业了，你们一起回皖州发展吧，你刘姨一直惦记着你呢。”可能不好意思说他惦记着女儿，于是，把妻子搬出来做挡箭牌。

明月站在屋子正中，冬日的阳光从门外透进来，恰好照在她白皙如玉的脸上，从他的角度望过去，像是镀上了一层金光，显得格外耀眼。她垂眸沉思了片刻，抬头用清澈如水的眼睛看着明冠宏说：“我和关山还没商量过这事，可我想尊重他的意见，他想去哪个城市我就跟他去哪个城市定居，毕竟，他转业后能选择的工作种类有限，我不想再给他增添压力。”

把最美好的年华都奉献给军队的关山，一旦面临转业，就业就成了一个难题。如果她强迫关山跟她去皖州，在明冠宏的荫庇下生活，以她对关山的了解，根本不可能。况且，她也不想让关山受委屈，一丁点都不行。

明冠宏张口就想斥责明月，在他看来，女儿和未来女婿就应该回皖州，一家人团聚，在一起亲亲热热地生活，将来他们结婚有了孩子，他和妻子正好退休，还能给他们带孩子。

可训斥的话到了嘴边，却被他生生咽了下去，他重重地吸了口气，隐忍地说：“也好，你们都是成年人了，自己拿主意。”

明月惊讶地看着他，仿佛不相信明冠宏能说出这样理性的话来。过了片刻，她露出笑容，真诚地说：“谢谢。”

明冠宏勉强笑了笑，摆摆手，大步流星地走了……

周日，明月没课，一大早就到转信台给董晓东补课。小董要参加六月份的军考，今年是他最后的机会，考上了前途无量，考不上，就只能扎根深山，等着复员转业了。

“今天的课就上到这儿，这几份卷子你尽快做了，有什么问题，下次上课我给你解答。”明月把卷子递给董晓东。

院子里传来一阵人声。明月露出笑容，刷一下站起身，就往门口跑。

董晓东撇撇嘴，叹息嘟哝道：“见色忘弟啊……”

明月一脸喜色地跑出去，刚准备叫关山，却意外见到老熟人孙家柱站在院子里。她瞪大眼睛，讶然叫道：“柱子？”

孙家柱看到她，也是一愣，“明月姐。”

看到明月，关山的目光闪了闪，咧嘴笑了，他揉了揉孙家柱的后脑勺，指着屋门，说：“进屋说话，外面冷呢。”

夜深了，关山送明月回学校。山道上静悄悄的，皎洁的月光像一层轻纱笼罩着四周的山林，两人依偎前行，气氛说不出的宁谧而又安详。

“我们要帮帮柱子吗？”明月晃了晃关山的手。

关山笑望着她，目光温柔地说：“我听你的。”

孙家柱到转信台来，是向他的好大哥关山倾诉内心的苦闷和委屈的。他一直存有回高冈创业的想法，如今国内知名的大企业慧眼识珠，到高冈来投资开发连翘产业，恰恰说明他之前的判断没有错，他应该回高冈来，开创他一心向往的事业。可是他的母亲宋华却反对得厉害，她情绪激动到用茶缸砸他，甚至吼叫着让他滚。

说实话，事情闹到这一步，他的心里比任何人都要难受。他找到关山，想让这位一直懂他支持他的老大哥帮帮他，劝劝固守成规的母亲，不要把目光只盯着铁饭碗，其实偏僻的高冈遍地是宝，大有可为。

关山和明月并未当场表态，只是答应孙家柱会好好考虑一下。孙家柱神情失落地回家去了，明月心里不好受，一直在思考这件事。听关山这么说，明月不由得撇撇嘴，嗔怪道：“又让我拿主意，你躲我后面，想坐享其成？还是怕得罪宋华婶儿，不敢找她说？”

关山呵呵笑，“我没你会讲道理，要我去说，恐怕只会坏事。不过，我是站在柱子这边的，你站哪边？”

明月沉思片刻，说：“我也支持柱子。可婶儿这些年也挺不容易的，想把她的思想一下子转变过来，我觉得不容易。”

关山点头同意，“的确是这样，要不，你先找宋华婶儿说说看，不行，我再试试。”

“好吧，只能这样了。”明月说。

两人继续朝前走，这次，明月主动偎上去，抱着关山的胳膊，和他紧贴着走路。关山心里美滋滋的，他低头看了看嘴角带笑的明月，问：“还有一周就要过年了，你打算初几去同州?”

“初三。初五开始上课，我提前过去，把出租屋收拾一下。”明月说。

关山不舍地揽住她，把她整个箍在怀里，闷闷地说：“真不想让你去。”

明月咯咯笑着抱着他的腰，“我也是，这还没走，我就开始想你了。”

“呵呵……”

明月用指尖戳戳关山的胸肌，说：“我们都且再忍忍，等到年末，我们就能真正地团圆了。”她指的是他复员、她支教结束之后。

关山摸摸她顺滑的头发，轻轻地“嗯”了一声。

明月“对付”宋华的办法简单粗暴，却也最有效。

她把宋华病了的消息告诉孙家柱，这个孝顺的小伙子当即就跑到学校来了。郭校长和家柱换了睡觉的地方，他回家住，而家柱留在学校照顾生病的母亲，他在伙房用砖头和门板搭了个临时床，晚上睡觉，白天收起，不耽误明月给补课的孩子们做饭。

起初，宋华对孙家柱不闻不问，甚至打着让他走，可儿子铁了心留下来照顾她，即使被泼了一身水，也倔强不肯离开。两人就这样耗了好几天，一直到除夕夜，宋华身子爽利了，下床帮明月做年夜饭，孙家柱去叫郭校长和关山他们过来团圆，暖烘烘的伙房里，只有明月和宋华两个人手脚不停地忙着。

“唉……”宋华看着屋子角落里堆放的砖垛儿，脑海里浮现出每日夜里弯腰垒床的家柱的身影。

明月看看她，目光微闪，故意问：“咋啦，婶儿，又想起啥了？”

宋华低头抹抹眼睛，强撑着说：“没啥，没啥。”

明月把酥肉和丸子放笼屉蒸上，转身在围裙上擦了擦半干的手指，看着神色憔悴的宋华说：“婶儿，您是不是心软了？不忍心再为难柱子了？”

宋华愣了愣，迅速瞥了明月一眼，低下头，没有说话。

明月了然笑道：“您也知道柱子做的是正经事，之所以不肯接受，是觉得咱高冈穷，您好不容易把他送出去，他却要学以致用，回来创业，您从思想上接受不了，认为他辜负了您的期望，是个不折不扣的不孝子。可事实呢？真的是这样吗？咱高冈真要一直穷下去吗？我不这么认为。且不说现在村里通了水电，通了网络，还有正在修建中的大桥和公路即将竣工，就是慕总与高冈村的连翘开发项目，单单这一项投资，搞好了，咱高冈也能立刻摘掉穷帽子，过上富裕的好日子。到时候，懂技术的柱子可就变成了高冈村的大恩人、香饽饽，您啊，自然也会赢得村民的尊重。婶儿，其实您是个明白人，不用我讲太多，您也能悟出这些理儿。刚才我听您叹气，是不是您冷静下来想了想，觉得这段时间对柱子太苛刻了？柱子是个好孩子，他比谁都心疼您、爱您，不然的话，他干吗冒着被您打骂的风险，强留在学校照顾您呢？最后我想说一句，柱子他跟着慕总做事，再跑偏能跑到哪儿去呢？您不放心柱子，还不放心慕总吗？”

宋华其实已经原谅儿子了，只是心里还有些别扭，经过明月这一番推心置腹的开导，她觉得心境豁然敞亮起来，她愧惭地看着明月说：“我不是那个意思，慕总是好人，柱子跟着他，我放心着咧。我就是心里，心里……”

明月走上前，挽住宋华的胳膊，笑着说：“您怎么想的我都懂，也全都理解，可是婶儿，现在不是过去了，高冈村迎来了脱贫致富的大好机会，作为村里的一分子，咱说啥也不能拖村里的后腿，您说是吗？”

“嗳，我懂，都懂。是我糊涂了、糊涂了。”宋华老脸一红，愧疚说道。

“那一会儿柱子回来，您可得对他好点儿，这几天，他可真是累坏了，不瞒您说，昨天我还见他偷偷往后腰上贴膏药呢！”明月说道。

宋华大惊，“贴膏药？他腰咋啦？”

“还能咋了，睡木板睡的呗！”明月瞥了一眼屋角的砖垛儿和门板。

不多一会儿，院子里响起人声，“我们来啦！”

明月心里一喜，乐颠颠地跑到门口，冲着院子里正在洗手的人，挥手叫道：“关山！”

过年了，关山仍旧穿着他的迷彩服，他听到叫声，回头看着明月，咧开嘴，露出一口大白牙。是她最熟悉的笑容。

她盯着关山，舍不得移开视线，可忽然冒出来的孙家柱却把她吓了一跳。“我妈她咋样了？”孙家柱踮着脚尖朝伙房里张望。

明月推了他一把，蹙眉说：“还生气呢，准备再丢你一个茶缸！”

孙家柱苦着脸，露出委屈的神色，嘴里嗫嚅说：“能不泼水吗，已经没衣服换了。”

刚说完，就听到屋里响起熟悉的呼唤声，“柱子，你进来！”

孙家柱愕然一愣，下意识地瞅向明月。明月冲他眨眨眼，眼里漾起一丝促狭的笑意。

孙家柱比了个 why 的手势，明月清咳两声，大声说：“婶儿，柱子进去了啊。”说完，她猛推了孙家柱一把，然后，咯咯笑着跑到关山身边。

“郭校长呢？怎么没和你一起回来？”院子里寒风瑟瑟，她缩着脖子跺脚。

“去给村长拜年了。”关山猛搓了几下手，然后握住她的手，放在嘴边呵气。她脸红心跳地看看四周，踮起脚尖，在他的脸上啄了一下。

关山的眼睛亮得如同这夜晚的灯光，他捧起她的手，放在唇边，轻轻摩挲着，在她的掌心印下一个又一个令人心动的浅吻。

明月怕痒，咯咯笑着躲，关山挠挠她的手心，朝亮着灯的伙房瞥了一眼，说："是不是婶儿想通了，原谅柱子了？"

明月点点头，高兴地"嗯"了一声，她回头，看了看屋里的人影，笑着说："估计这会儿，婶儿正在给柱子贴膏药呢。"

"柱子受伤了？"关山关切地问。

明月咯咯一笑，狡猾地眨眨眼，"我用了苦肉计，应该是见效了。"

关山呵呵笑，腾出一只手掐了掐明月粉嫩嫩的脸颊，"你啊……就是个鬼灵精！"

明月伸出拳头捅向关山，撒娇说："你不喜欢吗？"

关山嘿嘿一笑，"喜欢得不得了。"

他看看寂静的院子，大着胆子把明月揽在胸前。明月靠在他温暖的怀里，闭着眼睛，惬意地享受着幸福的时光。远处的村子传来噼里啪啦的鞭炮声，明月在他怀里嘟哝说："咱们也该放炮了……"

"再抱一会儿。"她的耳边回响着他低沉磁性的声音，紧接着他叹了口气，无奈地说，"真舍不得你去同州。"

明月到同州学习，初四到师范学院报到，初五到正月十一，面授一周。

师范学院是她的母校，她在这里度过了最美好的青春年华，博学楼、逸夫楼、图书馆、镜湖、文化长廊等标志性建筑和景观，她曾无数次徜徉其中，感受着它们独特的文化魅力。

研究生班的授课老师大多认识明月，他们对这位文静秀气的学生印象深刻，不仅仅因为她是师范学院历年来为数不多的佼佼者之一，而且因为她曾是沈柏舟的女朋友。

长相帅气的沈柏舟是师范学院的风云人物，研究生院的高才生，即使已经毕业考入省教育厅工作，那些低年级的女生提起他，还是一脸向往和崇拜。而明月曾经是研究生院的常客，她经常陪着男朋友沈柏舟听研究生院的教授讲课。有的时候，相熟的教授故意逗弄这对小情侣，叫明月起来回答问题，她也不怯场，回答问题干脆利落，极有见地，颇得教授赏识。

时光荏苒，教授们没想到会在自己的课堂上再次见到这位给他们留下极深印象的女学生，昔日里快言快语的美丽校花变成了如今睿智沉稳的山村支教老师，她旺盛的求知欲以及如饥似渴的学习态度令教授们赞叹不已，而她眉宇间、眼睛里绽放的明显和过去不同的成熟内敛的光华也令这些老教授们感到无比惊讶。

这是一个让人感到熟悉而又陌生的明月，她的蜕变犹如破茧而出的蝴蝶，似乎经过了一番痛苦的挣扎和曲折，才冲破桎梏，成为一只美丽夺目、坚毅果敢的蝴蝶。

虽然听说明月和沈柏舟已经分手，可还是有好事的教授通知了沈柏舟，明月在师范学院上课。正月十一，最后一天面授课程结束，明月走出教室，一眼就看到斜倚在对面教室门口、双手插兜、表情略显忐忑的沈柏舟。

看到明月出来，他的眼睛赫然一亮，直起腰，大步向明月走来。走到离明月几米远的地方，他忽然放慢速度，眼神不安地看着面前的姑娘，轻轻叫道："明月……"

明月面无表情地看着他，停下来，说："你怎么来了？"

"我特意过来等你的。哦，是许教授告诉我，你在这里上课。"话到最后，几近无音。

明月把背包的带子从左肩换到右肩，又转头同一位研究生班的同学打了声招呼，然后才把头转向沈柏舟，语气很淡地说："你找我有事？"

教室走廊很暗，沈柏舟穿着一件黑色的羊绒风衣，整个人几乎融入身后的背景里。看到明月对他的态度，沈柏舟心中刚刚燃起的小火苗噗的一下熄灭了，连同眼睛里的光，也瞬间变得黯淡下来。他不禁苦笑，低声问："没事就不能找你了？再怎么说，我们曾经也是……"

"过去的事我不想再提，也请你尊重我的选择。我现在有男朋友，而且我也不想让他误会，我们之间还有任何联系。”明月说完，退后一步，和沈柏舟离得更远。

“明月，你……你真打算和一个没前途的老兵谈恋爱？你想过没有，他能给你提供什么生活保障？”沈柏舟盯着明月，仔细观察她脸上的表情。

明月蹙着眉头，沉吟思索，沈柏舟不由得暗自窃喜，嘀！总算让他说到痛处了。“以前的事都是我的错，我向你保证，今后绝对不会发生类似的事情。明月，给我一次机会吧，我保证不会令你失望！”沈柏舟一激动，忍不住向前走了两步，想抱明月。

“你别过来——”明月伸出一只胳膊虚挡着他，表情严肃地警告他。

沈柏舟怕吓着她，赶紧停下，口中讷讷：“好，好，我不过去。你别怕，我不过去。我就是想告诉你，那个傻……哦，那个黑大兵给不了你的，我全都可以给你。你想要什么，我都能给你找来，你知道我的能力，我有钱，我什么都能办到！”

明月又退了两步，脸上露出鄙夷的神色，一字一顿地说：“沈柏舟，纯洁你有吗？纯洁的、毫无杂质的爱，你有吗？”

明月清亮有力的质问声，犹如春日里的惊雷在沈柏舟的耳边接连炸响，他的神色由期盼变得愕然，又从愕然变得颓丧，最终，变得灰败发暗毫无生气。他微张着嘴唇，想为自己辩解一两句，可是那些苍白的话语到了舌尖，却怎么也没勇气把它们变成音节，让她听到。

“这一年多来，我在国内最贫穷的山村生活，什么物质条件也没有，却收获了世界上最宝贵的爱情、亲情和友情。所以，沈柏舟，你的那些所谓的优点，在我看来，根本不值一提。而你给不了我的，关山却可以做到。他比你富有，比你懂得珍惜，因为他的心灵纯粹而又干净，他对我的爱，无需天天挂在嘴边，我却能从他的眼神、语气甚至是一个轻微的动作感受得到。这才是爱情应该有的模样，是你永远也无法企及的高度。这些话，你可能理解不了，也无法接受，但事实就是如此，你和关山根本没有可比性，因为换作是他亏欠了我，他绝对不会像你一样纠缠着我，他会离我远远的，默默地为我祝福，这就是你和他的差距，你懂了吗?”明月目光湛然地说道。

沈柏舟默立片刻，嘴角泛起一丝苦笑，自嘲不忿地说：“和他比起来，我真的那么差劲吗？明月，你凭良心说，我们相恋一场，难道我就没有一丝长处？难道那些年，我们之间的甜蜜时光都是假的？你从未喜欢过我?”

明月看着情绪激动的沈柏舟，半晌，垂眸说：“我还是那句话，过去的事，我不愿再提。现在，我只能告诉你，我不恨你了，你可以卸下包袱，重新开始生活了。”她再次后退，“我走了，希望我们今后不要再见面。也希望你能顺利。”说完，明月转过身，表情决然地大步离开。

沈柏舟怔怔地望着那道单薄纤细的身影迅速消失在走廊尽头，直到再也看不见，他的脸上才浮现出一抹怅惘痛楚的神色，口中喃喃道：“也祝你……顺利……”

就在沈柏舟陷入怅惘悔恨之际，高冈村却迎来了真正的春天。

孙家柱带头创办连翘科研中心之后，又有两位专门从事中草药种植研究的专业人才，同时也是孙家柱的同学，相继来到高冈，和他一起实现创业梦想。

在他们的带动下，犹豫不决的村民们纷纷坚定信心，主动同村里的合作社签订种植协议，有近一半出外打工的村民选择留在家乡种植连翘致富，其余的人则在观望，想看到收益之后再决定来年的去留。

青壮年劳动力的加入，就像是新鲜血液，为贫穷的高冈村注入了勃勃生机。而之前令村长宋家山头疼不已的劳动力缺失的问题迎刃而解。以前，村子里空荡冷清，大白天也见不到几个人，可是现在，随处可见扛着农具互相打招呼的青壮年。

最开心的莫过于这些山里的孩子们。二十个孩子，有九个孩子的父母最终选择留在高冈种连翘，不出外打工了。于是，这九个孩子告别了又一季“春去冬来”的煎熬，告别了骨肉离别的痛苦，与父母亲人幸福地生活在一起。

他们摘掉了留守儿童的帽子，成为山区普通正常的儿童，他们像城里的孩子一样，享受着阳光雨露的照耀和滋润，享受着家庭的温暖和父母的呵护，他们的笑容灿烂而又热情，纯洁的眼睛里，再也看不到一丝阴影。

34 苦肉计

董晓东下山去县里参加统一考试。考完回来，明月和关山问他考得怎么样，他摇摇头，说一般。到了六月末，军考成绩公布那天，董晓东忽然着魔似的，围着后山跑了两个来回才汗流浃背地拉着关山去学校的电脑上帮他查成绩。

成绩是明月帮他查的，因为董晓东紧张得缩在门口，啃着光秃秃的手指，大气也不敢出一口。明月也很紧张，几次输入名字的时候，都输错了。

“不行，还是你来吧。”明月起身想给关山让位，却被关山按着肩膀，笑着鼓励说：“怕什么，最差也还是个兵！”

明月愣了愣，点头说：“对啊，考不上也不是世界末日，大不了继续当兵。”

“慢慢来，别急。”关山握着她的手，一个字母一个字母在屏幕的输入框内敲打出董晓东三个字。

在他点查询键的同时，明月忽然撤回手捂着眼睛，叫道：“你点吧。”

关山莞尔，他摸了摸明月的头发，毫不犹豫地按下查询。

教室里一片寂静。明月忐忑不安的心里如同烧了一把火，恨不能跳进鹳河里清凉一下。她捂着眼睛，焦急问道：“看到了吗？多少？”

关山不说话。她于是更急，拧了拧身子，说：“到底多少啊，你快说呀，啊——不要！”手被关山忽然拉开，她的眼前呈现出一个全新的电脑界面。她死死地盯着屏幕上显示的三位数，眼睛一眨不眨地盯了几秒，突然大声叫道：“董晓东——董晓东——”

外面传来董晓东变了调的哭腔，“没考上……听你声音我就知道，没考上……”

明月转过身，疾步跑出去，把蜷缩在门口墙根的董晓东拉起来朝教室里面拽。“你自己看看，你考了多少！”

董晓东跟头犟驴似的，屁股吊着不肯上前去看，“我不看，看了受打击，我不看……”

明月用了点力气，把他推到电脑前，指着屏幕上闪烁的数字，大声说道：“513，你肯定过线了！肯定考上了！董晓东！”400 多分就够提档线了，他的体能科目成绩优秀，如今远超提档分数线，稳走无虞。

董晓东呆若木鸡地杵在原地，过了片刻，他似是明白过来了，猛地抱起旁边的明月，忘乎所以地转起圈来。“我考上了，我考上了！”

明月被转得头晕，她一边大笑，一边捶打着董晓东的肩膀，“放我下来，放我下来！”

“咳咳！咳咳！”正转得起劲呢，董晓东感觉臂弯一轻，然后他就像个陀螺似的，打了个旋，虚抱着空气，咕咚一下滑坐在板凳上。抬头一看，却撞上一双乌洞洞气势迫人的黑眸……

董晓东以 513 分被素有“军中清华”之称的国防科技大学录取。接到上级通知后，董晓东开始收拾行囊，准备去千里之外的大学报到。离开的时候，才乍然感觉到他对转信台的依恋和不舍到了令人惊讶的程度。原来在一个地方待久了，尽管已经失去热情，甚至感到麻木和厌弃，但如果真的让你放弃，似乎又很难割舍。这种感觉，一言难尽。

董晓东离开高冈那天，天下着小雨，远处的秦巴大山湮没在一片雾气蒙蒙的烟雨之中，气氛显得无比的感伤。

“行李给我。”关山向他伸出黧黑有力的大手。

他涨红脸，用力摇头，说："我自己背。"

"行了，最后一次帮你，别跟我争了！"话音刚落，董晓东觉得手心一轻，最重的行李包已经被关山抢了过去。

从转信台到山口，十几分钟的路程里，董晓东和关山各自沉默着望着湿漉漉的山道，谁也没有主动开口说话。快到山口的时候，雨势渐渐变大，两人都没打伞，不大一会儿，两人的帽檐就开始向下滴水。

关山从董晓东的背囊里找到大号雨衣帮他穿上，像平时一样帮这个年轻的士兵整理军帽和领章，而后细细端详一番，满意地点点头。

他后退一步，立正，神情端严地抬手，向董晓东敬了个标准的军礼，"保重，一路顺风。"

董晓东的眼睛一下子就红了。他张开嘴，颤抖了两下，哑着嗓子叫："关站长……"

关山的眼睛深邃有光，凝视着神情激动的董晓东，微笑警告说："嘿，马上就要做军官的人了，是大人了，怎么还来新兵那一套！"

"谁哭了！我眼睛被雨水蜇了，不行啊。"董晓东用力吸了吸鼻子，强词夺理。

关山弹了弹他的帽檐，笑道："我说你哭了吗？自作多情！"

董晓东气得直翻白眼，不过这一打岔，他倒是没之前那么难受了。他稳了稳情绪，仰脸看着比他高半个头的关山，像个小老头似的不放心地叮嘱说："你和明月老师一定要好好的，千万不要吵架，到时候你们结婚，一定要通知我。另外，我在你枕头下面放了一千块钱，你帮我转给明老师，当我最后给孩子们尽一份心意，钱不多，希望她和孩子们不要嫌弃。还有，我走了以后，你干工作不要太拼命，有什么脏活累活，就留给来接替我的战友，他在城里安逸太久，早该尝尝咱们转信台的辛苦，还有……厨房里的猪肉馅你记得放进冰箱里，这么热的天，在外面放一晚就馊了……"

"你再啰嗦下去，就赶不上班车了。"关山点了点手腕的表提醒。

“哦。”董晓东低下头，头顶的雨水像帘子一样，遮住了他的脸。

董晓东还是没能忍住离别伤感的泪水。“保重!”他抬起手臂，向关山敬了个庄严的军礼，泪水在脸上肆意流淌，他任由情绪激荡失控。

关山目光湛然地落在董晓东的脸上，他刚想劝慰这个年轻的士兵几句，却听到身后的山道上传来一阵杂沓凌乱的脚步声。诧然回眸，却看到白衣蓝裙、犹如天上云朵一般美丽的姑娘，带着一大群孩子翩然而至。

明月把手里的伞朝董晓东的头顶遮了遮，解释说：“铁刚说你今天早上在后山哭吼了半刻钟，说想把高冈的一草一木都装进心里带走，难道，是他听错了?”

“我也听到了，董叔叔，你哭起来好难听，整个山谷的雀鸟都被你吓跑了!”花妞儿仰着头，一本正经地说。

“是吗? 可能……的确……不大好听，哈哈。”董晓东挠着头，不好意思地说道。

铁刚接话，“不是不大好听，是太难听，宋伟伟，你语文好，你给说说，该怎么形容小董叔叔的叫声?”

宋伟伟小大人似的蹙了蹙眉毛，语气淡定地说：“鬼哭狼嚎。”

“哈哈哈……”孩子们大笑起来。

董晓东的脸一下子垮下来，“你这个臭小子，胆儿肥了啊! 亏我之前那么疼你!”他作势要去抓铁刚，谁知铁刚比他反应快，哧溜一下钻到明月背后，冲着董晓东扮鬼脸，“抓不到，抓不到!”

孩子们哈哈大笑，董晓东也跟着笑，最后，他在和谐欢快的气氛下离开了深深扎根在他灵魂里的高冈村。

“明老师，我已经开始想董叔叔了。”花妞儿指着胸口说。

明月低头摸了摸花妞儿的头发，眼眶发酸地说：“董叔叔也会记得你，记得这里的每一个人，你们一定要努力学习，和董叔叔一样，凭着毅力和坚持，考上理想大学!”

“嗯!”花妞儿神情认真地说。

九月初，高冈小学开学前夕，鹳河大桥以令人咋舌的中国速度建成通车。白色的大桥如同玉带一样横跨鹳河南北，清凌凌的河水欢唱流淌，桥上是一张张欢欣的笑脸，村民们流连忘返，时不时地发出满足愉悦的笑声。

转信台整洁开阔的院子里，几十年树龄的老槐树撑着郁郁葱葱的树冠，遮住秋日里尚显炽烈的阳光。

刚参加完大桥通车典礼的靳卫星脸颊泛红，额头上还挂着一层汗珠，他看了看对面站姿笔挺的关山，动了动嘴角，却不小心碰到嘴边新出的火疖子，猛地拧起眉头。等那阵绞缠人的痛楚过去，他咽了口唾沫，沉声问道：“小莫告诉你的?”

就在刚刚，关山问他是不是没人接替他在转信台的工作。

关山目光闪了闪，算是默认。莫冉青悄悄告诉他这个消息，说靳卫星为了这事愁得茶饭不思，前阵子还病倒了。

按理说，偌大的团部，近百人的通讯连，就找不到一个能顶替关山的人选？可现实却尴尬得很，转信台的岗位虽小，可担负的责任却很重大，报务兵专业性强，技术要求高，不是哪个兵来了都能胜任的。而通讯连的三位士官人选中两人到年限转业，一人手头有重要工作无法离开岗位。靳卫星翻遍整个通讯连，真是找不到合适的人去接替关山。

“首长，您要真是为难，我可以……”

靳卫星咬着腮帮子，大手一挥，斩钉截铁说道：“这不是你操心的事儿！我肯定让你按时转业!”

靳卫星离开后，关山无心做饭，他拿了一盒桶面，用开水冲了，然后用一份旧报纸压着盖膜，靠着案板望着窗台上郁郁葱葱的花草发愣。是去是留？处于人生分岔路口的他陷入沉思。

“啪!”泡面上的盖膜耐不住高温，发出一声脆响，顶开报纸，弹了起来。他下意识地去接那半张泛黄的旧报纸。报纸没有分量，捏在手里像是捏着一片云朵。他刚准备揉了扔掉，目光却在觑到上面一行黑体标题之后，猛地凝住。

“六代夫妻哨接力守护，这个深山哨所故事多!”原本只是被标题吸引，可关山看了开头之后，眼睛却像是黏住一样，捧着报纸，一字不落地从头读到尾，又拐回头，仔仔细细地通读一遍后，猛地仰头，盯着头顶雪白的天花板，漆黑如墨的眼睛里渐渐燃起光亮。

关山整整思考了一个晚上，几乎把那张旧报纸翻烂掉。天刚亮，彻夜未眠的他却神采奕奕地敲开明月的房门。“明月，我想和你谈谈。”

明月诧异地看着他，让开身子，示意他进屋。

可是两人没谈多久，发丝凌乱、眼眶充血的明月却冲出屋门，向校门方向疾步跑去。

“明月——”关山紧跟着跑出来，在通向断崖的路口，他总算截住她。“你听我解释!”想抱抱她，好好跟她说，可谁知手刚伸过去就被她一把拍掉！他的心骤然一痛，呆呆地看着她，“明月……”

明月的身子在晨风里不住颤抖，单薄得像是随时要摔倒一样，看着让人心疼。她喘着粗气，拼命压抑着想哭的冲动，看着神色焦虑的关山，一字一顿地问:“你说，你要延迟退伍?”

关山垂在裤缝边缘的手指，用力捏了捏，目光凝重地看着明月:“是。”

明月的眼睛蓦地瞪大，秀眉紧蹙，泪水迅速溢满眼眶。她一边摇头，一边向后退，然后用力转身，向山上狂奔而去。

“明月——”怕她乱跑伤了自己，关山从身后紧紧抱着她，不让她动。

明月拼命挣扎，大声哭吼着发泄:“我不听，不听——”

关山表情痛楚地抱着她，愧疚地道歉：“对不起，是我食言了。你打我，骂我，怎样惩罚我都行，可是明月，在部队没有找到合适人选接替我的工作之前，我若执意要求退伍，那转信台就要出大事。我是个男人，可我首先是名军人，军人的肩上担着责任，背后扛着使命。我不能随心所欲，想干嘛就干嘛，明月，你一向懂事明理，如果可能的话，我恳求你让我留下来。”

耳边传来关山言辞真切的道歉声，可是情绪激动的明月根本连一句话、一个字也听不进去。她拗不过关山的力气，早就放弃反抗，她像个没有灵魂的人偶一样僵直着身子流泪，过了半晌，她无力地问他：“要是明年还没有合适的人来接替你呢？你是不是要在这个转信台待一辈子？”

关山的心一抖，咬了下腮帮子，鼓起勇气说：“明月，你能不能为了我留在高冈？”

当明月听到关山用激动的口吻说出“夫妻哨所”的构想时，她气怒攻心，颤抖着嘴唇，半天说不出话来。胸口像是堵着一块石头，压得她呼吸困难，两眼发花。

她用尽全力挣脱出关山的怀抱，脚步踉跄地退开几步，激动地拍打着急速起伏的胸口，质问关山：“你有没有想过我？在你自私地做着决定的时候，有没有想过我的感受？我到底算什么？恋人？还是未来的妻子？这些统统都不是，在你的眼里，我恐怕就是你打发寂寞时光的工具！”

“不是这样的，明月，你别这么说……”关山又急又疼地想要辩解，上前想去拉她的手，却被明月躲瘟疫一样躲开。

她眉目冰冷地扫了他一眼，语气同样冰冷地说：“你不用解释了，因为行动就是最好的答案。你的心里除了部队和身上的军装，根本没有我！没有任何人！”

明月越想越是心惊，越想越是心乱。她伸出手臂，阻止他靠近，“你别跟来，我想自己走一走。”说完，她神情落寞地转过身，步履缓慢地向山道走去。

关山目光痛楚地盯着她的背影，等了几秒钟，他悄悄地跟了上去。

明月登上断崖。坐在那棵挺拔如初的青松树下，她环着双膝，眼神迷惘地望着山下的村落，思考着短暂人生里一个又一个难解的谜题。

不远处，关山立在树丛里，眼神痛楚地凝望着明月单薄的背影。她又急又怒地跑出来，连件厚实的外套也没穿，初冬的寒夜，山顶的温度低得惊人，她却只穿着一件单薄的羊毛衫，此刻早就被寒风吹透了。可她却纹丝不动，静静地坐在那里，像尊活化石一样，任由刺骨的山风吹起她的长发。今夜，高冈的夜空没有月亮，只有几颗寒星冲破乌云的遮盖，闪着几点寒光。

关山心疼如绞，几次想不管不顾地冲过去，把她护在怀里，帮她抵御山顶的冷风，可是每次抬脚的同时，耳边都会响起一个严肃尖锐的声音，不住地提醒他，“别去打扰她，别去扰乱她的心绪。”

他的内心激烈交战，矛盾到了极点。怎么做才是对的？是抛下信仰和责任毅然退伍，随她回城，还是坚守着军人的使命，守住这平凡却又不平凡的岗位？他的心里没有答案。内心在这两种极端中煎熬，徘徊……

明月病了，重感冒。

郭校长回家帮宋华处理超市开业的杂事，最近不在学校住。而她的宿舍又在修葺，所以明月独自一人在阴冷潮湿的伙房蜷缩了一宿，看天亮了，强撑着起来，去院子里洗漱。

她站在水池边，身子先晃了晃。

水泥台上放着一面圆镜，清晰地照出一个陌生憔悴的人影，顶着一张蜡黄苍白的脸，双目凹陷，眼皮肿胀发涩，她的嘴唇发青，此刻正微微张开，似乎不敢相信里面的人影就是她。

半晌，她放下镜子，弯下腰，掬起一捧沁凉的清水盖在脸上。冷热交替的刺激令她浑身剧颤，可是却有一种难以言喻的快意让她暂时忘了心里的伤痛。她连续掬了几捧清水之后，嫌不够过瘾，竟直接把脸沉在水里，过了许久，她忽然从水盆里起身，趴在水池边缘剧烈地咳嗽起来。她被水呛到了，“咳咳……”

冰冷的水珠不停地从她的额头和脸上落下来，掉在她的毛衣上、地上。她剧烈地喘息着，慢慢平复下来。刚想去水池上方的绳子上拿毛巾擦脸，不防却被人抢了先。她愕然回眸，却看到和她一样眼窝凹陷、眼底青黑的关山，正神色痛惜地给她递毛巾。

明月的太阳穴顿时开始发胀，全身都跳蹦发疼。她垂下眼帘，脚向后面挪了挪，又抬起手，用力抹掉脸上的水珠和眼底的潮意。“我还不想见你，你走吧。”说完，她就挺着单薄的胸膛，扬着修长的脖颈，回屋去了。

院子里的关山，手里依旧拿着毛巾呆呆地站着。半晌，他眼底积聚的痛楚快要溢出来的时候，他深吸了口气，目光痛楚地看了看黑洞洞的屋门，转身，将手里的毛巾边缘对齐，端正挂好，才不舍地离开学校。

郭校长心急火燎地赶到学校，看到病中憔悴不堪的明月，他不禁自责懊悔不已。是他对不住明月，最近对她的关心少了，对学校也不尽心，所以才把她累病了。

郭校长亲自喂明月喝了药，并看她沉沉睡去，才迈着沉重的步子走出门去。谁知还没走过院子正中，一道硕大的黑影就冲进校门。郭校长看清来人，不禁愕然叫道：“关山！”

关山的额头布满汗珠，身上斜挎的工具箱也歪到腰后，看样子，像是巡线途中得知消息，一路狂奔过来的。见到郭校长，关山像是流浪的孩子找到家人一样，张着嘴，颤了几颤，眼睛里流露出深深的痛楚。

看到关山如此表情，郭校长的心里一咯噔，他走上前，扶着关山的胳膊，安抚他：“月月是重感冒，吃了花奶奶的草药已经睡下，你别担心了。”

郭校长看到关山那骇人的黑眼窝子和眼底赤红的血丝，不禁心疼问道：“咋啦？又熬夜工作了？”转信台工作性质特殊，加班是常事，以前董晓东在，两人替换着不至于太累，如今小董走了，偌大的转信台只剩他一个人，所有的工作都压在他一个人的身上，他不仅没时间到学校给娃娃们上体育课，就连和明月谈恋爱的时间也没有。一想到这些，郭校长就开始心疼这个只知奉献、不知索取的大个军人。

“没事。”关山摇摇头，声音低沉地说。

郭校长叹了口气，拍拍关山肩膀上的灰土，说：“幸好你就要退伍了，再坚持几天，等新老师来了，你就带着月月回城吧。”

关山表情一凝，身子顿时僵成一根木棍，他的眼里再次溢出痛楚，看着慈祥如父的郭校长，犹豫再三，还是开口说：“我……我可能要延迟退伍了。”

“啥?!”郭校长双目圆睁，表情惊讶到不敢相信自己的耳朵。

关山说他要延迟退伍！那明月怎么办？皖州的学校已经同意接收她了！

关山咬了下干裂破皮的嘴唇，索性把“夫妻哨所”的设想一并讲了出来。这次，郭校长的身子晃了晃，他的手压紧关山的肩膀，声音焦灼地问：“这些想法，都跟月月说了?”

关山神色沉重地点头，“说了。”

郭校长指尖深陷在关山的衣服里，低声训斥说：“关山，你这次糊涂啊！你有没有想过，你要是不能按时退伍，月月在皖州的工作怎么办？她那么努力才争取到的机会，难道要因为你而舍弃掉吗？还有那啥‘夫妻哨所’，你咋想的？还想让月月跟你去转信台扎根不成!”

看关山愧疚痛苦的眼神，郭校长又气又急，“她是因为你才病倒的?”

“嗯。”关山惭愧低头。

“你要是真……真留在高冈，那你们……你们岂不是要……”分开。郭校长忍了忍，没说出最残忍的两个字。

关山何尝没想过这个结果呢。从开始做决定到现在，他没有一刻不在想这个他根本接受不了的结局。他不敢想象失去明月的日子会变成什么样，但是他知道，如果明月一旦下定决心，选择和他分手，那么，他这一生，都会守在这大山里，再也不会走出去了。

他在书上看过一句话：军人的肩膀，就是个平衡的支点，一边担的是和平与幸福，一边担的是牺牲与奉献。如果用他个人的牺牲与奉献换来部队的安宁、老百姓的安宁，换来恋人美好的前程和幸福的生活，那他愿意做这个“负心人”。

他痛苦地闭上眼睛，嘴唇发白地喃喃说：“郭校长，我是不是要失去她了？”

“对！你没资格拥有她！”随着一声中气十足的怒吼，一道挺拔魁梧的身影大步走进院子。

郭校长和关山面色一白，同时望向身后。“老明——”“明叔叔——”

来人正是明冠宏。一路爬山上来，额头上的汗珠还没落，他一边挽袖子，一边指着比他高出半个头的关山，紧蹙浓眉训斥：“少叫我叔叔！”

他故意无视有话想说却不敢说的关山，重重地咳了一声，缓了缓脸色，问郭校长：“月月呢？还住在伙房？”

郭校长赶紧说：“嗯，刚吃了药，睡下了。老明，你进去看看她吧。”

明冠宏背着手，撩起眼皮，目光锐利地掠过那个穿着迷彩服的傻大个，隐忍地蹙了蹙眉头，进屋去了。

郭校长走到关山面前，提醒他：“你先回去，明天再过来。”

关山没动。

郭校长还想再劝，却看到已经走进伙房里的明冠宏忽然冒出头来，冲着关山低声喝道：“喂！你回去收拾一下床铺，我晚上过去睡！”

关山愣住，眼睛一眨不眨地盯着明冠宏的容长大脸，过了片刻，被郭校长猛撞了一下，才蓦地回过神来。他习惯性做了个靠腿立正的姿势，大声回道：“是！”

明月从冗长杂乱的梦境中醒来，已是深夜时分。床头的台灯亮着，亮度被调到最低，屋里有人在轻声交谈，声音太小，她竟听不真切。

窗外起风了，凛冽的山风敲打着窗棂，老榆树发出簌簌的响声，她在想，地上一定铺满了金黄的落叶。这一觉，把她身体里的力气全都带走了，骨头缝倒是不疼了，可就是没力气抬头看看屋子里都有些什么人。

“嗯……”她轻轻地呻吟了一声。这一声呼叫般的提醒，让安静的宿舍顿时变得紧张热闹起来。“咣——”凳子倒了。“嚓——”茶缸被打翻。“咚——”这个，应该是有人不小心将膝盖撞在她睡的床板上。

不等她把眼睛完全睁开，就看到一张浓眉大眼的长脸杵在她的脸部上方。距离她只有几寸远，吓得明月杏目圆睁，猛地打了个激灵。

“月月，你醒啦？哪儿还不舒服，头还疼吗？还发烧吗？”一连串的问题犹如机关枪的子弹似的冲着明月一股脑轰了过去，明月饶是比刚才觉得舒服了些，也被明冠宏这通“炮火”又给折腾得难受了。

可当她的额头被粗糙的手掌覆盖住，一股暖意从她的头顶迅速蔓延至四肢百骸，她的眼睛却情不自禁地变得通红潮湿，心里也有波涛在不住翻涌，她的喉咙里发涩发干，微颤着张开嘴，眼角却先一步滚落泪珠。

明冠宏看着那几滴晶莹的泪水没入枕巾，转瞬消失不见，他的心就跟被刀剜了似的，疼得头发都竖了起来。那混小子！瞧把他宝贝闺女给欺负成什么样了！可好好等着吧，看待会儿怎么收拾他！

明冠宏坐上床沿，低下头，用食指里侧不刮皮肤的部分轻轻擦去明月的眼泪。他从来不会柔声去劝慰人，可这次，为了病中的女儿，他破例了。“月月，你受的委屈，爸爸都知道了。无论你做出什么决定，爸爸都无条件支持你。记住，你并不孤单。”

不说还好，说了这些话，明月的眼泪却变得愈发汹涌，她闭上眼睛，压抑地抽泣流泪，明冠宏的心疼如刀绞，却只能抚摸着明月被泪水打湿的头发，红着眼圈无声地陪着她。

最后还是郭校长看不下去，上前劝说：“月月，你不能过度伤神，不然的话，病情又会反复。花奶奶的话你得听啊。好娃，不哭了啊。”

明月抽噎着放轻声音，抬起手背遮着眼睛，喃喃说：“几……几点了？”

郭校长看看表，“十一点多了。你是不是感觉到饿了，想吃啥，我给你做。”

明月轻轻摇头，用空出的那只手指了指床边的明冠宏，哽咽说：“我想吃炒拉条，您给我做。”

明冠宏看了看一脸愕然的郭校长，黝黑的眼睛里像是丢进根火柴，忽然爆出光亮。明冠宏激动地拍着明月的肩膀，一迭声说：“爸爸这就去做……你等着啊……爸这就去做拉条子。”

郭校长摇摇头，忍俊不禁，“要不要我帮忙？”

明冠宏大手一挥，“不用，那可是我最拿手的！”他在新疆部队待了大半辈子，那边的面食堪称一绝，他喜欢吃面，所以跟着当地人学了一手。

新疆炒拉条，讲究的是和面饧面的手法和火候。长时间不做饭，明冠宏竟有些生疏，郭校长帮他准备好洋葱、西红柿等食材后，去上厕所。谁知刚一出门，却看到院子里杵着一道黑影。定睛一看，他不禁惊讶叫道：“关山！”

这傻娃不知啥时候站在院子里，可能怕打扰到明月，他一直在外面吹着冷风，没有发出声音。关山看到郭校长，无奈地笑了笑，他向前走了一步，身上的落叶纷纷下落，犹如下雪一样，让人看了生出几许心疼。

郭校长皱着眉头，抢上一步，替他拍打着衣服上的榆树叶，一边拍一边低声训斥他：“你咋也不懂事咧，月月病了还不够，你也要凑热闹！”

关山的视线紧紧锁着黑色的木门，渴望又惭愧地问：“她……她好些了吗？”

“嗯，烧退了，现在想吃啥拉条子，你明叔叔正给她做呢。”郭校长觉得拉条子不大好消化，面条那么粗，吃到肚子里还不如喝碗面汤滋润。

“她还想吃什么？我给她买去！”听说明月想吃东西了，关山比中了奖还兴奋，他期盼地看着郭校长。

郭校长摇摇头，“没说别的。”关山失望地耷拉下脑袋。

郭校长朝身后看了看，劝关山回去，“你在这儿等着不是办法，不如先回去休息，我看情况帮你劝劝月月。”

关山摇摇头，固执地说：“我想陪着她。”

屋里的明冠宏听到这儿把盘好的面一摔，径自走过去，用力把半掩的木门摔上。巨大的声音把屋里屋外的人都吓了一跳。

明冠宏气咻咻地冲着门外吆喝道：“愿意站你就站！最好冻得像我闺女一样病倒了，我才解恨呢！”

明冠宏一边吼，一边用眼角的余光偷瞄着明月的动静。果然，在他说完这些“难听话”之后，明月隐忍地蹙起秀眉，朝他投去不赞同的目光。

明冠宏重重地咳嗽一声，假装没看到，他举着沾满油的手，冲着明月摆了摆，“睡你的，他不敢进来！”

明月咬着嘴唇朝木门看了看，后来转了身子，面朝里，像是不再关注外面的动静。

明冠宏挑起浓眉，嘴角却轻轻上扬，“咳咳……该炒臊子了。闺女，别急啊，再有一会儿就能吃上香喷喷的拉条子了。”

新疆炒拉条真是费时费力才能完成的一道美食。洁白的餐盘，红润透亮的细圆面，洋葱粒、肉末、尖椒、孜然末点缀其中，就算是闻一闻味儿，肚子里的馋虫就开始蠢蠢欲动。

“多吃点，不够了我再去扯面。”明冠宏的额头上布满汗珠，怕滴到盘子里，他侧过头，在肩膀上蹭了蹭。

就是这一个微小的动作，却在明月的心里掀起了一阵惊涛骇浪。这才是她想往的爸爸的真实模样，会站在她的前方，为她挡住所有的伤害，会为了她与全世界为敌，会为了她挽起袖口洗手作羹汤，像梦境中一样，为了她心甘情愿地做任何事。

以前的她太傻，太执拗。竟固执地认为他讨厌自己，激烈抗拒他的靠近和存在。其实，在这些年的接触中，她渐渐发现，他比妈妈还要爱她，他对她的爱，早就融入骨血，变成了他生命里的一部分。只是他这个人情绪内敛，性格刚毅，不喜表露内心最柔软的一面，所以，她才会和他一直别扭到了现在。

明月夹起一筷子筋道油亮的拉条，咬了一半，在口中咀嚼。

明冠宏的眼睛里燃起期盼的光芒，盯着明月的表情，像是等待老师判分的小学生一样，不安地问："咋样？好吃不？味道还正宗吗？"

明月的睫毛扑簌簌动了几下，她把剩下的半筷子面条塞进嘴里，含混不清地说："嗯。"

明冠宏长吁口气，笑得格外欢快，"还好，还好，没忘了这手艺。"

他记得，很久以前，明月和穆婉秋到部队探亲的时候，他就给她们做过拉条子，当时个头小小的明月，一个人就吃了一大盘，把他吓得半夜找卫生员要消化药给她吃。谁知第二天问她吃什么，她还说要吃拉条子。

明月像小时候一样，吃光盘子里所有的面条，明冠宏乐得合不拢嘴，接了盘子，笑着夸赞道："吃光了好，吃光了好。"他转身想把盘子拿到院子里洗刷，谁知刚一转身，却感觉到腰部一紧，再然后，他的脊背上就传来一阵温暖。

"爸……爸……"

明冠宏的心骤然紧缩成一团，耳膜嗡嗡作响，但是这两声清晰无比的声音，却变成了世界上最美妙的音符，激荡回旋在他的耳边。

在时隔许久之后，他又一次听到明月喊他爸爸了。这一次，和以往任何一次都不同，因为，他从明月手臂的力量以及透过衬衣的湿润，可以清晰地感觉到她的真诚。

明冠宏抿着嘴唇，拧着眉头，努力压制着即将崩溃的情绪。他稳了稳，伸手拍了拍明月环在他腰间的手臂，"嗳，爸在这儿呢。"

明月哑声回道："爸，您能原谅我吗？"原谅她这些年的不理智和倔强，生生错过了许多和父亲相处弥补的机会。

明冠宏重重点头，“爸也请你原谅我，以前，是爸考虑得太简单，没能照顾到你，让你受了很多苦，爸对不起你，你原谅爸，好吗?”

“嗯……我原谅您。”想起往事，明月终于克制不住内心的酸楚和委屈，放声痛哭起来。

明冠宏转过身，把明月揽进怀里，眼里同样溢出欣慰却又心酸的泪水。

二十年的父女罅隙，都随着父女相拥，随着肆意流淌的泪水，尽情倾泻出去……

明冠宏把明月哄睡了，才不舍地合上门扉。可一转身，他却被身后杵着的标枪样的黑影吓了一跳。明冠宏抚着胸口，怒瞪着那人，低斥道：“你咋还没走！等着吓唬人呢!”

那标枪似的影子正是关山。他啪一下立正，低声应道：“明叔叔。”

明冠宏瞪他一眼，背着手，朝校门那边走。走了几步，发现身后没动静，不禁回头怒道，“还不走!”

关山担忧不舍地望了望漆黑的木门，转身快步跟上明冠宏。

两人走在漆黑的山道上。关山掏出随身带的手电筒想给他照路，却被明冠宏冷声阻止：“咋，这点路就要电筒，你这身本事是花架子吧!”

关山默然收起电筒，却闪身走在靠近山崖的外侧。明冠宏目光闪了闪，咳了一声，转过头去。

到了转信台，关山赶紧为明冠宏准备洗漱用的热水，“明叔叔，这是新茶缸，新牙刷，您用吧。”

明冠宏背着手，“嗯”了一声，眼睛却在四处打量着这间简陋的平房。家具不多，厨房器物摆放整齐，墙上贴着军营标语，窗台上放着几盆大小不一却都长势茂盛的虎皮吊兰。

“你养的?”明冠宏指着窗台问关山。

关山立正，目视前方答道：“吊兰是明月的，我帮她养。”

明冠宏瞥他一眼，清了清嗓子，摆摆手，示意关山让路，去洗脸架那边洗漱去了。

洗漱完两人熄灯就寝。时隔多年，明冠宏又一次躺在行军床上，心里涌起无限的感慨。他沉默着回忆往事，对面的关山双手搭在胸口，仔细聆听着他这边的动静，大气也不敢出一口。

“咕噜噜……”忽然，从关山那边传来一阵异响。紧接着，关山小心翼翼地道歉，“对不起，打扰您休……咕噜噜……”

明冠宏闭了闭眼睛，腾一下坐起，“开灯！”

关山起身，打开电灯。

明冠宏咬着腮帮子，盯着对面那个脸红耳赤的大个军人，看了一阵儿，忽然嗤一声，笑了。

关山傻眼了。

明冠宏下床找鞋，找到鞋之后，他指着外面的厨房，说：“行了，不吓唬你了，咱们出去喝两杯，顺便填饱你的肚子。”说完，也不看关山因为震愕而显得有点傻气的脸庞，起身走向厨房。

关山愣了愣，迅速跟了上去。

明冠宏已经在橱柜里翻腾上了，找了半天，他拿着几包泡面和腌咸菜，皱着眉头问关山：“最近，你就吃这个？”

关山红着脸，低下头说：“我一个人，对付一顿也就行了。”

“屁话！啥叫对付一顿也就行了，以前我闺女跟着你，你是不是也用泡面打发她？”明冠宏扬起手里的泡面袋子，用力晃了晃。

关山张开嘴，“没……”他哪儿舍得。

明冠宏的眼睛里能射出刀子，直直地盯着他，“你过来！”

关山立刻走过去，立正站好。

“坐下！”明冠宏指着板凳。

关山端正坐下，一动不动。

“说吧，你那夫妻哨所究竟是咋回事！”

关山蓦地抬头，眼睛瞪得铜铃似的，一眨不眨地盯着对面的明冠宏，过了几秒钟，他的眼里爆出耀眼的光亮，激动叫道：“叔叔！”

那天，转信台的灯光亮了一夜……

接下来的几天，明冠宏留在高冈村专心照顾女儿。

当着闺女的面，他对工作后赶到学校罚站的关山百般折磨，不是罚关山肩膀撑碗站军姿，就是罚他扛着一麻袋石头做满五百个俯卧撑，要么就罚他长途武装奔袭，围着后山跑个七八十圈，才勉强让他在院子里继续待着。

关山没叫一声苦，没说一个不字，但凡是明冠宏下达的命令，堪比军令。郭校长担心极了，生怕明冠宏一个着恼让关山去跳断崖，这傻小子估计连眼皮也不会眨一下，就会直奔断崖而去。

倒是明月，憋在屋里躺了两天后，坚持要给孩子们上课。明冠宏和郭校长自然是极力反对，可她却坚持恢复教学。谁也拗不过她，只能眼睁睁地看着仍在低烧的她起床下地，戴着医用口罩，态度无比认真地为孩子们答疑解惑。

这天晚上，明冠宏照例惩罚关山做了几百个俯卧撑，他一边大声呵斥关山的动作没做到位，一边用力拍拍手，瞅了瞅屋里专心备课的明月，大声说：“月月，我走了，你早点休息。”

明月抬起头，向院子望了望，“爸，您进来一下。”

明冠宏和关山对视一眼，关山擦了擦额头上的汗珠，表情有些发虚。

明冠宏摇摇头，示意关山莫要紧张，他背着手，踱着方步走进伙房。进门就被女儿质问：“您什么时候回皖州？”

明冠宏咳了咳，“咋了，想让我走了？”

明月蹙着秀眉，放下笔，起身走过去将木门关上，“陈秘书又来找您了吧?”

明冠宏愕然不已，这丫头咋啥都知道？莫非她看见小陈了？虽说他请的是公休假，堂堂正正休息，可局里的工作根本离不开他。看小陈辛苦奔波，他心里也不忍，如今明月恢复健康，他也该回去了，可明月和关山的事，目前还未有任何进展，他寻思着要不要下一剂猛药，帮他们一把?

看明冠宏眼神沉凝，半晌不做声，明月觉得自己把话说重了。她不安地咬着嘴唇，解释说：“我已经好了，昨天到今天都没有发烧，您不用为了我特意留下，早点回皖州吧。”

明冠宏回过神，思忖着说：“那……你跟我一起回家，好吗?”

明月愣了愣，眼神不自觉地瞥向紧闭的木门。她眨眨眼，迟疑含混地说：“再等等，新老师还没来，我也没有向孩子们告别……”

我看，你是丢不下院子里的傻大个！明冠宏心中暗喜，可面上却显得很失落，他搓搓手，说：“那有什么难的，请几天假，郭校长会看着办的。”

“不行，您想把郭校长也累病呀！您还是先走吧，我等等再说。”明月摇头拒绝道。

明冠宏故意跺跺脚，神情懊恼地冲着门外的人怒道：“哼！看我回去怎么收拾他!”

明月心中一跳，瞅着明冠宏的眼神就有些复杂，但她终是什么也没说，看着明冠宏怒气冲冲地走了。

翌日，是个艳阳天。不过风却很大，吹得满院的榆树叶唰唰直响。

明冠宏很早就赶到学校为明月做早饭，就连今天没有课程安排的郭校长，也从家里过来帮忙。

明冠宏和郭校长见面后对视一眼，彼此的脸上都露出一丝兴奋。

明月刚把粥盛上，院子外面就传来一阵急沓的脚步声。“救——救命——”

明冠宏和郭校长同时立起。“出啥事了?”

门口冲进来一团黑乎乎的影子，把屋里的人都骇了一跳。“关……关……关叔叔……昏倒了……”急匆匆跑进来的是宋铁刚，只见他脸上黢黑一片，连眼皮都是黑的，他抬起手，喘得像牛似的，指着后山方向，惊恐不安地说，“着……着火!”

明冠宏和郭校长面面相觑，不是事先商量好了，落水吗?

35 明月度关山

勇救落水儿童体力不支，昏倒水中。这是明冠宏、郭校长和关山事先定下的“苦肉计”，想刺激明月抛下矜持，和关山重归于好。

可现在，预定好的程序完全乱套了。后山某处连翘林里浓烟滚滚，不时有端着水具的村民从里面跑出来。

明月脚步踉跄地找到火场附近被烟熏得如同黑炭似的关山，哇的悲鸣一声，扑到一动不动的关山身上。“关山！关山！你醒醒，你醒醒啊！”

明月悔得肠子都要青了，她恨死自己的任性和固执，若是关山今天出了什么意外，她死也不会原谅自己。

同样被烟雾熏得一脸黢黑的孙家柱，眼角湿润地说：“都怪我，要不是我在实验林里睡着了，又赶上山火，关大哥也不会为了救我……”

明月现在不想追究任何人的责任，她只想让关山醒过来，像过去一样对她灿烂地微笑，宠溺地叫她明月。只要他能醒过来，让她做什么都愿意。

“我做急救，你去找花奶奶，快——”

当明冠宏和郭校长赶到已被村民控制火情的后山时，看到的就是这样令人心惊胆寒的一幕。

明月跪在地上，用力按压着关山的胸口，并不断俯下身去为他做人工呼吸。关山始终一动不动，明月的泪水如同断了线的珠子似的，又快又急地落在关山黢黑的脸上，淌出细长的印子。

眼看着明月就要崩溃，明冠宏疾步上前，扶住明月的肩膀，把她强带向一旁，“我来做，你歇一会儿。”

明月捂着嘴，无声痛哭，郭校长揽住她的肩膀，红着眼眶劝慰说：“没事的，关山会没事的。”

明月什么也听不进去，她的眼里、耳朵里、心里，除了关山的微笑和言语，再也无法容纳其他东西。

明冠宏的急救手法是跟着刘素云学过的，他比明月下手更重、更稳，坚持了一会儿，他觉得手下感觉不对，眼里涌起惊喜，朝平躺着的关山看了过去。果然，关山微微张开眼帘，嘴也跟着开启，想要说话。

因为他急救时背对明月等人，所以此刻关山醒了，他们也没看到。明冠宏的脑子高速运转，他的手略微停顿后，忽然加大力气，用力按压着关山双乳间的凹陷处，一边给苏醒过来的关山使眼色，一边装出十分吃力的样子，大口喘着气说：“我看人是不行了，打120吧，咱们救不了！”

明月呆了一瞬，突然痛哭出声，她推开明冠宏，疯了似的按压着关山的胸口，茫然无措地悲声大喊：“能救……能救……他没死……爸，快救他啊！郭校长，你救救关山，你不是最喜欢他了吗？”

在场的人无不动容落泪，郭校长别过脸，不知道该怎样安慰可怜的明月。

“我还有好多话没跟他说……他不能走……不能……关山……我爱你……你说的我都答应你……你舍不得脱掉军装，那咱们就待在高冈，你说的‘夫妻哨所’，我也陪着你，陪着你……”明月趴在关山的耳畔，声声悲泣，动人心魄。

就在她绝望到痛不欲生的时候，手底的人忽然间弹坐起来，用力箍住她的胳膊，盯着她瞳孔发散的眼睛，压抑着内心的激动，大声问她：“你说话可算数？”

明月痴痴地盯着他，眼里滚落一颗颗晶莹的泪珠，忽然像是傻了一样，哈哈笑了起来。她捧着他的脸，哭哭笑笑反复数次，才用力掐着关山辨不出五官的黑脸，说："当然说话算数。"

关山的心中溢出狂喜，漆黑深邃的眼睛里瞬间燃起光亮，他兴奋喜悦地大叫一声，抱着明月站起来转圈。"噢！噢！你不走了！不走了！"

明月被他转得心都跟着飞了起来，她开始还有些抗拒，可后来，她也和关山一样，融入这无尽的喜悦之中，跟着他欢笑起来。

四周的村民们无不鼓掌欢呼。

孩子们羞涩地蒙住眼睛，却从指缝里偷看他们的明老师和关叔叔。

郭校长被这一幕感动得老泪纵横，明冠宏亦是眼角湿润，等情绪稍稳，他上前拍拍郭校长的肩膀，安慰说："好喽！我可以安心下山去了。"

郭校长握住他的手，衷心感谢说："谢谢你啊，老明，若不是你深明大义，理解并支持关山，恐怕这小两口就……"

"说到底，还是关山给他自己赢得了机会。"明冠宏省去了这些日子和关山交心倾谈后受到的心灵冲击，这个性格坚毅的年轻军人，用他的实际行动和宽博的胸怀赢得了他的欣赏和敬佩，同时又备觉振奋和鼓舞。如果中国的军人都能像关山一样，把国家大义、军队发展放在比自己生命还重要的位置，何愁强军之梦不能实现呢。

"明月交给关山，你就放心吧，这小子，只会用生命去珍惜她，呵护她。"郭校长说。

"勉强合格吧，以后啊还要看实际表现，才能下定论。"明冠宏挑剔。

郭校长不以为忤，淡然笑道："他啊，从来都不会让关心他的人失望，你就瞧好吧。"

山火风波过后，关山把明月背回学校。说起来有点丢人，可能是刚才情绪起伏太过剧烈，明月竟腿软到无法走路，试了几次都不行，只好让关山得逞，背着她回学校。

孩子们因为山火停课休息，郭校长送明冠宏下山，所以，他们回到学校的时候，里面一个人也没有。

把明月放在床边，关山转过头，嘿嘿冲着明月笑。

明月抬头一瞅，不禁扑哧一下笑出声来。简直就是非洲难民，除了一口大白牙，再也看不到白生生的地方。“你去洗……呀!”

没等提醒他去洗个脸，就感觉到眼前一花，再然后，她就被关山扶着后脑勺放倒了。刚想张嘴叫，一股子烟熏火燎的味道迎面熏了过来，口唇更是一热，紧接着，男人灵巧柔软的舌尖就带着前所未有的霸气和渴望探到她的口中……许久没有亲热，两人这一缠上，犹如干柴撞见烈火，那火苗腾腾地就烧了起来。

关山像是饿了几天的野兽，完全没有章法地挤压着明月的身体，他伸出舌尖，舔舐着明月如玉般精致小巧的耳垂，喉咙里发出野兽觅食一般呼噜呼噜的声响，手指像是失去控制一样，急切甚至是野蛮地撩开明月的衣襟，探了进去。

她本能想躲，却被他探手紧紧扣住腰肢，她伸手胡乱拨他，“不要……关山……”关山此刻就是个聋子，根本忘了之前对她许下的承诺。

她的手指在空中抓了抓，垂下时不小心触碰到他的胯下，“呀!”她的口中发出惊呼，他难受地呻吟了声，一把攥住她闯祸的手，按住他夸张的胯间。

明月闭上眼睛，拧着眉头，她的脸烫得几乎能冒出血来，一颗心噗通噗通跳着，几乎要蹦出胸腔。以为预想中的事情不可避免地要发生了，却听到悬在她头顶上方的男人发出扑哧一声闷笑。

她拧着秀眉，抬起眼帘，疑惑不解地瞪着他。他正咧着嘴，露出一口大白牙，冲她笑得格外欢快。她气恼不已，手指用力按了按他的胯下。“啊——”他表情痛苦又享受地叫了一声，跌在她身上，手又不老实起来。

她被压得喘不过气，用力推搡着他，气恼笑道：“你有完没完!”

关山嘿嘿笑，抬起头，胳膊朝书桌上拨拉了一下，摸到一面镜子，放在明月脸前，“你自己瞅瞅。”

明月纳闷，探头朝镜子里一望。“呀!”她捂着脸，一脚把关山踹到一边。“讨厌！都怪你!”不看不知道，一看吓一跳。她的脸上被脏兮兮的关山蹭得一道一道的，变成了大花脸，身上还没看，恐怕也好不到哪儿去。

她蹭着下床，面皮发烫地整理着上衣，打算去外面洗漱。谁知却被关山拦住，“我去，当你罚我。”

她用脚尖踢他。他咧开嘴，笑得格外灿烂，“你踢够了我再去。”

明月拿眼睛翻他，他哈哈大笑，起身按了按身下不听话的小兄弟，快步走出门去。

关山把自己捯饬干净后，端着兑了热水的脸盆进屋，却发现明月已经用湿巾把脸上的脏印儿擦掉了。

看他进来，她嗔怪地瞪他一眼，指着脸盆架，“放那边。”

关山把脸盆放好，示意她过来清洗。

明月走过去，正要弯腰撩水洗脸，却发现关山立在旁边不动。她歪着头，抬起脚尖，“还想让我踢你?”关山挠挠头，听话走开。

明月细细洗完脸，用毛巾擦干，然后卸下皮筋，用指头当梳子，拢着凌乱的发丝，几下就把头发束好。她瞥了一眼安静坐在床边，瞅着她傻笑的男人，叹了口气，到柜子里找到医药箱，拿过去，放在床上。

“脸对着我。”她一边用棉签蘸了酒精，一边命令关山。

关山乖乖地面向她，眼睛里溢满幸福的笑意，定定地瞅着她。

明月咳了一声，故意避开他的视线，用棉签擦拭着他脸上的几道血口。

“嘶!”酒精刺激伤口，关山忍不住咧开嘴。明月瞪他，“别动!”他老老实实不动，等明月上药。

“关山。”

“嗯?”

“我们结婚吧。”

关山的脑子里炸起一团白光，他的眼睛蓦地瞪大，惊讶地张开嘴，握住明月的胳膊，“你……你……”

明月的脸特别红，她拧着眉头，瞪着傻乎乎的关山，清叱道：“你能不能别动！”

关山刷一下收回手，激动得眼眶泛红，等明月为他上完药，他才迫不及待地拥住明月，把她柔软温热的脑袋按在胸前。“这话得我来说，懂吗？”怎么能让明月向他求婚呢。

明月眼眶潮湿地伸出双臂环住他的腰身。她把额头顶在他的胸前，声音哽咽地说：“关山，我好像一直没跟你说过一句话。”

关山心跳如擂，他润了润有些干涩的喉咙，沙哑地问她：“什么？”

明月慢慢仰起头，她踮起脚尖，凝视着关山深邃漆黑的眼睛，亲了亲他的嘴唇，“我爱你。”

她一连说了一串的爱你，就怕表达不出她内心真实的情感和想法。

她把脸贴在他怦怦作响的胸口，语气悠悠地说：“以前，有很多次机会我都可以向你说出这句话，可我没有，因为我觉得，我们有大把的时间可以挥霍和等待，我甚至自私地认为，我说与不说都没关系，因为你根本不会怪我，一直以来，我就是拿捏着你的宽厚，把我的想法、喜好，强加于你，从不管你喜不喜欢，接不接受……”

她顿了顿，揪住关山沾染了烟熏味的军装，说：“今天，我亲眼看着你躺在地上，人事不省，怎么叫都叫不醒，我才忽然意识到自己以前错得有多离谱。我早该对你说出这句话，早该认真听你说出内心的打算，要是我能早点正视我们之间的问题，而不是一味地依仗你的宠爱肆意妄为，那么，也不会落下今天生死瞬间的遗憾。关山，我不在乎我们之间究竟是谁先向谁求的婚，那都不重要，重要的是，与对方携手一生的信心。爱你，我就要让你知道，爱你，我就要大声地告诉你。”

“明月——”关山激动地把明月紧揽在怀里。他从未想过，有一天，明月会主动剖开胸膛，向他袒露一个完全陌生却又真实的自己。

她说得那么好，表达出的诚意让他感觉到前所未有的被尊重和体谅的喜悦。说实话，他被震撼到了。同时，又为自己拥有如此胸怀和气度的恋人而感到骄傲和自豪。“我爱你，明月。嫁给我吧！”

半年后，四月初的盛春时节，高冈村千亩连翘林绽放出绚丽的金色花朵。和煦的春风里，金黄的花海中间点缀着色彩绚丽的山野花和油绿绿的麦苗，远远望去，就像是画家笔下的乡野田园风光，美不胜收。

经过近八个月的辛苦劳作，第一批签订种植连翘协议的农民们，将在今年丰收之后，获得极为可观的收益。

“柱子——”宋华站在新修的水泥路上，大声喊着在连翘林里教授村民扦插育苗技术的孙家柱。

孙家柱仰起头，用肩膀上搭的毛巾擦擦脸上的汗，冲着宋华挥手，“嗳，来了！”

等孙家柱走过来，宋华啪一巴掌拍向儿子的肩膀，“你明月姐明儿个结婚，你还在地里忙个啥！还不快去帮忙！”

孙家柱挠挠头，憨厚地笑着说：“能帮啥，她住在转信台，还只摆那三四桌酒席，我去了，也是给她添乱。”

“啪！”宋华又拍了儿子一巴掌，恼怒地说，“添啥乱，你有手有脚，帮着择菜、摆桌不行么，你这娃，我看你是拿了高工资，就得意忘形了！”

年前，孙家柱被正式聘为高冈连翘科研中心的负责人，年薪五十万，以后每年还能根据高冈村的连翘收益按比率增加工资。

“妈，我是那样的人吗？我的意思是说，家务活儿我做不来，我去了，怕给他们添乱。”孙家柱解释。

“那也得去！你能有今天，多亏了你明月姐，她这么重要的日子，你不去帮忙，咋能说得过去呢。快去啊！眼里有点活儿，别净等着吃现成饭。

妈回去拿馍馍，马上也过去帮忙！”宋华推了儿子一把，就朝村里走。

孙家柱挠挠头，想起什么，“在哪儿摆桌啊？是转信台还是学校？”

“新学校！”宋华伸手遥指了一下村边新盖的白色屋顶的学校大楼。

新建成的高冈小学餐厅，此刻正笼罩在一片喜悦的气氛之下。

“明老师，这拉花咋扯不开呀！”上个月刚到高冈小学报到的支教老师柯双双，正蹙着眉头，一脸纠结地向明月求救。

穿着杏黄色羊毛衫、袖子挽到手肘处的明月一边同小九说话，一边走过来，接过柯双双递来的拉花，手指灵巧地一捻，又一撕，刷的一下，红色的拉花就变成了长长的一串。

“笨死你算了！”明月用食指点了点柯双双的额头，轻声嗔怪道。

圆圆脸的柯双双捂着嘴，笑得咯咯直颤。

明月转过头，刚和小九说了几句话，就听到远处有人叫她的名字，她转过头，看到远处立着的颀长挺拔的身影，不禁惊喜大叫，“慕叔叔——”慕延川面露慈祥地笑着，冲她张开双臂。她像只欢快的小鸟似的飞奔过去，一下子撞进慕延川的怀抱。

慕延川摸了摸她的头发，上下打量了明月一番，眼里流露出深深的怜惜，“真想把你们接到上海举行婚礼。那样的话，你就不会像现在一样受委屈了。”

明月笑着挽住他的胳膊，摇头说：“我不觉得委屈呀，在新学校举行婚礼，对我和关山来说，才最具纪念意义。我没有遗憾，而且一定会幸福，您不用为我感到惋惜。”

慕延川感慨地点头，对旁边的阿元说：“把我准备的嫁妆给月月。”

“好的，慕总。”阿元从衣兜里掏出一个小巧别致的深蓝色的丝绒盒子，双手递给明月。

明月接过去，打开一看，纤长卷翘的睫毛迅速扑扇了两下，然后把盒子盖上，又还给慕延川。“这个礼物太贵重了，我不能接受。”

慕延川没有接。

阿元在一旁急了，“明月小姐，这可是慕总家里的钥匙，他把家给了您做陪嫁，这份心意，您不能拒绝啊。”

明月笑了笑，说：“谢谢您的好意，我心领了，可我真的不能收。”

阿元还想劝阻，却听到慕延川说：“阿元，别难为她了。”

阿元不情不愿地收回盒子。

慕延川却从衣兜里掏出另外一个细长的丝绒盒子，递给明月。“这个礼物，你一定会收下。”

明月的目光一闪，接过礼盒，打开。低头的瞬间，她惊愕抬眸，望着慕延川慈祥的笑脸，颤声说：“这是……是我妈妈的……”

慕延川点头，微笑说：“是的，是你母亲留下的木梳。如今，我完璧归赵，让你和你的母亲团圆。”

明月的眼睛红了，她低下头，手指轻触着光滑的木梳，仿佛透过这把梳子，看到了母亲温柔美丽的影子。“谢谢……谢谢您。”

慕延川笑道，“谢什么谢。你是我唯一的女儿，我最珍贵的东西，自然是要留给你的。”

明月感动极了，上前给了慕延川一个大大的拥抱。

明月被叫走，阿元兀自还在嘟哝，“明老师真傻，放着几个亿的房子不要，却偏要把旧木梳……”

慕延川轻咳一声，提醒阿元不要胡说。他看着前方正和村民热情交谈的明月，心里涌起淡淡的情绪。他就猜到会是这样的结果，所以才会在来高冈之前，重新修改了遗嘱。在他百年之后得到他遗产的人，就是这把旧木梳的主人。

天刚擦黑，穿着一身火红裙装的红姐赶到高冈小学。一进到装饰一新的餐厅，她就四处寻找着明月的身影。在小九的提醒下，她在餐厅一角找到忙得焦头烂额的明月，一把拉过她，就朝外边走。

“红姐，你咋今天就上来了？吃饭了没？小九炖了一锅杂烩菜，我让……”明月话还没说完，就被严肃的红姐打断，“别说话，跟我来。”

明月的心一咯噔，不禁焦急地问：“出啥事了？”

红姐也不说话，拉着她的手，步子很快地走到学校一处偏僻的围墙处，叩门一样，敲了敲砖墙。就听到墙外传来一声响，没等明月看清楚怎么回事，一抹黑影已经利索地翻过围墙，稳稳地跳到她的面前。

闻到熟悉到骨子里的松柏味道，明月心神一悸，低叫道：“关山！”

“嘘！”关山压住她的嘴唇，用眼神示意她别吆喝。

红姐完成任务，功成身退。走前，她冲着明月挤挤眼，打趣地调侃说：“安心聊，我给你们打掩护去！”

红姐刚走，关山就像头猛虎似的扑上来，紧紧抱住明月。明月刚一抬头，就被他火烫的唇舌裹住嘴唇。

被旷了好几天的关山，差一点把持不住，要把明月当场扑倒。

明月喘着气，手臂撑在两人之间，娇羞嗔怪地说：“你这是犯规！”高冈村有个风俗，即将结婚的新人在婚前一周不能见面，今天是最后一天，他却忍不住破戒了。

关山可怜兮兮地诉苦说：“不行了，受不了了，不见你一面，我会疯掉。明月，我想死你了。你不想我吗？”

“我也想你，特别想。”想得每天晚上要看着手机里的照片才能睡着，天知道，她每天要对着转信台的方向看多少次。

学校刚建成，孩子们还没正式搬入新校区上课，所以，忙完婚礼布置和宴席等琐碎事情之后，明月就和刘素云回高冈小学去休息。

临走时叫柯双双，却被告知她和孙家柱先走了，明月目光轻闪，心想，这两人什么时候走得这样近了？

回到学校，明月铺好床，打水洗漱后，两人钻进铺好的被窝。这次，她和刘素云像真正的母女一样并排躺着，感觉到明月对她由衷的依恋和亲近，刘素云感动地摸了摸她的脸，说："真想多留你几年啊，让我也尝尝做妈妈的滋味。"

明月鼻尖发酸朝刘素云那边拱了拱，"我会常去皖州看您和爸爸，到时候，把我爸赶跑，我和您睡。"

刘素云眼眶潮湿地说："好。把他赶跑。"

两人静静地依偎了一会儿，明月转过身，想去把台灯关了。

"呀！瞧我这脑子，把最重要的事忘了！"刘素云拍着额头，腾一下坐起来。

明月被吓了一跳，也跟着起身，神情关切地看着刘素云，"忘了什么？"

刘素云摆摆手，下床趿上鞋，找到角落里带来的行李包，取出一样东西后回到床边坐下。

一个红色封面的存折，顺着老式的印花床单推向明月。

"这是你爸送给你的嫁妆。"刘素云目光微亮地看着明月。

明月拿起床上的红色小本，翻开一看，却忽然愣住。这存折的户名，怎么是她？还有这一行行机打记录。每月存入两千？

她把存折页翻到最后。看到新近存入的一笔，也是唯一的一笔十万元存款，她的手不禁抖了抖，抬起头，疑惑不解地望向刘素云。

刘素云伸手摸了摸明月的头发，微笑着说："从你出生后，你爸爸就为你开立了这个存折，他每月固定往里面存钱，不仅仅是为了你的将来打算，还寄托了一位父亲对女儿的愧疚和歉意。他很爱你，虽然为了军队，为了守护祖国的边疆，他不能与你团聚，但那些不在你身边的日子，他用这种特殊的方式寄托对你的思念和期许，他真的、真的是一位好父亲……"

"我爸……我爸他……"明月竟说不出一句完整的话来表达她此刻复杂激动的心情。

她的父亲，曾默默地为她做了这么多！她却傻傻地，固执地，与他对抗了那么多年！爸爸……明月惭愧地低下头，将存折紧紧地贴在心口。

过去的通信兵转信台变成今日的“夫妻哨所”。时钟的指针跳过午夜十二点，可挂满红色拉花的营房内，依旧是灯火通明。

明冠宏叉着腰，打量着经过简单装修焕然一新的客厅和卧室，以及隔壁新盖的一间厨房，不禁摇头道，“还是委屈我闺女了。”

慕延川拍了拍明冠宏的胳膊，用眼神提醒他莫要过分，小心伤了未来女婿的自尊心。

明冠宏瞪他一眼，指着一旁垂首立着、如同犯错的小学生似的关山，说：“就冲我闺女肯跟着你吃苦，你也要一辈子对她好，听到了没！”

“是！”关山立刻挺直腰板，目光无比真诚地向明冠宏保证。

慕延川笑了笑，环顾一圈比他书房还要小的两居，以及只有几个小玻璃镜框罩着的军装婚纱照，不由得心生感慨，这世间，也只有像关山和明月一样真正拥有爱情的人，才觉得吃这样的苦亦是幸福。

明冠宏低声和关山说了几句话，然后指着他们今晚要睡觉的隔壁厨房，挑衅味道十足地说：“喝两杯睡觉？”

慕延川挑眉，叉腰回道：“喝就喝，谁怕谁。”

于是，准女婿关山夜半时分为两位丈人准备好酒菜，而后，他也被拉着坐在厨房临时搭的通铺上，陪着二老喝起酒来。

他们从高冈秋后就要摘掉贫困村的帽子谈起，一直说到国内有名的单品电子商务聚集平台网佳集团同川木县政府深入合作，将在高冈构建连翘电子商务推广发展中心，帮助高冈村及周边贫困乡镇将连翘产业做大做强，走出国门，将连翘推向更广阔的国际市场。

谈到兴头上，慕延川拉着两人到院外的山道上，指着远方正在施工建设的连翘生态园，兴奋不已地说：“你们看，连翘公园明年就要建成投入运行了，到时候，这里不再是人迹罕至的荒郊野岭，将建成集花卉观光、民俗体验、生态保护教育、民俗体验于一体的特色生态旅游区，到时候，不愿意种连翘的农户也可以靠着旅游产业的发展致富脱贫，多好啊。还有，我在园区建了三幢房子，同一户型，都不大，到时候，你和郭校长一人一幢，咱仨住一起，一个院，想吃谁家吃谁家，想睡……咳咳，这个就算了。想月月他们了，随时可以过来看看，等月月他们有了宝宝，我们还可以帮她带……”

“打住！打住！我外孙子凭啥给你带啊。不行，我要独占！”明冠宏叉着腰怒道。

慕延川不疾不徐地说：“那我就不给你房，看你到高冈了住哪儿！哈哈哈哈……”

“你……”明冠宏气短，瞪着眼睛喘了阵子粗气，服软认输，“好吧，让你一回，不过，我外孙子，要先叫我姥爷！”

慕延川的眼里闪过一道狡黠的光芒，“好，成交！”那小子先认谁做姥爷，他们说了不算，要看那小子喜欢谁了。凭他对孩子们的认知，他觉得自己获得青睐的可能性更高一些。因为没有哪个小朋友喜欢笑声像打雷似的外公，不是吗？

明冠宏自然不知慕延川肚里盘算的“小九九”，显然喝大的他上前勾住慕延川的肩膀，“就冲你……仗义，走，我要再敬你三杯！”

“好，奉陪到底。”两人像是多年老友一样勾肩搭背地进屋去了。

全程没有发言权的关山无奈地摸摸鼻子，暗自腹诽，老丈人都是这样的吗？不问问女婿的意见和感受吗？他的儿子，自然要先叫爸爸啊！

“关山——倒酒——”屋里传出熟悉的吼声。

“来了！”关山腿一打战，急忙跑进屋去……

翌日，一场被天气预报错过的瓢泼大雨，打乱了婚礼的节奏和步调。

“不是说不下雨吗？”明月穿着云朵般柔软洁白的婚纱，沮丧地想她待会该如何顺利蹚过山道上的泥水。

柯双双兀自还在瞅着盛装的新娘发呆。她没想到明月穿上婚纱竟是如此的美，不是图片或是影视剧里那种矫揉做作的女子，她们也很美，但美得没有灵魂，不像明月，只是一袭毫无装饰、保守朴素的白色绸缎婚纱，便脱胎换骨一般，成为她平生所见最美丽、最有气质和内涵的女子。

她的美，自然清新得如同高冈山里的野百合，比家养的花草多了一份坚韧的美丽，不仅经得起四季的风雨，更经得起恶劣环境的考验和磨难。

刘素云走到门边，望着浸润在一片白色雨气的院子，她伸出手，接了一捧房檐上的雨水，低头看看表，对明月说："换上便装，带上婚纱，到新学校再换。"

婚礼日子不能更改，就算外面下刀子，明月今天也要嫁。

明月沉默着换好衣服，她拉着刘素云的袖子，走到一边，犹豫着低声问："刘姨，我听人说新娘子出嫁这天，如果老天爷下雨，就是个恶媳妇，而且还会不吉利，是这样吗?"

刘素云愣了愣，随即笑了。她用食指轻轻点了一下明月的额头，嗔怪道："听谁瞎说呢，没那事啊，我家乡有句话，说新娘子出嫁，下雨下财，大富大贵，你这是旺夫呢，小傻瓜。"

明月听后心里稍稍舒服了一点。毕竟是女孩子，谁也不希望自己的婚礼被冠以不好的寓意，哪怕只是一个不靠谱的民间说法。

三人正准备出门，却听到院外传来一阵急促的脚步声，没等柯双双探头去看，一抹高大挺拔的身影就走了进来。

立在门口的柯双双惊讶叫道："关山?!"

明月赫然抬眸，朝来人望去。庄严威武的松枝绿、金黄耀眼的绶带、鲜艳的军旗臂章，他静静地站在黑色的木门处，魁梧挺拔的身体几乎挡去了大半的光线，可即便是这样，也不妨碍屋里的几个女人同时露出惊赞的表情。

明月已经见过他着军礼服的帅气模样，可这一次，带给她的感觉又有些许的不同。似乎比之前更好看了，也更加沉稳成熟。果然，他穿军装，才是最帅的。

明月迎上前，疑惑地问关山："你怎么来了？不是说好了十点在婚礼现场见吗?"明月怕麻烦，加上只有柯双双一个伴娘，所以特意省去了接亲这一环节，打算直接穿着婚纱走去婚礼场地。

关山的眼睛里溢满柔情，他低头看着化了淡妆、显得楚楚动人的明月，"我送你去新学校。"

明月轻轻地"啊"了一声，不自在地看了看身旁捂着嘴偷笑的刘素云和柯双双，"不用……不用了吧，我们正准备走过去呢。"

"明叔叔说，礼成之前你的鞋底不能沾地，我背你过去。"关山笑着说完，冲她眨眨眼。

在刘素云和柯双双的护送下，关山背着明月一路狂奔，以最快的速度到达学校礼堂。尽管有关山的军帽遮着化过妆的脸庞，可明月的头发上还是淋了不少雨水。反观关山，则比她更惨，清晨刚洗过的头发变成钢针一样竖在头顶，手一拨拉，就会腾起一片水雾。

明月接过刘素云递来的毛巾，心疼地对关山说："低头，我帮你擦擦。"

关山向两旁叉开一双大长腿，弯腰，低下头去。

明月手劲温柔地帮他擦拭着头发上的雨水，嘴里不满地嘟哝着："高冈哪儿都好，就是陈规烂俗多。还有我爸，也跟着来凑热闹，说什么新娘子不让脚底沾灰，那我现在站在云彩上呢？下雨也不让打伞，回头冻感冒了，谁来负责！早知道结个婚这么麻烦，咱就不举行仪式了！"

"啊?!"关山猛地抬起头，一脸惊惧地说，"你不想嫁给我了?"

明月眨眨眼，把毛巾一把盖在关山的脸上，嗔怪道："那红本本是假的吗？笨蛋！"

关山捂着毛巾，嘿嘿笑了。是啊，情急之下他竟忘了这茬儿。早在半月前，他和明月就已经是合法夫妻了。

刘素云和柯双双在一边看着他们笑。

正在这时，穿着一身深蓝色衣裳的宋华走了进来，看到军装威武的关山和美丽温柔的明月站在一起，她愣了愣，随即拍着大腿惊声叫道：“哎呀！小祖宗啊，你们咋见面啦！还不快分开，快！快！”

宋华一路上前，把关山和明月分得远远的，她挡着明月，让昨夜在她家休息的红姐把关山送出门去。红姐得令，气势汹汹地反拧着关山的胳膊，把他像押送犯人一样“请”了出去。

明月心疼死了，大声叫道：“伞！伞！给他打把伞！”

宋华紧张地捂住明月的嘴，朝旁边啐了口口水，“呸呸！小孩子无知，老天爷别当真！”同时提醒明月：“伞就是散的意思，结婚这天下多大雨也不能打伞，知道不！”

明月眨眨眼，表示她知道了。

宋华一松手，明月扶着腰，一边喘气，一边问宋华，“那今天还下雨了呢，是不是预示我是个恶媳妇？以后也会不吉利？”

宋华瞪她一眼，赶紧又呸了两口口水，说：“你懂啥，下雨来财啊，预示着你们今后的小日子风调雨顺，小两口风雨同舟，是大吉之兆！”

明月瞠目结舌地看着宋华，“那阴天呢？”

“阴天也好，预示着你们的小日子啊平平淡淡，稳定长久。”

“那晴天呢？”柯双双忍不住插言道。

宋华不假思索地回答：“那就是暖融融甜蜜蜜呀！”

“噗！”明月干脆喷笑出声，刘素云和柯双双也大笑起来。

礼堂外屋檐下，红姐笑着捶了捶关山坚硬的胸膛，“嗨，恭喜你啊。”

关山不好意思地挠挠头，“谢谢。”

红姐长长地吁了口气，伸手接着房檐滴下来的雨水，无限感慨地说：“当年，你第一次把明月带到我面前的时候，也是这样的雨天。那个时候，看着你们在摩托车上的背影，我就想，你要是能找到这样美丽的女人做老婆可就好喽！没想到，这愿望，竟真的实现了。”

关山的记忆也仿佛回到了几年前那个细雨绵绵的秋日。他想起了明月倔强的泪水和她那始终挺直不曾弯折的腰板。如今，那个美丽任性的姑娘成了他的新娘，成了“夫妻哨所”的另一半。他该有多幸运，竟能拥有她全部的爱和支持。

红姐笑着拍他一下，“瞧你，高兴得嘴都合不上了！”

他嘿嘿笑笑，心里往外冒着蜜水。

“你爹呢？家乡的亲人来吗？”红姐问。

关山摇头，“我养父年前把腰摔着了，没法儿远行，不过他托我兄弟给我寄来了五万块钱，说是我这些年孝敬他老人家的钱，他都攒着，给我结婚用。我是个不孝的儿子，没能在他需要我的时候帮上忙，反而还要他老人家牵挂我……”

红姐看到关山的眼里泛起红潮，她亦是鼻子一酸，险些淌下泪来。“你是个好人，一个称职的军人，你爹不会怪你，只会为了你感到骄傲。”不止是关山的养父，所有认识关山并受到他帮助的村民们，无不为有这样的军人朋友而感到骄傲和自豪。

他值得全世界最好的对待。包括爱情。

简单却又隆重的婚礼就在山区微雨的天气里正式开始了。同寻常的婚礼一样，关山和明月的婚礼除了有笑有泪，有祝福和感动之外，还有三处令人记忆深刻的亮点。

一是身着洁白婚纱的美丽新娘是牵着三位父亲的手走向红毯尽头的舞台。三位排成行的父亲激动得热泪盈眶，尤其是慕延川和郭校长，他们做梦也想不到，自己也会享有做父亲的权利。

把明月的小手交给关山后，每一位父亲都要对准女婿关山说一句话。

明冠宏说：“我把我最心爱的宝贝交给你了，你要像爱惜你手中的钢枪一样，爱护她，珍惜她。”

慕延川说：“月月就是我的小公主，你要把全部的爱通过财产交托给她，由她支配，由她挥霍。”

郭校长说：“关山啊，月月是个好孩子，你也是个好孩子，你们在一起，一定要有商有量，共同学习进步。”

第二处亮点，是靳卫星和徐青云以及“胡军”、“许三多”的出现，一下子把婚礼现场的气氛推向高潮。谁也没有想到，一群穿着松枝绿的军人会在婚礼现场拉歌祝福他们的婚礼。而几位走过生死、亲如兄弟的战友激动相拥的一幕，永远定格在了明月的心里。

第三处亮点，也是最值得新人铭记一生的重要时刻，是高冈小学 21 名学生带着他们的父母出现在婚礼现场。21 名学生，身后站着的，有的是爸爸，有的是妈妈，但无一例外，都有亲人陪伴。

整场婚礼，明月一直强撑着没有落泪，因为宋华婶说了，新娘子是不能哭的。她以为她会坚持到最后，做一位老乡眼中吉祥如意的新娘子。可就在这一刻，在她看到昔日里贫困无依的留守儿童身后矗立着一个个坚强的后盾，在她看到那一张张曾经渴望期盼亲情回归的稚嫩的脸上露出幸福的笑容时，再也抑制不住的泪水从她的眼眶里奔涌而出。

没有什么比这样的新婚祝福更好的了。

孩子们兴奋地大叫着向她奔跑过来。

“明老师——”“关叔叔——”“我们爱您！”……

一场不想麻烦乡邻的小型婚礼，到最后发展成了全村大聚会。

明月担心酒菜准备不足，小九却变戏法似的变出一盆又一盆冒尖的食材。原来，小九早就受人所托，偷偷备好了宴席。

雨不知何时已经停了，新学校的操场摆起了流水席，村长宋家山说了，婚宴所有的开销由他个人承担，他请大家放开肚皮吃，放开酒量喝，不醉不归，不唱破喉咙不罢休！

酒宴一直持续了四五个小时还没有结束的迹象。关山在没被热情的村民们灌趴下之前，瞅准机会，拉着换了便装的明月逃跑了。两人一直跑到学校外面，才气喘吁吁地停下。

明月忽然惊叫一声，指着天际尽头，激动地喊道：“关山！快看！彩虹！”

大雨过后，在白云缭绕的群山衬托下，天空露出湛蓝的笑脸，而天的尽头，呈现出两轮美丽的彩虹。夕阳西下，漫山遍野的连翘花仿佛金色的海洋，令人赏心悦目，心旷神怡。

明月看看四周，忽然踮起脚尖，亲了亲关山的嘴角。关山目光一闪，欺身就要抓她。明月咯咯笑着向前跑去。关山在后面追。两人一路跑过去，竟跑到了山道上。彼此望了望，又心有灵犀地一笑。

“走吧，跟着为夫去巡山！”关山潇洒地指指山顶。

“有劳夫君了。”明月拱手玩笑道。

“我背你？”

“不要。”

“我背你。”

“呀！喂！关山，你放我下来！小心被乡亲们看到！”

“谁也看不到，都在操场上喝酒呢！”

“……”

两人沿着平常巡线的山路，实打实地走了一圈。

天已经黑了。关山没有回他们的哨所，而是像初见她时一样，背着她登上了他们的福地，断崖。

夜色中的断崖和从前一样美丽而又神秘。关山和明月静静地依偎在苍翠挺拔的青松之下，仰望着璀璨的夜空，回首前尘往事，只觉无限感慨涌上心头。

“明月度关山。”她忽然喃喃道。

没想到他会接上来，“清风上高冈!”

她侧首，眼里逸出惊喜，却恰好撞上他亮晶晶的眼睛。

她弯起嘴角，轻声吟诵。

明月度关山，清风上高冈……

番外一　关晓瞳

大家好，我叫关晓瞳，今年四岁半了。我的家在绿色的大山里，我的爸爸是解放军，我的妈妈……嘻嘻，是小明老师。

郭姥爷告诉我，我才三个月大就被小明老师背着去学校上课了，从此，每间教室都会出现一个特殊座位，那座位是我的。我是高冈小学的“特长生”，小明老师说，我的特长就是调皮捣蛋。

哈哈……小明老师可厉害了！每次教训我都来真的！

第一次挨打，是我一个人偷跑去后山玩，因为忘了时间，天黑找不到路，哭声引来打着手电满山找我的爸爸和小明老师。

回到家，小明老师指着我，让我伸手。我刚把手伸出来，一根黑乎乎的木尺就落在我的手上。

我吓呆了，张大嘴，要哭。

“不许哭!”长长的木尺，打在手心，一下比一下疼。

我还是忍不住哭了，大声哭喊，“佳雨的妈妈都不打人，你打人，你是个坏妈妈！呜呜……佳雨妈妈还带她去动物园，去游乐场，去吃好吃的冰激凌，你就知道上课，你就知道学生，你是个坏妈妈——我再也不喜欢你了!”

小明老师愣愣地看着我，半晌，她扬起木尺。我吓得闭眼，却迟迟没感觉到疼。

“咚……”我睁开眼，却看到尺子掉在地上。小明老师背对着我，不知道在做什么，肩膀一耸一耸的。

这时，爸爸走了进来，他捡起尺子放在桌上，拍了拍小明老师的肩膀，才弯腰抱起我。

我抱着他的脖子，委屈地叫爸爸。

爸爸把我带到院子里。他像往常一样，让我坐在他的膝头，擦掉我沾在脸上的泪珠，捧起我的手，吹了吹，“疼吗？”

我挤眉弄眼地夸张说：“疼！”

爸爸拿起我的手，放在他长满胡茬的嘴边亲了亲，又吹了吹，说：“还疼吗？”

我搂着他的脖子，嗓子一噎一噎地说：“好一点了。”

爸爸揉了揉我的鬈毛头，我抬起眼睛看他，特别忧虑地问：“爸爸，小明老师那么凶，你也经常挨打吗？”

爸爸挑起眉毛，嘴里轻轻地“嗯”了一声。

我叹了口气，拍了拍他的肩膀，说：“我们好可怜。”

爸爸哈哈大笑。他捏了捏我的脸蛋，眼睛亮亮地看着我说：“瞳瞳，想听爸爸讲故事吗？”

我最爱听故事了。“好啊好啊！爸爸快讲！”我一下子忘了皮肉之痛，抱着他的脖子摇晃起来。

然后，我就从爸爸口中听到了一个与王子公主、青蛙人鱼完全不同的故事。故事里的人都好熟悉，好像就是我认识的那些人。

“你猜对了，这位像慈母一样的老师就是你的妈妈，她的学生……”

“我认识，我认识！”不等爸爸说完，我就兴奋地叫了起来。妞妞姐姐，伟伟哥哥，小宝哥哥，还有喜欢背着我爬老榆树的铁刚哥哥……我全都认识哦！

原来，在我还没出生的时候，小明老师和她的学生们发生了那么多有趣又惊心动魄的故事。原来，小明老师打我手心，是怕我像她一样遇到危险。原来，她不是一个又凶又恶的坏妈妈。

“瞳瞳，你知道，你的名字是谁起的吗？晓瞳又有怎样的寓意？”爸爸忽然问我。

我好奇猜测说：“是三个姥爷吗？”

对哦，忘了告诉你们，我有三个爱吵架的姥爷。明姥爷、慕姥爷、郭姥爷。还有两个特爱笑的姥姥，嘻嘻……

爸爸摇头，“不是。你的名字是妈妈取的。”

爸爸亲了亲我的额头，说：“你不知道她有多爱你，有多勇敢。要不是她，我怎么可能拥有你。”

据说，我出生的时候，闹了一场天大的动静。急性子的我还没到日子就在小明老师的肚子里大闹天宫，风雨交加的夜里，我折腾了她一宿，最后，连医生姥姥都劝她放弃的时候，她却坚强地要留下我。终于，在破晓时分，随着一声响亮的啼哭，我来到这个世界。

第一眼相对，黎明的曙光透过阴霾照亮了我的眼睛。

当时，小明老师就看呆了，她欣喜无比地对爸爸说，我想到女儿的名字了！“晓瞳，让晨曦点亮眼睛，让她成为我们生命里最亮的那一束光！”

于是，我就成了关晓瞳。

“妈妈爱你，只会比爸爸更多，瞳瞳，你还会恨妈妈吗？”

我用力摇头。

以前总觉得爸爸是超人，是这个世界上最最勇敢的人。可听了这个故事后，我才忽然明白，我爱小明老师，小明老师也爱我。我们是相亲相爱的一家人！

我从爸爸膝头跳下，掉头就跑。

“瞳瞳，你去哪儿？”

我边跑边回答说：“道歉！我要向妈妈道歉！”

那一夜，可真是个幸福的夜晚啊。小明老师搂着我睡的，睡前，还给我讲了好多好多的童话故事，我打着哈欠昏昏欲睡，忽然，我的脸上传来一阵湿润的凉意，然后，我的耳边传来小明老师的声音：“对不起，宝贝。”

我轻轻笑了。我拉着她的手，在心里嘟哝了一句没关系，然后沉沉睡去……

番外二　长大后

今年的中秋节，来得格外晚。时值金秋，红叶满山，层林尽染，美不胜收。

夕阳西下，明月正在厨房里盘饺子馅，忽然，外面响起一阵兴奋的叫声："爸爸！爸爸!!"

明月的心咕咚一跳，刚转头，就看到一大一小两抹身影闪了进来。

"哈哈哈哈……"瞳瞳被关山举过头顶，过山车一样满屋转圈。

明月把满满一搪瓷盆的馅料搅了搅，放在案板上，笑吟吟地望向关山。"回来了。"

关山向上抛了一下圆滚滚的女儿，又稳稳接住。

瞳瞳兴奋尖叫，他咧开唇，笑着望向明月，"嗳。"

四目相对，像是被什么东西黏住似的，再也分不开。关晓瞳看看爸爸，又看看妈妈。捂着嘴，偷笑起来。

"我去外面等姥爷。"鬼灵精关晓瞳蹭下地，拖着圆滚滚的身子跑了。

"你慢点，别跑远——"明月刚想追上去叮嘱女儿注意安全，忽觉身子一轻，紧接着，就跌入一个熟悉的怀抱里面。她的腰被一双铁臂箍得死紧，仿佛要嵌入对方身体一样，压迫得她喘不过气来。

明月咬着嘴唇，面色绯红地推着关山，"瞳瞳在……唔唔……"

嘴唇被关山堵住。从火辣深吻到浅尝即止，一下又一下吮吸，一次又一次碰触，让明月浑然忘记了一切。

她的眼睛犹如浸在水中的黑色葡萄，眼波流转，闪烁着光芒。

关山额头抵着她的，喘着气问："想我了吗？"

明月盯着他翘起的嘴角，轻轻点头。分开半月，却像是过了几年，这山里的每一片树叶，每一滴泉水，似乎都留有他的气息。

"辛苦你了。"他亲了亲她的嘴角，表达内心的歉意。他外出学习的这段日子，明月教课之余还要兼顾转信台的日常工作，双倍工作量，再加上活泼好动的宝贝女儿，一定让她吃了不少苦头。

明月抱着他的腰，摇摇头，"有瞳瞳陪我呢。"

"她？"关山哑然失笑，"你说的是关晓瞳？"好像，他们的活宝女儿只会添乱捣蛋啊。她会舍弃宝贵的玩乐时间陪着妈妈吗？

明月拍了拍他的胸口，不赞成地说："你别小看瞳瞳，你不在的这段日子，都是她陪我去山里巡查线路，而且，从没拖过后腿。"

关山瞪大眼睛，一脸不可置信，"真的？她没让你背？"

以前，偶尔兴起，他也会带着女儿进山去巡线。本意是想锻炼锻炼她的耐力和意志力，顺便减掉身上多余的肥肉。可是每一次，他却被锻炼个彻底，因为那个鬼灵精，有无数个千奇百怪的理由让他这个女儿奴认输。

明月莞尔，说："没有啊。瞳瞳很坚强也很勇敢，她还说要像爸爸一样保护我呢。"

关山闻听感慨不已，"闺女长大了，居然知道保护妈妈了。"

明月笑道："怎么，你吃醋了？"

"不是吃醋，是有些感触，我总算明白那些做父亲的，期盼女儿长大却又不舍得她长大的心情了。"关山摸了摸鼻子。

明月推了推关山，笑道："喂，离你闺女长大还早着呢，你这个未来的老丈人啊，别在这儿瞎感慨了，快帮我盘馅去！"

关山嘿嘿一笑，举手齐眉，"是！老婆！"

原以为只有明冠宏和郭校长来家过节，没想到傍晚时分，慕延川竟精神奕奕地走进转信台的院子。

关晓瞳正坐在院子里的石凳上玩游戏。“你怎么又死了！”

关晓瞳用胖嘟嘟的手指戳着 iPad 的屏幕，噘着嘴埋怨道：“哎呀！宋二炮，你这个笨蛋！哼，我再也不跟你玩了！”

“谁惹我们小公主生气了？”

背后的声音吓了关晓瞳一大跳，转头一看是慕延川，她不禁惊喜大叫，“慕姥爷——”

慕延川半蹲下身子，笑眯眯地伸开双臂。关晓瞳两眼发亮，小炮弹似的冲了过去。慕延川将肉滚滚的关晓瞳抱起，一连转了三圈，才停下来。

“想死我家小公主了，你想姥爷没？”

“想了！”

“那亲姥爷一下！”

关晓瞳捧起慕延川的脸庞，左右开弓，重重地亲了几口。

“哈哈哈……”笑声引出厨房里干活的人们，看到慕延川，一个个露出惊喜的神色。

明月上前，问候道：“我还以为您不回来了。”昨天用微信视频时慕延川还在一千多公里外的广州，谁知今天他却奇迹般地出现在高冈村。

慕延川叉着腰，望着远方起伏连绵的秦巴大山，感慨说：“飞机场都修到川木县了，我不回来过节，岂不是太不给飞机面子了。”

大家先是一愣，后相视大笑。

明冠宏笑道：“你啊，真是个臭显摆！”

慕延川瞪眼，反驳说：“我显摆什么了，机场又不是我建的。”

“那没有连翘这块宝，机场能修到咱这里？”明冠宏挽起衬衫袖子，手臂一挥，指了指漫山遍野的连翘林，“说到底，高冈村一跃成为依靠产业脱贫致富的标杆，还不是你慕延川的功劳！”

慕延川哭笑不得，摇头说：“我又不是神仙，有点石成金的能力。若说谁是高冈村致富的功臣，我觉得，除了地方政府和商业投资之外，就是当地这些勤劳淳朴的老百姓了，他们通过辛勤的劳动和聪慧的头脑改变了自己贫穷的命运，他们才是高冈村致富奔小康的功臣！”

明月带头鼓起掌来，“您说得对，再好的政策，再多的资金，如果没有老百姓的支持，那脱贫致富也只能是一场空谈。”

郭校长点头，“我也支持老慕。”

明冠宏咳了咳，绷着脸色说：“算你有理！”

“呦！我没听错吧，明大局长居然认输了！”慕延川故意笑道。

“你——瞳瞳给我！”明冠宏面子挂不住，上前想抢关晓瞳，却被慕延川闪过，“喂！你别说不过就要赖，瞳瞳今晚可是我的，是不是啊，瞳瞳！”

关晓瞳捂着嘴，一边点头，一边给亲姥爷使眼色，暗示自己一会儿就去找他。明冠宏这才用指头点点鬼灵精的外孙女，转怒为喜。

一群人被关晓瞳逗得忍俊不禁，刘素云上前接过关晓瞳，亲了亲她那张漂亮可爱的脸蛋，“你这个小鬼灵精，也不知道像谁呢！”

“肯定像明老师啊，关山可没那么多心眼儿！”一旁的宋华用手指上的面粉点了点关晓瞳的小鼻子，顿时，小不点变成了小花猫。

大家哈哈大笑。笑声中，一群年轻闪亮的少年少女走进院子。“老师好！爷爷奶奶们好！”

明月一愣，抬眼一看，不禁惊喜叫道：“伟伟！花妞儿！铁刚！哎呀，还有小宝！”

明月挨个叫出他们的名字，十八个孩子，和记忆中那些天真烂漫的影子渐渐重合在一起。她激动地跨前两步，却被长高的孩子们围在中央。

花妞儿亲热地挽着她的胳膊，笑着说：“学校放假，我们回来过中秋节。”

孩子们都在县里的高中上学，而且大多是高三生。因为学业紧张，他们基本上没什么假期，明月和关山偶尔去县里，会抽空去学校探望他们，可是聚在一起不是少这个，就是少那个，不像今天，竟然都聚齐了。

“明老师。”宋苗苗上前，靠在她的胳膊上。

明月摸了摸她的头发，看了看这一群长得比她还要高的学生们，感慨说：“欢迎你们回家，孩子们。”

因为馅料准备不足，明月无奈，只好用临时拽来的野菜充数。肉不够就用鸡蛋代替，拌馅的时候，没想到孙家柱和柯双双这对小夫妻也来凑热闹了。

“明老师，我帮你！”看到明月忙得不可开交，柯双双挽起袖子就要过来帮忙。

“你好好待着吧，啊，小祖宗，可别给我添乱了。”明月一边往盆里倒香油，一边朝柯双双隆起的腹部努了努嘴。

柯双双噘嘴，“不就是怀个孕吗，至于……”

“至于，相当至于。你给我老实待着啊，不然的话，我就叫柱子了。”明月作势欲喊，柯双双举手投降，乖乖坐一边了。

明月搅了搅馅料，挑了一筷子，凑过去让柯双双尝尝味道。

“怎么样？是不是咸了？”明月紧张地问。

柯双双眯着眼睛，咀嚼了半晌，又低头抚摸着硕大的肚皮，装模作样地说：“我儿子评价了两个字——绝了！”

明月闭着眼睛笑了，她用筷子虚敲了柯双双一下，笑骂道：“你啊，非把我干儿子教坏了不可！”

“老师，我也要帮忙！”

“老师，我学会包饺子了！”

孩子们扒着厨房门，一个个冒出头来。

最后，一个会发光的小圆脸探了出来，焦急地说：“小明老师，还有我——”

看到那个缩小版的小人儿，柯双双顿时笑喷。

“那位小同学，就你了，你来帮忙包饺子吧。”柯双双抚着肚子站起来，指着长着一双乌亮眼珠的小丫头说道。

关晓瞳兴奋地嗷了一声，劲头十足地冲了进来。明月紧拉慢拉，柯双双还是被关晓瞳撞了个满怀，差点就摔了。

“关晓瞳！”明月蹙起眉头。

关晓瞳赶紧挤出一抹讨好的笑容，上前抱着明月的大腿，仰头奶声奶气地认错：“对不起，我错了，我下次走路慢慢的，一定像个淑女。”

明月愕然，和柯双双对视一眼，同时笑出声来。关晓瞳能变淑女，那太阳恐怕就从西边升起来了。

柯双双抱着关晓瞳狠狠亲了两口，“你这个鬼灵精！”

关晓瞳眨眨眼睛，摸着柯双双硕大的肚子说：“柯老师，小弟弟藏在这口锅里吗？”

柯双双咧咧嘴，“锅？是啊，是啊。”

关晓瞳神色忧愁地拍拍柯双双，“那这口锅会爆炸吗？它好像越来越大了。”

明月实在忍不住，笑了起来。她女儿这想象力，也是没谁了。

“这个问题嘛，你还是问你的小明老师吧，你问问她，你是怎么从她的锅里钻出来的。”柯双双把满脑子问号的关晓瞳推给明月，一溜烟地逃了。

明月当然不会回答，她给关晓瞳发了一块面，就把贪玩的女儿给打发了。

她把面盆和两盆馅料拿到院子里，在石桌上支上案板，然后叫干活利索的几个女人来帮忙。大家都围坐在院子里，一边欣赏高冈美丽的中秋夜色，一边吃着瓜果聊天。

“明年就要高考了，你们想过没有，将来要做什么？”明月一边包饺子，一边问她的学生。“花妞儿，你先说。”

花妞儿腼腆地笑了笑，说："我……我想考中医学院，学成了接我奶的班，开一间中医诊所。"

"那好啊，你的特长就是中医，老师支持你。"明月向花妞儿投去嘉许的目光。

"老师，我想考美院，将来成为一名画家，画出家乡的美景。"宋旭旭说。

"老师，我想考警校，将来成为一名匡扶正义的热血警察！"宋玉祁说道。

宋小宝举手，迫不及待地说："我！我！老师，我要去考电影学院，嘿嘿，我要当中国的喜剧之王，让全村的人都能在电视上瞅见我……"

关晓瞳扯了扯小宝哥哥的裤子，仰头恳求说："小宝哥哥，能带我上电视吗？我也要上电视！"

大家哄然大笑。

明月把视线转向身高足有一米八几的大小伙子，"铁刚，你呢？"

铁刚挠挠寸头，一把拽过一旁的关山，说："我……我想成为关叔叔这样的军人！"

铁刚要去当兵？明月微微愕然，关山自豪地冲她眨眨眼，用力揉了揉铁刚的头发，夸赞说："好样的，铁刚。"

孩子们纷纷说完了对未来的打算，只剩下宋伟伟还在帮着大人们传递饺子皮，没顾上说话。

"伟伟，你呢？"明月问道。

宋伟伟神情自然地笑了笑，说："老师，我想考师范，将来毕业了成为一名像您这样的乡村教师，为山区教育事业贡献力量。"

小小的院子瞬时寂静下来。就连关晓瞳也懂事地依偎在关山的身边，扑闪着大眼睛望着她的伟伟哥哥。

伟伟，他的志向竟是要回到大山里教书育人！明月愣愣地望着眼前清秀挺拔的少年，胸中涌起阵阵激荡的潮水。

“今天是中秋节，我代表同学们把一首歌《长大后我就成了你》送给我们最亲爱的老师，送给在座的爷爷奶奶，希望我们年年团聚，日日平安，愿我们的高冈村越来越美好！”

宋伟伟向明月和郭校长深深鞠了一躬，开始深情唱起：

小时候我以为你很美丽，领着一群小鸟飞来飞去；
小时候我以为你很神奇，说上一句话也惊天动地！
长大后我就成了你，才知道那间教室，
放飞的是希望，守巢的总是你！
长大后我就成了你，才知道那块黑板，
写下的是真理，擦去的是功利……

图书在版编目（CIP）数据

明月度关山：全2册 / 舞清影著. -- 上海：上海文艺出版社, 2018.8
ISBN 978-7-5321-6760-9
Ⅰ.①明… Ⅱ.①舞… Ⅲ.①长篇小说—中国—当代
Ⅳ.①I247.5
中国版本图书馆CIP数据核字（2018）第145602号

上海市新闻出版专项资金数字出版领域资金扶持

发 行 人：陈　征
策　　划：林庭锋 侯庆辰 李　霞
责任编辑：于　晨
网络编辑：汤　江 王凤霄
美术编辑：丁旭东

书　　名：明月度关山：全2册
作　　者：舞清影
出　　版：上海世纪出版集团　上海文艺出版社
地　　址：上海绍兴路7号　200020
发　　行：上海文艺出版社发行中心发行
上海市绍兴路50号　200020　www.ewen.co
印　　刷：苏州市越洋印刷有限公司印刷
开　　本：890×1240　1/32
印　　张：22.25
插　　页：4
字　　数：592,000
印　　次：2018年8月第1版 2018年8月第1次印刷
I S B N：978-7-5321-6760-9/I · 5398
定　　价：78.00元（全2册）